藍調 石牆 T

作者: 費雷思 Leslie Feinberg　譯者: 陳婷　譯校: CLEA

如果我們承認，人有許多不同的面貌，那麼我們也應該相信，T會有各種模樣。

寫給《藍調石牆T》的中文讀者們

《藍調石牆T》的中文譯本出版，不但是我無比的光榮，也令我感到非常興奮。

中文譯本到達我手中的那一刻深深撼動了我，因爲東方的中國對我而言一直有著時隱時現的重大意義。回首前程，或許對我個人的意識、信念和人生路途有著最深刻衝擊的，就是一九四九年——我出生的那一年——在中國發生的工農革命，這也毫無疑問的是人類歷史上非常重大的一次社會巨變。作爲一個美國工廠工人的女兒，我當時並不了解自己國家的財富階級在一九四九年喪失中國這個可以輕易被無情剝削、被恣意殖民的對象時所感受到的無比憤怒，然而後來這個佔據統治地位的財富階級在挫敗的憤怒中轉向美國本土並發動反共的白色恐怖時，這個惱羞成怒的回應就深深衝擊到我個人的生命了。

簡單的來說，白色恐怖緊縮了美國的社會氛圍，對異議份子形成強大壓力，使得一九五〇年代所有的進步人士都擔心會丟掉飯碗或者被逐出家園；作爲一個堅決捍衛勞動者權益的工人家庭成員，我的感受自然是十分切身的。另一方面，在我那些童年的歲月中，反亞裔（特別是反日本人、中國人、和韓國人）的種族主義開始狂熱的燃燒，排除異己的風潮直接深化了美國一直都存在的反猶太傾向；我這個猶太後裔當然首當其衝，深受其害。同時，在性別認同方面，第二次世界大戰後美國的女人只能有兩個角色選擇：家庭主婦及母親，這種嚴謹的性別角色規範與白色恐怖年代極端保守的性態度結合起來時，像我這樣非常陽剛的女孩就得承受可怕的巨大衝擊了。

總之，中國的巨變或許發生在遙遠的東方，然而西方反共世界對中國革命所做出的各種緊縮回應，卻根本的強化了我這一生所承受的各種壓迫。

另外，你們或許也知道，這段獵巫的白色恐怖年代對男女同性戀都進行了嚴厲的迫害。不管是不是同性戀，人人都擔心會被指爲同性戀，都急於撇清或逃避，許多人更因爲這個可能的弱點而被勒索、要脅。就我所知，這和今日台灣許多同志因爲畏懼人言而無法出櫃的情況頗爲相似。可是也因爲一九五〇年代這些令人髮指的壓迫，才使得各種社會運動在一九六〇到一九七〇年間的美國揚起抵抗的旗幟；民權運動、黑豹黨、印第安原住民運動、婦女解放運動、同性戀解放運動等等，都是針對那個鐵腕年代的反擊。

我就是在這些積極努力改變社會的運動中成長的。它們塑造了我，使我和我的同伴們終生致力於消除各種偏見和歧視，而我們很清楚的知道，這些偏見和歧視正源自我們周遭那個不公不義不平等的社會經濟體系。

主流的意識形態常常強調什麼才是「正常」，什麼才是「現實」，以便用這些宣傳來鞏固現有的社會制度；不過，這個龐大的社會經濟體系卻很難護衛，也很難合理化。我所居住的美國社會有著世上所有工業大國中最嚴重的貧富兩極化，也造成了一個最不合理的現象：辛勞工作的人收入最少，閒散之人反而獲得最多。每天我都會看到許多修長黑亮的加長禮車呼嘯而過，煙塵掩沒的卻是路旁在垃圾堆中搜尋食物的孤苦老人。

我們怎麼能再讓這樣一個明顯不公的社會現實繼續下去呢？

第二波婦女解放運動和同性戀解放運動已經揭露了一個重要的事實：對女人和性別異類的歧視及壓迫，事實上正是資本主義體制很重要的一環——就像這種壓迫過去構成了奴隸制度和封建制度。一九六九年抵抗警方暴力的紐約市石牆事件引發了年輕一代的同性戀解放運動，透過這個運動，我們提升了社會意識，讓大家看到人類多樣多元的性面貌如何被扭曲壓抑，異性戀如何被建立成爲唯一受到國家政府保障和支持的「正常選擇」，也看到同性戀如何被施加懲罰。

我在一九九二年寫成《藍調石牆T》，目的就是想指出，在女人、女同性戀、男同性戀以及雙性戀追求解放的同時，還有另外一種與它們緊密相連的壓迫存在——也就是對跨性別者的壓迫——而它必須被當成一個獨立的社會現象來看待。我們周圍有許多人沒辦法被當成「眞」男人或「眞」女人。她／他們可能是跨性別的——也就是說，女的太陽剛，男的太陰柔；或者她／他們超越了性別二分，展現了某種性別曖昧或性別矛盾的現象。她／他們可能是變性者——也就是說她／他們在定義自己的性的時候並沒有遵循接生醫師當年的宣告。又或者她／他們是陰陽人——根本就誕生於男女身體區分的邊際。這些跨性別主體在既有性別文化中所承受的壓迫，和一般的性別主體有些類似，但是又截然不同，而這正是我在這本小說中嘗試呈現的。

《藍調石牆T》問世之後，我又出版了《跨性別戰士：從聖女貞德到丹尼斯羅德曼》。我以非小說的形式，提出各種跨文化、跨歷史的證據，以顯示上述那些性別異類在人類歷史中早就存在，而且在全球某些社會中都曾受到極端的尊崇。我也找到了證據說明，那些對跨性別主體、女人、同性戀表示敵意的法律或態度，事實上是和人類社會財富分配兩極化的過程緊密相連的。

今日美國的性別革命者已經肯定了性別解放的必要，並且朝著這個目標前進，而當我看到跨性別解放的旗幟在各種抗議隊伍中出現時，心中有著無限的感動。我相信住在有史以來最古老文明中的你們，一定也可以在自己文化的歷史中找到類似的例子，並逐步發現這種現代壓迫的最初根源，而你們更可能找到其他例子來顯示另外有些時代曾經接受跨性別的表現。

不管你們是否分享我的世界觀或是我對未來世界的憧憬，我相信我們都有一些相同的信念：例如，希望充分發揮自己的潛能，希望活得有力量，希望提升自己的知識和意識，希望世界會更好。而我覺得當你讀過《藍調石牆T》，用過書中「跨性別」的眼光來看世界時，你就會更了解，有些人只不過是因爲自己展現了人類社會一直都存在的多元面貌，就落得必須承受各種殘酷嘲弄或惡意取笑的下場。我相信你會因此和我一樣，努力挺身抗拒這些敵意的表現——這將是你我都做得到的重大貢獻。

我深深的相信，一旦我們在跨性別運動中找到共通的立足點，我們就能建立一個長遠的連結。我們會發現，在爲每一個被貶低、被踐踏、被污名的靈魂爭取解放時，我們已經成爲一生並肩奮鬥的「同志」。

費雷思　二〇〇〇年九月二十五日

何春蕤　譯

CHAPTER 1

親愛的泰瑞莎：

今夜，我躺在床上想著妳。雙眼腫脹，滾燙的淚水從我的雙頰流過。一場夏季雷電交織的風暴在窗外無情地肆虐著。

晚上，我在街上走著，在每一張女人的臉上尋找著妳；我夜夜渡過如此孤寂的流亡，我害怕我再也看不到妳那愛笑、促狹的眼神。

我與一個女生稍早在格林威治村喝咖啡，是個共同友人將我們湊在一起。我與她都「熱衷政治」，我們當然有許多共通點。嗯，我們坐在一家咖啡館裡，她談論著民主黨的政策、研討會、攝影、她的合作社的問題以及她有多反對房租管制。這沒啥好奇怪——她爹是搞房地產開發的。

她說話的時候，我看著她，心想，在這個女人眼裡，我是個陌生人。她看著我，但是，她並沒有看到我。最後，她終於說她是多麼恨這個社會對「像我這種女人」所做的事——讓我們極度憎恨自己，所以只得在外表和舉止上表現得像個男人的樣子。我感到自己臉部一陣灼熱，面部肌肉輕微抽動。我開始冷冷地、平靜地告訴她，像我這種女人早在人類歷史之初就已存在，那時沒有壓迫，而且那時社會有多麼尊重我們這樣的女人，她換上感興趣的表情，但是，離開咖啡館的時間也到了。

我們路過一個街角，一群警察正在圍毆一個遊民。我停下腳步，大聲喝止那些警察。結果，他們高舉著警棍向我走來。她拽住我的皮帶把我拉回去。我看了她一眼，所有我以為已埋葬的過去陡然間翻湧而上。我站在那兒回憶起妳，無視於正要過來打我的警察，瞬間跌入了另一個世界，一個我想要再回到的世界。

忽地，我感覺到心好痛，而好久以來，它已經不曾有過……任何感覺。

泰瑞莎，今晚我需要回家、回到妳的身邊。但我不能，所以我寫這封信給妳。

我記得多年前，剛到水牛城那家罐頭工廠工作當天的情景；妳已在那兒工作了幾個月，妳的雙眼是如何捕捉住我的視線，與我戲弄一番，才放了我。那時，我本該跟著工頭去塡寫表格的，卻直忙著猜想，包在白色紙帽下的妳的頭髮是什麼顏色？當它垂落披散於我指間時，又會是什麼樣子、什麼感覺？我還記得，當工頭回來叫我：「妳來是不來？」時，妳那輕淺的一笑。

我們這些男—女人[1]。

當我聽到妳因為拒絕讓廠長觸摸胸部而被解雇時，簡直都快氣炸了。妳被解雇後，我繼續在碼頭卸了幾天貨，但是那幾天我很是沒精打采。沒有了妳的光芒，那兒就是不一樣。

我到西區新開的吧[2]那晚，簡直讓我無—法—相—信。妳，悠悠地靠在吧台，牛仔褲緊得沒有文字可以形容，還有，妳的頭髮，是那樣自由地一瀉而下。

此時的我再度想起妳的眼神。那晚妳不只認出我，妳還喜歡妳看到的我。而這一次，呵，女人，我們是在自己的地盤上。我可以隨妳驅遣，而且，我很高興，我恰好穿著自己最稱頭的服裝。

就在我們的地盤上……「妳要跳舞嗎？」

沒有答應也沒有拒絕，妳，用雙眼挑逗我，扶正我的領帶，順順我的衣領。然後抓了我的手往舞池走去。在妳貼身靠近我之前，妳就已擄獲了我的心。塔蜜在唱著《跟妳的男人站在一起》，我們在腦中將歌詞裡的「他」全部改爲「她」，讓歌曲聽來更符合感覺。在妳貼身上來後，妳擄獲的已不只是我的心。妳讓我疼；妳喜歡那樣。我，也喜歡。

年紀大的T[3]警告我：要想維持住婚姻就別上吧玩。但是我這個T向來只屬於一個女人，況且，吧是我們自己人的地方，我們唯一的歸屬。所以，我們倆每個周末都去。

吧裡的打架有兩種，多半的周末會發生其中一種。有時則兩種都有。第一種是T之間的拳戰——混合著大量的酒精、羞恥和缺乏安全感的妒嫉。拳戰有時候嚴重到像張網子般把每個人都扯進去幹架。何蒂被凳子砸上頭、弄瞎一只眼的那晚，就是這樣。

我很驕傲自己在那些年裡從來沒有打過任何一個T。知道嗎，我也愛她們，我瞭解她們的痛苦與羞恥，因爲我和她們是那麼相像。我愛她們臉上和手上的刻痕，還有那因沉重工作而下垂的肩膀弧線。有時我會看著鏡中的自己，想像自己到了她們那般年紀時，會是什麼模樣……現在，我知道了。

她們也以她們的方式愛我。她們保護我，因爲她們知道我不是「周六夜的T」（Saturday-night butch）。周末T會因爲我是個徹底的男—女人而怕我，她們哪知道我心裡那巨大的無力感！而老T們知道。老T知道我接下來的路途，她們希望我不需要經歷同樣的過程，因爲那實在痛苦。

我第一次穿著男裝到吧時微駝著背，老T們告訴我，「以自己爲榮」，然後她們就像妳從前調整我領帶那般，理理我的領帶。老T知道，我和她們一樣，別無選擇。所以我從未與她們拳頭相向。在吧裡，我們拍著彼此的背；在工廠裡，我們守望著彼此的背。

不過，有時候吧裡會進來眞正的敵人：喝醉酒的水手、三K黨式的流氓、下三濫和警察。這些人一走進門，大家都會知道，因爲總有人會想到去拔掉點唱機的插頭。這樣的事不論經歷過多少次，每當音樂一停止，大伙兒還是會發出「哎」的一聲，然後才明白辦正事的時候到了。

那些王八蛋進來的時候，就是該打架的時候。而我們也的確和他們拼了——婆[4]、T、女人、男人，全都一起同心協力。

如果音樂停止，而進來的是警察，就會有人再把插頭插上，大家交換舞伴，繼續跳舞。穿著西裝領帶的我們，和穿著洋裝蓬裙的扮裝皇后姐妹配對。現在都快記不得，兩個女人或兩個男人共擁起舞在以前曾經是犯法的。音樂停止時，T行鞠躬禮，女伴屈膝答禮，然後大家回到座位上，回到愛人和酒旁，等待命運的發落。

就是那時候，我記得，妳的手從我西裝外套下伸上來，搭上我的皮帶。警察在吧裡整個停留的期間，妳的手就擱在那兒。「別緊張，甜心，陪著我，放輕鬆」，妳會在我耳邊輕語，如同唱給爲了生存，必須選擇奮戰的戰士一首特別的情歌。

我們很快就發現，警察總是將警車橫在大門入口，然後放警犬進酒吧，好讓我們出不去。我們硬是被困在裡頭。

記得我生重病妳陪我在家的那一晚嗎？就是那一晚——妳記得的。那晚警察挑出最stone[5]的T、一個大家口中「穿著雨衣洗澡」的T，羞辱她、摧毀她。聽說，警察當著吧裡眾人的面，將她身上的衣服，一件一件地慢慢脫光，在她試圖遮掩自己赤裸的身體時，還大聲嘲笑她。她後來發瘋了，她們說。再後來，她上吊自殺了。

如果那晚我在那兒，我會怎麼做呢？

我想起在加拿大酒吧被臨檢那次。擠在警車上的周末T們個個樂不可支，她們試著把頭髮梳開、換掉衣服，期望跟婆丟進同一間牢房——還說那就像「死了上天堂」一樣。法律規定我們身上必須要有三件女人的服飾才算數。

而我們是從不換衣服的；扮裝皇后姊妹們也不。我們知道，妳也知道，接下來的會是什麼。爲求能撐過去，我們需要做的準備是捲起衣袖、將頭髮往後梳。我們的手被手銬緊緊銬在背後，妳們則是從前面銬。妳放鬆我的領帶，解開我的衣領鈕扣，輕摸我的臉。我看見妳臉上因我而生的痛苦和擔心。我輕聲說，不會有事的。而我們知道，不可能。

我從來沒告訴過妳，我們在那兒受到什麼對待——皇后關一間，石頭Ｔ關一間。但是妳知道，他們將我們的弟兄一個個抓出牢房，摑掌、毆打。每帶出一個人，牢房門隨即被關上，以防我們失控上前阻止；好像我們眞能辦得到似的。他們會用手銬將弟兄的手腕和腳踝銬在一起，要不就將他的臉壓在牢房鐵條上，用鐵鍊捆綁。他們逼迫我們看。有時候，我們會與即將成爲受害者的人，或是已經嚇壞的受害者，在他們慘遭凌虐時四目相對，我們會輕聲說：「我和你在一起，親愛的，看著我，沒事的，我們會帶你回家。」

我們從未在警察面前掉淚。我們知道自己就是下一個。

下一次牢房門開時，被拖出去、四肢張開被綁在鐵欄杆上的人就會是我。

我撐過來了嗎？大概是的。但那只是因爲我知道我能夠回家，回到妳身邊。

我們是最後被放出去的，一個接一個地放，在星期一早上。沒有罪名。打電話到工作的地方請病假已經太晚。沒錢，搭便車，徒步穿越美加邊境。縐巴巴的衣服，血跡斑斑。需要洗個澡。好傷。好怕。

我知道妳會在家，只要我到得了。

妳爲我放帶香味泡沫的洗澡水，擺好一套乾淨的白色ＢＶＤ和Ｔ恤，然後讓我獨自洗去第一層的恥辱。

我記得，每回總是一樣的。妳總是在我穿上內褲，Ｔ恤剛套上頭的時候，找個藉口進來——拿個什麼東西或是放個什麼之類的。匆匆一瞥，妳就像背地圖那樣記住了我身上的傷痕——切口、淤青、煙疤。

之後，在床上，妳輕擁著我，撫觸我的全身，把最輕柔的撫摸留給我的傷口，妳知道我每一個——裡裡外外——疼痛的所在。妳不是立刻與我調情，妳知道我還不夠有自信，無法在短時間內覺得自己吸引人。但是，妳顯現出妳有多想要我，慢慢地喚出了我的自信。妳知道妳又要花上幾個星期的時間來軟化石頭。

最近，我讀到幾篇婆寫的憤恨石頭愛人的故事。她們的憤懣之強烈已到了即使石頭T願意被碰觸、願意信任對方，也還是會被這些婆譏嘲。這令我想到：以前我無法讓妳碰我時，妳是否覺得受傷？我希望答案是否定的，即使是，妳也從未表現出來過。我想妳知道，我保持距離以求安全的對象不是妳。妳將我石頭的那一面，視爲需要以愛來治療的傷口。謝謝妳。在妳之後，再也沒人那樣對待我。如果今晚妳在這兒……哎，只是如果，不是嗎？

我從未跟妳說過這些事情。

今晚，我想起獨自被抓的那一次，在一個陌生的地盤上。也許妳的眉頭已皺起來，但我必須說給妳聽。就是我們開了九十哩的路到一家吧見朋友，朋友卻沒出現的那晚。警察臨檢時，我們是落單的。制服上鑲有金色胸章的條子馬上走到我面前，叫我站起來。這也難怪，我是當晚唯一的男─女人。

他全身上下搜我的身，拉出我四角內褲的滾邊，然後叫手下銬住我——我身上沒有三件女性服飾。我當時很想開打，因爲知道機會稍縱即逝。但是我也知道，只要我動手，所有在場的人那晚都會遭受池魚之殃，所以，我站著沒動。我看著他們把妳的手扭到背後扣上手銬，一個條子用手臂勾住妳的脖子。我記得妳的眼神，到現在想起，我都還覺得痛。

我的手被他們緊緊地銬在背後，痛得我幾乎喊出聲音。然後，那個條子以很慢的速度拉下他的褲襠拉鏈，臉上露出穢笑，命令我跪下。我的第一個念頭是，我做不到！然後我大聲地對自己、對妳、對他說，「我不幹！」我從來沒告訴過妳，我的內心在那一刻的變化……我學到了「做不到」與「拒絕做」的差別。

我爲此付出了代價。我還需要告訴妳其他細節嗎？當然不必。

第二天早上我從牢房出來時，妳已在那兒。妳把我保釋出來。沒有罪名，只是妳身上的錢全被拿走。妳在警察局等了一整夜。只有我明白忍受他們的吃豆腐、奚落、威脅對妳來說是多麼痛苦。我知道妳聽到每一個從後面牢房傳來的聲音都讓妳嚇得全身蜷縮。妳禱告不會聽到我尖叫。我沒有。

我記得我們出去到停車場的時候，妳停下腳步，將手輕柔地放在我的肩上，卻避開我的眼睛。妳輕輕地擦拭我襯衫上的血跡道：「這些我永遠也洗不掉。」

認爲妳只在乎生活瑣事或我衣領污漬的人都該死。

當時的我完全明白妳的意思。那是種怪異又甜蜜的方式，似說，又未說地，表達出妳的感覺。有點像是我在害怕、受傷、無助時，封閉自己的感覺，儘說些無關痛癢的笑話那樣。

妳開車，讓我把頭枕在妳的腿上，一路輕彈我的臉。妳放洗澡水。擺好我的乾淨內衣。扶我上床。小心地撫慰我，溫柔地擁抱我。

稍晚，我醒來，發現床上只有我一人。妳坐在廚房餐桌旁獨飲，埋著頭。妳在哭。我將妳緊擁入懷，抱著妳。妳掙扎，用拳頭捶我的胸脯，因爲沒有敵人可打。一會兒，妳想起我胸部的淤青，開始哭得更厲害，哽咽地說：「是我的錯，我無法阻止他們。」

這是我一直想告訴妳的。那一刻，我知道妳是眞的明白我對人生的感覺。憤怒如鯁在喉，是那麼無力、無力保護自己或最愛的人，同時卻又不斷反擊，一次又一次，不願放棄。那個時候，我沒有這些字句能告訴妳，而只是說：「沒關係，沒事的。」然後我們又爲這句話訕訕地笑起來。我扶妳上床，與妳造我最棒程度的愛——即使是在當時那種情況下。妳明白那晚妳不該碰我。妳只是不斷地用手攏我的頭髮，哭泣，再哭泣。

我們是何時被分開的，我迷人的女戰士？當我們擁抱「同志」這個字眼時，我們以爲已贏得了這場解放戰役。而忽然間，數不清的教授、醫生、律師冒出來說我們的聚會應該遵照《羅勃議事規則》[6]進行。（是誰的喪命讓羅勃變成上帝的？）

他們把我們趕出去，讓我們以自己的外表爲恥。他們說我們是男性沙文豬，是敵人。他們傷害的，是女人的心。把我們趕走並不難，我們安靜地走開。

工廠關閉。這是我們想也沒想過的事。

那也是我開始矇充男人的時候。被驅逐出自己性別的疆界、再也回不了家，好奇怪的感覺。

妳也被驅逐了，雖然是到和自己性別相同的國度，但卻被迫與妳深愛的女人隔絕；妳愛我們這樣女人的程度，就像妳嘗試愛妳自己那麼深。

二十多年了，我依然生活在這孤寂的岸角，想著妳變成了什麼樣子。妳後來是帶著羞恥擦卸週末夜的夜妝嗎？別的女人說：「我若要男人，會去找眞的男人」時，妳有勃然大怒嗎？

妳今晚接客嗎？還是妳在當侍者？或開始學 Word Perfect 5.1？

妳正在女同性戀吧裡用眼角搜尋最T的人嗎？那兒的女人會談論民主黨的政策、研討會、合作社嗎？妳是否和只有經期才流血的女人在一起？

還是妳嫁到了另一個藍領小鎭，正和一個比誰都更像我的失業汽車工人同床共枕，一邊聆聽著妳睡夢中的孩子們勻稱的呼吸聲？妳是否也像治療我那般，撫平他的情緒傷痛？

冰涼夜裡，妳是否想過我？

這封信，我已寫了好幾個小時。我的肋骨因近日的毆傷痛得厲害，妳知道的。

如果從不曾有妳的愛，我不可能存活這麼久。但，想妳，需要妳，還是痛。

只有妳能融化這塊石頭。妳會回來嗎？

風雨過了。窗外的地平線泛起一道紅光。我想起了那些夜晚，那些我進入妳深處，我們造愛到天色一樣泛起如此紅光的夜晚。

不能再想妳了，痛楚已將我吞噬。我必須將有關妳的記憶擺到一邊，就像擺放一張珍罕的照片般。即使還有太多的事想與妳說、與妳分享。

無法將這封信寄給妳，我決定寄去一個女人記憶將能得到安全收藏的地方。也許有一天，當妳路經這個大城市時，妳會讀到這封信。也許，妳永遠不會。

晚安，吾愛。

---

1 男—女人 he-she：主要用於稱呼「石牆事件」前，外表陽剛、模糊刻板印象中的男女性別特徵的女同性戀。

2 吧 bar：一般喝酒的地方叫酒吧，圈內人聚集的酒吧暱稱爲吧。書中之後出現或以「酒吧」表示。

3 T butch：女同性戀次文化中的一種性別分類，在美國稱 butch，在台灣稱T，泛指外型較不符合刻板印象中之女性的女同性戀者。

4 婆 femme：女同性戀次文化中的一種性別分類，在美國稱 femme，在台灣稱婆，泛指外型上與一般印象中之女性無太大差異的女同性戀者。

5 石頭T stone butch：Stone butch指抗拒外在強大社會性別角色要求，不輕易搖撼改變，有強烈T認同的T。在性行爲上採主動，且無法接受自己身體被碰觸。其性滿足來自給予對方性歡愉。此書中，stone亦指內心情感無法外露，如石頭般堅硬之狀態。

6 Robert's Rules of Orders Robert：羅勃原名爲Henry Martyn Robert，美軍陸軍軍官，著有《美國議事守則》，後沿用爲大眾交誼守則，以維持多數人之權利與希冀。守則中規範男女在性別表現上的規則，例如：男三件、女三件。

CHAPTER 2

我從沒想要與眾不同。我渴望做到大人訂的一切要求，好讓他們喜歡我。我遵循他們所有的規則，盡全力取悅。但是，我身上的某個部份總讓大人們眉頭深鎖。從來沒人說出我到底哪兒出錯？而這正是讓我覺得事情一定很嚴重的地方。我是在這句一再被覆誦的話語裡聽出了點端倪：「那是男的還是女的？」

對我父母來說，我是人生牌局裡的另一張大爛牌。他們已經夠失意的了。我父親年輕時下定決心，絕不要像他老爸那樣一輩子被困在工廠裡；而我母親打定主意不被婚姻套牢。

他倆認識時，夢想著共同開啓一段刺激的冒險。夢醒時，我父親在工廠工作，而母親成了家庭主婦。當我母親發現她懷了我時，她告訴我父親不想被孩子綁住。父親極力勸母親說，生了孩子她就會快樂。自然女神會照看一切的。

母親生下我，以證明父親的錯誤。

造化作弄了我父母，他們怨懟十足。婚姻截斷了他們逃離的最後機會已使他們氣憤。然後，我出現了，而且還和其他女嬰不一樣。現在他們開始氣我。我從他們一再複述的我出生的故事裡，就可感受到那股怨氣。

母親生我時，沙漠裡風雨交加，風暴強烈到根本出不了門，這是她在家裡生我的原因。父親正在工作，家裡沒有電話。母親說她害怕得大哭，哭聲大到住在走廊盡頭的戴南族老祖母來敲門。她發現母親即將臨盆，找了三個女人來幫忙。

母親告訴我，戴南族婦女在我落地的時候唱歌。然後她們將我洗淨，把煙火搧拍過我小小的身子上，將我呈獻到母親面前。

「把嬰兒放在那邊。」母親手指著水槽旁的搖籃說。把嬰兒放在那邊。幾個字澆熄了印第安婦女的一頭熱。我母親看得出來。這個故事在我成長過程中，重複講述多回，彷彿以開玩笑的方式講愈多遍，結在這些字句表面的冰霜就能被輕鬆幽默的口吻融化。

我出生後數天，老祖母再一次敲門，這回是因為我的哭聲驚擾到她。她發現我躺在搖籃裡，沒有洗過澡。母親承認，除了別個尿片或是塞個奶瓶到我嘴裡，她害怕碰我。隔天，老祖母叫她女兒過來說，如果沒問題，她答應趁白天小孩上學的時候看顧我。是沒問題，但這個「是沒問題」卻很有問題。我母親解脫了，我很確定，雖然這同時也意謂著她有虧母職。她還是讓我去了。

於是我在兩個世界中長大，浸淫在兩種不同語言的樂聲中。一個是燕麥粥和密爾頓·伯利廣播節目的世界；另一個是油炸麵包和洋蘇葉的世界。一個冰冷，那是我所屬的世界；另一個溫暖，但我並不屬於其中。

我父母終於在我四歲那年，停止讓我跋涉到走廊的另一頭。有天晚上，他們在吃飯前來接我。幾個婦女在那之前合煮了一頓豐盛的晚餐，還把所有的孩子都一起帶來。她們徵詢我父母的同意，要我留下來吃飯。我父親聽到一個婦人用他不懂的語言和我說話，而我也用他從未聽過的語句回答，他開始緊張。父親後來說，眼看著自己的骨肉被印第安人擄去，他不能袖手旁觀。

那天晚上的事，我只斷斷續續聽過一些，所以我並不知道另外還發生了些什麼。我眞想知道。不過有個部份我重複聽了好多遍：其中一個婦人對我父母說，我會步上一條坎坷的人生道路。確切的字詞每回複述總會有所不同。有時候我媽媽會故意扮成算命仙，閉上眼，手指覆在額前說：「我看到這孩子將來的日子很苦喔！」有時候我爸爸會像電影《綠野仙蹤》那樣大喊：「這孩子的路，難喔！」

不管是怎麼回事，總之，我父母把我拖走了。不過，在他們拉著我離開前，老祖母拿出一只戒指遞給母親，說它將能保護我。那只戒指嚇到了我父母，但他們掂量著，土耳其玉和白銀多少也算値錢的東西，所以就拿了。

那天晚上，我父母親說，又是一場劇烈的沙漠風暴，力道駭人。雷轟隆轟隆地響，閃電的光照亮大地。

「潔斯．戈柏？」老師點名。

「到。」我答。

老師瞇起眼看我，「那是哪門子的名字？潔斯是潔西卡的簡稱嗎？」

「不是的，老師。」我搖頭。

「潔斯，」老師重複念著，「不是個女孩兒名。」我低下頭。坐在我身邊的小朋友全都用手捂著嘴偷笑。

珊德絲小姐睜大眼睛瞪著他們直到全班鴉雀無聲。「那是猶太名字嗎？」她問。我點頭，希望她就此結束。但是，她沒有。

「同學們，潔斯信奉猶太教。潔斯，告訴大家，妳的老家在哪裡？」

我在椅子上不安地扭動。「沙漠。」

「什麼？潔斯，大聲一點。」

「我來自沙漠。」我感覺得到同學開始扮鬼臉，彼此使眼色。

「什麼沙漠？哪一州？」她把架在鼻樑上的眼鏡推高。

我嚇得呆住了。我不知道答案。「沙漠」，我聳肩道。

珊德絲小姐明顯地漸露不耐，「妳父母怎麼會搬來水牛城的？」

我怎麼知道？難道她以爲父母在做出影響一生的重要決定時，會告訴一個六歲小孩原因嗎？「我們開車來的。」我說。珊德絲小姐搖搖頭。我沒有給她好的第一印象。

這時警報響了，是每週三早上的防空演習。我們蹲到桌子底下，並用手臂抱住頭。大人們警告我們要把炸彈當陌生人：不要用眼睛看。你看不到炸彈，炸彈就看不到你。

沒有炸彈——這只是演習。不過，警報聲救了我。

我很難過我們從溫暖的沙漠搬來這冰冷的城市。我怎麼也無法適應，冬天清晨，在水牛城一個沒有暖氣的公寓裡起床。即使穿衣服前先把衣服拿到爐裡烘過都沒用，因爲我們還是得先脫掉睡衣。外頭冷得更兇，凜凜寒風刮著我的鼻子，切進我的腦袋，淚水凍僵在眼眶裡。

我妹妹蕾秋還是個襁褓中的嬰兒。我只記得一團塞滿圍巾手套帽子的雪衣。看不見嬰兒，只有衣服。

在最冷的冬天，即使我全身裹滿保暖的衣物，只要臉從帽子和圍巾裡稍微露出來一些些，大人就會把我叫住問道：「你是女孩還是男孩？」我只能羞愧地垂下眼簾，從沒反問過他們有什麼權利問我。

夏天社區裡可做的活兒不多，就是時間多。

「社區」原來是個陸軍兵營，現在成爲造軍機工人的眷區。眷區裡，所有的父親都在同一家工廠工作，所有的母親都待在家裡當家庭主婦。

老頭馬汀退休了。他坐在他門廊的草坪躺椅上聽麥卡錫[1]聽證會廣播，音量大到整條街都聽得到。「要當心了，」經過他房子時，他總這麼對我說，「共產黨無所不在，無所不在。」我總是嚴肅地點頭，然後趕快跑開去玩耍。

不過，老頭馬汀和我有個共同點。收音機也是我最好的朋友。《傑克班尼秀》和《費柏・麥基與茉莉》總會讓我開懷大笑，雖然有時候我不懂好笑的地方在哪裡；還有《影子》和《吹哨人》總讓我毛骨悚然。

社區外的工人家庭也許已經有電視了，但我們沒有。社區裡連柏油路都沒鋪——只有碎石子路和大型林肯木標明停車路段。我們這裡很少有新的東西。小馬兒拉著賣冰的小販和磨菜刀的推車進來。禮拜六他們只帶馬來沒有車，騎馬兜風賣一毛錢。一毛錢還能買到一大塊賣冰小販用冰鑽削下來的冰。結實滑溜的冰塊閃閃發光，像是一塊永遠不會融化的冰冷鑽石。

社區的第一台電視機是出現在邁肯席斯家的客廳裡。社區裡所有的小孩都央求父母，讓他們到邁家看《午夜船長》。但是，大多數的父母親都不准孩子到邁家。雖然那時已是一九五五年了，社區中還是有一九四九年（我出生那年）大罷工後遺留下來的一些無形的楚河漢界。邁家的「大邁肯」是個「工賊」[2]。單是這個詞就足以讓我對他們家退避三舍。他家的煤房雖然已經重新粉刷過，但你還是能在那顏色深淺有點不同的綠色油漆中，看到「工賊」兩個字的痕跡。

事隔多年，各家的父親們仍然會在餐桌上或後院烤肉架邊，爭論著那次的罷工。無意中聽到血淋淋的罷工戰鬥事蹟的描述，我還以為二次大戰是在工廠開打的呢。有時候晚上全家開車送父親去值夜班，坐在後座的我會縮在車窗邊，偷偷望向工廠大門後那片如今已平靜無事的戰場。

社區裡也有流氓，當年拒絕罷工的那群人的孩子們，也組成了一個令人害怕的小幫派。「嘿，娘娘腔！你到底是男的還是女的？」在社區這小小的天地裡，根本躲不開他們。即使已經走遠了，他們那如吟唱式的奚落聲，都還嗡嗡地在我耳邊作響。

世界嚴厲地評斷著我，於是，我走近，或被推往，孤寂的那一方。

一條高速公路將我們的社區與一片遼闊的草原分隔為二。穿越公路是不被允許的，雖然車流量不大，你得站在公路中間很久很久才可能被車撞上。不過，大人還是不准我穿越馬路，但我照做不誤，而且似乎沒有人會注意。

我撥開公路旁一叢叢高高的，用來作圍籬的棕色雜草。一穿過去，我就到了自己的世界。

在到池塘的路上，我順道去看一群狗狗，牠們住在「防止虐待動物協會」那棟大樓後面的室外狗舍裡。狗兒們看到我靠近網欄時，全都以後腿站立、吠叫起來。「噓……」我趕緊示意牠們，因為我知道這邊不准閒人進入。

一隻可卡把鼻子擠出鐵網上的洞洞，我抓抓牠的頭，一邊找著我鍾愛的爹利小獵犬。牠只到網欄這邊來歡迎過我一次，而且還警覺地嗅著味道。通常不論我怎麼逗牠玩，牠只會把頭枕在前腳上，眼神哀傷地看著我。我好想帶牠回家。我希望有個愛牠的小孩收留牠。

「你是男生還是女生？」我問混血狗。

「汪，汪！」

我看到防虐協會的人時，已經太晚了。「嘿，小朋友，你在這兒做什麼？」被抓到了。「沒什麼，」我說。「我沒有做壞事。我只是和狗狗說話。」

他和善的一笑：「別把手伸進網欄裡，小男孩，有幾隻可是會咬人的。」

我感覺到耳根發熱。我點點頭：「我在找耳朵黑黑的那隻小狗，牠是給好人家帶走了吧，對不對？」

男子稍皺了一下眉頭。「對，牠現在眞的很快樂。」他輕聲地說。

我匆忙離開那裡去到池塘邊抓小蝌蚪，把牠們裝進一個罐子裡。我用手肘支著腦袋，抬眼仔細湊近看小小青蛙往上爬，爬到太陽曬暖的石頭上。

「呱，呱！」一隻黑色的大烏鴉在我上方繞了兩圈後，停在不遠的一顆大石頭上。我們彼此默然相望。

「烏鴉，你是男生還是女生？」

「呱，呱！」

我笑到往後滾到地上。天空是粉藍色的，我假想著自己躺在棉花一樣的白雲裡。潮溼的地面貼著我背脊，太陽好熱，風涼涼的。我覺得好快樂。大自然緊摟著我，似乎不覺得我有什麼不對。

從草原返回時，剛好和工賊黨那群人擦身相遇。他們在一個小斜坡上發現一輛未上鎖的卡車。其中一個年紀大的男孩將手煞車放下，強迫社區裡和我同一區的兩個小男孩，在卡車往下滑的時候鑽過去。

「潔西，潔西！」他們譏笑地喊著衝到我面前。

「布萊恩說妳是女生，但我覺得妳是娘娘腔的男生，」其中一個說。

我沒有說話。

「快說，妳到底是什麼？」他激我。

我揮動雙臂笑著，「呱，呱！」

一個男孩打落我手裡裝著蝌蚪的水罐，罐子掉到石子路上碎開。我又踢又咬，但是他們把我架起來，用條曬衣繩把我的手綁在背後。

「我們要看妳怎麼小便。」說話的男孩把我打倒在地上，另外兩個開始強脫我的褲子和內褲。我嚇壞了。我無法阻止他們。在他們面前半赤裸——被迫裸露下半部的羞恥——取走了我全身的力量。

我被他們推著、架著帶到老傑佛森太太的家，然後他們把我關進堆煤炭的小倉房。煤房裡暗不見光。煤塊的邊緣銳利，像刀片一樣割人。躺著不動痛得厲害，但我一動，傷口與煤塊的碰觸只會讓我更痛。我怕我再也出不去了。

過了好幾個小時以後，我才聽到老傑佛森太太在廚房的聲音。我不知道她聽見煤房傳出踢撞聲音時，心裡想的是什麼。但她打開煤房上那個小小的活板門，見我蠕動著爬上她廚房的地板時，她驚嚇的那個樣子，只差沒立刻倒下一命嗚呼。我站在那兒，全身沾滿煤灰和血跡，雙手被反綁，下半身赤裸。她幫我鬆綁，喃喃咒罵著，然後用毛巾把我包起來送回家。我還得走過一整條街，叫開我父母的門，才能找到避難所。

他們看到我的時候眞的好生氣。我一直不懂爲什麼。我父親不斷打我，一直到母親抓住他的手臂，耳語兩聲才停止。

一週後，一個工賊黨男孩被我碰上。他錯不該一個人在我家附近閒晃。我露出臂肌叫他摸摸，然後朝他鼻子打了一拳。他哭著跑掉了；這是我幾日以來第一次感到痛快。

母親喚我回家吃晚飯。「和妳一起玩的那個男生是誰？」我聳聳肩。

「妳展示肌肉給他看？」

我僵住了，不知道她看到多少。

她笑著說，「有時候最好讓男生覺得他們比較強壯。」我心想，要是她眞的認爲這樣才是對的，她一定是瘋了。

電話響了。「我接。」父親喊道。看他邊聽電話邊怒視著我的樣子就可以知道，是鼻子被我打流血的男孩家長打來的。

「我眞是丟臉呀。」母親向父親說。他從後視鏡裡瞪著我。我只看到他又黑又濃的眉毛。有人告知母親，如果我不穿裙子，就不能再進教堂，那是我寧死不從的事。那時候我還穿著洛伊．羅傑裝[3]，只是沒帶槍。身爲社區裡唯一的猶太家庭，我們的日子已經是夠難過的了，現在連進猶太聖殿也出問題，可謂雪上加霜。我們那時必須開好遠的車才能到最近的猶太教堂。父親在樓下禱告。母親、妹妹和我則只能從樓台往下看，像在電影院一樣。

那時候世界上好像沒什麼猶太人。收音機裡有聽到一些，但學校裡都沒有。猶太人不准到操場玩；高年級生這麼告訴我，而且他們負責把關。

快到家時，母親搖著頭說：「爲什麼她不能和蕾秋一樣？」

蕾秋窘迫地看了我一眼。我聳肩。她的夢想是上頭繡有貴賓狗圖樣的毛呢短裙，和嵌著假寶石的膠鞋。

父親將車子停在家門前的空位。「小姑娘，妳給我直接進房去，不准出來！」是我不好，我要被處罰了。我的頭因恐懼而作痛 。眞希望有什麼方法可以讓我變好、變乖。羞恥感讓我無法呼吸。

太陽快下山了。我聽到爸媽叫蕾秋到他們房裡，一起點安息日蠟燭。我知道簾子已經落下。一個月前，父親在客廳點蠟燭時，屋外傳來嘲笑叫罵聲。我們競相趕到窗前，望向窗外的薄暮。兩個青少年拉下褲子，對著客廳窗戶亮光屁股，「猶太佬！」他們大喊。我父親沒有出去追趕他們；他拉下窗簾。從那時起，我們開始在爸媽臥室裡，把窗簾拉下作禱告。

我們家每一個人都知道什麼是羞恥。

我的洛伊．羅傑裝從髒衣籃裡消失後不久，父親就給我買了一套安妮．奧克莉[4]。

「不要！」我大喊，「我不要，我不要，我不要穿，穿這個好蠢！」

父親攥住我的手臂，「小姑娘，這套安妮．奧克莉花了我四塊九毛，妳一定得穿。」

我想要甩開他的手，但是他抓得好緊，手臂都痛了起來。眼淚留過我的臉頰，「我要大衛．克羅奇特[5]的帽子。」

父親抓得更緊了。「不行。」

「爲什麼？」我哭叫著。「大家都有，爲什麼就我沒有？」

他給了一個我百思莫解的答案。「因爲妳是女的。」

「我快受不了老是有人問我她是男的還是女的，」我無意中聽到母親向父親抱怨。「帶她走到哪裡，就被問到哪裡。」

我十歲了。我已經不再是個小小孩，不能再躲在童稚可愛的保護下。世界對我的耐心正在消失，驚惶的我不知所措。

我很小的時候想著要盡一切努力來改變我身上不對的地方。現在，我不想改變，我只希望人們不要再一直對我發火。

有一天爸媽帶我和妹妹去市區購物。車經過艾倫街時，我注意到一個我分不出性別的大人。

「媽，那個是男—女人嗎？」我大聲問道。

我父母交換了被逗樂的眼神，然後一起大笑出聲。父親從後視鏡瞪著我，「那個詞妳從哪兒聽來的？」

我聳聳肩，不確定在脫口而出前，我是否眞在哪兒聽過。

「什麼是男—女人？」妹妹堅持想知道答案。我也想。

「是怪胎（weirdo），」父親笑著說，「就是那種不事生產的廢物[6]。」

聽不懂答案的我們點了點頭。

突然間，有股不祥的預感浪襲而來。我感到頭暈、想吐。引起這恐懼感的原因，不管它是什麼，都恐怖得不敢讓人再繼續想。這種感覺來得激烈，但也退得很快。

我輕輕推開爸媽的房門看了一下，雖然我知道他們兩個都在上班，但是進入他們的房間是不被允許的，所以我還是環視一圈，以策安全。

我直接走向父親的衣櫥。他的藍西裝在裡面。這表示他今天穿灰西裝。一套藍西裝和一套灰西裝——男人有這兩套就夠了，父親總是這麼說。他的領帶整齊地掛在衣架上。

打開父親的衣櫥抽屜需要更大的膽量。他的白襯衫折疊整齊，全因上了漿而直挺如板。每一件都包在薄薄的棉紙裡面，還像禮物般打上了結。一扯下紙帶，我就知道自己有麻煩了。撕下來的紙不論丟到哪兒，都會馬上被母親發現。我也才想起父親很可能知道他有幾件襯衫，雖然全都是白色的，他說不定還能準確地指出不見的是哪一件。

但是已經太遲了。太遲了。我脫光到只剩棉內褲和T恤，套上父親的襯衫。襯衫之漿硬的，用我那十一歲的小指頭幾乎扣不上領子的鈕扣。我從衣架上拉下一條領帶。多年來我看著父親熟練地以一系列複雜的連續動作翻呀轉呀地打領帶，但是我總搞不清那些步驟。我打了個拙拙的結。我站上小凳子，想把西裝提下來，它的重量使我吃了一驚。西裝掉下去垮成一團。我穿上西裝，看著鏡中的自己。有個聲音躍出我的喉嚨，驚呼的聲音。我喜歡鏡子裡面與我對望的女孩。

還少了樣東西：戒指。我打開母親的首飾盒。那個戒指好大，土耳其玉銀戒上有著看似舞蹈姿勢的花紋，但我看不出來那個舞者是男是女。以前戒指可以套住我的三根指頭，現在只能勉強擠過兩個。

我盯著母親梳妝台的大鏡子，想要看到很久以後這些衣服變得合身的樣子，想要看一眼那時候的我會是什麼樣的女人。

我長得從來都不像席爾思百貨公司型錄上的女孩和女人的樣子。每逢換季，家裡就會收到一本型錄。我一定是第一個看型錄的人，一頁一頁慢慢翻過。所有的女孩或女人看起來都差不多，男孩和男人也一樣。我在那些女孩中找不到自己。我從來沒見過任何女人長得像我自己想像的、我長大後的模樣。電視上出現的女人，沒有一個像鏡子裡映出來的這個小女人，街上也沒有。這個我很確定，因爲我一直在尋找。

有一會兒的時間，鏡子裡那個我將來會變成的大女人也在盯著我看。她看來憂傷膽怯。我懷疑自己是否有足夠的勇氣能夠長大，並且長成她。

我沒有聽到房門打開的聲音。等我看到我父母時已經太遲了。他們兩人都以爲自己該去矯齒醫生那兒接蕾秋，所以全回來早了。

我父母親臉上的表情僵住。我嚇得整張臉失去感覺。

我的地平線上，烏雲密佈。

爸媽沒有談論我在他們臥房偷穿父親衣服的事。我暗自祈禱這一次我會被放過。但是隔天沒多久，父母親忽然說要載我出去走走，他們說要帶我去醫院驗血。我們坐上電梯，到了要抽血檢查的那一層樓。兩個高大、著白制服的男人將我帶出電梯。我父母沒有出來。接著，那兩個人轉身鎖上電梯外面的鐵柵欄。我伸出手想抓爸媽，但是在電梯門關上的時候，他們連看都沒有看我一眼。

恐懼像隻大象壓坐在我的胸口。我幾乎不能呼吸。

一位護士向我解釋醫院守則：我得一早起床，整天都必須待在外面的病房區。我必須穿一件連身裙，坐下時膝蓋要併攏，要有禮貌，別人對我說話時要微笑。還在驚嚇狀態中的我，似懂非懂地點了頭。

我是病人中唯一的小孩。他們把我和兩個女人放在同一個房間。一個是很老的婦人，她被綁在床上，不斷哀號著一些名字，但病房裡沒有那些人；另一個女人比較年輕。「我是寶拉，」她伸出手說。「妳好呀。」她的手腕用繃帶包紮著。她告訴我，她的父母禁止她見男朋友，因爲他是黑人。難過之餘，她試圖割腕自殺，所以被父母送到這裡來。

我們兩個打乒乓球渡過那一天。寶拉教我〈你今晚寂寞嗎？〉的歌詞。我故意裝貓王的低音，讓她開懷得直鼓掌。「做三腳盤和莫卡辛鞋，」寶拉熱心地勸告我。「做愈多愈好，這樣他們就會開心。」我不知道什麼叫做三腳盤。

當晚，我睡不著覺。我聽到男人進入我房間的低語嘻笑聲。我用被單將自己從頭到腳包緊，不出一聲地靜靜躺著。我聽見拉鍊拉開的聲音。尿的味道充滿了我的鼻腔。笑聲愈大了，然後，腳步聲愈走愈遠。我的被單全溼了。我害怕自己會因此被責怪懲罰。

到底是誰這樣對我，又爲了什麼呢？我起床後要問寶拉。

鐵窗外還是灰濛濛的一片時，護士和護理員就已經進來我們的房間，「起床嘍！」他們大叫。

老婦人開始呼喊人名。

寶拉和護理員打架，咬他們的手。他們咒罵她，把她綁在床上，推出房間。

一個護士朝我的床位走來。我還能聞到棉被上乾掉的尿味，如果她也聞到了，我會不會被帶走呢？她讀著病歷表，「潔斯・戈柏」聽她唸我的名字讓我感到害怕。「這上面沒有簽名。」她告訴護理員，然後他們全都走了。

「潔斯・戈柏！」老婦人開始不斷叫著。

午飯後我偷溜回房拿溜溜球。寶拉坐在她的床上，眼睛盯著她的拖鞋。她頭歪著看我，向我伸出手，「我是寶拉，」她說，「妳好呀。」

一位護士走進來。「妳，」她說，手指著我。我跟著她到護理站。她拿了兩個紙杯。其中一個裡面有顏色鮮亮的藥丸，另一個裝著水。我盯著兩個紙杯看。

「吃下去，」護士命令道，「別給我找麻煩。」我已經感覺到和她們有麻煩，代表很可能永遠離不開這裡，所以我乖乖吃了。呑下去不久，走路的時候，開始感覺地板升起來，我好像在膠水裡面走一樣。

我每天做好的三角盤和莫卡辛鞋都比前一天多。我開始注意到一個婦人，她每天對著一個我看不見的鬼魂說話。

我也在病患圖書室發現了《諾頓詩選》——它改變了我的生活。我再三讀著書裡的詩，直到能了解意思為止。不只是因為那些文字是我的眼睛能唱的音符，還有我發現了已作古的女女男男，留下了關於她（他）們種種感覺的訊息，而這些情懷也能與我相應。我終於找到曾經和我一樣寂寞的人。這件事不尋常地讓我覺得安慰。

來到這裡的三個禮拜後，護士帶我到一間辦公室。一個留著鬍子的男人坐在一張大桌子後面抽著煙斗。他告訴我他是我的醫生，說我有進步，年輕很辛苦，說我正處在一個尷尬的階段。

「妳知道妳為何來這兒？」他問我。

我在這三週裡學了很多。我了解到世界不只是能夠評斷我，它還擁有非常大的權力，可以處置我。我不再在乎不受父母疼愛了，獨自在這醫院熬過了三個禮拜後，我已經接受了這個事實。我不在乎。我恨他們。我不信任他們。我誰也不再信任了。我滿腦子只想著逃走，我要離開這個地方然後逃家。

我告訴醫生我害怕醫院裡的男性成人病患。我說我知道父母對我很失望，但是我想讓他們開心，並且以我為榮。我告訴他我不知道自己做錯了什麼，但只要我能回家，醫生要我做什麼，我都願意。我不是說真的，但我還是說了。他點點頭，但是他對如何不讓煙斗熄火的興趣似乎比對我來得高。

兩天後，我父母到醫院來接我回家。我們都沒提起這些事。我的心思全在逃家上頭，等待著最佳時機的到來。我必須每週見心理醫生一次。原本希望不會太久，但後來卻持續了數年。

心理醫生投下炸彈的那一天，我記得清清楚楚：他和我父母一致同意，女子禮儀學校將對我有很大的幫助。一九六三年十一月廿三日，這天深深印在我的腦海裡。我在暈眩中走出他的辦公室。我怎麼受得了上禮儀學校的恥辱！想不出什麼比較不痛苦的路程，我乾脆去自殺算了。

其他人似乎也在同等程度的震驚當中。我回到家時，電視機的音量開得好大，播報員報導說總統在達拉斯遭到槍殺。那是我第一次看到父親哭泣。整個世界都失控了。我關上房門、睡覺，以此逃避。

我原以爲自己一定無法忍受讓禮儀學校的聚光燈，打亮我那些可恥的差異，但是我撐過去了。每回必須在全班同學面前走台步時，我都因憤怒和羞恥而漲紅了臉。

禮儀學校讓我學到了這些事：我不美，也不女性化，而且永遠不會姿態優雅。學校的格言是：進來是女孩，離開是淑女。我是例外。

就在一切看來不可能更糟的時候，我發現到我的胸部開始發育。月經沒帶給我多大困擾。除非我弄的到處都是血，畢竟那只是我和我身體之間的私事。但是胸部！男孩子開車經過時會刻意伸出頭來，用下流的話對我叫喊。雜貨店的辛老闆邊敲著收銀機點收糖果錢，邊盯著我的胸部看。我退出排球隊和田徑隊，因爲一跳或跑，胸部就痛得讓我恨透了。我喜歡我發育前的身體。我曾以爲它是不會變的，怎麼會是現在這樣！

不管世界覺得我是哪裡不對，我終於開始同意他們是對的。罪惡感像嘔吐物般嗆辣我的喉嚨。這種感覺唯一消退的時候，是我回去「不介意之地」的時候。那就是我記憶中的沙漠。

一位戴南族婦人某夜進入我的夢中。她以前幾乎每夜都來到我夢裡，但在幾年前開始心理治療後就停止了。她把我抱到膝上，告訴我去尋找我的先祖，還要我以自己爲榮。她叫我別忘了那只戒指。

我起床時天還沒亮。我蜷在床腳聽著窗外暴風雨的聲音。閃電擊亮了整個夜空。我等到爸媽起床穿好衣服後，溜進他們的房間拿戒指。白天在學校的時候，我躲在廁所裡看那只戒指，它會有什麼力量？什麼時候會保護我？我想它大概和《午夜船長》的魔戒一樣——你得自己發掘。

當晚吃飯時，母親笑我說：「昨晚妳睡覺時又在說外星話了。」

我砰一聲放下叉子，「那不是外星話。」

「小姑娘，」父親怒道：「妳可以回房了。」

我經過高中教室的走廊時，一群女生大聲尖叫道：「那是動物，植物還是礦物啊？」我不屬於她們分類中的任何一種。

我有了個新的秘密。這件事情太嚴重了，我知道自己不能告訴任何人。我在科文戲院星期六日場電影時段，發現了關於自己的一些事情。某日午後，看完電影，我還不想回家，就在戲院的廁所裡待了許久。出來時，戲院正在放成人電影，我偷溜了進去看。當蘇菲亞羅蘭身子緊靠上男主角時，我整個人都化了。他們親吻時，她的手摟著男主角的後頸，她長長的紅指甲滑過對方的肌膚。我因愉悅而顫抖著。

之後，每個星期六我都躲在戲院廁所，好偷溜進去看成人電影。一種新的欲望折磨著我。它讓我感到害怕，但是我很清楚絕不能向任何人吐露這個祕密。

我在自己的寂寞裡，幾近滅頂。

有一天，我的高中英文老師諾柏太太出了一個作業：準備一首自己最喜歡的八行詩向全班朗讀。同學們有些開始發出抱怨聲，說沒有最喜歡的詩，而且這作業聽起來，好─無─聊。但是我卻開始感到緊張。如果我唸我喜歡的詩，我的秘密就會被別人知道。但是，要我唸沒感覺的詩，那又像是背叛了自己。

第二天輪到我朗誦的時候，我拿著數學課本上講台。學期剛開始的時候，我用牛皮紙袋替課本做了封面，然後在內頁抄上一首愛倫坡的詩。

我清了清喉嚨，看看諾柏太太。她微笑地對我點頭。我讀了前面八行：

自小，我便不是
像其他人那樣──我沒有看到
其他人看到的──我沒有辦法

從共同之泉提煉我的熱情。
我也沒有從那兒汲取過
我的憂傷；我不能喚醒
我的心雀躍於同一聲調；
而所有我愛的，只能獨愛。

我試圖以平板、不帶感情的聲音唸出來，這樣同學們才不會了解這首詩對我的意義。不過他們的眼神已經出現一副無聊得快睡著的樣子。我停止注視，走回座位。經過諾柏太太身旁時，她擰了一下我的手臂，抬頭一看，我看到她的眼眶裡噙著淚。她看我的樣子，讓我也好想哭。她的眼神裡沒有一絲責備，而且她好像眞的看見了我。

整個世界都在改變，可是在我的生活裡什麼都看不到。我知道民權運動的唯一途徑是送到我家的《生活週刊》。每個禮拜，我總是搶先第一個看。

讓我全身沸騰的影像是一張兩個飲水池的照片，飲水池上頭分別標著「有色人種」、「白人」。其他的照片讓我看到勇敢的人們——深膚色或淺膚色的人們——他們要改變這種區隔。我讀他們的抗議標語。我看到他們在校園午餐桌前流血，與伯明罕面無表情的警察部隊激烈對峙。我看見他們身上的衣服，被消防水柱和警犬撕裂。我心想著自己能否那般勇敢。

我看到一張在華盛頓特區的照片，我從未想過可以有那麼多來自各處的人齊聚在一個地方。金恩博士[7]正在對群眾訴說他的夢想。我希望自己也是在場的一份子。

我看著父母讀相同一本雜誌時，沒有表情變化的臉。他們對此未置一詞。世界正在翻天覆地地改變，而他們卻像瀏覽百貨公司型錄那般，安靜地翻閱雜誌。

「我好想到南方參加自由之行[8]。」有天晚餐時，我大聲地說出來。我看見父母親隔著餐桌，交換了一系列複雜的眼神。他們繼續沈默用餐。

我父親放下刀叉。「那跟我們沒有關係。」他堅定地結束這個話題。

母親望望他再望望我。我看得出來，她想不計代價避免一觸即發的衝突。她笑著說：「你們知道我搞不懂什麼嗎？」

我們全轉頭看她。「那首『彼得、保羅、瑪麗』唱的歌有沒有？答案是，吾友，在風中飛揚？」我點了頭，想知道她的問題是什麼。

「我真搞不懂在風中飛揚有啥用處。」我父母同時爆出一陣大笑。

我十五歲時有了第一份打工工作。這工作改變了一切。在得到父母批准之前，我必須先讓心理醫生相信打工對我有很大的好處。我說服了他。

我在一家打字行做手工排字。我告訴同班同學，也是我僅有的朋友芭芭拉說，我沒有工作會死，所以她姊姊幫我找到這份工作，還幫我說謊，發誓我有十六歲。

打字行沒人在乎我穿牛仔褲和T恤。每個禮拜結束前，他們付給我一疊紙鈔，而且同事也都對我很好。不是他們沒有注意到我的不同，只是他們不會像高中學生一樣那麼在意。每天一放學，我就趕快脫掉裙子衝去上班。同事會問我那天過得如何，然後告訴我他們高中時候的事。

有一天，另一層樓的一個打字工問我的領班艾迪，「那個T是誰？」艾迪只是笑，兩人邊講著話離開了。與我比鄰工作的兩個女人，轉過來看我是否受到傷害。而我只是覺得更加困惑。

那晚的晚餐休息時間，我的朋友葛羅莉亞坐在我旁邊吃飯。不知爲什麼，她忽然開始講起她的哥哥——他很脂粉氣，喜歡穿女人衣服。但她還是一樣愛她哥哥。她最討厭別人對待她哥哥的樣子，因爲不管怎麼樣，她哥那樣子又不是他的錯。葛羅莉亞還說，有回她甚至跟她哥哥去到他和朋友常混的那間酒吧，裡頭所有那些男子氣的女人都來找她聊天。她說這話時，人在發抖。

我不知道她爲何要告訴我這些。「那是什麼地方？」我問她。

「什麼？」她看來有些後悔開始了這個話題。

「那個有那些人的地方在哪裡？」

葛羅莉亞嘆了口氣。

「拜託嘛。」我央求她，我的聲音在發顫。

她先左右看了看才開口。「在尼加拉瓜瀑布城，」她低聲道，「妳問這幹嘛？」

我聳聳肩。「叫什麼名字？」我試著用很輕鬆的口吻問。

葛羅莉亞深深嘆了口氣。「提夫卡。」她只說了這三個字。

---

1 麥卡錫（Joseph R. McCarthy, 1908-57）：美國威斯康辛州選出的參議員麥卡錫，一九五〇年聲稱共產黨思潮已滲透政府部門，從此發起大規模的肅清行動，舉凡倡議社會改革的異議分子、鼓吹種族平等的社會運動者，皆被視爲共產黨的同路人，成爲這場政治鬥爭下的犧牲品。後來的人以「麥卡錫主義」指稱不正當的調查及指控。

2 Scab：不願參加罷工的人，破壞罷工者，接受低於工會規定工資工作的人，拒絕參加工會罷工，頂替罷工工人工作者均稱 scab。

3 Roy Roger：美國四、五〇年代西部片電影紅星，曾被稱爲「牛仔之王」。

4 安妮．奧克莉（Annie Oakley, 1860-1926）：美國西部女英雄典範，生前爲神射手，巡迴各地做表演。在此指該服裝爲女性穿著的裙式牛仔裝。

5 大衛．克羅奇特（Davy Crockett, 1786-1836）：十八世紀美國探險家。他戴由浣熊毛製成，尾巴從後垂下的帽子。

6 原用字爲 beatnik——披頭族，此詞來自 The Beat Generation，一般譯爲「垮掉的一代」或「披頭世代」。二次大戰後，美國一些年輕人對社會現實狀況不滿，又迫於麥卡錫主義的反動政治高壓，而衍生出的青少年次文化。披頭族意圖超脫社會習俗所施加於人們身上的限制，追求在物質與心靈層次間游移。他們抗拒財產及社會地位的負累，不屑傳統穿著方式、鼓吹共同生活制度(communal living)、吸食迷幻藥、崇尚無政府主義。他們的最愛是爵士樂 bebop。

7 金恩博士（Martin Luther King, Jr., 1929-68）：美國黑人民權運動領袖。以溫和的手段，促使美國政府修改民權法案，最後獲得諾貝爾獎。他在一九六三年華盛頓大遊行中，發表了著名的演說《我有一個夢》。

8 Freedom Ride：民權工作者乘坐公車等在美國南方各州，爲抗議種族隔離而作的示威性旅行。

CHAPTER 3

過了將近一年，我才鼓起勇氣打電話查詢提夫卡的地址。終於，我站在酒吧前的街上，緊張得快要死掉。心裡想著爲何覺得自己會屬於這個地方。而萬一不對呢？

我穿著紅藍條紋的襯衫，遮住胸部的深藍色夾克，熨燙過的黑色斜紋布長褲，還有黑色凱德高筒球鞋，因爲我沒有正式的皮鞋。

一腳踩進去時，那兒看來就只是個酒吧。煙霧瀰漫中，我看到幾張臉掃視過來，上上下下打量著我。沒有回頭的餘地，我也不願回頭。這是第一次我可能找到同樣的人。我只是不知道該怎麼打進這個社群。

我直直向吧台挺進，點了杰尼啤酒。

「妳多大了？」酒保問我。

「夠大了。」我頂回去，把錢放在吧台上。吧裡迴盪起嘻嘻的笑聲。我啜了一口啤酒，試圖裝酷。一個有些年紀的扮裝皇后仔細地打量著我。我拿起啤酒，往煙霧瀰漫的後頭走去。

我在那兒看到的景象，令我抑止多年的眼淚奪眶而出：打領帶，穿著西裝，壯碩、魁梧的女人。她們的頭髮油亮服貼地往後梳起——完美的鴨尾式髮型[1]。她們是我見過最英俊的女人。有幾個正在跳著慢舞，舞伴穿著緊身裙裝和高跟鞋，手溫柔地撫觸著她們。單只是看著，我的身體就因有需求而發疼。

那就是我一生最希望的事啊。

「妳以前來過這樣的吧嗎？」那個扮裝皇后問我。

「很多次呀。」我很快地答道。她笑了。

然後我好想問她一件事情，所以忘了我扯的謊。「我眞的可以請女生跳舞和喝酒嗎？」

「當然了，甜心，」她說，「不過只能請婆而已。」她笑道，並告訴我她叫夢娜。

我看到一個獨坐的女人。老天，她好美呀。我想和她跳舞。頂尖四人組正在唱〈寶貝，我需要妳的愛〉。我不確定自己會不會跳慢舞，但我在失去勇氣之前，一個快步衝到她面前。

「妳願與我跳舞嗎？」我問。

夢娜和酒保過來把我架起，幾乎像是用抬的一樣把我抬到前面的吧台，放我坐到一張凳子上。夢娜把手放在我肩上，眼睛死盯著我說，「小鬼，有幾件事我應該先告訴妳的，是我的錯，我告訴妳可以請女人跳舞。但第一件妳應該要知道的事是——別找艾爾的女人！」

我正想把這點記牢時，感覺到艾爾的身影逼近。酒保忙站在我們中間，扮裝皇后們將她簇擁到後廳。不過是一瞬間的事，對這個女人的驚鴻一瞥已令我震驚無言。看艾爾一眼，如同注視著力量的象徵；一種令我害怕揮之不去，又害怕遺忘的記憶。

這短暫的騷動過去很久之後，我還坐在吧台發抖。我覺得自己像是被流放了，比剛進來時更感到寂寞，因爲現在我知道自己不屬於的是什麼。

一陣紅光閃過吧台。夢娜抓住我的手，拉著我穿過後廳進到廁所。她把馬桶蓋放下，要我爬上去。她半掩上廁所門，告訴我待在那兒別出聲，條子來了。所以我就蹲在那兒。蹲了很久。要不是一個婆上廁所打開門被我嚇得半死，我還不知道警察早就拿了老闆的錢走了。完全沒有人記得廁所裡還有個小鬼躲在裡頭。

我從廁所裡出來時，後廳所有的人都看著我大笑。我只好再度退守到前面吧台，叫了一杯啤酒。

然後我感覺到有隻手放在我的肩膀上。是那個我邀舞的美女。是艾爾的婆。

「來，甜心，跟我們一塊兒坐。」她邀道。

「不了，我在這兒很好。」我極盡英勇地回答。但是她用手臂溫柔地摟住我，把我從高凳子上帶了下來。

「來嘛，過來一起坐，沒關係的，艾爾不會傷害妳。」她要我放心。「她只是裝裝樣子嚇人。」此話令我存疑，尤其是在我走近她們的桌子，艾爾站起身的時候。

她是個高大的女人。我不知道她實際有多高。我還只是個小鬼。而她在身高和氣勢上，都遠超過我。

我立刻就喜歡上她堅毅的臉龐、下顎的弧線、眼裡的憤怒、舉止的神態。藏在她運動外套下的身體，同時又形露於外。弧線與褶痕。闊背、寬頸。緊綁著的碩大雙乳。封褶在白襯衫、領帶和外套下的臀部隱而不現。

她把我從頭到腳打量一回。我劈開步子挺起胸。她看到了。她不願露出笑容；但眼睛似乎露出了微笑。她伸出厚實的手。我也伸出手。她握手的結實力道讓我嚇了一跳。她使勁一握，我也大力回敬。幸好我沒有戴戒指。她將手再握緊，我也照做。然後，她終於笑了。

「妳有希望。」她說，我感激的漲紅了臉。

我想有些人可能會說這種握手只是虛張聲勢的表態。但它對我的意義不只如此，即使到現在也是。那樣的握手是一場挑戰，不只是衡量對方力道的一種方法，而是在漸進的鼓勵下，激出彼此的力量。在力道最強的那一刻，達到平等，才算是眞正的握手認識。

我算是眞的認識了艾爾。我好興奮，也很害怕。而我是不需要害怕的：從來沒有人對我那麼和善。她是對我粗聲粗氣的沒錯，但是，她也攏弄我的頭髮，摟我的肩膀，用一種比輕拍用力、比掌摑溫柔的方式拍我的臉頰。我感覺好舒服。我喜歡她叫我小鬼時聲音中的親暱，而她常這麼叫我。她將我攏在羽翼下，教導我一切她認爲一個小T在開始這樣一個危險、痛苦的路程時，所應該學習的重要事情。她以她的方式，很有耐心地對待我。

在那個時候，油水區[2]的酒吧容納同性戀的程度以比例劃分。提夫卡差不多有四分之一的比例。這表示我們有四分之一的桌子和舞池。其他的四分之三經常侵佔我們的空間。艾爾教我如何守住地盤。

我學到了將警察當成天敵那樣畏懼，學到了憎惡皮條客，因爲他們控制著許多我們深愛的女人。我也學到了歡笑。那個夏天，週五、週六夜晚充滿了歡聲笑語、溫柔的調情。

扮裝皇后們會坐在我的大腿上，跟我合照拍立得照片。我們到很後來才知道，幫我們拍照的人是個臥底警察。看著歐蕾悍T[3]，就看見自己的未來。我也從艾爾和她女友賈桂琳身上，知道了我希望從另一個女人身上得到什麼。

她們任我黏了她們一整個夏天。我告訴父母週五、週六晚上都要加班，「好存錢上大學。」然後在一個住處離工作地點很近的同學家過夜。他們相信我的說詞。整個禮拜我都在數日子，只等著週五晚上提早打卡下班後，立刻奔到尼加拉瓜瀑布城。

酒吧打烊後，我們帶著八分醉意走上街，賈桂琳在中間用手臂摟著我們，左右兩邊一邊一個。她會頭一甩仰頭向天，說：「老天，感謝祢賜給我這兩個帥T。」艾爾和我身子往前一探，對彼此眨眼。然後我們一起開懷大笑，以身爲我們這樣的人而開心，以能夠這樣在一起而快樂。

週末時，她們讓我在舒服的老沙發上過夜。清晨四點，賈桂琳煎蛋，艾爾開始給我上課——課程永遠都是一樣的：要我更堅硬。艾爾從來沒說過會碰到什麼樣的事情。從來沒有明說。但我有感覺一定很恐怖。我知道她在擔心我是否撐得過去。我自己也在想我是否已作好準備。但艾爾給我的訊息是：妳還沒有！

這眞令人洩氣。但是我明白，艾爾是想讓我對如此辛苦的人生趕緊有所準備，才會講重話。她從未有意傷我。她以她所知道的最好方式培養我T的力量。而且常常提醒我，她剛出道的時候，可從來沒人指點過她，但是她撐過來了。這點有著奇特的安慰力量。艾爾可說是我的導師。

艾爾和賈桂琳爲我梳洗整裝。我沒有誇張。賈桂琳在她們家廚房幫我理髮。她們帶我去二手店買我的第一件運動外套和領帶。艾爾從衣架上拿下一件又一件的外套讓我試穿。賈桂琳一次次，頭微仰，搖頭。終於，賈桂琳拉整我的衣領，滿意地點了頭。艾爾讚賞地輕輕吹了聲口哨。我已經升上T的天堂！

接著是領帶。艾爾親手幫我挑選了一條黑色絲質窄領帶。「黑色領帶絕對錯不了。」她嚴肅地這麼告訴我。而，當然，她是對的。

好玩是好玩，但是性這件事正內外煎熬著我。艾爾看得出來。一晚，在廚房桌上，艾爾拿出一個紙盒遞給我，要我打開。裡面是一只橡膠假陽具[4]。我大吃一驚。

「妳知道這是什麼？」她問。

「當然。」我說。

「知道怎麼用嗎？」

「當然。」我撒謊。

賈桂琳將碗碟洗得咯咯作響。「艾爾，拜託妳，饒了小鬼好嗎？」

「T一定得懂這些事情。」艾爾堅持。

賈桂琳丟下抹布，惱火地離開廚房。

這是T之間的「父子談話」。艾爾說，我聽。「妳懂嗎？」她再問一次。

「當然，」我說，「我懂。」

賈桂琳回到廚房時，艾爾已經覺得該教我的都教了，可以告一段落了。

「還有一件事，小鬼，」艾爾補充，「別像那些悍T一樣，戴上這個就向人炫耀。要有點分寸，懂我的意思嗎？」

「當然。」我說。其實我不懂。

艾爾離開廚房去洗睡前澡。賈桂琳擦拭碗盤擦了很久，久到剛好能讓我臉上的紅暈消退，太陽穴也停止砰砰跳動。她在我身旁的椅子坐下來。「甜心，艾爾說的話，妳都懂嗎？」

「當然。」我說，並且發誓不再說當然二字。

「妳有什麼不懂的嗎？」

「嗯……」我很慢地開始說，「整個聽下來好像是需要練習一下，不過我大概抓到意思了。我是說，日昇月落的就那麼回事嘛，反正就是要練習才能做好。」

賈桂琳露出疑惑的表情。然後轉爲大笑，笑到眼淚流下她的臉頰。「甜心，」她開始說話了，但笑得太激烈，語不成聲。「甜心，妳不能從《工藝雜誌》[5]裡學做愛。那個是不會教T如何變成好的愛人的。」

這就是我極需知道的啊！「那什麼可以讓T變成好的愛人呢？」我問，用一種答案對我而言並沒那麼重要的口氣。

她的臉變得柔和。「這有點難解釋。我想，好的愛人的意思是尊重婆，聆聽她身體的需要。即使有時候有點激烈，即使那是她想要的，無論如何，妳內在要有一個溫柔的出發點。我這麼說，妳聽得懂嗎？」

不懂。我要的資訊不只這些。不過後來，這些的確成了我所需要知道的。只不過它花了我整個後半輩子來思考它的意思。

賈桂琳從我手中拿走橡膠陽具。難道從剛才到現在，我一直把它握在手裡？她小心地把它放在我的大腿上。我的體溫升高。她開始輕輕地撫摸，就好像它是一件美麗的物品。

「妳知道嗎，妳能用這個東西讓一個女人感覺非常舒服。有可能給她前所未有的快感。」她停止撫弄。「也可能傷了她，讓她想起一生裡受過的所有的苦。每回戴上這個之前，先想想這些，這樣，妳就能當一個好的愛人。」

我等著她繼續往下說，結果沒了。賈桂琳站起身收拾廚房。我上床睡覺，試圖在睡著前記住今晚的每個字句。

莫妮卡開始跟我調情時，整個吧裡的人都在看。莫妮卡讓我怕得要死。賈桂琳有回告訴我莫妮卡把性當武器用。莫妮卡是眞的想要我嗎？所有的T都說是，所以應該是眞的。不知怎的，每個人都即刻知道莫妮卡會終結我T的童貞。

週五晚上，眾T們捶我的肩膀，拍我的背，調正我的領帶後，把我送到莫妮卡那一桌。和莫妮卡離開時，我注意到所有的婆都沒有鼓勵我的表示。賈桂琳爲什麼不看我呢？她只是用她長長的紅指甲敲著威士忌酒杯，眼睛直盯著杯子，好像整個吧裡只有那只杯子。難道她比我先預知到接下來的慘劇？

隔天晚上我很晚才到吧，內心希望莫妮卡和她那一伙人不會在。她們已經等在那裡了。我偷偷摸到我們那桌坐下來。沒有人知道前一晚到底發生了什麼事。但是每個人都知道大事不妙。

我坐著，想到昨夜的約會，深陷在自己的恥辱中。到達莫妮卡家時，我已經好害怕。我想到其實我並不眞的了解怎麼做愛。何時該開始，又，然後呢？我應該做什麼？而且莫妮卡眞的把我嚇壞了。突然間，我改變了主意。我不想做了。我緊張地亂說話。莫妮卡開始假笑。我從沙發移坐到椅子，她也跟著。「怎麼了？」她譏嘲地說。「妳不喜歡我呀，嗯，怎麼回事？」我不斷閒扯，到後來她惱怒地站起來。「妳給我出去！」她的聲音聽來已受夠我了。鬆了口氣的我含糊地直說抱歉，然後就拔腿逃離她家。

但是回到吧後，我逃避不了後果。我坐在正對著莫妮卡的桌子旁，不停用手揩拭前額，好像這麼做就能將昨夜的記憶擦掉。我心想著這個夜晚會有多長？很長。一個很長的夜晚。

莫妮卡跟她身邊的一個T耳語。那個T穿過大廳，走向我們這桌。「喂，」她叫我。我沒抬頭。「喂，那個婆，要不要和眞正的T跳舞啊？」

我坐立不安。艾爾小聲地和那個T說了幾句話，我聽不見。

「喔，抱歉，艾爾，我不知道她是妳的婆。」

我們還沒弄明白是怎麼回事，冷不防地艾爾就起身給了那個T一拳。然後艾爾看著我，充滿期待，「如何？」她說。她把痛得彎腰的T扶正。艾爾要我打她，以保住我的顏面。我想不出來在場有誰是我想揍的，除了我自己吧。我早就顏面盡失了。

莫妮卡身邊的T全站起身，作勢要走過來。艾爾和我們這邊的T在桌前站成一道人牆保護我。賈桂琳把手放在我大腿上，暗示我不想打就不要打。她其實不需要這麼做的。夢娜也過來站在我身後，雙手放在我的肩上。所有的婆也站在我這一邊。而我坐著，手摀住臉搖頭，希望一切趕快停止。但是，它沒有停止。

終於，莫妮卡那幫人退回去了。但是她們沒走之前，我們這邊的人一個也不能走，不然就會被她們從背後偷襲。這將是個漫長的夜晚。

艾爾氣極了。「妳就讓那傢伙對妳那樣說話？」她用拳頭重擊桌子，以示憤怒。

「艾爾，妳閉嘴，」賈桂琳打斷她。這讓我吃了一驚，抬起頭來看著她。賈桂琳瞪著艾爾。「別折騰小鬼了，行不行？」

艾爾不再對我吼叫，但是她把身子別過去看著舞池中的人跳舞。她的身體語言告訴我，她還是對我很火大。而賈桂琳就像前晚一樣，用手指敲著威士忌酒杯。好久好久以後，我才學會婆的摩斯密碼。

過了一會兒，酒吧人潮開始漸漸散去。伊薇進來。賈桂琳看著她，眼神露出明顯的關切之情。

「怎麼回事？」我問，從自己的自憐中乍醒。

賈桂琳定定地看了我，「妳說呢？」她道。

我看著伊薇。她和賈桂琳一樣，從十多歲開始，就在街上討生活。艾爾讓賈桂琳不用再上班。艾爾在車廠工作的薪水，夠她們兩人過活。

伊薇沒有在工廠上班的T。除了一起討生活的女孩，她什麼人都沒有。

「她好像今晚很不如意。」我說。

賈桂琳點頭。「街上是很殘酷的。我們在那兒受的傷可重了。」

我驚訝於這句話所流露出的親密。然後她似乎要換個話題。「妳覺得她現在需要什麼？」賈桂琳問我。

「獨處。」我說，想著我自己所需要的。

她笑了。「對，她想獨處。她今晚最不需要的就是，還有人想從她身上要求任何東西。但是如果有人能安慰她，那倒是不錯的。懂我的意思嗎？」我好像懂。「她也許會喜歡像妳這樣的T邀她跳舞，妳知道嗎？不是要追求的那種？」

我應該能做到這個。能除掉羞恥痛苦的我都想試。

賈桂琳拉著我的袖子。「溫柔一點，懂嗎？」

我點頭，慢慢走向伊薇的桌子。她的頭埋在手裡。我清清喉嚨。她疲憊地看看我，吸了一口飲料。「妳要什麼?」她說。

「嗯，我在想，妳願意和我跳支舞嗎?」

她搖頭。「寶貝，也許待會兒，好嗎?」

也許是因爲我就這麼杵在那兒。沒有跳舞，要從莫妮卡那桌和我們的桌子面前走回去，是不可能的。我沒有想到這一點。賈桂琳有想到嗎?也或許是因爲賈桂琳的眼神和伊薇的目光接觸。終於，伊薇說，「好吧，來。」她站起身來準備跳舞。

我站在舞池中央等她。羅伊·歐卜森的嗓音夢幻滑暢。我挺直站著，握著她的手，直到她放輕鬆了些，靠向我。我們跳了一會兒後，伊薇說，「妳知道妳不必憋住氣的，嗯?」我們兩人同時放聲大笑。

然後我感覺到她又貼近一些，兩個身體漸融成一體。我發現了婆能給T的所有甜蜜驚喜：她的手搭住我的頸背，或是平放在我肩上，或是輕握成拳狀。她的腹部和大腿碰觸到我身體的感覺。她的嘴唇幾乎觸著我的耳朵。

音樂停了，她開始抽身離開。我溫柔地握住她的手。「再來一支吧?」我求道。

「甜心，」她笑道，「妳講對通關密語了。」

我們連續跳了數首慢舞。我們的身體隨著音樂自如地旋轉擺動。撫著她的背的我的手，一點點力量的變化，便改變了她身體的動作。我一次也沒將腿抵住她的大腿內側。我知道她那兒受了傷。雖說我是個年輕的T，那地方也是我保護自己的位置。我感覺到她的痛，她知道我的苦。我感覺到她的慾望，她激起我的渴望。

最後音樂結束，我放她離開。我在她頰上一吻謝謝她，走過舞池，回到我的位子。我已經永遠的改變了。

賈桂琳拍拍我的大腿，給我一個甜美的微笑。其他的婆──男的或女的──都對我另眼相看。這個世界將我們撂到地上的同時，她們用著一切方法保護、滋養我們的溫柔。我的溫柔能量……她們剛才看見了。

其他的T們現在必須承認我也具有性魅力，是個競爭對手了。連艾爾都對我刮目相看。

整個過程是如此痛苦，絕不亞於任何一種成年禮。我並不就此趾高氣揚。它讓我學習到，想要釋放出一個女人熱情的能量，謙遜正是最得當的態度。

對敵人強悍，以溫柔對待我所尊敬、愛慕的人。這就是我想成爲的樣子。我是否具備這些特質，很快就會受到測試。不過此刻的我，是很滿足快樂的。

隔週週五夜，吧裡熱鬧非凡。大家開心地跳舞說笑。我從眼角搜尋伊薇蹤跡。賈桂琳也許早已猜到，因爲她向我解釋，伊薇的老鴇不准她有固定的T件。我的胃因憤怒而緊縮。但是我還是期待她會來。畢竟老鴇不可能什麼事都知道的嘛。

紅燈閃過吧台時，我躲進女廁，踏上馬桶，就定位。過了很久一段時間。我聽到碰撞聲和叫罵聲。然後一片沉靜。

我從廁所門偷看出去。所有石頭T與扮裝皇后都面壁排成一排，手被反銬在背後。被警察認出是娼妓的幾個婆，被粗暴地拉開到另一邊。這時我已經知道，她們起碼得替警察口交，今晚才能逃過在牢房裡過夜的命運。

一個條子看到我，抓住我的衣領把我揪出來。他用手銬銬住我，把我扔過大廳。我想找艾爾，但大家已經陸續被帶上警車。

賈桂琳快步到我面前。「互相照顧，」她說，「小心點，甜心。」她補充道。我點頭。我的手腕因緊緊被銬在背後而發痛。我害怕。我會儘量當心。我希望艾爾和我能照應彼此。

我要被押上車時，T坐的那輛廂型警車已經滿了，所以我與夢娜和其他扮裝皇后們坐同一輛警用大汽車。這令我安心了些。夢娜親吻我的臉頰，要我別害怕。她說我會沒事的。如果眞的不會有事，爲何所有扮裝姊妹看來都和我一樣害怕？

到了警局，我看見伊薇與莫妮卡，她們也已因爲街頭掃蕩而被逮捕。伊薇給了我一個鼓起勇氣的微笑，我眨眼示意。一個條子從後面推我，我被押著進入關T的那間牢房。進去時，艾爾正好被押出來。我叫了她的名字。但她好像沒有聽見。

我被關起來。至少現在手銬解開了。我抽了一支煙。接下來會發生什麼事呢？我從鐵柵欄窗戶看見警察在登記週末T的名字。艾爾則被帶往另一個方向。

扮裝皇后們被關在我們隔壁的大牢房。夢娜和我交換微笑。這時，三個警察叫她出來。她的身體稍微往後退了一步。她的眼裡有淚。然後她往前走出去，而不是被他們拉出牢房。

我等著。到底會發生什麼事？

大約一個小時後夢娜被帶回來。看到她，我的心碎了。她被兩個警察拖著，連站都站不住。她的頭髮溼了，黏在臉上。妝全化了。血沿著她的長筒無縫絲襪後面流下來。她被丟進我旁邊的牢房，躺在她倒下去的地方。我幾乎不能呼吸。我輕聲對她說：「甜心，妳要根煙嗎？要抽煙嗎？過來我這邊好嗎？」

她看來茫然，不願移動。終於她挪到靠近我的鐵條旁。我點了一根煙遞給她。她抽煙時，我把手伸過鐵條輕輕摸她的頭髮，然後把手放在她的肩上。我輕聲地與她說話。有好久的時間，她似乎都沒有聽見我在說話。後來她將額頭靠在鐵條上，我伸手抱住她。

「那會改變妳，」她說。「妳在這裡碰到的事，每天在街上遭受的——妳會被改變，妳知道嗎？」我聽著。她笑了，「我想不起來我在妳這年紀時，有沒有妳這麼好心腸。」她的笑容退去。「我不要看到妳改變。我不要看到變得冷硬的妳。」

我好像聽懂她的意思。但那時我好擔心艾爾，而且也不知道自己接下來會碰到什麼事。也許這聽來像是個有哲理的思辯；但是我不知道自己能不能活到被經驗改變的年紀。我只想活過今晚。我要知道艾爾在哪裡。

條子告訴夢娜有人保釋她。「我現在一定很醜。」她說。

「妳現在很美。」我說。我是說眞話。我看了她最後一眼，想著，跟她在一起的男人是否有我這麼愛她。

「妳眞是個討人愛的T。」夢娜在走前這麼說。聽了眞令人舒服。

夢娜走後，艾爾被拖進來。樣子糟透了。她的襯衫半開，褲子拉鍊被拉到底。束胸不見了，碩大的乳房散開，頭髮溼透。血從她的嘴和鼻子冒出。她看來和夢娜一樣，精神恍惚。

條子把她推進牢房。然後他們向我走來。我後退到沒路，背碰到鐵條。他們止步笑著。一個條子用手磨擦他的胯下。另一個把手放在我胳膊下，把我舉起來離地數吋，重撞到鐵條上。他的拇指用力地壓擠我的乳房，膝蓋擠開我的大腿。

「妳很快就會長高到腳能碰到地面。那個時候，我們就會像照顧妳的姊妹淘艾莉森那樣照顧妳。」他譏諷著說。然後他們就走了。

艾莉森。

我拿著我的煙和Zippo打火機，偷溜到艾爾癱坐的地方。我在發抖。「艾爾。」我叫她，整包煙遞過去，她沒有抬頭。我把手放在她手臂上。被她輕抖開。她始終未抬頭。只讓人看得到她寬闊的背和肩膀的弧線。我不加思索地把手放到她肩上。她沒有拒絕。

我一手抽煙，另一手輕撫她的背部。她開始輕顫。我張開雙臂環住她，感覺到她的身體不再緊繃。她受傷了。在此時，父母成了孩子。我要堅強。在我的雙臂中也有慰藉。

「嘿，快來看，」一個警察叫道。「艾莉森給自己找了個小T。她們看起來好像兩個搞玻璃的[6]。」他們大笑。

我將她再拉近，彷彿就能抵擋他們的訕笑，她在我的懷裡就能安全。我一直嘆服於她的強壯。此時我感覺到她背部、肩膀和手臂上的肌肉。我體驗到這個石頭T的力量，即使她是如此疲憊地躺在我的懷裡。

條子宣佈賈桂琳繳了我們的保釋金。條子最後和我說的話是，「妳會再回來的。別忘了我們是怎麼招待妳的大哥。」

他們做了什麼？疑問再次浮現。賈桂琳看看艾爾的臉，再望向我，問著同樣的問題。我不知道答案。艾爾什麼也沒說。在車裡賈桂琳抱艾爾的姿勢，令人乍看之下像是艾爾在安慰賈桂琳。坐在前座不出一聲的我也需要安慰。我並不認得開車的男同志。

「妳還好嗎？」他問。

「當然。」我想都沒想地回答。

他送我們回到艾爾家。艾爾像是失去味覺般地吞下炒蛋。她沒有開口。賈桂琳緊張地來回看著我們兩個。我吃完後開始洗碗。艾爾進去浴室。

「她會在裡頭待很久。」賈桂琳說。

她怎麼知道？難道這種事發生過很多次了？我擦乾碗盤。賈桂琳將注意力轉向我。

「妳還好嗎？」她問。

「嗯，沒事。」我說謊。

她靠近了些。「他們有傷害妳嗎，寶貝？」

「沒有，」我謊道。我體內正砌築起一道磚牆。這道牆並不能保護我，我卻冷眼看著，彷彿磚塊不是我親手堆上去的。我轉身拉遠與賈桂琳的距離，以示有要事相問。「賈桂琳，我夠堅強嗎？」

她走到我身後，手放在我肩膀上將我扳轉過身來，再將我的臉拉近貼上她的臉頰。「誰夠呢？寶貝，」她輕道，「沒有人夠堅強。只能儘量地撐過去。像妳和艾爾這樣的T是沒有選擇餘地的。事情就會是那樣。妳只能設法熬過去。」

我已急躁地丟出下一個問題。「艾爾要我強悍。妳，夢娜還有其他婆卻總是告訴我要體貼溫柔。我怎能兩者兼顧？」

賈桂琳摸摸我的臉頰。「艾爾是對的，眞的。是我們這些女人自私吧，我想。我們要妳夠堅強，好撐過那些妳們要面對的爛事。我們愛妳們的強硬。但是T有時候硬到連心都硬了。我想我們只是希望能夠保護住妳們的心，讓妳們能一直爲我們而溫柔，妳懂嗎？」

我不懂。我眞的不懂。「艾爾溫柔嗎？」

賈桂琳的臉繃起來。這個問題，有可能刺穿老T艾爾的盔甲。但是賈桂琳看出我極需知道答案。「她被傷得很重。要艾爾說出她所有的感覺很難。但是……如果她對我不溫柔，我想我不會和她在一起。」

我們同時聽到艾爾打開浴室門的聲音。賈桂琳露出抱歉的神色。我示意我懂。她離開廚房，剩下我一個人。我有很多需要想的事情。

我躺到沙發上。過了一會兒，賈桂琳抱來我的寢具。她坐在我旁邊，輕撫我的臉。感覺好舒服。她看了我好久，臉上表情哀傷。不知怎的，那神情令我害怕。也許是她看到了將發生在我身上的事，而我看不到。

「妳眞的沒事嗎，親愛的？」她問。

我笑了。「嗯。」

「妳需要什麼嗎？」

是的，我需要一個能像她愛艾爾一樣愛我的婆。我需要艾爾清楚地告訴我下一次他們會對我做什麼，我又該怎麼撐過去。我還需要賈桂琳的胸部。就在這個念頭閃過的同時，她將我的手放在她的胸上。她轉頭向臥室的方向好像在聽艾爾的動靜。「妳確定妳眞的沒事？」她最後一次問。

「眞的，我沒事。」我說。

她的臉轉趨柔和。她碰觸我的臉頰，將我的手自她胸前移開。「妳是個眞正的T。」她輕搖著頭說。聽她這麼說，我覺得好驕傲。

隔天我起了個大早，靜靜離開。

艾爾和賈桂琳之後再沒出現在吧裡。她們的電話被切斷。我聽說了一些發生在艾爾身上的事，但是我選擇一個也不相信。

夏天過去了。我要升高三了[7]。入秋後，我就沒再去尼加拉瓜瀑布市。聖誕節前夕，我回提夫卡去探望那些老朋友。伊薇不在那兒。聽說她在巷子裡被割喉，死了，長長的刀痕劃過兩耳耳根。夢娜服藥過量，刻意的。沒有人再看過艾爾。賈桂琳又回到街上討生活。

頂著冷風，我沿著油水區一帶，走過一家又一家酒吧。我先聽到她的笑聲才看到她的人。賈桂琳站在一條巷子的陰影中，和其他上班女郎嘲弄似地笑著。她看到了我。

賈桂琳微笑著，定定地走向我。我看到她眼神中漾著受海洛因影響而出現的迷離。她瘦了，好瘦好瘦。她面對著我，拉開我外套的領子，調整我的領帶。她把我的衣領翻起好阻擋冷風。我把手緊緊地插在褲袋裡站著，那夜和伊薇跳舞時的感覺又回來了。

我們問著，也回答著彼此很多問題。全用眼神。整個過程好快。在我看到眼淚自她眼裡迸出時，她已轉身離開。

我終於能發出聲音來的時候，賈桂琳已經不見了。

1 Ducks Ass：一九五〇年代開始流行的一種髮尾向上翹的髮型，又稱鴨屁股式髮型，此髮型的愛好者多為年輕、時髦的白人男性。

2 Tenderloin district：原址在紐約市百老匯以西42街附近，早期治安混亂，色情場所林立，警方在此有較多機會收取保護費。Tenderloin原意為里脊肉，據傳某警官調任此區時，戲稱此後可以改吃上等牛肉，故而得名。現今泛指美國各大城市裡的犯罪活躍區。

3 old bulldagger：歐蕾是年長女同志的暱稱，由 old lesbian 音譯而來；bulldagger在北美同志圈中，指作風特別強悍的T。

4 Dildo：爲一外觀與勃起陽具類似之性玩具，可用以插入陰道、肛門或口部。此字源於拉丁文之dilatare，意爲「擴張」；爲義語動詞 dilettare 之基礎，意爲「給予歡愉」。此字在義大利文中亦與「高興」、「摯愛」等詞有關，充滿愉悅與愛憐之意，故又可譯爲「帝逗」，既符其本意又可擴增想像空間。

5 *Popular Mechanics*，介紹各式ＤＩＹ工藝之雜誌，讀者主要爲男性。

6 原文 aggots，指男同性戀，尤其是較娘娘腔的男同性戀者，又有「變態」之意，是相當具歧視性的一種稱呼。

7 美國的初中爲兩年制、高中四年制，因此美國的高中三年級等於我們的高二。

紙條飛過我的桌子掉在地上。我一邊看著羅童朵太太，一邊彎腰撿起紙條。還好，她沒有注意到。

事情大條了！我爸媽想要知道爲何妳爸媽會打電話到我家找妳。我不能再替妳掩飾了。請妳原諒我！永遠愛妳，妳最忠實的朋友，芭芭拉。

我抬頭與芭芭拉的眼神交會。她合掌並做出求我原諒的表情。我笑著點了點頭，並使眼色問要不要抽煙。她點頭，也笑了。她讓我覺得溫暖。芭芭拉——朝會點名坐我隔壁坐了兩年的女孩。芭芭拉——一個曾說過，若我是男的，她就會愛上我的女孩。

我們在女生廁所碰頭。兩個三年級的已經打開了窗戶在裡面抽煙。「妳最近跑哪兒去了？」芭芭拉一副追問到底的樣子。

「像瘋子一樣在工作。我得趕快離開我父母的家，不然我一定會死掉。他們一副恨死我的樣子。」我用力吸了口菸。「我看他們根本希望沒生下我。」

芭芭拉好像被我的話嚇到，「別那樣說，」然後看看周圍，好像怕被別人聽見似的。她吸了口菸，沒有全吸進鼻腔，部分從嘴巴悠悠冒出。「酷吧？這叫法國式煙圈。

CHAPTER 4

凱文教我的。」

「糟了！」有人暗呼。

「好了，同學們，出來排好！」是安東妮太太，尼古丁需要者的天敵。她要我們排成一列好讓她聞味道。她其實沒有看到我，所以我趁機溜出門。走廊全都空盪盪的。再過幾分鐘，讓人發瘋的鈴聲就要響了，走廊會擠滿學生，人人拿著筆記本，像戰場盔甲般擋在身前。

這個夏天大概已強迫我改變。否則我絕不可能打破自己謹守紀律的習慣，竟在上課時間離開教室大樓。我想到操場上極速快跑，用汗將被監禁的那種黏膩統統排掉。但是操場中央有美式足球隊男生在練球，旁邊還有一群練習啦啦隊舞蹈的女生。所以我只好爬上露天看台，往遠遠的另一端走去。

一隻紅尾老鷹旋過樹頂，城市裡難得一見的景象。我沒有地方可去，也沒有什麼事能做。生命中還會碰上什麼事，眞希望它快點來到。我希望自己能參加美式足球隊打四分衛。我能想像那身裝備的重量，還有球衣緊緊貼住胸膛的感覺。我用手壓制我長大的胸部。

我注意到啦啦隊裡的八個女孩有五個是金髮。我不知道整個學校裡原來還有五個金髮女孩。全校學生大概有一半是中產階級、猶太裔、或白人。另一半是勞工階級或黑人。我家是猶太裔的勞工階級。在學校裡，我屬於社會階層的邊緣，僅有的幾個朋友家境都是窘迫的。

我看著啦啦隊員離開球場，她們臨去前還轉頭看看那群男孩有無注意到。

足球練習結束了。幾個白人男孩繼續留在球場上。其中一個叫巴比，朝著我點頭。我起身準備離開。「妳要去哪兒，潔斯？」他嘲笑地喊著，然後往我的方向走來。好幾個男生跟在他後面。

我開始加快速度穿過看台。

「妳想去哪兒，蕾絲[1]？嗯，我是說潔絲？」他們追著我跑。巴比示意要其中一個男孩爬上看台，擋在我的前面，他和其他男孩直接朝我衝過來，我跳下看台往操場快奔，巴比使出擒抱動作，由後把我重重撲倒在地。一切發生得太快。我阻止不了。

「怎麼了，潔斯，妳不喜歡我們嗎？」巴比的手從我的制服裙下伸進我的雙腿間。我揮拳踢腳，但是他和其他男孩把我緊緊壓在地上。「我看到妳在看我們。潔絲，幹嘛，妳想要，不是嗎？」

我張口咬了離嘴巴最近的一隻手。「幹，好痛！」那男孩叫了一聲，反手甩我一巴掌。我能舔到自己的血。他們臉上的神情令人害怕。這些人不再是孩子了。

我使盡力氣捶巴比的胸。我一定是打到了他的裝備，因爲我的手指關節破皮，而他只是大笑。他用前臂壓住我的喉嚨。另一個男孩以釘鞋踩住我的腳踝。我拚命掙扎並咒罵他們，他們卻不斷大笑，好像這只是個遊戲。

巴比拉下拉鍊，把他的陰莖擠進我的陰道。痛，那痛楚傳到我的腹部，令人萬分恐懼的痛。彷彿身體從內部深處被撕裂。我數了攻擊者。總共有六個。

最讓我生氣的是比爾·陶立。每個人都知道他參加美式足球隊是因爲他被人笑是娘娘腔。他用釘鞋摩擦著草坪，等著他那一輪。

這場惡夢之可怕就在於它太理所當然又直接了當。我阻止不了，也逃不了，只能假裝它沒有在發生。我看著天空。天空好白，好平靜。我想像天空是海，雲是白色的浪花。

又有一個在我上面喘息咆哮。我認得他，傑佛·達林，一個傲慢的惡霸。傑佛抓住我的頭髮往後扯，力量大得我喘不過氣來。他要我注意他在強暴我。他加重力道。「妳這髒猶太婊子，不要臉的變態！」我所有的罪行全被列出，我因這些指控而有罪。

男人和女人之間的性就是這麼回事？我知道這不是做愛，這比較像是做恨。但是那些葷笑話、黃色雜誌和竊竊私語，就是在描述這機械式的動作？就是這個？

我開始笑出聲，並不是此刻發生的事情有趣，而是關於性的種種討論，一時間變得似乎那麼可笑。傑佛抽出陰莖，來回重摑我的臉頰。「這不好笑，」他大叫。「妳這瘋賤貨，這不好笑！」

我聽到哨子的聲音。「幹，是教練。」把守的法蘭克·亨佛利警告其他人。傑佛跳起身穿上褲子。所有男孩往體育館方向四散奔逃。

只剩我一人在操場。教練遠遠地站著看。我搖晃地慢慢站起來，制服裙上有草漬，血和黏稠的東西從大腿流下。「滾出去，小妓女。」莫瑞提教練命令道。

我得一路走回家，因爲這麼晚了，我的公車卡已經過了時間。我再也不覺得這是我過著的生活，比較像是電影情節一樣。一輛五七年的雪佛萊減慢速度，上頭載滿了男孩。「明天見了，女同志。」車子經過時，我聽見巴比的聲音喊道。我現在成爲他們的資產了嗎？這一次我不夠強壯、阻止不了他們，我還能希望以後可以保護自己嗎？

我一進家門便衝入浴室趴在馬桶上嘔吐。大腿間似成了絞肉般，而那股刺痛讓我害怕。我在浴缸裡泡了很久很久。我要妹妹跟爸媽說我身體不舒服先上床去了。起床時已經是上學的時間，但是我沒有辦法去，我還沒有準備好！

「馬上起來！」母親命令我下床。我全身都痛，試圖不去想兩腿之間的疼痛。爸媽似乎沒注意到我裂開的嘴唇和一跛一跛的走姿。我的動作像被麥芽糖黏住似的緩慢。我的腦子一片混亂。「動作快，」母親責道，「妳上學要遲到了。」

我故意錯過公車，好走路去學校。如果遲到了，至少不用在鐘響前面對其他人。走著走著，我忘記了一切。風在樹梢間呢喃，鳥鳴，犬吠。我像沒有特定目標地慢慢走著。

然後，學校大樓像中世紀城堡般聳立在我面前，所有的回憶咻地一聲竄上腦門。學校的人是不是都知道了？第一節下課，我經過走廊時，他們在我身後掩口竊竊私語，讓我覺得其他人都知道了。原本還以爲只是自己神經過敏，但是忽然間有個女孩叫道：「潔斯，巴比和傑佛在找妳喔。」全部人大笑。我感覺到發生的事都是我的錯。

上課鈴一響，我就鑽進歷史教室。鄧肯太太張口說出可怕的句子：「同學們，拿出紙，從一寫到十，現在要小考。第一題題目是：大憲章是哪一年簽署的？」

我試圖回憶她到底有沒有提過大憲章是什麼玩意兒。十道題目在空中飄來飄去。我咬著鉛筆，瞪著面前的白紙。我舉手問能否上廁所。「一考完就能去，戈柏小姐。」

「拜託，老師，我很急。」

「對，她很急，」凱文・曼立說，「急著去找巴比。」

我慌張地逃離教室，背後響起一片粗野的狂笑。我在走廊邊跑邊希望能找到人幫忙。我必需找個人談談。我跑上二樓的餐廳，想找一起上體育課的朋友——卡拉。鈴響時，我瞥見她夾在穿越雙層門的人群中。「卡拉，」我叫道，「我有話跟妳說。」

「什麼事？」

「我有話要跟妳說。」我們擠進了隊伍，排隊拿午餐。

「今天吃什麼？」卡拉問。「妳看得到嗎？」

「某種飯和稀巴爛的東西。」

「好吃喔。和昨天一樣。」

「還有前天。」能和她一塊說笑，讓我輕鬆了些。

我們端著盤子，一坨不知是啥的食物倒進盤子時，彼此互眨了眼。然後拿牛奶，排隊付錢。「能和妳談談嗎？」

「當然，」她說。「午餐後如何？」

「現在不可以嗎？」

卡拉茫然地看著我。「我可以跟妳一起坐嗎？」我繼續道。

卡拉還是瞪著我看。「女孩兒，妳那撿棉花[2]的腦袋暈啦？」我不懂。「這裡的座位是排好的。難道妳從沒注意到？」

她一說完，我才發現是真的。我好好地看了我從沒認真注意看過的餐廳。這裡的座位清清楚楚地從中間劃開，黑白分界，涇渭分明。「懂了嗎，親愛的，妳活到哪兒去了？」

「我還是跟妳一起坐，好嗎？」

卡拉將頭後仰，瞇起雙眼。「這是個自由的國家。」她突然不悅地轉身離開。

「哈囉，白姑娘！妳是新來的呀？」達納挪身讓出卡拉旁邊的位置說道。

我笑了。寬敞的餐廳裡沒有其他的聲音，靜得連針掉在地上都聽得見。我胃部一陣緊縮，盤子裡的食物看起來比平常還要噁心。

「卡拉，」我在她旁邊坐下。「我真的需要和妳說話，很需要。」

「喔——喔。」同桌有人發出輕輕的聲音。

班森太太快步走向我們。「年輕人，妳在做什麼？」

我深吸了一口氣。「我在吃午餐，班森太太。」

同桌的人全都忍著笑意，但是牛奶從達納的鼻子噴出來後，所有人再也克制不住地笑出聲來。

「年輕人，跟我來。」班森太太對我說。

「為什麼？」我想知道答案。「我又沒有做錯事情。」她氣呼呼地走了。

「這麼簡單就算了？」達納說。

「太簡單了。」卡拉說。

「卡拉，我真的很需要和妳談談。」

「喔——喔，」達納說，「黑見愁來了。」事實上他的名字是莫瑞提。足球教練朝我走過來。

我等著他開口說話，但是他不說一語，便狠狠地抓住我的手臂，指頭深深陷入我的肉裡。莫瑞提半拖著把我拉到餐廳的門口，口裡低聲唸著，「妳這小蕩婦。」

「教練，我接手就好了，」副校長摩爾小姐此時介入。她把手搭在我的肩上，帶我到走廊上。「孩子，妳麻煩大了，妳那樣做是爲什麼？」

「沒什麼呀，摩爾小姐。我沒有做壞事，只是想跟卡拉說話而已。」

她微笑道，「有時候人沒做壞事也會惹上麻煩。」

所有的痛苦與恐懼湧上我雙眼，我好想對摩爾小姐全盤托出。

「親愛的，事情沒有那麼糟糕，」她試圖讓我不難過，但我說不出話來。「潔斯，妳沒事吧？有什麼問題嗎？」她看到我腫脹的嘴唇；她是唯一注意到的。「妳想談談嗎？」

我很想，但我的嘴卻無法動。

「這是另一個麻煩鬼。」莫瑞提說。卡拉被他用手抓著。

摩爾小姐將卡拉拉近身，「教練，我來處理就好，你還是負責監督午餐秩序吧。」

莫瑞提回以敵意的眼光。我看得出來他有種族歧視。

「來吧，女孩兒，」摩爾小姐把手放在我們的肩上，「我會向校長解釋妳們沒有惡意。」

卡拉和我往前傾，互看對方，「對不起，」我說，「我不是故意要害妳的。」

摩爾小姐止住腳步。「妳們沒有做錯事，只是抵觸了一項不成文的規定，而這規定應該改變。我希望妳們兩個都能捱過。」

校長多拿托先生終於叫我進辦公室時，摩爾小姐問她能否也一起進來。多拿托先生皺著他的濃眉道，「我比較想單獨見學生。」

多拿托先生關上門，示意我坐下。在充滿敵意的世界中，我感到孤單。多拿托先生沉坐在椅子內，兩手指尖互相抵住。我看著牆上喬治華盛頓的照片，心想他是穿著白色羊毛外套還是畫像沒有畫完。校長清了清喉嚨，我知道他準備要說話了。

「我聽說妳在餐廳惹了麻煩，小姑娘，妳要不要解釋解釋？」

我聳聳肩，「我沒有做什麼。」

多拿托先生往後靠在椅背上，「這是個複雜的世界，比你們小孩子想像中複雜多了。」老天，他要開始訓話了。「有些學校發生白人子弟和黑人子弟打架的事情，妳知道這個嗎？」

我搖頭。

「我很驕傲我們學校的種族關係良好。校區改了後，有這樣的關係是很不容易的。我們希望盡量維持校園平靜，妳懂嗎？」

「我不懂爲什麼不能和我的朋友吃飯，我們又不是在打架。」

多拿托先生緊咬牙根，「餐廳那麼安排是因爲那樣讓大家最舒服。」

「我可不舒服。」眞不知我的嘴怎會冒出這句話。多拿托先生拍了桌子。

摩爾小姐開門探頭進來，「我能幫上忙嗎？」

「誰叫妳進來的？出去！」多拿托先生吼道。他轉身向我，深吸了一口氣，「我要妳明白，我們要的是同學們維持良好的關係。」

「那我爲什麼不能和我的朋友一起吃飯？」

多拿托先生走向我，彎下身，近得我的臉都能感覺到他的呼吸。「小姑娘，妳給我聽好。我在努力維持這個學校，我絕對不會讓妳這麼一個惹麻煩的學生破壞我所有的努力。妳明白嗎？」口水濺得我眨了幾下眼睛。「妳一個禮拜不准上學。」

「不准上學？爲什麼？「反正我也不想念了。」我說。

他冷笑一聲，「妳要滿十六歲才能退學。」

「我不能退學，但你卻能不准我上學？」

「沒錯，小姑娘。摩爾小姐，」多拿托先生喊道，「這個學生受停學處分，即刻送她離開學校。」

摩爾小姐就站在門外。她對我笑笑，手攬著我的肩膀，問：「妳沒事吧？」

「沒事。」我說。

「事情會過去的。」她向我保證。

我做出請求的表情，「讓我見諾柏太太和坎迪小姐，可以嗎？見完我馬上就走。」

她點了頭。

我好想把事情告訴她，但卻覺得自己正站在一艘漂離所有人的船上，「再見。」我便轉身離開了。

諾柏太太正在批改試卷。我走進教室，她抬起頭來，「我聽說了。」繼續改考卷。

我坐上在她面前的桌子，「我來和妳說再見。」

諾柏太太抬頭，摘下眼鏡，「妳因爲這個要休學？」

我聳聳肩，「我被停學了，但我也不想再回來。」

「妳被停學？就因爲午餐的事？」諾柏太太揉揉眼睛，再戴上眼鏡。

「妳覺得我有做錯事情嗎？」

她往後靠向椅背。「當妳很有把握地做出某件事，親愛的，妳會那麼做，應該是妳自己相信那是正確的決定。如果妳得尋求所有人的同意，那妳永遠都無法行動。」

我覺得自己被批評了，有些不樂。「我沒有問所有人，只是問妳呀。」

諾柏太太搖搖頭，「記得要回來，妳應該上大學。」

我聳聳肩，「我絕對念不完高中的，我得到工廠工作謀生。」

「要做勞工，妳也得有技術才成。」

我聳聳肩。「我根本讀不起大學，再說，我父母不會願意爲我花一毛錢，連助學貸款也不會幫我辦的。」

她用手撥弄頭髮。我這才第一次注意到她有很多白頭髮。「妳將來想作什麼？」她問我。

我想了想。「我要一個有加入工會的好工作。我想到鋼鐵工廠上班，雪佛萊也不錯。」

「我想，我希望妳能有更大的抱負，也許對妳來說是不公平的。」

「什麼抱負呢？」我帶著怒意地說，現在的我對她而言就是一個失望吧。

「我能預見妳成爲一個偉大的美國詩人，或是勞工運動領導人，甚至是癌症療法的發明人。」她摘下眼鏡用面紙擦拭。「我要妳成爲改造世界的人。」

我笑了。她根本不知道我是多麼地無力。「我什麼也改變不了。」我告訴她。我瞎想著要告訴她足球場發生的事情，但找不到該如何起頭。

「妳知道要怎麼改造世界嗎，潔斯？」我搖搖頭。「首先，妳要弄清楚自己的信念，然後找到和妳相同的人。妳唯一必須自己來的事情，就是決定什麼對妳來說是重要的。」

我點頭，滑下桌子。「諾柏太太，我得走了，不然學校就要派人來趕我出去。」

她站起身，用手托住我的臉，親吻了我的額頭。不知怎的，我想起和艾爾、蒙娜在監獄時的感覺——那種與很愛很親近的人被迫分開的時刻。

「有空記得回來。」諾柏太太說。

「好。」我撒謊。

我走向體育館方向，想和坎笛小姐道別。在走廊時，強森小姐叫住了我，「妳的通行證呢？」

「我不需要，我被停學了。」我愉快地說出口。

不過幾個小時前，我還覺得被監禁在這些校舍裡頭，現在我要離開了，整個學校顯得小了許多。我像個畢業校友般在走廊上閒晃。大禮堂傳出走了音的國歌。我忘了這一堂課是集會時間，不過，我大概不需要參加了。鈴聲一響，禮堂門大開，所有的學生衝到走廊上來。我等著人潮散去，逆著人群往體育館大門走去。

進到體育館時，女生區裡沒有半個人。我從我的置物櫃拿出球鞋短褲穿上，開始攀爬繩索，爬到上面時再跨到另一條上。滑下來的時候，感到極度的壓抑，而我害怕爆發出來，我使勁地在室內跑道上跑，直到整個人癱了下來。

停下來時，這才看到坎迪小姐正在看著我。她回來體育館拿東西，正好看到我在跑。「妳看著我很久了嗎？」

她聳了肩道，「聽說妳被停學了。」

「坎迪小姐，妳覺得我有做錯事嗎？」話一出口，就想起諾柏太太剛剛說的話。

「我就是不信搗蛋有用，就這樣。」說完，她別過頭去。

「噢，」我失望地嘆口氣。「坎迪小姐，我只是來說再見的。」

我經過汽車教室──這才是我想上的課。但是我卻必須上烹飪課，學怎麼做淋上檸檬醬的鬆餅。諾柏太太怎麼會認為只學做鬆餅的我能改變世界呢？

學校正門口石刻著光明的未來：最好的就要來臨。我希望這會是真的。

「嘿，」達納從二樓的監禁室大喊。「幹得好！」我對他揮手。「待會兒見！」他喊道。一個老師把他拉進去，關上窗戶。

「潔斯！」我聽見卡拉叫我的名字。「潔斯，等等我！」

「我被停學了。」我告訴她。

「我也是，」她說，「兩個禮拜。」

「兩個禮拜？我才一個禮拜！算了，反正我不唸了。」

卡拉小聲地吹了一聲口哨。「妳是說眞的嗎？」

我點頭。「我受夠了。」

「潔斯，」卡拉說，「忽然發生這麼些狗屁倒灶的事，我都忘了問妳怎麼了。妳不是有話要跟我說嗎？」

那一刻是我人生的轉捩點，我覺得自己像是正要洩洪的水壩，但卻聽到自己說，「喔，沒多重要啦。」

卡拉露出關心的神情。「妳確定？」

我點了頭，感覺最後一塊磚已經疊上了心裡那道牆，而且再也不會倒下了。

「我們待會兒要去傑佛遜，要一起來嗎？」我搖搖頭，與卡拉擁抱道別。

我不想面對我的父母。我知道他們還在上班，只要我動作快就不會碰上。

一到家，我就拿了兩只枕頭套，然後把我所有的褲子和襯衫全塞進去。我挖出藏在衣櫥底部的背袋，裡面裝著艾爾和賈桂琳買給我的領帶和夾克。

戒指！我把它從母親的首飾盒拿出來套在左手上。

害怕父母回來，被他們逮個正著，我加快所有動作。找出紙筆時，我全身冒汗，手不住發抖。

親愛的爸媽，我寫道。

「妳在幹嘛？」蕾秋問。

「噓！」我繼續寫。我被學校趕出來。不是我的錯，萬一你們在意的話。我已經快滿十六歲了，反正也不想再唸書，我有工作也有錢。我要走了，請你們別來找我，我再也不想住在這裡。

我不知道還能寫什麼。他們想的話，到我工作的地方就能找到我，但是也可能很高興擺脫掉我。就像我也高興總算能離開這裡一樣。

「妳在幹嘛？」蕾秋再問，她嘴唇顫抖著。

「噓，別哭，」我說，抱了她，「我要逃家。」

蕾秋搖頭，「不可以。」她說。

我點頭，「我得試試。這裡快把我逼瘋了。」

「我要告訴爸媽。」蕾秋威脅道。

我急忙衝出門，害怕被爸媽在最後一刻逮到。他們可以來硬的，叫警察逮捕我或送我進精神病院。他們也可以放我走。全在他們──這點我已經學到了。我拚命地跑呀跑，跑到肺都開始發痛，一直到好幾條街外，我才靠著個路燈喘氣。我感覺到了自由。終於能自由地去發現什麼叫自由。我看了手錶，是該去上班了。我快滿十六歲，口袋裡有三十七塊錢。

「妳遲到了。」打卡時工頭對我說。

「抱歉。」我立刻啓動機器。

「該死的小鬼。」工頭對葛羅莉亞說。

葛羅莉亞低著頭，等工頭走了才抬起頭，笑著說，「難熬的一天，潔斯？」

我笑了。「我被學校趕出來然後逃家。」

她吹口哨搖頭。「我很想帶妳到我家住，但是家裡的那些孩子，我老公早想送走他們。」

我問艾迪可否做兩班。「有的話，我會告訴妳。」他說。到了晚上十一點，工作都做完了，他要我回家。我想在公車站坐著睡覺，但是警察一直過來，要查看我的車票。我買了張到尼加拉瓜瀑布市的票，但是每一班到那兒的車一走，警察就過來問我怎麼沒上車。我開始到處亂走，吃了早餐，喝了咖啡，再繼續走。到了中午，我買了午場的電影票進場。等我醒來的時候，上班又遲了。

艾迪警告我不准再遲到。

「妳的臉色好差。」葛羅莉亞低聲說。

「多謝了，」我開始想辦法。「嘿，葛羅莉亞，記得妳說過妳哥去的那個瀑布市的酒吧嗎？」

她整個人變得緊張，「記得。怎樣？」

「他知不知道城裡有沒有像那樣子的酒吧呢？」葛羅莉亞聳肩。「拜託妳，這很重要，老天在上，我真的需要知道。」

葛羅莉亞神色緊張。她沾墨的手在圍裙上擦拭的樣子，就好像要把這個話題一併擦掉的感覺。午餐休息時，她把一張紙條塞到我的手上。

「這什麼？」紙條上寫著「阿巴」二字。

「我打電話給我哥。問他都上哪兒去，他說他以前去過那兒。」

我開心的合不攏嘴。「妳知道位置在哪兒嗎？」

「幹嘛？還要我載妳到門口嗎？」

「好好好，」我舉雙手投降，「只是問問嘛。」

我打查詢電話問到地址。下班後我在廁所梳洗，換上乾淨的衣服。我看著手上的戒指，它正合我的手指。我發誓永遠不摘下它。也許是它該向我顯現生存的奧秘的時候了。我不浪費半秒鐘地趕到位於鬧區的阿巴，站在外面，踱步，抽煙。我就和要進去提夫卡前一樣害怕。只是這一次多了兩只塞滿全部家當的枕頭套。如果這裡拒絕了我，我還有哪兒能去？

我深吸了一口氣，走進阿巴。裡頭非常擁擠，正好，讓我有隱匿的安全感。我擠到吧台，對著酒保喊道，「一瓶杰尼。」

她瞇起眼睛。「身分證拿出來看看。」

「我在提夫卡都不用身分證。」我抗議道。

她聳聳肩，「那就去提夫卡買啤酒啊。」說完，人就走了。我握拳搥了吧台。

「小鬼，今天不開心呀？」有個坐在吧台的T問我。

「不開心？」我的笑聲聽來尖銳刺耳。「我被學校踢出來，也沒地方住，再不找個地方睡覺，我看連我那鳥工作都會因爲我遲到而不要我了。」

那個T嘴唇抿了一下，點點頭，喝了一大口啤酒。「要的話，妳可以來我們家待一陣子。」她輕鬆地說。

「妳在耍我嗎？」我認眞了。

她搖搖頭。「妳需要地方住？我和我女朋友住的公寓下頭是車庫，妳要的話可以住那兒，妳自己決定。」她對酒保使了個眼色。「梅格，給這小鬼一瓶啤酒，算我的，好嗎？」

我們自我介紹。「潔斯什麼？」她問。

「就潔斯，我的名字，就這樣。」

湯尼哼地一聲說，「就兩個字？」

梅格甩過來一瓶啤酒。「謝謝妳的啤酒，湯尼，」我用酒瓶向她致敬。「我能不能今晚就搬進去？」

湯尼笑了。「可以。只要我別醉到開不了家裡的門。嘿，貝蒂！」

湯尼的女友從廁所出來，站在她身旁。「來，貝蒂，這是小可憐。家人全被車禍帶走了，她成了孤兒。」湯尼開玩笑，說完喝了一大口啤酒。

貝蒂推開湯尼，「這一點都不好笑。」

我抓了機會馬上開口，「湯尼說妳們有地方可以讓我住，我真的很需要一個地方睡覺，一張真的床。」貝蒂看了湯尼一眼，聳聳肩然後走開。

「她沒問題，」湯尼說，「我要過去和貝蒂坐。我們離開前會來找妳。」

我喝完我的啤酒後，在吧台上趴了下來。整個酒吧鬧哄哄地，而我卻睏得要命。梅格用手在我耳邊叩擊桌面。「喝醉啦？」

「沒有，我只是二十四小時都在工作。」我感覺她並不喜歡我。然後她又給了我一瓶啤酒。

「我沒點呀。」

「店裡請客。」梅格說。什麼意思呢？

人群漸散時，我在後面房間發現一張空椅子，隨即坐上去，頭靠牆壁，很快地便睡著了。醒來時，貝蒂在拉我的袖子，說回家的時間到了。湯尼在貝蒂試圖弄她上車時，大唱著〈讓我舒服地躺在草地上〉。我躺進後座，立刻再度睡著。

「起來了，」貝蒂搖我。我們已經到了她們家車庫前。貝蒂辛苦地讓湯尼倚著車子站直。「別一次給我兩個麻煩。」貝蒂簡短地對我說。我下車幫她把湯尼扶上樓。

「今晚妳就睡沙發吧。」貝蒂說。

「那小鬼是誰？」湯尼吵著問，「妳的新T嗎？」

「是妳邀她來住車庫房間的，記得嗎？」貝蒂咬牙切齒地說道。

我蜷曲在沙發上，希望自己能夠消失。過了一會兒，貝蒂出來，丟了條毯子給我。

「我只要今晚能睡個覺就好，我會儘早離開。」我告訴她。

「沒關係，」貝蒂疲倦地答，「別擔心，沒事的。」我緊緊抓住這幾句能夠讓我安心的話。

躺在黑暗中，我開始發覺到我只能靠自己了：學校沒有了，父母親也沒了——除非他們來找我。想起足球場上的事讓我羞恥地肚裡一陣翻攪。我擔心自己會嘔吐，而我沒問她們的浴室在哪兒。眞希望這是艾爾和賈桂琳的沙發，我想要在她們的家醒來。然後我就可以告訴賈桂琳在足球場發生的事。我會告訴她嗎？忽然間，我發現自己可能不會告訴賈桂琳或艾爾那些男孩對我做了什麼。太羞恥了。

入睡前我對自己發了個誓。我發誓再也不穿裙子，不論如何，也絕對不讓人強暴。後來發現，我只能守住其中一個誓言。

---

1 蕾絲，原文 lezzie，爲 lesbian 諸多貶稱之一，曾見國內將 lesbian 譯爲蕾絲邊，故於此參考音譯。另，巴比故意押韻，叫潔斯（Jess）Jezzie，故一併譯爲潔「絲」。

2 cotton-picking：惹人厭之意。這個形容詞是從撿棉花的人 cotton- picker 演變而來，早期是指在棉花田裡工作的黑人，特別是黑女人，因地位卑下，不值得一顧，是一個含有嚴重種族歧視、階級歧視和性別歧視的字眼。雖然經過歲月的洗禮，這個字詞裡的歧視意味已逐漸淡化，但仍是一貶損性用語。此處的用法雖較輕鬆，但由一黑人女性口中說出，饒富玩味。

CHAPTER 5

「嘿，小鬼，怎麼啦？」梅格邊擦吧台邊向我打招呼。許多熟面孔見到我時，臉部線條轉趨柔和。我已經成了阿巴的常客。

「嘿，梅格，來瓶啤酒，好嗎。」

「沒問題，小鬼，馬上來。」

我在艾德溫娜身旁坐下。「嘿，艾德，可以請妳喝啤酒嗎？」

「好呀，」她笑著說，「沒理由不要。」

禮拜五晚上。口袋裡有錢的我心情很好。

「喂，那我呢？」老T堅笑著問。

「梅格，再來一瓶給我的老大。」

「喂，什麼老不老大！」堅說。

我感覺到肩膀上有隻手。從紅色指甲的長度看來，一定是小桃。「嗨，甜心。」小桃溫柔地吻了下我的耳朵。

我開心地嘆口氣。「也給小桃一瓶！」我向梅格喊道。

「小朋友，妳今天心情可眞是好，」小桃說，「妳走運交了女朋友還是怎麼啦？」

我臉紅起來。她說到我的痛處。「我只是心情很好。有工作，有台摩托車，還有很多朋友。」

艾德吹了聲口哨。「妳有摩托車啦？」

「沒錯，」我大聲喊道，「我有車了！湯尼把她的老諾頓賣給我。我們禮拜天去超級市場的停車場練車，結果練到她抓狂自己先跑回家。」

艾德微笑道，「哇，大機車喔。」和我擊掌。

「艾德，妳知道我昨天登記了摩托車後做什麼嗎？那時我才發現車眞的屬於我了！然後我油門一催騎出城，狠狠地給它騎上個兩百哩，再一路騎回來。」

全場一陣歡呼。我點著頭說，「事情終於不一樣了。我終於感到眞正的自由。我好興奮，我愛死那輛摩托車了。我眞的好愛它。幹！愛到我都不知道要怎麼形容。」所有騎摩托車的T們都心有所感地點著頭。堅和艾德拍著我的肩膀。

「愈來愈順利了，小鬼，我爲妳高興。」堅說。「梅格，再來一瓶，給這小馬龍白蘭度！」

一定是戒指開始發生作用了！「《復仇者》[1]開始演了嗎？」我問。

梅格搖搖頭，「還要十五分鐘。老天，我眞等不及看黛安・瑞格[2]這次要穿什麼衣服。」

我嘆了口氣，「希望是那套皮革勁裝。我想我已經愛上她了。」

梅格大笑，「哈，排在我後面。」

酒吧的人愈來愈多了。一個我們沒見過的年輕男人進來，點了杯琴湯尼。梅格剛把酒放在他面前，就有個年紀稍大的男人衝了進來，亮出他的警徽。一隊警察隨之湧入。那個年輕男人是餌。

「你們賣酒給未成年客人。好了，各位女士先生，把酒放到吧台上，拿出證件。這是臨檢。」

堅和艾德兩人抓著我的襯衫把我拉到後門。「快走，快走啊！」我在黑暗中笨拙地摸索著我的摩托車，她們緊張地大叫。幾個警察往停車場圍過來。我的腿軟綿綿地無法踩動摩托車引擎。

「快點走啊！」她們大叫。

兩個警察朝我的方向走過來。其中一個伸手掏槍。「下車！」他下令道。

「快呀，拜託！」我暗聲對自己喊道。

終於成功地踩了一腳，車子發動了。我猛一放離合器，車子前輪不意竟懸空翹孤輪衝出停車場。一到湯尼和貝蒂家，我立刻砰砰砸她們的廚房門。貝蒂被驚嚇到了。「怎麼了？」

「吧，所有的人，被臨檢了。」

「先冷靜下來，」湯尼把手放在我的肩上。「冷靜點，告訴我們發生了什麼事。」我語無倫次地描述臨檢的經過。「怎麼樣才能知道大夥兒有沒有事？」我問道。

「很快。電話一響，我們馬上就會知道了。」貝蒂說。電話響了。貝蒂靜靜地聽著。「只有梅格被抓，」她說，「堅和艾德稍微被整了一下。」

我的手不斷抓著額頭，「她們傷得重嗎？」貝蒂聳聳肩。我覺得有罪惡感。「我覺得她們被整是因爲幫我離開那兒。」

貝蒂斜靠著廚房桌子，頭埋在雙手裡。湯尼走向冰箱，「要來瓶啤酒嗎，小鬼？」

「不了，謝謝。」我答。

「隨妳便囉。」

那晚我帶著恐懼入眠，但是眞正的恐懼是在我半夜驚醒的時候。我僵直地坐著，全身溼透，想起那次提夫卡的臨檢。自那次後，我已經多長高了一兩吋。下一次被警察逮到，我的年齡不能夠再救我。恐懼燒灼著我的喉頭，我逃不掉的，我知道。我知道自己逃不過。但我無法改變自己的樣子。那就像是車子衝向懸崖邊緣，知道接下來會怎樣，但卻沒法踩住煞車。

我希望艾爾能在身邊。我希望能躺在她家沙發上，讓賈桂琳幫我掖被角，親吻我的前額，告訴我一切都會沒事的。

阿巴的老闆幾年前就已債務纏身，以致於他叫酒時都得自己扛——沒先償清，黑社會就不送貨。所以他放出風聲，要將酒吧轉向經營爲同志酒吧。他在我們身上撈進大筆的錢，我們是讓他賺錢又不會跑掉的客人。城裡通常每次只會開放一家酒吧給我們，其他店老闆也想做做我們的生意。但是阿巴的老闆想獨享暴利，所以黑社會就設計他被臨檢關門。

新的酒吧在水牛城市中心，靠近油水區，叫做馬里布——一家爵士酒吧，凌晨一點的表演結束後，才歡迎我們。馬里布的後台也是犯罪組織，但經營人是個女同志，我們猜想情況會有所改變。她的名字是葛，她要大家叫她葛蒂阿姨，可是這讓我們覺得自己像女童軍團，所以決定叫她大媽。

新酒吧有較大的舞池，但出口只有一個。裡面還有個撞球台，我和艾德常常打到太陽出來才歇手。

艾德必須等她的女友達琳等到天亮。達琳在附近齊柏瓦街的酒吧跳舞。馬里布的街尾就有家旅館，好多街頭討生活的，男的女的，就在這兒接客。天微亮時，所有下了班的上班小姐都到似乎永不關門的馬里布報到，或者到巴士站旁的餐廳吃早餐。

我開始注意到艾德週末不一定來吧。除了工廠和酒吧外，生活中還有什麼呢？

「嘿，艾德，」有天早上我問她，「妳上週末跑哪兒去了？」

她邊排撞球邊抬起頭來，「在一家不一樣的吧。」

她的答案讓我吃驚。據我所知，不是一次只開放一家嗎？「是嗎？」我問，「在哪兒？」

「東邊。」她說，進袋得分。

「妳是指黑仔的酒吧？」

「是黑人，」她猛打了個筆直的好球，球進袋。「黑人酒吧。」

我全神貫注在這新的資訊上，艾德瞄準著下一個球。「幹！」她沒打中。

「那邊和這裡不一樣嗎？」我問，看著檯面上的狀況。

「一半一半。」今天早上艾德話還真少。

我打消問話，指指遠端底袋。沒打進。艾德笑著拍拍我的背。我有好多問題，但是不知道該怎麼問。

艾德一不小心，將八號球打進袋。「媽的，」她咒罵著。她把我從頭到腳看了一回。「幹嘛？」她問，我聳聳肩。

「聽著，」她說，「我在工廠整天面對那些老T們，我喜歡來這兒和妳們開心開心。但是我也會想和自己人在一起，了解嗎？而且啊，要是我都去東邊玩，我和達琳維持不了一個月。」我搖頭，我聽不懂。

「我在這兒，達琳就不會擔心。要是我在自己的地盤也花相同的時間……怎麼說，那兒誘惑太多了。」

「妳餓嗎？」我問。

「不，但我也是人呀。」她防衛地說。

我笑了。「不是那個意思。妳要吃早餐嗎？」

她啪地一聲拍我的肩膀，「走吧。」

我們在餐廳和達琳及其他女孩碰面。她們都很興奮，談著和某個客人吵架的事，她們每個都跟那人槓上了。

「嘿，艾德，」喝咖啡時，達琳正在重演爭執發生時她扮演的角色。我問道：「妳想哪天我可以跟妳一起去嗎？我的意思是，我不知道能不能這麼問……」

艾德看來有些吃驚。「爲什麼？妳爲什麼會想去我們的酒吧？」

「我不知道，艾德。妳是我的朋友呀。」

她聳肩道：「所以？」

「所以今天早上我才發現，妳還有很多我不知道的地方，只是這樣，我想看看『所謂在自己地盤上』的妳。」

達琳拉艾德的衣袖，「寶貝，妳沒看到眞是可惜。我們把那個傢伙打得七葷八素，打到他跪地求饒呢！」

「我不知道，我得好好想想。」艾德對我說。

「當然。我也只是問問。」

艾德隨後就沒在馬里布出現。我問葛藍特怎麼回事，她只說麥坎X³在紐約市被暗殺後，艾德就變得脾氣暴躁。我想打電話給艾德，跟她說說話，但梅格叫我別打，車廠的T告訴她艾德非常生氣，而最好的方法就是別去惹她。我不覺得這做法正確，但是既然這是來自前輩的忠告，我也只得聽了。

春天的時候，我才在餐館遇上艾德。我好高興看到她，熱情地伸出雙臂想與她擁抱。她卻像是第一次見面，戒備地看著我，我害怕她不喜歡她看見的我。過了一會兒，她張開雙臂。與她擁抱有種回到家的感覺。

艾德又開始到馬里布來。一個清晨，她突然開口說：「我想過了。」好玩的是，我竟立刻明白她在說什麼——就是帶我去酒吧的事。

「之前我不知道帶妳去，我會有什麼感覺。不過下週六有一對女同志在那兒開週年慶祝派對，其中一個是白人。我不知道，我想也許妳會想去……」

我當然想去。我們決定坐艾德的車。

週六。艾德很晚才來接我。我們一路沉默無言。

「妳緊張嗎？」她問。

我點頭。她暗哼了一聲，搖頭，「也許這是個錯誤。」

「不，」我說，「不是妳想的原因。每次去一個新酒吧，什麼酒吧都一樣，我都會害怕。妳有過這種感覺嗎？」

「沒有，」艾德說，「嗯，算有吧，我不知道。」

「那妳會緊張嗎？帶個白人T去酒吧？」

「有一點，」她看了一下後視鏡。等紅燈時，艾德給我一根煙。「不過，我喜歡妳，妳知道吧？」

我看著車窗外，笑著說，「艾德，我也喜歡妳，很喜歡。」

我才發覺以前放學後雖然常和朋友在黑人社區外逗留，卻從未深入過東邊的心臟地帶。「水牛城就像兩個城市，」我說，「我敢打賭很多白人來都沒來過這邊這個城市。」

艾德苦笑地點頭，「隔離政策在水牛城呀，實施的可真是好。」說完，她手指向一棟樓。

「哪一間？」

「待會兒就知道了，」艾德把車停在附近的街道上。

我們走到門口，艾德用力敲門，一隻眼珠子出現在門上的小孔裡。門一開，嘈雜的音樂如浪襲來。裡頭擠滿了人。有好多T過來和艾德握手或摟她的肩膀。她指指我，在她們耳邊喊了些話，但音樂太大聲，聽不清楚她說些什麼。好幾個人示意要我與她們同坐，等我坐下，同桌每個人還和我握手。艾德點了啤酒，在我身旁坐下。

「黛絲已經看上妳了，」艾德對著我耳朵大吼，「就是舞池正對面那個穿藍色洋裝的女孩，她正在打量妳呢。」

我對黛絲微笑。她先是垂下眼瞼，然後勇敢地與我四目相對。幾分鐘後，她對身旁的女孩耳語幾句，然後站起身來。她穿著與衣服相配的藍色細跟高跟鞋。踩著穩穩的步伐，直接朝我們這一桌走來。

「上天對妳特別照顧喔，女孩，」在我站起時艾德大聲喊著。黛絲伸出手把我拉向舞池，艾德抓住我另一隻手，把我拉到她嘴邊吼道：「妳還很緊張嗎？」

「正在調適。」我別過頭大喊。

「我亂不相信妳的，」幾個鐘頭後我們離開酒吧時，艾德說，「正在調適，」她笑著模仿我說話，然後在我肩膀上捶了一拳。「黛絲的前女友不在算妳走運，要不然妳那小白屁股早就被她扁到開花。」

話還沒說完，艾德被一隻手捉住，扭轉向後，我則被人從後面重推一把。我轉身——一輛車門全開的警車。兩個警察用警棍頂住我們，「靠牆壁站好，女孩兒們。」他們把我們推到一條巷子裡，艾德把手放在我的肩膀後，要我放心。

「男人婆，手不准亂動，」一個警察大吼，把艾德推向牆壁。

在我被推撞到磚牆上後，還是能感覺到艾德手裡傳出的溫暖，即使是那麼短短的一下子。

「腿張開，女孩兒們，再開一點。」一個警察把我的頭髮往後扯，用皮靴踢開我的雙腿。他從我褲子後袋裡把皮夾拿出來，打開它。

我轉頭看艾德。警察在她兩腿間上下其手，從她口袋裡抽出皮夾，然後把錢全拿出來放進自己的口袋裡。

「眼睛看前面。」在我身後的警察把他的嘴湊到我耳旁。

另外那個警察開始對艾德大吼。「妳以爲自己是個男人，嗯？妳以爲能像男人一樣行嗎？那我們就來試試看。這是什麼？」他扯開艾德的襯衫，把她的束胸拉到腰部。警察用力地抓艾德的乳房，艾德喘著氣。

「放開她！」我喊道。

「妳他媽的變態，給我閉嘴！」我身後的警察大喊，隨即便把我的臉撞向牆壁。我眼前泛起萬花筒似的五顏六色。

艾德和我轉過身來，不到半秒的時間，我們互看了一眼。很奇怪的是，我們像是有很長的時間交換意見。老T告訴我們，有時候最好任他們揍，而且希望他們是把你扔在地上就完事了。但是有生命危險，或是快被逼瘋的時候，反擊就值得一試。但是，進退之間很難權衡。

在一眨眼的時間內，我和艾德決定反擊。我們各自對靠自己最近的條子拳打腳踢，有一會兒的時間，我們好像佔上風了，我不斷地踢那條子的脛部，艾德踢對方的鼠蹊處，還用拳頭揍他的臉。

一個條子衝向我，他的警棍刺上我的心口。我撞向牆壁，無法呼吸。然後我聽到砰的一聲，警棍捶上艾德的腦門。我吐了。他們不停地揍我們，揍到我痛得忍不住想：他們怎麼還不覺得累。忽然間，有喊叫的聲音傳來。

「走了。」一個警察對另一個說。

艾德和我倒在地上。我看到眼前的皮靴往後退。「該死的白奸！」他吐了一口痰，順便往我肋骨補上最後一腳。

接下來我只記得巷子上方的天色開始泛亮。臉頰抵著的人行道又冰又硬。艾德躺在我旁邊，臉朝向另一方。我張開手指想碰她，但是怎麼也搆不到，我的手就停在她腦勺邊的血灘裡。

「艾德，拜託妳醒醒，艾德，老天，妳不能死啊。」

「幹嘛。」她咕噥著。

「我們得離開這兒。」

「好，」她說，「妳去把車開來。」

「不要讓我笑，」我說，「我連呼吸都有困難了。」我又暈了過去。

後來達琳告訴我們，是正要上教堂的一家人發現了我們，他們找人幫忙，把我們先帶到附近他們家。他們沒有送我們去醫院，是因爲不知道我們是不是犯了法。艾德醒來後，給了他們達琳的電話號碼，達琳和她的朋友才來接我們。達琳在公寓裡照顧我們一個星期後，我和艾德才恢復神志。

「艾德呢？她沒事吧？」我記得自己問達琳的第一句話。

「她第一句話也是問妳的情況，」達琳答道，「活著，妳們兩個都還活著，沒死，兩個蠢東西。」

我們兩個都沒被送急診，因爲院方有可能認爲我們有問題而通知警察。艾德和我能坐起身，並稍微能走動後，我們趁白天達琳睡覺時，開始做些復健運動。客廳的沙發被拆開拼成一張大床。

艾德給我看麥坎X的講稿〈選票與子彈〉，鼓勵我讀W. E. B.杜波瓦[4]和詹姆斯・鮑德溫[5]，但我們兩人頭痛到連看報紙都有困難。白天我們兩人躺在沙發上一起看電視：《聽明點》[6]，《比佛利鄉巴佬》[7]和《綠色田野》[8]。不管怎麼樣，我們還是漸漸復原了。

傷假期間，艾德領到工廠給的傷殘補助金，我則丟了排字員的工作。

一個月後，當我們終於出現在馬里布時，有人拔掉點唱機插頭，然後所有人都過來擁抱我們。「不，等等，輕一點，」我們邊大喊邊往門的方向退。「注意到我們有什麼一樣的嗎？」我問，艾德和我將臉湊在一塊兒……我們倆右邊眉毛上都有道深長的切口。

就我而言，這一次的打鬥奪走了我不少自信。每呼吸一次，肋骨間的疼痛就提醒著我，其實自己是多麼脆弱。

我撐坐在後桌看所有的朋友一起跳舞，回到家的感覺真好，小桃坐在我旁邊，手環住我的肩膀，並給了我深深甜甜的一吻。

大媽問我想不想在週末時在酒吧當保鏢，我扶著肋骨畏縮著。她又說，只要我願意，在我傷好之前當服務生即可。我當然需要賺錢。

我看著賈絲汀，絕美的扮裝皇后，正拿著一個麥斯威爾咖啡空罐，沿桌募款。她走到我和小桃坐的桌子時開始數錢，「妳不用捐錢，親愛的。」

「這做什麼用？」我問。

「給妳買新西裝。」她答，繼續數錢。

「誰的新西裝？」

「妳的，甜心。妳總不能穿身上那套彆腳老西裝，擔任蒙地卡羅世紀扮裝大賽的主持人吧，對不？」我有些不明白。

「我們要帶妳出去買套新西裝，」小桃解釋，「妳要主持下個月的扮裝大賽。」
「和我剛說的有啥兩樣？」賈絲汀聽來有些惱怒。
「我不會主持節目啊。」
「別擔心，親愛的，」賈絲汀笑著說，「妳不是主角。」
小桃將頭往後甩，「我們才是！」
「但是妳得看起來出色啊。」賈絲汀說，手裡晃著一疊鈔票。
我聽過有些T和她們的婆到克萊漢服飾店買西裝的恐怖經驗。不過這次換克萊漢不舒服了，因爲有三個帶勁的全身裝扮的扮裝皇后要幫我挑西裝。
「不好，」賈絲汀用力地搖頭，「她是晚會主持人，不是他媽的葬儀社司儀。」
「土色系列，」喬治塔用手捧著我的臉，「正適合她的膚色。」
「不，不，不，」小桃說，「就這件。」她拿起一件深藍色卡別丁布料西裝。
「正點，」我從更衣室出來時，賈絲汀低呼，「酷斃了！」
「喔，甜心，我要爲妳搖擺……」喬治塔大呼。
小桃不斷地調整我的翻領，「不錯，不錯……」
「我們買了，」喬治塔告訴售貨員，他一副看起來受不了的樣子。「幫這孩子修改一下，要修得稱頭一點！」
售貨員從頸子拿下布尺，量我西裝外套和褲子的尺寸，用粉筆做記號，努力地不碰到我。最後，他站直了宣佈：「好，一個禮拜後來拿。」

「我們今天就想拿，」喬治塔擺明了說。「我們就在店裡看看其他的東西試穿一下，等你們改好。」

「不，」售貨員不假思索地說，「兩個小時後再來拿，現在請你們先離開，離開。」

「我們一個小時後就會回來，親愛的。」賈絲汀邊走邊回頭說。

「待會兒見囉。」喬治塔給他個飛吻。

「走吧，」小桃招手要我跟上。「換我們了。」她們拖我進旁邊的女用內衣專櫃。

我搖頭，「我得上洗手間。我想忍，但是忍不住了。」

賈絲汀摸摸我的臉，「眞抱歉，達令。」

小桃努力挺胸站高身子，「來，我們和她一起進去。」

「不，」我舉起雙手，「我怕我們全被逮捕。」我的膀胱漲得發痛，眞希望沒忍這麼久。我深吸了一大口氣，推開女廁的門。

兩個女人在鏡子前補妝。在我經過她們時，剛塗完口紅的那個看了另一個一眼，說：「那是男的還是女的？」

另一個女人轉身向我，「這是女廁。」她知會我。

我點點頭，「我知道。」

我鎖上廁所門。她們的嘲笑直切入骨。「還眞不知道那是不是個男人呢，」其中一個說，「我們該叫警衛來查清楚。」

我急忙沖了馬桶，手忙腳亂地拉上拉鍊。也許她們只是說說，亦或眞的會去叫警衛？一聽到那兩個女人離開廁所，我便趕緊衝了出來。

「妳沒事吧，達令？」賈絲汀問。我點頭。她笑著說，「妳讓那兩個女人少了十年壽命。」

我擠出一絲笑容，「才不。她們才不敢跟男人開那種玩笑。我剛才好怕她們會眞的去叫警衛。是她們讓我少掉十年壽命。」

「走吧，」小桃沒耐性地拉我的袖子。「現在該是優婆[9]上場的時候了！」她拉著我走向內衣專櫃。

「覺得如何？」喬治塔拿起一件紅色絲質睡衣。

「黑色，」我告訴她。「選那件黑色蕾絲的。」

「老天，這帥弟很有品味喔，」她說。

小桃輕嘆。「很奇怪，剛才看著妳試西裝的興奮模樣，讓我想起我父親爲了做禮拜，逼我去買西裝那時候。我心裡夢想的正式服裝，孩子，這麼說吧，絕不是西裝。我想的是，妳知道，比較有格調——那種有細肩帶，低胸的……」她的手指滑過她那緊身胸衣，「我覺得自己像是身穿三件式套裝的芭蕾女伶。」

喬治塔哼地一聲，「我看像小妖精[10]。」小桃頭一甩，拉著我走開。

一個小時後，我們回到克萊漢。西裝已經改好了。

「我們還有錢買領帶和襯衫。」喬治塔宣佈道。

賈絲汀拿起一件粉藍色的襯衫，那比起我父親所有的襯衫都還好看。天藍色的鈕扣上有白色渦漩，像雲一般。小桃和喬治塔決定了一條深棗色的絲質領帶。

所有售貨員都像患有頭疼般地用手環住頭。嗯，總比我們頭疼好。

「我真不知道該怎麼謝妳們，」我說。

「很簡單呀，甜心，只要選我是冠軍就成了。」

「她會發現我才是最美的！」

「拜託，孩子，別讓我笑好嗎？」

我舉起雙手抗議。「等等，沒有人告訴我，我還得當裁判。」

「親愛的，」賈絲汀微笑道，「妳那帥小腦袋瓜兒先別急，比賽還有一個月呢。」

一個月飛快地過去。我盡量避免加入參賽者間任何有關晚會流程的爭執。比賽當晚，我比平常晚了一些才到馬里布。我把車停在後停車場，摘下安全帽，坐在我的摩托車上抽煙。

「孩子，妳跑哪兒去了？」小桃急問，她的高跟鞋蹬在碎石地上左搖右擺。

「我馬上來，」我喊著，一邊扭熄香煙，「馬上來。」

我一進門，所有人停下動作盯著我看。「妳真帥，讓人想一口吃了妳。」小桃說，一邊順順我的翻領。

喬治塔的雙手在胸前十指交叉緊握著，「我感覺自己陷入愛河了。」

「是喔，她每次吹完喇叭都那麼說。」賈絲汀咕噥著。

大媽向我解釋節目流程。她說話時，我咬著大拇指。我一輩子都希望自己能夠隱形，怎麼可能站上舞台，讓聚光燈對著我照？我爬上走道時，全場一片黑暗，當聚光燈射向我時，我幾乎看不見台下的人群。

「唱首歌吧！」台下的一個T喊道。

「幹嘛，難道我看起來像薄特・派克[11]？」我喊回去。「好吧，」我開始唱，「她來了，多才多藝小姐。」

噓聲。

「聽我說，」我央求，「這很嚴肅的。」

「這哪兒嚴肅了，這是扮裝秀。」有人喊話。

「不，」我說，「這是嚴肅的，」我知道了自己想說什麼，「大家知道，從小到大，別人都說我們的樣子是不對的。」

我聽到有人低聲應和。

「這裡是我們的家，我們是一家人。」

台下響起一陣陣的掌聲。「妳說得對極了！」站在我身後的扮裝皇后喊道。

「今晚我們要來慶祝我們的模樣。我們這種人不只是『可以』而已，我們的樣子還很美麗！所以我希望大家能拿出熱情，讓台上的姊妹知道我們有多麼愛她們和尊敬她們！」

台下響起贊同的呼聲。賈絲汀和小桃跑出來親了我一下，又跑回後台等待上場。

我翻開大媽事先做好的小抄。「現在請大家掌聲熱烈歡迎，演唱〈爲愛停下妳的腳步〉的戴安娜．蘿絲小姐！」音樂響起，我退到一旁。

小桃的衣服隨著燈光照著她閃閃發亮。她的美奪目絢麗，迫人屏息。

「爲愛停下妳的腳步，」小桃抓著我的領帶，唱出第一句歌詞，「在妳讓我傷心之前。」她的嘴唇靠我好近，讓我深吸了一口氣，震驚於她的表演所散發出來的力量。

掌聲如雷貫耳。

「拿條毛巾給小鬼，」有人在我用手背抹前額汗珠時喊出聲。

「接下來請各位歡迎芭芭拉．露意絲小姐演唱〈哈囉，陌生人〉。」

賈絲汀向我走來——慢慢地，三吋高跟隨著音樂響起，極穩地走過來。「哈囉，陌生人，」她的手臂落在我的肩上，「好長一段時間沒見了……」我慢慢可以喜歡上這種感覺。

下一個表演者是喬治塔的男友，布克。我從未見過他扮裝。穿著裙子的布克還是讓我覺得是個「他」。布克表演的也是〈爲愛停下腳步〉。喬治塔從後台伸出頭來看。「誰會想得到呢，」她小聲地對我說，「以爲自己嫁了個眞正的男人，結果卻發現妳老公是借走口紅不還的姊妹。」我笑了。

「我的老天，」喬治塔低呼，「那女孩兒有麻煩了，」布克身上的披紗，只要他舉起手臂唱「停下」時就滑下來。其實那也滿性感的，但布克太緊張，不斷地想拉回披紗。

「去幫她。」喬治塔對我說。

我把麥克風交給喬治塔，走上舞台到布克面前。我一腳屈膝而下，假裝他是在對我唱歌，然後我繞到他身後，挑逗地拉下他的披紗。「就放著吧。」我親吻他的肩膀時對他耳語。布克唱出「在妳讓我傷心之前」，然後很戲劇化的大動作把我推開。台下一片掌聲。大家都很欣賞布克的臨機應變。

沒有人注意到紅燈閃爍。

音樂停了，現場發出抱怨聲。警察一湧而入。我舉手擋住刺眼的聚光燈，但還是看不清楚倒底發生了什麼事，只聽到喊叫聲與桌椅被翻覆的聲音。我忽然想到酒吧只有一個出口——這一次沒有地方可逃。十六歲的我還未滿法定年齡。

我慢慢脫下身上的藍西裝，把它整齊地摺好，放在後台的鋼琴上。我考慮了一會兒是否也該解下領帶，想著也許解下會比較好。但其實並不會有差別的，事實上，繫著領帶讓我覺得強壯些，不管我將會遭遇到什麼樣的事情。我捲起衣袖，走下舞台。一個警察抓住我，把我的手緊緊地銬在背後。另一個警察正摑打著抽噎的布克。

廂型警車已堵在酒吧門口。警察把我們又踢又打地推上車。往分局的路上，幾個扮裝皇后刻意說著笑話，試圖消除緊張的情緒。我靜默地坐著。

我們全被關進一個很大的拘留牢房。我感覺自己被銬住的手腫起，血液不循環也讓手變得冰冷。我在裡頭等。兩個警察打開了門，兩人有說有笑，我沒聽他們說話。「幹嘛，還等什麼？發請帖邀請妳嗎？」其中一個下令。

「來，潔斯，」一個警察嘲道，「拍照囉，笑一個嘛，妳真是個美麗的女孩兒啊。各位，她長得很美，對不對？」我被拍了存檔照。有個警察鬆開了我的領帶。他扯開我的襯衫時，天藍色的鈕扣蹦落，滾到地上去。他把我的T恤往上掀，露出我的乳房。我的手被銬在背後，人直挺挺地靠在牆上。

「我看她不喜歡你喔，蓋瑞。」另一個警察說，「也許她會比較喜歡我。」他橫過房間走來。我的膝蓋開始發抖。墨洛尼警官，他的徽章這麼寫著。他看到我在看他的徽章，冷不防地給了我一巴掌。他將手像鉗子般鉗住我的臉。「吸我的老二。」他靜靜地說。

房間裡沒有半點聲音。我沒有動，也沒有人出聲。我幾乎以爲一切動作都停下來，一切動作靜止，但沒有。墨洛尼用手抓弄他的鼠蹊。「我叫妳吸我的老二，男人婆。」有人用警棍捶我的膝蓋。害怕還比疼痛多的我雙膝一屈。墨洛尼拉住我的衣領，把我拉到數呎外的鐵製糞桶旁。糞桶裡浮著一塊沒沖掉的糞便。「看妳是要吃我還是吃大便，男人婆，由妳決定。」我害怕得無法思考，也無法動彈。

他第一次把我的頭壓進糞桶時，我屏住呼吸。第二次時間太久，我吃了水，舌頭感覺到那塊糞便的硬度。等到墨洛尼終於把我的頭拉出糞桶時，我吐了他一身。我不停地乾嘔著。

「幹，把她拉走。」我倒在地上喘息時，警察互喊著。

「不，」墨洛尼說，「把她銬在那張桌子上。」

他們把我拉起來背朝桌子上丟去，再把我的手舉過頭銬住。其中一個人拉下我褲子的時候，我試圖止住胃部的抽慉，讓自己不被肚裡湧出的嘔吐物噎死。

「哇，夠可愛，穿BVD喔，」一個警察說，「幹他媽的變態。」

我看著天花板上的燈，黃色的燈泡閃在鐵製的燈罩裡。這個燈讓我想到我們家搬到北部後，在電視上看的永遠看不完的西部片。每當有人在沙漠中迷路時，只會出現一個畫面——赤焰的太陽。沙漠的萬般美麗全簡化成那一個印象。盯著監獄裡的那盞燈，拯救了我，不用去看加諸於自己身上的羞辱。我像逃離一樣。

我發現自己站在沙漠裡。天空畫滿有顏色的條紋。每道光都隨著光源的移動而在曠野中留下不同的色調：鮭魚般的淺橙、玫瑰般的紅色、薰衣草般的紫色。鼠尾草芳香濃烈。即使在我還沒看到金鷹衝上空之前，我先聽見了牠的嘶鳴聲，清楚得像是發自我喉嚨的吼叫。我渴望與老鷹一同呼嘯於空，但我的雙腳卻鉗固在地。群山擁起迎接我。我走向群山尋找庇護，但有個東西拉住了我。

「我幹！」墨洛尼啐道，「把她轉過來，她的屄太鬆了，操！」

「警官，這些臭男人婆又不跟男人幹，屄怎麼會那麼鬆呢？」

「我哪知道？去問你老婆。」墨洛尼說。其他警察一哄而笑。

我慌了。我想回到沙漠，但我找不到剛才穿越過的那個徜開的次元。身體內爆炸出來的劇痛把我彈回現實。

我又站在沙漠裡了，只是這一次砂礫已變得冰冷。天空烏雲滿佈，暴風雨耽耽而視。撐不住空氣的壓力，喘不過氣。遠方似乎又傳來老鷹的嘶鳴。天空轉暗，有如黑色山巒。狂風在我髮間咆哮。

我閉上雙眼，臉朝向沙漠的天空。終於，解放了——溫暖的雨水滑落我臉龐。

---

1 *The Avengers*：六〇年代極受歡迎之英製電視私家偵探影集。

2 Diana Rigg（1938-）：英國演員，最爲人熟知的演出即爲《復仇者》中，著皮衣、冷艷、令人銷魂的女私家偵探。

3 Malcolm X（1925-65）：美國首位讓非裔美人建立起自信的黑人民權鬥士，被喻爲黑人民權運動的先行者。二十歲時因領導一跨種族竊盜集團，被捕入獄，在獄中加入一分離主義宗教組織伊斯蘭民族教會（NOI），後來成爲該教會最有煽動力的傳教士。一九六四年因對基本主義教條存疑而脫教，旋遭暗殺。

4 W. E. B. Du Bois（1868-1963）：杜波瓦一生皆爲黑人人權奮戰。他是第一位取得哈佛博士學位的黑人，一九〇九年協助創立全國有色人種協進會（NAACP），一九一〇至一九六二年對抗種族歧視，一九一九至一九四五年支持、推廣泛非洲運動，一九六三年逝於迦納。

5 詹姆斯・鮑德溫 James Baldwin（1924-87）：美國黑人作家，民權志士。著作包含小說、散文、詩集、舞台劇等二十餘部。代表作品有小說 *Go Tell It On the Mountain*、散文集 *Nobody Knows My Name* 等。

6 *Get Smart*：於一九六五至一九七〇年播出，喜劇，劇情基本上描述一對男女間諜辦案之過程。

7 *Beverly Hillbillies*：一九六二年首播，描述來自鄉間的克氏一家人因石油意外致富，全家搬入比佛利別墅住宅，因城鄉差距，旁人覬覦克氏家族財富等的電視喜劇。本影集亦爲後繼鄉土題材之仿效模範。

8 *Green Acres*：一九六五年首播，共播出六年。劇情描述一對紐約夫妻適應鄉村生活的喜劇。

9 high femme：外表高度女性化，強烈認同並歌頌女性化特質者。

10 fairy：特指女性化又打扮豔麗的男同志。

11 Bert Parks：美國藝人，以主持美國小姐選美賽而知名。競賽會歌〈There She is, Miss America〉並成爲他個人的代表曲。此處潔斯採諧音唱歌，Here She Comes, Mis-cell-an-eous（多才多藝）。

CHAPTER 6

戒指不見了。它曾經存在過的唯一證據是我無名指上的淤痕；應該是手被銬住腫起時警察硬撬走的。戒指不見了。我坐在公寓裡瞪著窗外，不知道自己醒了多久。

賈絲汀和小桃把我保出來。記得她們說沒有任何人被起訴。到家時，賈絲汀要陪我走上樓，但我很堅決：我要獨處。

我做的第一件事是洗澡。我將頭後仰，想好好地泡澡。忽然間，我注意到水的顏色愈來愈紅，雙腿之間冒出了一道紅流。舌頭被那塊糞便碰觸的感覺咻地重現，我急忙爬出浴缸，剛好來得及搆到馬桶。

現在我平靜下來了，幾乎沒有了任何一種感覺。但即使是在如此幸福的詳靜中，我仍難過可以保護我的戒指失去了，起碼它能給我一些智慧。戒指不見了。眼前不再有任何期望。戒指不見了。

貝蒂敲敲門，走了進來。她看到昨晚爲我帶來的那盤炸雞還沒碰過。炸雞看來像人的四肢，我沒有辦法用口含住。一想到那個畫面，我就會飛奔到浴室，嘔吐。

「我給妳帶了蘋果派。」貝蒂說。她的手裡還有一塊鮮艷的黃色印花棉布。「我想給窗戶做個窗簾，好嗎？」我在這個沒有窗簾的地方已經住了半年多。我點點頭。貝蒂開始縫製，不時抬頭看看我。在她起身熨燙窗簾前，我知道她在我房裡可能已經縫了好幾個小時，但感覺卻像是幾秒鐘的事。

窗簾非常好看，但我的臉卻動不了，連微笑都有困難。貝蒂走過來坐在我身邊。「妳該吃點東西。」她說。我抬眼看看讓她知道我聽見了。她起身往門口走去，又停了下來。「我知道，」她說，「妳以爲沒有人明白，也覺得沒有人能了解。但是我眞的知道。」我慢慢地搖了頭——她不明白。

貝蒂在我面前蹲下。當我們眼神一接觸時，情緒的電流忽湧而上，我在貝蒂眼裡看到了我所感覺的一切，我好像在看著自己的倒影。我驚嚇得別過頭去。貝蒂輕點了頭，捏捏我的膝蓋，「我眞的明白，」她邊說邊站起身離開。「我眞的了解。」

我沒有離開過沙發。夜色籠罩了整個房間。敲門聲又響起。我希望所有人都走開，讓我一個人好好獨處。

進來的是打扮得美極了的小桃。「我的約會對象好不中用。」說完，她直接走進廚房。一會兒後，她端出兩大杯叉著小勺的品脫裝香草冰淇淋。她一屁股坐到我身邊，遞給我一杯。冰淇淋滑下喉嚨的感覺好冰好舒服，我的眼睛刺痛出淚水。

小桃撫摸我的頭髮。我想著外頭的世界被厚雪掩蓋的模樣——每根樹枝和每條電話線都覆上了數吋的雪，在月光下閃爍。被捂住的感覺。隱隱作響。對我而言，現在的世界就是這樣。我希望我能告訴小桃和貝蒂，此刻我感覺多麼安詳，但是我說不出話。

「妳害怕睡覺，是不是，孩子？」小桃的聲音好柔。「可是小桃小姐現在在妳身邊呀。妳今晚會很安穩地睡在她懷裡。我不會讓任何東西傷害妳。」

她消失到臥房去了。一會兒她出來，帶我到床邊。她換了清新乾淨的床單，把我像小孩那般放到床上，然後躺在我身邊。我感覺到喉頭有股嘔吐物的味道，但她輕輕地把我拉向她。我的嘴碰觸到她乳房的輪廓。「荷爾蒙讓它們腫大，不過它們現在是我的了。」她親吻我的頭髮。

小桃開始輕輕地哼唱一支歌，歌聲圓潤悅耳，令人信任，於是我跟著那個聲音沉沉入睡。

艾德帶來我的藍西裝外套。她在浴室外成堆的衣服中找出搭配外套的褲子，送去乾洗。

隔週週五我沒在馬里布出現，艾德、喬治塔和小桃一起來接我。一進去，大媽丟給我一條抹布，叫我開始當服務生。我麻木地過了好幾個禮拜，感覺不到氣溫的變化，是冷是熱都不知道。世界顯得遙遠。

某晚有個男客人把我叫了過去，他說薯條是冷的，要我送回廚房。我拿去給大媽，但大媽說她太忙了，沒空處理。我又把薯條送回那個男人那兒並道歉。他拿起杯子，把水全倒在薯條上說：「薯條是冷的。」

他打開行李箱，拉出一條巨蟒，把蛇繞上脖子，然後開始張口咬下玻璃杯，咀嚼。

「薯條是冷的。」他重複一遍。

「大媽！」我衝去廚房。「快給我熱的薯條，現在就要！」大媽咕噥起來。「他媽的，我現在就要熱薯條！」

那男人給了我一大筆小費。

「妳不知道那傢伙是誰？」布克笑彎了腰，其他人也跟著笑了起來。「他叫剃刀人，在附近的酒吧表演。」

我丟下抹布。「這工作眞爛。」我抗議道，但也開始笑了起來。

「什麼事那麼好笑？」湯尼在我身後說。我轉身要告訴她，但她的臉卻充滿著憤怒。「我問妳，什麼爛事那麼好笑，妳說啊！」

有個T試著把湯尼拉開，「別這樣，湯尼，算了。」

她甩開那人的手，踉蹌地朝我走來。「妳覺得妳很好笑？」

「什麼跟什麼啊？」我有些手足無措。

一群上班小姐走進門，我走過去要打招呼，但是湯尼把我扭過身來。「妳以爲我不知道妳和我的婆在搞什麼？」

所有人屏住呼吸。我嚇了一大跳。「湯尼，妳在講什麼啊？」

「妳以爲我不知道？」

貝蒂走向湯尼，但剛進門的那群小姐中，有個叫安琪的把她拉住。

「妳這沒膽量的王八蛋，到外頭去。」湯尼呸一聲，朝地上吐了口口水。

我根本不想和湯尼打架，我走到外頭是想和她談。其他人也跟了出來。「湯尼……」我說。

「閉嘴，跟我打就是了，妳這小王八蛋。」

「聽著，湯尼，」我說，「如果打我會讓妳好過些，妳就打吧。我不會阻止妳的，但我怎麼會想和妳打架呢？妳在我有需要的時候幫助我，妳應該很清楚我絕不會做任何對不起妳和貝蒂的事。」

我看到貝蒂看著我的眼神裡帶著歉意。「妳這王八蛋，不准妳看我的女人！」湯尼氣急敗壞。

「湯尼，我絕絕對對不會做對不起妳的事。」

「妳給我搬出去！」她對我大吼，身體開始搖晃，「滾出去！」

安琪站在我身後。「走了，寶貝。」她拖著我的手臂。「僵持下去只會更糟，走吧。」她把我拉進酒吧。

葛藍特和艾德說願意陪我打包搬東西。「謝了，」我說，「我還是只需要幾個枕頭套就能搬所有的東西。我自己用摩托車搬就行了。」

帶著家當回到酒吧後，我在吧台後方找張凳子坐下，給自己叫了杯啤酒。安琪過來坐我旁邊。「妳今晚找到地方待了嗎？」她捻熄煙蒂，我搖頭。「聽著，」她拍我手臂，「我累了，想回家上床——睡覺。妳需要找地方過夜，我那兒沒問題，只要別打什麼歪主意就好。」

「妳一個晚上都在接客？」我問她。

安琪不信任地瞧了我，「對。」

「那我怎麼會以爲妳希望有人帶妳回家上床？」

安琪推開她的威士忌笑了。「來吧，寶貝，就這句話我請妳吃早餐。」

「老實告訴我，」安琪在土司上抹著奶油，「別扯謊喔，妳爲什麼不跟她打？因爲她是妳的好朋友，還是因爲妳怕了？」

我搖搖頭。「她並不是我最好的朋友，但她幫了我很多忙，我不想打她，就這樣。而且她喝醉了。」

安琪得意地朝我笑，「所以妳有跟貝蒂搞囉？」

我搖頭，「我不玩那種遊戲。」

她叉起蛋時看著我的臉，「妳幾歲了，寶貝？」

「妳在我這年紀時多大了？」我覺得有點氣。

她往後靠向椅背。「我想街上的生活讓我們提早成熟，對嗎，孩子？」

「我不是小孩子。」我嚴正地說。

「對不起，」她聽起來像是眞心道歉。「妳說得對，妳不是小孩子。」

我打了個哈欠並揉眼睛。她笑了，「我是不是害妳不能早點睡覺了？」

安琪眼一轉，看到一個年紀大的妓女在櫃台前付帳。「妳知道嗎，」她告訴我，

「我記得小時候和我母親與繼父在一家餐廳，看到像她那樣的女人。」

「她好美。」我說。

安琪看了我，傾斜著頭說，「妳這個T喜歡悍婆子，對不？」我笑了，拿叉子叉蛋。

「我記得，」安琪繼續，「就在那個女人付錢時，我繼父大聲地說，『骯髒的臭婊子，』整個餐廳的人全聽到了。但那個女人繼續付錢，拿了根牙籤，而且好像沒聽見似的，很慢很慢地走出餐廳。那時我心裡想著，我長大後也要像她那樣。」

我點頭。「有點像我十四歲時看到一個男－女人，」安琪用手掌托住下巴聽我說。「我都快忘了這件事。我被父母拉著購物，妳知道聖誕節前，店家裡又擠又吵。忽然間，一切變得好安靜。收銀員停止敲打收銀機，所有的人也都停下動作。大家都盯著首飾部門。有一對情侶——一個男－女人和一個婆，她們只是在看戒指而已，妳知道？」安琪往後坐，緩緩吐氣。「所有人都盯著她們看。那壓力之大，把她們像酒瓶的軟木塞那樣砰地炸出店門。我那時想跑過去求她們帶我走，心裡想著，媽的，那就是我以後的樣子。」

安琪搖著頭說，「看到自己以後的樣子，不好受，對不？」

「對呀，」我說，「像是在單線道的高速公路上開車，卻看到迎面駛來貨櫃車。」

她眉頭一皺。「我得睡覺了，走吧。」

安琪的公寓比我的像家多了。「我喜歡妳廚房窗簾布的質料，」我問，「是什麼料子？」

「麥斯林綿布。」她答，並從冰箱拿出兩瓶啤酒。「聽著，如果妳想找個地方，妳可以考慮這裡，也許很快妳就能租，懂我的意思嗎？」

我頭一斜，「明天嗎？」

她笑了。「說不定更快，誰知道？」

我喝了口啤酒，點煙，把煙盒丟在餐桌上。安琪也抽出一根煙，在我對面坐下。

「我最近會有點小麻煩……」我點頭，「所以，如果妳想要這裡，租金很便宜。」

「妳知道嗎？」我告訴她，「我甚至不知道怎麼繳費，不知道那些費用是怎麼計算的。到目前爲止，我只住過湯尼和貝蒂的家。」

安琪把手放在我手臂上。「我有個建議，但妳不一定得聽。去找個工廠的工作，不要一輩子都在酒吧過活。在油水區討生活就像在舔刀口，懂我的意思嗎？我並不是說工廠就像天堂，或比較好。但妳也許能和其他的T一起在那兒工作，繳得起生活費，還能找個女友安定下來。」

我聳聳肩。「我知道還有很多長大的事要學。」

安琪一笑，搖頭。「寶貝，不是的。我說的是保持年輕。我不希望妳必須太快長大。我第一次被抓那晚我就變老了——我才十三歲。那警察不斷吼著要我吹他喇叭，我沒做，他把我揍得好慘。我那時根本不懂他說的什麼吹喇叭。哎，雖然也不是沒做過。」

我站起身走到水槽邊，想吐。安琪也走過來，把手搭在我的肩膀上，「對不起，我不該說那個蠢故事的。」我沒法轉身面向她。「來，寶貝，過來坐下，」她輕輕抓著我。「妳沒事的，」她將我轉身向她。「妳沒事吧？」我擠出的笑容，缺乏說服力。她用手攏我的頭髮。「妳有事，對不對？」

她那樣說出口，讓我頓時紓解，開始哭了起來。她把我扶在她肩膀上輕輕地搖，然後讓我靠著水槽並看著我的臉，「妳想說說嗎？」我搖頭。「好，」她輕語，「沒關係，只是有時候能說出來會比較好。」她用手托住我的下巴，我想別開臉，她不讓。「妳知道，」她說，「和T比較起來，婆跟婆之間也許比較容易談這種事，妳認爲呢？」

我聳聳肩，覺得自己被設計，不舒服。

「誰傷害妳，寶貝，警察？」她看著我的臉。「還會有誰？」她大聲地下結論。「噢，寶貝，妳也已經老了。」她將我抱緊，輕輕地哼著歌。我將臉深埋進她那安全的頸項間。「來，寶貝，坐下。」她拉了張椅子到我身旁。

「我沒事。」我說。

「喔——喔，妳現在不是在和T說話。妳有事會告訴妳女朋友嗎？」

「我沒有女朋友。」我不情願地承認。

安琪看來有些意外，讓我有點受寵若驚之感。然後她靦腆一笑。「那妳以前會告訴妳的女朋友嗎？」

我覺得自己像被釘死的蝴蝶標本。「我……」

她搖搖頭，雙眼直視我的眼睛。「妳沒交過女朋友？」我尷尬地低著頭，看著自己的大腿。「像妳這樣年輕帥氣的T是怎麼逃過外頭那些饑渴的婆的？」她取笑我，並用手抬起我的下巴，「妳被臨檢過多少次了，寶貝？」

我聳肩。「有幾次了。」

她點頭。「知道了以後變得更難了，對不？」我讓她看進我的眼裡。「寶貝，」她坐上我的大腿，將我的臉枕在她的雙乳間。「寶貝，我很難過他們傷害妳。讓我更難過的是，妳沒有人可以說。妳可以現在告訴我，好嗎？」她將我擁入她的溫暖裡。不需言語，我告訴了她我所有的感覺。沒有說話，她讓我知道，她了解我的感受。

然後我的嘴唇拂過她的乳房，有個聲音自她喉嚨逸出。我們彼此看著驚訝的對方。她一臉驚嚇凍結的神色，如同被車燈照射的麋鹿。一霎那間，我發覺性是非常強烈的。

安琪抓住了我頭髮，然後慢慢地將我的頭往後仰。她的嘴唇漸漸靠近我的，我感覺到她氣息的溫度。我的喉嚨不自覺地發出一聲聲響。安琪一笑，將我的頭再往後推，然後指甲輕輕地往下劃到我的喉嚨。我的腰部到膝蓋間一震。

她使盡全力地吻我。我從前以爲大人用舌頭舔彼此是很噁心的事，甚至認爲那是不對的。但是現在安琪舔我的舌卻讓我全身著火。我拚命以我的舌留住她的舌。

忽然間她再度將我的頭向後拉，看著我，用她一臉奇特狂野的表情。我有些害怕，她一定知道了，因爲她微笑著將我再拉近她。我的雙手揉撫著她的腰，我的唇找到了她硬起的乳頭。

她一語不發地站起身，拉住了我的手。在她的臥房裡，她吻我，推開我，看著我，再吻我。

她的手從我的腰部滑到大腿內側，我退開。「妳沒有戴？」她問。我聽不懂她的意思。「沒關係，」她說，並走向衣櫥。她自言自語道，「如果這裡沒有吊帶，我就去死。」

我才想到她在找假陽具。但我記不得艾爾教過我的，我一個字也想不起來。我只記得賈桂琳說的：妳可以讓一個女人感覺非常舒服，也可能讓她想起一切所受的傷。

「怎麼了，寶貝？」安琪問。我們同時低頭看著她拿在手上的假陽具和吊帶。安琪的臉出現了一連串我無法解讀的表情。「沒關係，」我要別過臉去時她說話了，「來，寶貝，」她哄著，安琪將我扳過身說，「我教妳。」

那是我所聽過最令人欣慰的字句。

她走到收音機前調按鈕，直到她聽到納京高[1]柔和的嗓音唱著〈難以忘懷〉。她回到我的懷裡。「與我共舞，寶貝。妳知道如何讓我感覺舒服。感覺到我是如何隨妳起舞嗎？」她在我耳際私語。「那就是我們在做愛時我希望妳爲我做的。我要妳和我跳慢舞。我要妳像我跟著妳那般跟著我。來。」

她將假陽具丟向一邊，躺到床上，並將我拉到她上面。「聽音樂。感覺到我怎麼動的嗎？跟著我動。」她說。我做了。她教了我一種新舞步。那首歌一結束，收音機又傳出一首慢歌，亨佛利．鮑嘉主演的那部電影《北非諜影》主題曲。當輪到男聲唱著，女人需要男人，男人必須有伴時，我們一起笑了。

安琪將我滾到她下面，並開始解我襯衫的鈕扣，讓我只留下T恤。她起身跪坐，開始慢慢地解我的褲子鈕扣。她脫下我的長褲，但沒脫我的ＢＶＤ。我費勁地穿上吊帶和假陽具。安琪把我上身推倒在枕頭上，用雙手握著那橡膠陽具。她碰它的方式令我著迷。「感覺到我怎麼碰妳的嗎？」她笑著對我耳語。她的指甲從我T恤側邊滑下，再由下滑上我的大腿。她的嘴就快碰到我的陽具。「如果妳要用它幹我，」她撫摸著它說，「那妳就須先感覺它。這是種甜蜜的想像。」她含住陽具的龜頭，開始來回吞咽套弄。

她終於開口說話了，她只說：現在。

安琪翻身平躺，我笨拙地脫她的衣服。碰觸她，像青少年般的笨拙。剛開始我以爲她只是非常有耐心，後來我猜想，我的笨拙可能讓她更興奮，一個有經驗的我反而做不到。在我害怕、不確定時，她更加使勁，鼓勵我。而當我有如年輕的小馬一樣興奮時，她引導我不脫韁失控。

不論老T們給了我多少建議，但是當我跪在安琪兩腿之間時，我根本不曉得接下來該怎麼做。「等等，」她說，手指壓住我的大腿內側，「讓我來。」她將陽具慢慢地導入她的體內。「等等，」她再說，「不要硬推，輕輕地來，在妳動作之前讓我先習慣妳在我裡面。」

我小心地躺在安琪身上。一會兒，我感覺到她身體放鬆了。「好，」安琪說，我隨著她的引導，與她一起律動。我發現如果我開始想自己在做什麼，我就會跟不上她身體的韻律。所以我停止思考。「對了！」她更加興奮了。在我懷裡的安琪變得愈來愈狂野。把我嚇到了，不知道到底發生了什麼事。突然間，她大叫出聲，並拉扯我的頭髮。

我停下動作。一切靜止了好一會兒。她的身體癱陷在我下方。她的一隻手臂翻上，啪的一聲落在枕頭上。「妳為什麼停下來？」她靜靜地問。

「我以為把妳弄痛了。」

「痛？」她的聲音稍微揚起。「妳沒有過……」她說到一半。「甜心，」她對我說，她看著我的臉尋找答案，「妳和女人在一起過嗎？」

我全身的血液衝到臉上，整個房間開始旋轉。我轉身想離開，但我還在她的體內。「等一下，」她的手緊緊地放在我的臀部。「慢慢出來，小心，啊，好。」

安琪慢慢下了床，拿回一包煙、火柴、煙灰缸和一瓶威士忌。「抱歉，」她說。我避開她的視線。「聽我說，潔斯，我很抱歉。我不知道妳沒有經驗。第一次應該要很特別，有點像是個大責任，妳懂嗎？來，寶貝。」她拉我靠著她。我靜靜地躺在她的懷裡。收音機裡，比莉・哈樂黛正在唱歌。我們同時感覺到我的嘴靠著她的乳房好近，好像有什麼在我們之間爆炸開來。

「趴著，」她說。我翻身照做。「放鬆，我不會傷害妳的。」她跨坐在我腰間，手伸進T恤開始按摩我的肩膀。我感覺到她大腿間肌肉的力量。我轉過來平躺，她還在我上面。我伸手摸她的臉，將她拉下，好讓她親我。

她再給了我一次機會。這一次，我做得更好。

我們擁著彼此，好久都沒有開口說話。然後她輕笑。「剛才，」她說，「很棒。真的很棒。」她那麼說真是好。她慢慢將我引出她的身子，然後親遍我的臉，逗我發笑。

「妳眞的好可愛，」她說，「妳自己知道嗎？」

我臉紅了，而這讓她開始笑著，再一次吻遍我發紅的臉。

「妳眞的好美，」我告訴她。她做了個鬼臉，傾身拿煙。我搖頭。「妳靠外貌維生，怎麼會不知道自己有多美呢？」

「那正是原因所在，」她苦笑道。「只要別人覺得吸引人的，妳自己就會以爲那必定很醜。妳知道嗎？」我不知道，但我還是點頭。

「明天早上妳會尊重我嗎？」她要知道答案。

「妳願意嫁給我嗎？」我問她。

我們同時大笑並抱住對方，但悲哀的是，我覺得我們都似乎有點認眞。

安琪深長地看著我。「幹嘛？」我擔心。「怎麼回事？」

她伸手撫攏我的頭髮。「我只是希望也能讓妳感受那麼好的感覺。妳已經變石頭了，對不？」我垂下眼睛。她抬起我的下巴，直視我眼睛。「在娼妓面前顯露石頭的一面，不用覺得羞恥，親愛的。我們這一行也得像石頭一樣。只是妳不需被困在石頭T的標籤裡。如果妳找到在床上可以信任的婆，妳可以告訴她妳的需要，或者跟她說要她碰妳，懂我的意思嗎？」

我聳了肩。她繼續道。「我記得，小時候看到一群比我大的孩子在操場上圍成一圈，我就湊了過去，看他們在做什麼，」我用手肘撐起身子聽。「原來，他們正在用一根棍子刺一隻大金龜子。那隻蟲就好像要保護自己那樣縮起來。」她厭惡地哼出一聲。

「天知道我已經受夠被插刺了。」我親吻她的額頭。

「老天，」她說，「等到年紀夠大可以做愛了，我們已經覺得太羞恥，不敢再讓人碰觸。眞是罪惡，對不？」我聳肩。

「可以相信我嗎？一點點就好？」她問。我全身繃緊。「我不會碰妳被傷過的地方，我保證。轉過去，寶貝。」她低語。

她掀起我背部的T恤。「老天，妳的背像生的漢堡肉一樣。是我弄的嗎？」我笑了。「天啊，有點流血。是我弄痛妳了嗎？」我搖頭。「眞是夠T。」她笑了。安琪的手將我肩膀與背部的酸楚一掃而去。她的手指在我背上滑行到兩側，嘴唇隨後跟進，行走相同路線。枕頭被我緊緊攥在拳頭裡。我知道她喜歡我在她的碰觸下扭動。

她的手滑上我大腿內側時，我一僵。「對不起，寶貝，沒關係的。」她向我再次保證。我翻過身子，她躺入我懷裡。「有這種反應的通常是我，」她說。「好奇怪，就好像在鏡子的另一邊一樣，妳知道嗎？」我不知道，但發現自己開始無法抵擋睡意。

「睡吧，寶貝，」安琪在我耳旁輕柔低語。「妳在這兒很安全。」

「安琪，」快睡著前我問她，「我起床時妳會在嗎？」

「睡吧，寶貝。」她答。

1 Nat King Cole（1919-65）：著名的爵士樂鋼琴演奏家及歌手，美國第一位上廣播電台及電視台表演的非裔人士。

該是到工廠找工作的時候了。所有的T都催我試一試鐵工廠或汽車廠。我當然知道，我又不是個傻瓜。這些重工業有強大的工會，爲工人贏得了能餬口的工資和像樣的福利。

但艾德說不僅如此。工會還能保障工作穩定。在有工會的工廠上班，就算跟哪個蠢蛋在車間吵架，那也不會變成你上班的最後一天。你不會因爲哪個工頭不喜歡你的臉而被開除。所有的T都贊同，有了工會的保護，一個男—女人也能讓自己佔有一席之地，開始累積珍貴的資歷。

在等待空缺的同時，透過不同的臨時工作介紹所，我開始接做只能拿最低工資的臨時工。早秋之際，職介所介紹我一個工期一天，在冷凍食品工廠卸貨的工作。當我看到葛藍特走在我前方進入工廠時，我的心一躍，立刻趕上她，和她握手。

在碼頭的卡車卸貨工作是男性地盤，有另一個T互相照應意義重大。葛藍特戴著手套的手，深深地埋進她藍色海軍外套的口袋裡。「噢……」她打著哆嗦。「我快冷死了，我們進去吧。」然後她從容地往卸貨碼頭走去。她從來都不慌不忙，非常的酷。

卡車司機中有人喊道：「都成男—女人的天下了！」好幾個男人從工廠裡探頭出來看，嫌惡地搖頭。今天將是漫長的一天。我很高興我們走得很慢，就好像那他媽的停車場是我們的一樣。

我們爬上碼頭。工頭出來看看我們。葛藍特脫下手套，伸出手。一開始那工頭好像不願意和葛藍特握手，但是，他還是握了。這尊重雖然薄弱，葛藍特還是努力贏取來了。

冬日太陽低低地沉在天邊，白天就快要結束。冷冽的風刮過結冰的湖面。龐大的半拖車雖能擋風，但擋不了冷。我不停地發抖。工頭告訴我們，今天的工作是卸完兩個很長很長的貨運卡車。我們兩個都點了頭，但我心裡實在有點懷疑。

我們沈默地和另外兩個男人一起工作。他們兩人都沒有開口跟我們說話，彼此也很少交談。葛藍特和我在必須繞過他們時，都是低著頭。沉默比咆哮羞辱還要難挨。

一箱箱冷凍食物的重量比我預期中輕，至少前面三、四個小時還不覺得重。但是之後，每個箱子都像是裝了冰凍的鋼筋，我的肌肉疼痛到像燒灼的感覺。一卡車的箱子快搬完時，我興奮地加快動作。葛藍特使了一個眼色，讓我把動作緩了下來。我忘了還有另一輛半托車的貨要卸。它早就在停車場等著了。

兩輛卡車交替中間，我們有十分鐘的時間喘口氣，然後又繼續開始搬運半拖車內似乎永遠搬不完的箱子。

汗水像小河一樣在我胸前流淌。但是我的腦袋凍僵，雙耳像火一樣燒著。就在那時，我才驚嚇地發現，兩個共事的男人的耳朵都有些殘缺，是凍傷。

有些在工廠的男人，他們的手指從第二關節斷落，還有人失去拇指。而在這與凍湖比鄰的碼頭上，有好些工人失去了與外面嚴寒空氣接觸的部份肢體。這令我感到害怕。我不知道，為了生存，我必須被迫犧牲什麼。

我渾身打顫。葛藍特輕推了我一把，讓我回神注意手上的工作。她把我從頭到尾打量一次，確定我沒事。但她並不會大聲問出。要安全地在男人的領土上生存，就必須有尊嚴，要像能輕鬆勝任一般。而同時，我也不想讓葛藍特看到我的冷、害怕和疲倦。她看來頗好，大氣也沒喘一下。

下班的時間終於到了，我們讓晚班工頭簽過工時記錄卡後，便飛快地衝向停車場。坐在葛藍特的車上抽煙，兩人都沒有開口說話。我的手臂因筋疲力盡而發抖。這是八小時來第一次真正的休息。我們吐出的煙在車玻璃上結成冰晶。葛藍特發動引擎，打開收音機，調小音量，等車子暖好。

「還好嘛，」我隨口說出，「嗯？」

「別開玩笑了，」葛藍特不可置信。「搬到一半的時候，我覺得自己快死掉了。」

我一臉訝異。「真的嗎？可是妳看起來好輕鬆的樣子！」

她笑了。「胡說。讓我撐到底的唯一理由是，這工作看起來好像難不倒妳，我就想要讓妳瞧瞧，我這個老T絕不能輸給妳這種小阿飛！」

有一片刻，我覺得不太自在。如果她信賴我，那她並不知道她倚靠的我其實很脆弱。然後我才發覺，即使在這個時刻，她都還一直在支撐著我。我臉一紅，心懷感激。「妳辦到了，小鬼。」她輕捶我的肩膀。「老天，」她接著說，臉上出現一抹恐懼。「妳看到那些人的耳朵嗎？」

我們沒再交談，各自掉進相似的想法中，把煙抽完。

對我來說，在不同工廠上班的第一天總是困難；對任何人來說都不容易。一個新人在工廠要被接受，需要一段時間。同事對你投注關心前，先要知道你會不會留下來。很多人做了第一天後就沒再出現，也有的是因爲達不到標準。更有人在快做滿九十天——擁有加入工會的資格前，遭到解雇。

如果可以的話，我準備在這家書籍裝訂工廠留下。第一天，我添燃料、襯木墊，輕易地達到規定的標準。到了第二天，我將速度放慢。如果不費力就能達到規定，工頭會再提高標準。

我知道別人全在看我。第一天上工，我整天戴著墨鏡自我防衛。不僅沒脫掉我那件牛仔夾克，還把釦子全扣上，以遮掩裡面的黑色T恤。

這是一家薪資低、工時長，有自組工會的小型血汗工廠，而我是全工廠唯一的男—女人。如果這是家大工廠，就會有很多男—女人，多到可以組棒球隊或保齡球隊。那樣，我可能就會在上班時束胸，穿白色T恤，不加外套。而且在我們那個小社會圈圈裡，找到自己的位置。

不過，雖然還沒被這個團體接納，我已發覺這兒的人並非全無善意。中午休息時，我在打卡鐘旁的販賣機投了一罐汽水，坐在輸送滑木上吃我的義大利臘腸三明治。和我在同一線上工作、年紀稍長的原住民婦女——穆兒，分了我一半她帶來的蘋果。我站起來謝謝她，並感激地吃了蘋果。接下來的那個禮拜，每天早上穆兒都會請我喝她保溫瓶裡的咖啡。每個人都在看我們，衡量著他們所觀察到的一切。

每天早上哨聲響起前的時刻最爲珍貴，因爲那是屬於我們的時間。我們的自由只有在打卡鐘喀啷後才悻然結束。我們都會提早起床，在打卡前十五分鐘趕到工廠，一起喝咖啡、吃麵包，談天說笑。

一整天，我們也都說著話。老闆借走的是我們的手，不是腦袋。但即使只是說話，在屬於老闆的時間內交談就會受到限制。如果我們看來太開心，說笑得太大聲，工頭就會到我們身後，拿著鉛管拍打硬木製工作桌，大吼：「快做事！」然後我們會低下頭，生氣但嘴唇緊閉地工作。我想有時候工頭那樣做之後自己也會緊張，因爲他大概感覺得到自己背後眾多帶有殺意的目光。然而他的工作就是控制我們，這包含了不讓我們過於親近。

我們有許多不同的族籍與背景。大約有一半是六大族[1]婦女，多爲莫哈克與西尼卡族。我們之間的共通點是我們日以繼夜地一起工作，所以，我們會問候彼此的背痛或腳痛與家庭危機。我們一點一點分享彼此的文化、最愛的食物，或是道出自己的困窘時刻。工頭想破壞的就是這種團結的可能性。破壞透過各種小技倆，無時無刻不在進行：

耳語造謠、刻薄中傷或是下流笑話。不過，要分裂我們並不容易，因爲輸送帶已將我們結合在一起。

不出數週，我就被歡迎加入圈子，被調侃，也被問了成堆的問題。我的「異」未受忽視，我的「同」也被找出。我們一塊兒工作，也相互傾訴聆聽。

包括聆聽彼此的歌曲。早上第一聲哨音響起後，聽令於哨聲工作的男男女女都同時有種生理上的失落感。我們拖著腳步，安靜地排隊，等待打卡。然後，在生產線上，或比鄰或面對面地，各就各位。一開始工作時，氣氛凝重沈默。接著這股凝重就會被某個原住民婦女的歌聲融化。它們是社交歡樂的歌曲，即使聽不懂歌詞，歌曲的旋律也總能讓人感覺舒服，沈醉其中。

我仔細地聆聽，想聽清楚咬字、旋律與重複音節。有時候在歌曲結束後，她們會解釋歌詞內容，或歌曲應屬的節慶季節。

我最喜歡其中一首歌。我發現自己開始在下午休息時間哼唱。有一天，我不自覺地跟著唱了起來。她們假裝沒有聽見，但彼此以眼角微笑，然後她們唱得更大聲，好讓我提高音量。之後，我開始期望晨間時間的歌唱。其他非原住民女工也學著唱。一起唱歌的感覺眞好。

一個冬日週五夜，在打卡下班前，穆兒邀我參加週日在室內舉行的帕瓦祈禱儀式。我當然說好。我覺得榮幸之至。

聚會上也有幾個黑人與白人同事——友誼太珍貴，只在上班時間發展是不夠的。我開始定期參加，也迷上了烤麵包和玉米湯。

有一兩次我被慫恿站起來加入群舞。我必須承認，雖然鼓聲在我心裡咚咚迴響，但是震波還傳抵不到雙腳。跳舞的我覺得自己笨拙，而且我時時自覺到自己太T。

當然，有穆兒的女兒伊鳳在場，也是讓我提高自覺的原因。我好喜歡伊鳳。她在我們工廠的行政部門工作。每個人都知道她是當地黑幫老大的女友。但這並不能阻止我們在聚會時尋找彼此的所在。我想所有的女人也都立刻注意到了。

我已經決定決不向伊鳳表白，雖然她好像也喜歡我。老T們告訴過我，有時候工廠的男人會施壓力給某個女人，要她和男—女人上床，要騙人家，然後回來告訴他們經過。那將會是那個T上班的最後一天，而且通常是帶著羞恥離開。不過，污名遲早還是會繞回頭，落到那個和我們睡覺的女人身上，於是，她也得離開工廠。

起初我擔心伊鳳也可能這樣，但是她根本不是如此。某晚，我們一群人下班後出去喝酒，她告訴我她的男友說想看我們做愛，而她叫她男友去死。這種事一旦這麼說出來，我發現自己很難不想要和她做愛。

聖誕節前，我們所有人到工廠旁的酒吧喝點小酒。那天晚上，外頭颳著大風雪，在室內的我們喝酒談笑。離開的時候，雪幾乎完全覆蓋住車子。我用打火機幫穆兒解凍汽車車鎖，最後終於把車門打開的時候，伊鳳親了我的嘴。她走後，我還在停車場裡，驚喜得發傻。

隔天晚上我到馬里布。整晚都想著，帶伊鳳到這兒會是什麼樣子。

在工廠的我是快樂的，與伊鳳調情，聽穆兒說故事，等著聚會的來臨。週五晚上到兌領薪水現鈔的酒吧喝酒。週六晚在同志酒吧渡過。我感覺日子挺好。

然後有一天，工廠哨聲響起，空氣中彌漫著凝重的沈默。我看著每個人的臉，感覺有事情要發生了。穆兒先開口。「今天妳起頭唱歌，」她出人意料地建議，「哪首歌都可以。」我難以置信地望著每個人，但她是認眞的。我感覺到自己的臉漸漸發燙，我不想引起任何人對我特別注意。我不想聽見自己的歌聲蓋過機器和其他女人的聲音，單獨揚起，一分鐘都不願意。事實上，我發現我對自己的歌喉沒有信心，羞於引吭高歌。「我做不到。」我抗議。覺得自己快掉下眼淚。沒有人開口說一句話。她們繼續無言地工作。到了午餐時間我才明白，如果我不開口，大家也不會唱。

爲什麼？我想著。她們爲什麼如此對我？是故意要鬧我嗎？我知道不是那樣的。她們注意到我能對嘴跟著唱。她們要我的聲音也出來，一起加入。她們是再次地表達對我的尊重。

當晚，我恐慌得睡不著。如果我不開口獨唱，每天的既定慣例就不會繼續。一想到這點，我的喉嚨就一陣緊縮。我想請病假，但這麼做太沒膽，而且不能改變任何事。沒有人會忘記我被邀請起頭帶唱的事。而且，第二天就是聖誕節前夕，請病假會拿不到年假薪水。還有，過了聖誕節，我就有資格加入工會。

早上上班時，我試圖表現如常。大家像平常一樣和我打招呼。伊鳳進來時，我在想她是否也聽說了。她微笑，讓我知道她已曉得了。哨子響了。我們一一打卡，各自在生產線上就定位。氣氛緊繃著。我清了好幾次喉嚨。穆兒低著頭工作。她微微地笑著。

就是現在。我要找到自己的聲音並引以為榮。幾次不成功的開頭後，我的聲音開始揚起，唱著我最愛的歌曲——我第一支學會唱的那首。幾乎就在同時，其他的女人也跟著我唱開來，減少了我的痛苦。我們對彼此笑著，眼裡帶著淚水地同聲歌唱。

中午休息後，工頭叫我到辦公室，遞給我解雇通知單。「抱歉。」他說。他陪我走到我的櫃子拿東西。我不能和任何人說再見。

事實上，被革職讓我覺得很糗。我知道原因是我就快有資格加入工會。我也知道上面的人對我們女工愈來愈強大的團結力量恐懼萬分。在我想到工頭可能聽到我的獨唱後，恥辱感再度升起。

我在雪中走路回家。厚厚的雪蓋住了城市裡所有的聲音。我心情低落。假日完我就得再重新四處找工作。回到家，我希望電話鈴響。但是，它沒有響。什麼也沒得期待的我，只得看電視播放的《派瑞・科莫聖誕節特別節目》。看了，只讓我心情更糟。喝酒也沒有幫助。從來就不曾有用過。

正在考慮要不要去馬里布時，我聽到樓梯間傳來腳步聲。我打開門。是穆兒、伊鳳和其他原住民女工。她們帶食物和包裝禮物來給我。她們正要去聚會。我也被邀請了。穆兒假裝一本正經地看著我說：「現在妳該學跳舞了。」

1 Six Nations：世居於北美大河區的印第安人在美國稱爲六大族，在加拿大以法文稱之爲伊洛魁族。六大部族原只有五族：Mohawk、Onondaga、Seneca、Cayuga和Oneida，他們組成了伊洛魁和平聯邦，由各族女性長老遴選代表組成議會，共同治理，是史上最早出現的民主政治制度，一七一二年，Tuscarora族加盟成爲第六族。十九世紀女性公民權運動在美國展開時，常以婦女在六大族母系社會裡享有的崇高地位，作爲新價值觀的典範。六大族一直到一九二四年都還保有自治政體，後來加國想以聯合議會取代之，目前兩種政體共存。

CHAPTER 8

「妳升到第五級了？」T式歡呼聲在工廠餐廳響起。「正點！太帥了！」所有的T都過來拍我的肩膀，和我握手致賀。我，心情愉快極了。

老T堅用一隻手臂環著我。「幹得好，小鬼。」她說。我滿臉泛紅。

「妳怎麼辦到的？」法藍基想知道。事實上，我不知道自己爲何被選上。原因也許和其他許多開放給我們的工作一樣：所有的年輕男子都被徵召從軍去了。

我在這家書籍裝訂工廠已工作半年。這是家大工廠。葛藍特和我差不多同時進來。兩個月後，教材部門成立，又有七個T被錄取。我們總共有九人。幾乎囊括我去年夏天參加的壘球隊裡的所有成員。我們有九個人——眞是天堂。

由於我進工廠已經有段時間，算得上熟悉環境，而且也已加入工會，所以偶爾會有其他的T來請教我工作上或工會的事。我喜歡這前所未有的角色轉換。

我和堅一起在修邊與折頁部門工作。大型機器將大團大團的紙先折疊，然後再修整爲紙張。一疊一疊的紙張被放上超大型配頁機旁的滑動木墊，女工從木墊跑到配頁機送進新的紙張，紙張掉入輸送帶，盡頭的女工加上封面，用釘書機裝訂。我的工作是將訂好的書冊送上滑木。

有時候我會被調去幫忙送紙卡車卸下新的紙張。我喜歡做這項工作，因爲我可以有機會開堆高機。我唯一不喜歡的是，它讓我和其他女人產生距離。與我共事的人從沒被調派過做其他工作。

有天早上，工頭把我從線上換下。「戈柏，來。」傑克命令道。我跟著他進到運輸部門。「在這兒等。」他說。

湯米在傑克背後做了個鬼臉。「我討厭那個傢伙。」傑克一走，湯米對著我說。「他好像我在海軍時的一個長官，沒事就找我麻煩，我恨透了那傢伙。」

我點點頭，但沒說話。湯米人不錯，但我不知道，他會不會把我告訴他的話再張揚出去。

湯米看著時鐘。「快休息了。」他說。「老天，我眞恨海軍。兩年的時間就那樣白白浪費掉。我那時整天盯著時鐘看。他們可以強迫我做任何事，但他們停止不了時間，遲早得讓我退伍。」

我肩一聳。「那你幹嘛入伍？」

「妳開玩笑？」他問我。「那樣才不會進陸軍啊。只要能走路的，全被他們送去越南。」

傑克和他的助理凱文從角落走來，還有吉姆．博尼。媽的，我超討厭吉姆．博尼。

「嘿，湯米，你在把潔斯變成眞正的女人嗎？」博尼譏刺道。湯米斜睨一眼，手抓褲檔下方。

「來。」傑克要我跟著他。

我回頭看湯米。他不出聲地說，對不起。

我也用嘴形默示，去你的。

傑克帶我到一台閒置的大型折疊機前。我看著他拿出工具。「看好，」他令道，並開始調整機器的折疊寬度。我不敢相信。這是學徒的工作。還沒有人獲准學習調整設定或維修機器。先是學徒見習，再來就能出師成爲老手了。我的希望開始振翼。

「照我剛才做的，設定垂直面看看。」傑克說。他抓了塊抹布擦掉手上的油漬，我開始摸索垂直面摺頁的設定。「不，不是這樣，」他糾正我。午餐哨聲打斷了我們。「吃完飯再繼續。」他說。我飛也似地奔到餐廳。

爲何喜悅時刻總是轉瞬即逝？就在恭喜歡呼聲剛結束，工會主管達非，朝我們的桌子走來。「戈柏，可以和妳談談嗎？」

我指指身旁的椅子，「可以啊。」

他比了門的方向。出來到了走廊上後，我約莫感覺出是什麼事情。「達非，別給我什麼爛理由，說我不能升到第五級。」

他兩隻手臂盤在胸前，眼望地板。「聽我說，戈柏。我知道妳想升級，而且妳也有那資格。這工廠沒有女工在四級以上，而所有的男人，除了一個例外，也沒幹過五級以下的工作。這是不對的。」

我皺起眉頭。「所以？」

他嘆氣。「所以我很願意幫妳或其他女人提出申訴，爭取第五級的工作。只是，不是這個工作。」

我眞想給他一拳。「操，爲什麼，達非？」他的手臂輕輕環上我的肩膀，我甩開。我垂在身體兩側的拳頭已經握緊。

「聽我說，戈柏，傑克和博尼要陷害妳。」

我不懂。「這和吉姆．博尼有啥關係？」

達非拿出一包煙，請我一根。我拿了。「妳知道李洛伊吧？他是第四級，但大部分的時間，他只被分配做打掃。」

我慢慢吐煙。「操，我還眞不知道。」

達非點頭。「他想要那個五級工作已經一年多了。上個月佛雷被徵召入伍時，李洛伊就告訴傑克他想要那份工作。傑克一直敷衍他。後來李洛伊沒辦法了，來找我幫他爭取那個職位，所以我們已經提出申訴。」畫面開始清楚了。

「傑克在利用妳。博尼是工會的人，但他是個有種族歧視的王八蛋，寧願和傑克串通，也不願意和黑人共事。李洛伊有資格得到那份工作。」

「我也有啊。」我反駁，但已不再激動。

達非看得出我在深思他的話。「對，妳也有資格。如果妳想，我會幫妳爭取晉級，只是不是這一份工作。幫我這一次，戈柏。現在對工會是很重要的時候。」

「爲什麼是現在？」我問。

「我們的合約十月底到期。公司現在會盡全力分化員工，好讓我們以後沒那麼容易罷工。所以我們必須團結。」

我不高興。「聽著，達非，你知道我是站在工會這一邊的，但是，我們這些T卻連工會開會都不能去。」

達非露出疑惑表情。我解釋給他聽，我們這些T能在工會樓下喝東西，但我們不被允許到樓上參加會議。

「誰說的？」他要知道答案。

「就是這樣啊。一直都是這樣，至少我聽到的都是。」

達非把手臂環上我的肩膀。「聽我說，這回先幫李洛伊。等罷工一結束，妳把所有的T都找來，我呢，盡量去動員工會管事，然後我們一起去開批准會議，爭取妳們參會的權利。」

這聽來是個轉變。「好像不錯，」我告訴他。「但爲什麼得等到罷工結束才行？」

他眉頭一鎖。「其實不用等。只是李洛伊的事一定會弄得很大，我希望這個夏天能讓大家團結起來。這樣，到了我們必須罷工的時候，才有足夠的力量。懂我意思嗎？」

我聳肩點頭。午休結束哨聲響了。我開始緊張。「那我該怎麼跟傑克說？」

說話同時，傑克從轉角出現。「妳準備好了嗎？」他問我。

我深吸了一口氣。「我有點不舒服，傑克。我想提早下班回家休息。」

傑克瞪了達非一眼。「隨便妳。」

傑克走時，達非吹了聲口哨。「妳很不賴，戈柏。」

我勉強一笑。「叫我潔斯吧。」

隔天早上哨聲一響，我在配頁機前就定位，準備送紙。從我的位置，看得見達非與李洛伊在和傑克說話。達非揮舞著手臂，吼叫聲壓過機器嘈雜的聲響。傑克兩手叉腰，臉紅耳赤、滿面怒容。

幾分鐘後我再望過去，李洛伊已和傑克的助手站在機器前。我必須教李洛伊怎麼操作，因爲這些男人不會給他好日子過。但後來我發現，他們也對我不太爽。

「操妳媽的王八蛋！」傑克經過時對著我的耳朵吼。吉姆・博尼在另一頭瞪著我。堅在配頁線的另一端工作，把一切看在眼底。

最困難的部份是，要在午餐時間告訴所有T我又回到第四級。「不對嘛。」葛藍特惱怒地說。強尼與法藍基互望對方，搖頭。堅只是看著沒說話。我說達非承諾要讓T參加工會會議。

「了不起，」葛藍特笑出聲，「這小鬼就像傑克的豌豆一樣，拿頭牛去換顆魔豆。那東西誰相信？我才不想加入一個不鳥我的工會。」

我的臉開始發熱。「我們不能就說『幹他的工會』，我們也在裡面啊。合約十月就到期了。那時候我們怎麼辦？一個個輪流到經理辦公室談條件嗎？我們沒有選擇的餘地。我們得讓那些男的知道，他們也需要我們。」

葛藍特拳頭重擊桌面。「妳沒有選擇，我有，」她說，「我選擇不進工會。小鬼，妳被收買了。幹！」

哨子響了。午餐時間結束。全部的人都站起來回去工作。我還留在桌子旁，試圖回想昨天那志得意滿的感覺。我幾乎願意做任何事，去贏回失去的尊重。堅也還沒走。她站起來把手放在我肩上，「走吧，小鬼，我們晚了。」

我站起身，嘆了口氣，感覺自己失敗而且幼稚。堅看著我的臉，「人生眞複雜，對不，小鬼？」我點頭，沒法看她的眼睛。她用她那長繭的手輕觸了我的臉頰。「我覺得妳做的是對的。」

我想起我的英文老師說，覺得自己做對事情時，不需徵詢別人同意的那一番話。但那時我好需要堅的認同，以致眼睛湧出感激的淚水。

從那天開始，吉姆．博尼就不斷無情地欺負我。「嘿，過來舔我。」他會老遠地對我喊叫。沒有人想和他槓上，一半是怯於他的惡勢力，一半是因爲他和工頭走得太近。

「我該怎麼做，堅？」啤酒下肚後，我抱怨道。

「妳得和他打，」堅告訴我。我不想和吉姆．博尼打架。我怕他。「沒有其他辦法能阻止他。」堅說。我知道她是對的。

兩個禮拜後，吉姆．博尼逼我太甚。我彎下身要拿滑木上的紙張，忽然間，感覺大腿後面有東西。我手一揮，碰到肉狀的東西。吉姆．博尼從褲子抽出他的老二，在我牛仔褲上摩擦。恐懼與噁心讓我感到一陣暈眩。最糟的是，吉姆．博尼看到也看懂了我的表情。他和傑克一起嘲笑我。

所有的女人都在看著，停下了手邊的工作，輸送線末端的書冊全掉下去，撒了一地。傑克關掉機器。四下肅然無聲。

李洛伊罵吉姆．博尼混帳東西，叫他把他那小老二收回去。博尼推了李洛伊一把，兩人作勢開打。

「要打跟我打，吉姆．博尼，」我喊道。這突然而來的膽識嚇到我自己，也使在場所有人一驚。很有膽量的話，只是這些話是由恐懼催生的。「來呀，不是想打嗎？走。」

所有人都看向博尼。他以一種虛假的討好的表情得意地朝我笑，我知道他想再把我貶低到數分鐘前那種無力感，但我不會讓他如願。「來，」我說，「你在怕什麼，嗯？怕你那小屁股被男人婆揍嗎？」

達非匆忙跑過來，半途煞住，看著這場對峙。博尼傾身向前，傑克與凱文拉住他。但我看得出來博尼並不是眞的想要掙脫他們的拉扯。我不知道博尼爲什麼不想跟我打，但這讓我更有勇氣。「我已經受夠了你這王八，博尼。每個人都受夠了。你做你該做的事，別來搞我，不然，我他媽的揍死你這爛東西。」

傑克與凱文看著博尼的反應。他們放開他的手臂。博尼對我揮舞手臂，做出厭惡不屑的模樣，轉身離開。「她不值得我動手，」他告訴他們。「不值得啦。」

博尼走開時，達非對他大吼，「她比你更像是個工會漢子，博尼！」

堅過來握我的手。達非拍我的背。

「好樣的！」卡車司機山米拍拍我的背。「那傢伙是王八蛋。」

修理師傅華特看到我，遠遠對我點了一下頭。

「好了，」傑克一邊打開機器，一邊大喊，「所有人回去工作。」

要不是達非，我們根本不會有人去參加工會辦的野餐。是他的主意，要我找所有的T都去。「還可以帶妳們的女朋友一起來，」他補充道。「潔斯，妳有女朋友嗎？」我臉上的表情回答了他。我知道他只是想多認識我一點，但這實在不是個好開始。

「潔斯，」他說，「我說的對嗎？女朋友？」

我笑了，「對啦，達非。」

其他的T倒沒那麼想去，但堅能了解這是項突破，並允諾她的愛人艾娜也會去。一旦堅答應了，其他人也都同意。

我們帶去打棒球的裝備。阿巴在春天重新開幕時，我們便組了阿巴達巴壘球隊。

堅、艾娜與我同坐在樹下。達非拿瓶裝啤酒來給我們。「我喜歡他。」堅在達非走後說。

我一笑，「我也是。」

堅拍拍我的肩膀，告訴艾娜，「這小鬼會成爲眞正的工會領導人。」

「才沒有。」我靦腆道。

「嘿，小鬼，」堅告訴我，「這次的團結很有幫助喔。妳做得很不錯，把大夥兒聚在一起。別客氣了，嗯？」我開始感到自豪。

艾娜起身。「我要用杯子，」她說。

我仔細地觀察看著艾娜走開的堅。堅的表情充滿痛苦。最近我偶爾注意到堅的哀傷神情，但我還沒認眞去想原因。堅看著我，也反常地讓我看進她的眼裡。我想讓她知道我對她的關心。「妳沒事吧？」我問。

堅慢慢地搖頭。「我想，我快失去她了。」她說。

我的胃一縮。堅啪地一聲拍我的大腿。「我要再來一瓶，妳要嗎？」

我和她一起站起來。「不了，但是，」我把手放在她的胳膊上，「如果妳想找人說說，妳知道……」堅微笑，走開。

達非在我身旁坐下。「嘿，潔斯，我能問這個問題的人只有妳。」我有些受寵若驚。

「我想問妳艾索和拉琳的事。」達非說。

我四處看看。「她們有來嗎？」達非搖頭。「眞可惜，」我說，「我一直想見見她們的老公。」

達非斟酌用字地說。「艾索和拉琳是怎麼回事？她們是愛人嗎？」

「不是，她們都結婚了啊，這你也知道的。」

達非笨拙地尋思適當字眼。「對，但她們不是T嗎？」

我聽懂了他想說的。「這個嘛，她們是男—女人，但不是T。」

達非笑著搖頭。「我不懂。」

我聳肩。「其實也沒什麼難懂的。她們是看來像史賓賽・崔西與蒙哥馬利・克里夫[1]沒錯，但她們好像是眞的愛她們的老公。」

達非搖搖頭。「但她們兩個總是形影不離啊。妳不覺得也許她們是在一起，但害怕被別人知道？」

我想了一會兒。「唉，達非，她們結了婚並不代表日子比較好過啊——她們仍舊是男—女人。T會遇到的麻煩，她們一樣也少不了。試想拉琳在戲院裡上女廁，或是艾索去參加新娘送禮會，會是什麼情況？會給她們難看的人，才不在乎她們到底跟誰睡覺。而且，她們的生活還可能更辛苦。」我補充道，「她們不像我們還有地方可以去，我是說像酒吧。她們有的就只是她們的老公和彼此而已。」

達非笑了，搖頭。「艾索和拉琳在一起的樣子……讓我一直肯定她們彼此相愛。」

「呵，她們是愛彼此沒錯，這大家都看得出來。但那不一定代表她們對彼此狂熱或有慾望。她們是眞的互相了解。也許兩個人都喜歡把對方當鏡子在照，而且鏡子裡的那個人會以微笑相報。」

達非把手搭上我肩膀，摟了我一下。「妳眞的很會看人。」他說。

我得意地臉紅，不好意思地抽開身。「我要去拿東西吃了。」

我先聽到葛藍特的聲音，才看到那場面。葛藍特正在和人鼻尖對著鼻尖破口大罵，是吉姆・博尼。「你說球隊不要臭娘兒們是什麼意思?」她大吼。

博尼朝著其他男人的方向喊道,「因為我們要贏,對不對呀,兄弟們?」他的右拳捶進左手的一壘手套。

「嘿,博尼,」我大步走去並喊道,「你說的是壘球嗎?我們會給你們好看!」

突然間,全場安靜下來。只因為,所有人都知道這不只是場壘球賽而已。從另一方面來說,棒球對這些男人而言是神聖的。和女人對打這念頭幾近褻瀆。贏了,有何勝利可言?要是輸了……輸?他們哪能丟臉到想說自己會輸。

即使連T們都用一種驚嚇的表情盯著我。但是已經來不及了,我的大話已掛在空中。「來啊,博尼,」我說,「我們挑戰你們三局,三局就把你們打得落花流水。」

博尼鼻子哼地一聲。「打賭妳們贏不了,戈柏。」他說我名字的方式才讓我發覺,他對我猶太裔的身份也很憎惡。

我笑了。「賭你的手套。」博尼臉上的笑容溶解。他愛他的一壘手套,就像很多人愛他們家小狗一樣。他每天都將手套放在他的櫃子裡,即使冬天也不例外。

「如果妳們輸了呢?」他反擊。所有的眼睛望向我。笑容又回到他臉上。「如果妳們輸了,戈柏,妳得親我。」

「噁喔,」大家發出受不了的聲音。還有人吐口水強調嫌惡感。

「走,」我吆喝其他的T,「咱們去拿裝備吧。」

我們在場上圍圈聚商時,堅搖著頭。

「我不知道耶……」葛藍特喃喃自語。

「聽著，」我承認道，「我犯了個錯誤，可以嗎？那些話我一說出口，我他媽的就知道自己錯了。我很抱歉。現在我們只能好好打場球，後果怎麼樣都由我負責。」

葛藍特丟下手套，兩手叉腰。「輸了，我們全都得付出代價。這才是最幹的地方。」

法藍基插話。「她已經道歉了。我們贏球就是了，好嗎？」

說很容易做可難了。對方在第一局就得了兩分。我們好像完全無法掌控球場。我納悶何以我們會打得這麼糟。那些男人大半的體能狀態都沒多好，而我們，我們可是每個禮拜都在打球的。也許是我們自己先怕了，因為我們相信男人比我們強。我忽然一陣反胃。三局也許不足以讓我們這些男─女人克服心中的恐懼。

「各位，」上下場休息時，我說，「難道我們不能讓他們知道，我們有能力嗎？」

我們得了兩分，但他們也再得兩分。落後兩分。第二局下半場開始前，法藍基問平手怎麼辦。堅爆發了。「說這什麼話！」她發飆，「那乾脆現在就認輸，幹嘛還要再打一局？」她壓低聲音用威脅的語氣說，「這不是他媽的開玩笑。要看潔斯親吉姆．博尼……妳們想想那是什麼感覺？我不會袖手旁觀！」

這才叫朋友，我的朋友，老T，堅。

我們各就位置開始打球，而且是用力地打。再得三分──五比四，我們領先。但當法藍基跑回本壘時，吉姆．博尼用球狠狠地砸她的背，害法藍基臉撲地向下，吃了滿嘴的土。

我們全部衝向博尼，準備殺了他。傑克和他的助理站到博尼旁邊助陣。沒人知道是所有的男人都和男－女人過不去，還是只有他們三個。達非衝過來隔開對峙的兩方。

「傑克，你這王八蛋，把法藍基帶出去。她們少了一個人，你們也得減少一個。你出場。」

「放屁，」博尼揮舞著雙臂，「那是個操他媽的意外。」我們全想殺了他。

「賭注取消！」葛藍特大喊。

「妳們這群膽小鬼！」博尼說。賭注恢復。

達非踱步。「這是個錯誤。」他喃喃道。

「是嗎？」我生氣地問他。「你站哪一邊？」

「工會。」他反擊。

「那你最好希望我們贏，而不是傑克和博尼！」我告訴他。

達非想了一秒鐘，然後微笑。「妳說的對。」他兩手擊掌，大喊，「堅，加油，」堅站上打擊位置。

堅揮棒，球在空中高飛。我們全都屏息看著球落下——直接落進傑克的手套。三人出局。我們雖然領先一分，但對方還有一次進攻機會。

山米首先上場打擊。棒子一揮，球飛向葛藍特方向，應聲入套。他丟下球棒前對我眨眼，站在一壘的我看得清清楚楚。

下一個打擊手是湯米。他擊出一個很軟的三壘方向滾地球，葛藍特接起來時，他已跑上一壘。

「對不起。」他低聲道。

「幹你娘。」我對他的氣還沒消。

傑克短打，讓球滾到我們的守備弱區——中野，輕鬆地大步跑上我守的一壘。「妳跟博尼搞完後，也給我幾秒鐘吧。」他譏諷著說。我盡力讓自己腦袋只想著球賽。

下一個輪到華特。他站上打擊位置，拿球棒撥掉鞋底的泥，搖晃臀部兩下就定位。他打了個內野高飛球。我們全將帽子往後撥，看著球輕鬆地掉進堅的手套。華特拉拉帽沿，腳步輕快地離開本壘。

博尼站上打擊位置。我們全都惡狠狠地瞅著他，但似乎傷不了他絲毫。他用力揮出第一棒，揮棒落空。

「一好球！」我們全一起大喊。

他憤怒地第二次揮棒。落空。

「兩好球！」我們開心得大叫，開始拚命奚落他。

博尼第三次揮棒，擊球清脆的響聲讓我們閉上了嘴。所有人全都往上看著在半空中飄浮的球。湯米在三壘前猶豫，和我們一樣傻在那兒。傑克跑向三壘，吼著要湯米快跑。吉姆．博尼滑向一壘。

啪嗒一聲，球掉進葛藍特的手套。三人出局，不必將球再傳向一壘——但葛藍特傳了。球重重地迸進我的手套。我繃緊雙臂，伸出球與手套對準博尼的鼻尖——他正快速地衝刺過來。球碰上他鼻子時發出很小的啪的一聲。比賽正式結束。我們贏了。我不用親正在一壘流血的博尼。我會聲稱那是意外。但也沒人問起。

我曾見傑克瞪我的眼光——即使是野餐，他還是那付工頭樣兒。他恫嚇的眼神令我心寒。但我決意不理，因爲對方球員都過來拍我們的背，說很高興是我們贏了。我才想到這些男人是輸給一群男—女人——在他們妻子女友面前——而他們並不覺得難堪。

T們雖然高興贏了球，但態度有所保留。我知道她們對我有些不爽。對吉姆．博尼的挑戰是太自大了點。她們很明白，結局有可能是輸球，讓廠裡所有的T都受到挫敗。堅打破了僵硬的氣氛。「結果好就是好，對不，小鬼？」她將手臂環著我，「要讓妳親那個傢伙，我寧願先自殺。」

我一臉震驚。「妳該不會以爲輸了球，我眞的會親他吧？」

湯米上氣不接下氣地跑來。「打得好，」他伸出他的手。我的表情僵住，但還是握了他的手。「我是眞的抱歉，好嗎？」他說。

我聳肩。「你人不壞，湯米。但是在其他男人面前，你就和石頭一樣沉下去了。我沒法信任你。」他張嘴要說話，但沒有發出聲來。

堅和我走開。「妳對他滿兇的喔，」她說，「但我相信妳一定有妳的理由。」

「大家注意！」是湯米的聲音，他站在一張餐桌上，我們都靠過去。他手上拿著吉姆．博尼的一壘手套。「我謹代表戰敗隊伍，頒發給勝隊這個一壘手套。嗯，」他結巴地說，「一壘手套。」他將手套丟向我，「妳們正大光明的贏了這場比賽。」

艾娜等堅走了才往我方向走來。她從遠處看著堅時，我看到了那相同的沉重悲傷。我希望也有人那麼愛我。艾娜靠近時，她的嘴轉成逗弄的笑容。她用雙手輕輕地捧住我的臉。「打得好，帥哥。」

我兩隻腳尷尬地來回輪流踩著地，「哎，艾娜，妳知道的。」

她點頭示意我不用再說，「我是知道，但結果很好呀。」

我們同時注意到達非站在附近，等著來恭喜我。「妳說得對，潔斯。」他握住我的手道，「我一開始的想法錯了，對不起，是工會贏了比賽。」

我拿了瓶冰透的啤酒和一塊炸雞，一個人倚著樹坐下。空氣熱熱的，但微風好涼爽。我感覺自己在世界的頂端。

---

1 Spencer Tracy and Montgomery Clift：美國影星，兩人在一九六一年電影《紐倫堡大審》有精彩對手戲。

吉姆・博尼禮拜一沒有來上班。我很開心。我不會向任何人承認其實我還有點怕他，所以當他禮拜一早上打電話請病假時，我在工廠連走路都有些沾沾自喜。

傑克將我自線上撤下，帶我到一台切割教材用卡片的模切機前。通常爲防止模切機夾紙，會有一個人使用強力氣動空壓管，不時吹去上面的碎屑。「空壓管正在修。」傑克在機器的嘈雜聲中喊道。「堅需要幫忙卸紙的時候，妳就去幫她。然後妳偶爾過來，就這樣刷掉上頭的東西。看我做。」他用手很快地在刀模起落間，拂過模切台。「別讓它卡住。」他在離開前警告。

堅看了一眼機器，再看看我。「小心點。」她提醒。

我看著刀模軋上軋下，試圖像學歌曲那樣掌握它的節奏。我咻一聲出手，很快地掃掉一些碎屑。大部分都掃掉了。我的手在發抖。和機器一起工作，會讓人不由地對它產生一股敬意。我試圖維持與模切機同步。我的手只慢了一次。而一次也就夠了。

整個過程發生得太快。前一秒我的手指還連著手掌，下一秒我就感覺無名指躺在手心裡。血噴出來，紅色的弧線劃過機器上方，劃過滑木上的裁片，灑到我面前的牆壁上。

我不該看我的左手，但我看了。在腦袋還沒了解眼睛所見爲何時，我的胃一陣翻攪。機器轟隆作響，求救，別人是聽不見的，但是無所謂，我根本發不出聲音。所有的事情以慢動作發生。堅揮舞著手臂大叫。其他人靠攏過來，駭然僵在原地。

我忽然想到我該去醫院。我知道自己沒法騎摩托車。走向大門時，我一邊想著零錢夠不夠搭公車。華特和達非追上我。

接下來我只記得自己坐在車上。華特一手擁著我。達非開車，不斷回頭看華特的表情以了解我的狀況。我整隻手被一塊布包著，紅色的血把布浸透。我爲自己的指頭難過，滾燙的淚水流下面頰。我想著也許該把它好好安葬。但不知能邀誰參加葬禮。

華特用他那大而溫厚的手，將我受傷的手舉高，然後用另一隻手臂緊緊地擁著我。我劇烈搖顫。「沒事的，甜心。」他低聲道。「這種事我見多了。不會有事的。」

接著我只知道自己躺在手術台上。我開始恐慌。要是他們脫我衣服怎麼辦？身旁一個人也沒有。一隻蒼蠅嗡嗡盤旋，停到我的手上。我急忙翻身。蒼蠅轉了兩圈又停了下來。我受傷的手一彈，感覺到自己的手指彈往另一個方向。我暈了過去。

恢復意識時，達非的臉最先進入視線。他在笑，但神情又有點苦惱。「達非，」我擠出聲音，「我的手指在哪兒？」

他眨眼。「沒事，潔斯。他們救回來了。」

我不相信他說的。我看過很多電影，裡面對受傷的人都是那樣撒謊的。我把頭抬起一些，想看自己的手。手上纏了一層一層的紗布，有個金屬裝置從前臂那裡穿過紗布，再從無名指的位置那兒冒出來。達非點了頭說，「妳的手指保住了，潔斯，骨頭沒有全斷。」他說完臉轉向別處。我以爲他可能是想嘔吐。

我還穿著血跡斑斑的工作服。「帶我離開這裡，達非。」

他開車送我回家，途中還到藥房買醫院開的藥方。我醒來時，他已經不在了。床頭燈下有張說明服藥時間的紙條。他還留下電話號碼，要我醒來就打電話。還好，我的工作服還在身上。

稍晚，我撥了電話，達非立刻跑來。「傑克陷害妳的，」他在我廚房裡踱步。「就在他叫妳去操作機器前，有人看到凱文拆掉安全鈕。傑克可以辯稱是因爲空壓管壞了，才把安全鈕拆掉。但是命令別人用手擦機器，這可是不折不扣的毀約行爲。」

我聽不太懂達非在說什麼。止痛劑讓我腦袋昏昏，而且我也不想聽懂。

「潔斯，還有更過分的，」達非俯身向前重擊餐桌，「我們帶妳去醫院後，傑克把安全鈕裝回去還說它本來就在那裡。那王八蛋陷害妳，潔斯。」

恐懼令我頭昏眼花。我想起父母送我進精神病院，還有警察打開我的牢房門的時候。這世界有好多人有權力控制我、傷害我。我聳肩，像是這對我並不重要。「聽著，達非，事情過去了。而且，再過兩個月合約就到期了，還有其他很多事要擔心。」

達非看我的眼神好像我是個瘋子，但他說話的聲音非常平靜。「不，潔斯。這件事我們得好好擔心。我們要拿出傑克陷害妳的證據，然後告訴上面不是他走就是我們全部的人離開。」我好訝異一個異性戀男子會起身爲我或一個男—女人伸張正義。

「妳知道，」達非接著說，「我想以前我不是眞的了解妳活得多麼辛苦。我知道工廠的男人有時候很討人厭。」他靠著水槽，雙臂盤在胸前，「但我和妳在醫院時，我看到別人怎麼對待妳、怎麼談論妳，」他抓著臉，當他再看著我的時候，我看到了他眼裡的淚，「我覺得好無助，妳知道嗎？我不斷對他們大喊妳一樣也是人，妳的生命也很重要！但是他們卻好像沒聽見似的。我什麼忙都幫不上，沒有辦法讓他們照我希望的方式來照顧妳，妳知道嗎？」

我點頭。我知道。而我現在知道，達非也知道了。

週五晚，堅載我到阿巴。進去時，所有人都爲我歡呼。她們在後廳牆上貼了張布條，寫著：早日康復，潔斯。法藍基、葛藍特與強尼告訴我達非已組織工會調查團，調查那椿「意外」。

我一直看著堅。她的神情看來好哀傷。「艾娜呢？」我低聲問葛藍特。葛藍特比了個食指劃過喉嚨的手勢。我等到堅獨自一人坐在後頭的機會，帶了兩瓶啤酒過去。「可以跟妳一起坐嗎？」她示意要我坐下。

「妳是我的朋友，」我告訴她，「而且我愛妳，」她似乎很驚訝我那麼說，「如果妳不想說，沒關係，但我沒辦法假裝我不知道妳很難過。」

堅傾身向前，用手肘拄著桌子，「我失去了她。我愛她，但我失去了她。還有什麼好說的呢？」

我聳肩。「我知道妳們彼此深愛對方。」

堅喝了一大口啤酒。「很多時候只有愛是不夠的，」她說。我希望她是錯的。她嘆氣，「最糟的是，這是我的錯。我知道她要離開我，但我就是趕不及改變自己，來不及阻止她。誰知道，也許我根本已經老到很難再改了。」

我不是很懂她在說什麼，只是閉嘴不答。堅垂頭喪氣，「如果我告訴妳她跟我分手的原因，妳能答應我絕不說出去嗎？」

我思考了一下。「妳可以相信我。」我說。

「妳這句話想很久喔。」她說，有點不放心。

「我得先確定自己做得到。」

堅的聲音變得沙啞。「我就是沒辦法讓她碰我。我們從沒有談過這件事，我根本不知道該怎麼談。起初她可以接受，她能了解。但後來她告訴我，能誘惑她的石頭T女友是她一向自豪的事。這簡直把我嚇壞了，妳知道嗎？」

我心裡想著，能有個婆這麼在乎，願意嘗試，多好啊。

「反正呀，我就是沒辦法，她終於離我而去。在一起都這麼多年了。妳能相信嗎？」她苦笑道，「我唯一深愛過的女人，愛到牙齒都會痛，而她竟然離開我。」

堅抓著我的手臂，「只要能讓她回來，做什麼我都願意。」她說話時眼中帶淚，「我願意在吧裡所有人面前下跪。我什麼都願意做。但是我就是沒法改變自己這樣子，我不知道我是怎麼回事。我就是做不到，妳知道嗎？」

我知道。我傾身向前擁抱她。她的頭靠在我肩膀上。要不是因爲喝醉了，堅也許會覺得難爲情。

而我內心實則激動不已。我知道自己也是石頭。那是一種少了開關的警報系統。一旦裝上，警報聲響，所有門窗自動關閉，即使侵入者滿懷愛意也一樣。等我將來終於找到愛我的婆時，會不會也因爲相同理由而失去對方？果眞如此，人生似是沉重到令人無法承受。

堅說的另一件事不斷在我腦裡盤旋：艾娜以能誘惑她的石頭T愛人自豪。她是怎麼做到的呢？被碰觸而能不感到害怕又是什麼感覺？我常常想著艾娜。

尚未復元、靠賠償金過活的那段期間，我幾乎每晚都在阿巴渡過。堅不再來吧，她害怕遇到艾娜。艾娜每逢週六會來。整個禮拜，我都等待著那天的到來。那個週六晚她走進吧時，整場人我就只看到她。其他所有人都是黑白畫面；只有艾娜五顏六色，生動逼眞。

她一進門就朝我走來。我跳下凳子。艾娜彎身，輕輕托住我手臂上的金屬裝置，然後，抬眼看著我的臉。

我一聳肩。「好多了。醫生還說會有感覺的。」我向她保證。

「這東西要戴多久呢？」她問。

「不知道。他們一個月後會告訴我。」我看到她眼裡的關心。我覺得好榮幸。

我們同時坐下，我比手勢要梅格來兩杯酒。正要掏皮夾，艾娜將手放在我手臂上。「我在工作，」她說，「讓我付。」

艾娜啜了一口飲料。「妳眞的很勇敢。」她告訴我。

我感到羞愧；並不是那樣的。「我沒有，眞的。」我誠實告訴她，「我時時刻刻都感到害怕，艾娜。」

她的臉轉趨柔和，「能這麼說眞是勇敢。」

我臉紅。她將手放在我的手上。她上色未久的紅指甲瑩瑩發亮。「妳知道我怎麼想嗎？」她問。我傾身聆聽。「我覺得每個人都害怕。但能夠不被害怕限制住，就是眞的勇敢。」我決定了，她是我所見過最有智慧的人。

艾娜用手撥弄她的頭髮。是那麼讓人有親切感。看到我臉上的表情；她眼睛一垂微笑起來。有人在點唱機上投幣。妳是我的靈魂，我的靈感來源，正義兄弟的歌。沒有了妳，寶貝，我還有何可取？我猶豫著自己是否有勇氣請她跳舞。「艾娜，」我囁嚅道，「要跳舞嗎？」

此時，酒吧門一開，所有人鴉雀無聲。站在門口的是一個山一樣的女人。她穿了一件黑色皮衣，拉鍊敞著沒拉。胸部平坦，而且很明顯沒有束胸。她的牛仔褲褲腰很低，沒繫皮帶，一隻手拿著機車手套和安全帽。是駱可。未見其人先聞其事的一個傳奇人物。

我望了艾娜一眼。她陷進我看不見的回憶之中。我看著她們的臉，這是她們兩人多年以來第一次看到彼此。我來回看著，像看著一場網球賽，我不想錯過任何一次擊球。我能感覺到她們對彼此深深的愛意。

「哈囉，小駱。」艾娜靜靜地說。聽來就像句電影對白。

「哈囉，艾娜。」駱可厚厚的聲音回答。她們的臉靠得好近，也跟我的好近，我可以看見駱可下巴和臉頰上的鬍渣。

堅有回告訴我，駱可被毆打的次數多到沒人算得清楚。她最後被警察打的那次，幾乎讓她喪命。堅聽說駱可注射荷爾蒙還進行乳房手術。她現在以男人的身分當建築工人。堅說駱可不是唯一一個這麼做的男─女人。這是個迷人的故事。我當時半信半疑，但心裡一直放著這件事情。不論當個男─女人有多麼辛苦，我不知道一個人要有多大的勇氣，才能拋開自己熟習的性別，過著那麼孤獨的生活。

我想認識駱可，想要問她一百萬個問題，想要藉由她的眼睛來看世界。我尤其希望她和我不一樣。我害怕會從駱可身上看到自己。

我看著艾娜的臉。她以一種好強的力量與自尊支撐著自己，但也使得她想隱藏的痛苦更加明顯。我不確定她是要伸手碰觸駱可的臉，還是我讀出了她的心思。如此靠近兩個這麼有能量的女性令我顫抖。

駱可輕觸艾娜手肘。艾娜起身，帶著駱可到後廳的桌子坐下。我一人坐著，顫抖，感覺被忽略，我嫉妒。我渴望得到這兩個女人的注意。我偷望艾娜一眼，期盼她也能以能是我可以回的家。

我也希望駱可做我的朋友，爲我揭露這個宇宙的所有祕密。我希望在我不夠堅強時，她能是我可以回的家。

她們說話時，我努力地讀著她們的肢體語言。

駱可站起來。艾娜伸手抓著駱可皮衣的翻領。她們的唇短暫相碰，駱可隨即轉身離去。我眞希望駱可看到她轉身後艾娜的表情。那神情對駱可來說，也許意義重大。

駱可朝我和門的方向走來。我苦苦尋思，想找點話說，好讓她能停下聊聊。也許是我臉上苦惱的表情，讓她在我面前稍作停留。她挑起眉頭露出質疑的神情。我找不到能表達出我要什麼的字句；也許我根本也不知道自己要什麼。

霎時間，駱可的臉上閃過一道懷疑的神色，我看到她生起戒心。我想不出該怎麼辦，只好伸手要和她握。她看了一眼，然後看到我綁滿繃帶，像機器人的假手般的另一隻手。她與我握手時點了點頭——我永遠不會知道原因爲何。然後，她便離開了吧。

吧裡的音量在她走後再度揚起。失落感讓我感覺好空虛。如果我痛，艾娜必定已流血。我等了相當的時間才過去找她。「可以請妳喝杯酒嗎？」我問。

她被嚇了一跳，「什麼？」猶豫了一下，「好吧，謝謝。」

我們默默地喝著。我能感受到她的難過。我看著煙霧瀰漫中共舞的情侶。意外地，艾娜回頭看著我低聲說，「我傷到了。」她說的方式是那麼平緩沉靜，讓我擔心是否誤解了她的意思。但當我見到她眼裡的哀傷時，我挪近了椅子。艾娜蜷伏到我懷裡，輕柔地以她的身子探索著我的身體。擁著她是一種單純的喜悅。她嘆了口氣，然後身子因啜泣而輕顫起來。

剛開始我有點難爲情，擔心別人會怎麼想。但後來我丟開自己，全心全意只想著讓她好過一些。她對我有足夠的信任，在我懷裡傾瀉她的哀傷。我親了她的頭髮，髮香令我飄然。她抬頭看我。我好想用手扶著她的下巴，深深、慢慢地親吻她的唇。她看到了我的眼神。想隱藏是沒有用的。

「我馬上回來，」她說。艾娜在洗手間待了好長一段時間。她回來後，我掏出一根煙，爲她點上。艾娜慢慢地搖頭。「我才剛以爲我不可能再傷害誰了，怎曉得那個人就走進來了？」

我吐煙，看著她的臉。「她要什麼？」我沒想到自己問出如此私人的問題。

艾娜對我的直接，驚訝地眨了眼，「她聽說我和堅分手了，等了一個多月，來問我願不願意再回到她身邊。」

我拿著我的Zippo打火機輕敲威士忌酒杯：T的摩斯密碼。「會嗎？我的意思是，有機會嗎？」

艾娜嘆了氣，「人也有季節的，妳懂嗎？週期。我才剛離開一段八年的婚姻。而駱可已經一個人好久了。」想到駱可孤單一人令我有些難過。

「我從沒見過像駱可這樣的人。」我說。

我看出艾娜不確定我在說什麼，也才明白她會不惜一死護衛駱可。「我希望她是我的朋友。」我很快地說出，好讓她明白我的意思。

她溫暖一笑，伸出手碰觸我的手臂。「駱可會愛妳的。」艾娜說。

我精神一振。「妳眞的這麼認爲？」

艾娜點頭，隨後又輕搖著頭，「妳有很多地方讓我想到她，妳和她年輕的時候好像。」我想要問她指的是什麼，但又害怕聽到她的回答。

「從前，」我說，「我第一次找到自己人的吧時，我認識了艾爾。」

艾娜點頭。「妳是艾爾的朋友？」她說。她的眼眸浮現霧般神情。

「妳以前認識艾爾？」我問。用過去式的意思是過去認識。她了解我的意思。

「這是個很小的世界，」她答，「這個圈子的人差不多是不會變的。」她碰我的手臂，「不管妳做什麼事，都該先確定妳未來能否承擔一輩子。」我知道這句話值得深思。「總之……」她說，「我打斷妳了。」

我傾身向前，「妳知道嗎，我第一次看到艾爾的時候，就好像一見鍾情一樣。」艾娜的臉變得柔和。

「我的意思是，愛有很多種的，」我說，「我無法解釋我的感覺，但就是愛。我今晚看到駱可的感覺就是那樣。」

艾娜以指尖碰我的臉。「我認識妳愈多，」她說，「就愈喜歡妳。」她靠過來輕輕地吻我的唇。我從頭頂泛紅到腳跟。艾娜笑了。

「我得回家睡覺了，」她說，「要我載妳一程嗎？」

我搖搖頭，「我想再待一會兒，謝謝。」

艾娜走後，我在腦中不斷倒帶重溫今晚發生過的所有情節。

「工賊！」我們全都對著那些人大喊，警察正要幫他們突破我們的封鎖線來搶我們的工作。我們有好幾百個人在拒馬前對峙著，警察將工賊往後拉。

「變態！」我們這邊有些男人對那些破壞罷工的工賊喊道。所有的T從警察的拒馬前撤回。這個詞像滾熱的烙鐵一樣燙人。

「達非，」我拉他的手臂，「罵他們變態是怎麼回事？」

達非看來已被吵得暈頭轉向。「好，」他說，「各位，聽好啦。不要再用變態這兩個字。叫他們工賊。」所有男人的表情像是沒聽懂。

智慧之光落在華特的頭上，「啊，糟糕。」他對我伸出手，「我們不是在指妳們。」

我握了他的手。「聽著，」我說，「叫他們什麼都行，但就是別叫變態。」

華特點頭。「同意。」

「你們這些吸老二的！幹你娘的混蛋！」他們改口吼道。

我向拒馬前推進。「不要臉的工賊，」我大喊，「你們都和其他男人做愛。」

我們這邊的男人一臉茫然。「她在說什麼？」山米問。

「你們和你們的老媽上床！」我大喊。

「好噁心。」華特說。

達非過來協調。「好，他們是工賊，破壞罷工。他們是什麼我們就罵什麼，好嗎？」

達非故意瞪了我一眼，但裡頭藏著笑意。

葛藍特把我拉到一旁，暗比著達非說，「妳知道那傢伙是共產黨嗎？」

我一驚。「他才不是。」我說。

「是嗎？」葛藍特問。「妳怎麼知道？」

堅神色擔心。「是眞的嗎？」

「胡扯！」我告訴她們二人。她們回去與警察和工賊對罵時，我站到達非身邊。「怎麼了？」他問。

我聳肩。「你是共產黨嗎？」

我期待著他大笑，要不，至少要面露驚訝，但他的神情卻帶了點哀傷。「我們一定得現在談這個嗎？」他問。

「我告訴她們那是胡扯，」我說，「是胡扯，對不對？」

「我們能待會兒再談嗎？」他再問。我點了頭，但我其實希望能當場弄個清楚。我只想聽他告訴我他不是。

警察突然間戴上鎮暴頭盔，拿出警棍。我們全身神經繃緊，聚集在拒馬前。警察準備帶工賊突破我們的防線硬闖進來。我們高聲叫罵，附近國宅住戶都跑出來看。我們搖晃拒馬，讓警察和工賊知道木製拒馬其實很脆弱，並且高舉我們的標語牌——四乘二呎的牌子上浮貼著沒黏牢的口號。

工賊逼近，其中一人抽出一隻金屬棍棒，剛好打到法藍基放在拒馬上的手。堅一看，氣得用手上的標語牌打那個工賊的頭。警察圍過來，把堅硬生生地拉過拒馬，摔向警車並開始毆打她。三個罷工的人想跳過拒馬去救堅，但全一把被警察抓住，銬上手銬。四個人全被扔進廂型警車。

「達非，」混亂之中我叫他，「我們得趕快救她出來，快幫她啊！」

達非穿過群眾，「但我們總共有四個人被抓。」

「達非，你不明白。你想一想，她被抓是不一樣的，請聽我一次。」我沒有時間解釋。達非抓住我的手臂，看著我的臉找答案。我讓他看到我從不情願讓男人看到過的恐懼與羞辱。達非點點頭。他懂了。

達非衝到拒馬前，舉起他的工作靴一踢，踢倒拒馬。「來呀！」他呼喊大家。

我們乘警方不備一擁而上，雖有一些小衝突，但大部分的人都衝過防線，將警車團團圍住。國宅住戶圍在我們外圈。「放他們出來！」我們搖晃警車。「把他們放出來，把他們放出來！」一個面如土灰、戴著金色胸章的警察對身旁的警官低語。我們圍住他們倆。他們很快打開廂型車。四付手銬被解開了。釋放和逮捕的速度一樣快，四人都放了。

我們全部轉向接近工廠大門的工賊。沒有了警察防線的保護，他們開始抱頭鼠竄。有幾個跑進工廠，試圖關上大門。一些罷工工人使勁把門拉住好進去抓他們。其他人則是沿街追趕。警方撤退到街對面。

我們在工廠門口站成一排示威。「合約！合約！」我們高聲喝采。

「我們贏了，」我對達非喊，「我們贏了！」

他搖頭，「贏了這一場沒錯，但明天的更難搞。」眞是掃興，我心想。

我看到堅在發抖。我向達非示意要帶堅離開。我們走到一條街外，堅停車的地方。她靠著車門嘔吐。她的手抖得太厲害，幾乎連煙都點不著。我掏出打火機。「我剛才嚇死了。」她說。

我點頭，「我也是。」

「不，」她抓著我手臂，「我的意思是我自己沒辦法撐過去——我一個人沒辦法，艾娜不再在家等我了。」

回家到艾娜身邊的想法令我臉紅。我把這念頭壓下。「我知道，堅。」我輕道，「妳被抓那一刻，我忽然想起來我不願回憶的事，好像所有的事又在我身上發生一遍一樣。」

她抬眼看我，感激地笑笑。「妳了解。」她說。我點頭，垂下眼瞼。

堅高聲歡呼。「我眞不敢相信你們把我弄出來了。我那時心想著這下完了，但你們把我弄出來了！眞他媽的難以置信！」我們大笑，笑到眼淚流下來。

「我得回去了，」我說，「妳也回家休息吧。」

堅點頭。「明天早上七點？」我一笑，轉身回家。

堅叫住我，「妳是眞正的朋友，妳知道嗎？」

如果她知道我對艾娜的感覺，她會知道我其實背叛了她。

達非打電話來時，我熟睡著。「妳說得對，」他大聲說，「我們今晚開會時贏了！上面同意開除傑克了！」

我努力想從沉睡中醒來。「什麼？你說什麼？」

「潔斯，我們贏了！」他笑著說，「明天晚上要開合約議決會。我要妳召集所有的T來工會投票，聽清楚了嗎？」

「沒問題。」我含糊地答著，並掛上電話。

第二天早上我打電話給工廠裡所有的T，要大家週二晚一起去。打給葛藍特時，她告訴我一則大新聞。「鐵工廠要徵五十個女人。」她說，「他們禮拜三早上開始收件。我不知道妳覺得怎樣，但我禮拜二晚上就要到那兒過夜排隊。不然再晚，隊伍就要從萊卡瓦納排到托納汪達了。」她說的是有點誇張，但意思非常清楚。

我打給堅。「我不知道，」她說，「妳覺得我們該怎麼做？」

「我才正指望著妳能想出辦法。」我說。

週二中午，我打電話給達非，告訴他所有的T都想爭取鐵工廠的工作機會。電話那頭長長的一陣沉默。「那是錯誤。」他說。

「你不了解，」我大叫，「你不了解能進去那種大工廠對我們的意義！」

他試圖與我爭辯，「如果投票過了，起碼禮拜三早上來打個卡，不然妳們會被自動解職。」

他好像還不明白我的心已經走了。「你不了解在鐵工廠上班的意義，對不對？」

他喊回來，「這是在搞什麼？那樣就比較行嗎？」

「對！」我大喊，「可以這麼說，但不是像你說的那樣。我們所有的東西就只是身上穿的衣服，腳下騎的摩托車，還有工作，你知道嗎？你可以騎本田在裝訂工廠工作，也可以騎哈雷在鐵工廠工作。其他的T遲早都要離開，我不要被困在一個只有破爛工會的血汗工廠裡面！」

我知道我傷到他了，但我不知道該怎麼轉回去。「如果你不能明白，那我也沒辦法再解釋了。」我告訴他。

「我還是覺得很蠢。」他聽來像個小孩，那時我才知道我眞的傷到他了。「那公司是奉令要雇用五十個女人沒錯，但他們沒必要持續雇用。妳們如果有五個人能撐過九十天進工會，我就吃了吉姆．博尼的棒球手套。」

我被惹毛了。「那手套是我的。」我提醒他，掛掉電話。

週二晚上異常寒冷。我們圍著冒出火舌的鐵桶取暖。那個晚上好長好長。每想到合約議決會議，我的腹部就一陣緊縮。

「妳覺得我們做錯了嗎？」堅問。我沒回答。

去他的達非，我心裡想著。他不了解我們。

我們前五十個人塡了申請表後，被告知次日午夜再來一次。白天睡覺時颳了場大雪暴，但我和堅決意不管，依約前去。

我們在工廠裡徘徊，好似第一次來到這個鐵鏽色、起伏不平的星球。時而隱隱作響，時而轟隆震耳的聲音，嚇了我們一跳。煙囪燃出的大火將天空染成紅橙色。

我們交給工頭打工條。他從上到下打量我們。「跟我來，」他說，帶我們走到外面。

風攪動著最上層的雪花，將粉末狀的雪滾成小型颶風漩渦。工頭抓了把鏟子開始鏟雪，鏟到我們聽見金屬碰撞的聲音。「聽到了嗎？鐵軌。」他各遞給我們一把鏟子，「清乾淨。」

他看了我的左手。我用手帕包著我的傷。寒冷讓那金屬支撐架燒著我的皮膚。「妳可以工作嗎？」他朝我的手努努嘴。

「當然，」我說，「鐵軌有多長啊？」

他邊走邊回過頭答，「挖整個晚上也挖不到盡頭那麼長。」

堅和我看著雪堆。堅丟下鏟子。鏟子輕輕地陷進雪裡。我鼓起精神，但她靜靜地開口。「我太老了，做不來這種活。」她說，「他們會把我們搞到自動辭職。」我知道她是對的。

「走吧，」她說，「我載妳回家。」

我坐在窗邊看著雪飄到天亮。我知道罷工正式結束後的第一班，我沒去打卡，就算被炒魷魚了。地平線泛出第一道光芒時，我往裝訂工廠走去，想趕上達非上班。他的車一停好，我就從大門後面走出來。我看不懂他看見我時臉上的神情。「妳要幹嘛？」他輕聲地問，但口氣冷淡。

「你是對的。」我幾乎說不出口。

他搖搖頭。「對了並不讓我比較舒服。」

我聳肩。「沒關係，眞的，我只是來跟你說對不起。我錯了。」

他把手搭在我肩上。「我也錯了。我想了很多。記得妳和李洛伊同時要那份工作的事嗎？」我點頭。「怎麼說，」達非繼續說道，「妳願意退出，讓李洛伊得到那份工作。妳也告訴我工會會議不歡迎T，而我告訴妳等到罷工結束後再處理。並不是我覺得妳們的抱怨不重要，而是我就只有那麼多力氣。但也許對妳來說，事情看來就是那樣。我很抱歉，潔斯。如果能再來一次，我會帶著妳們所有的T和李洛伊去工會開會，然後對他們說『我們在這裡，我們就是工會！』我想，我也做錯了。」

湯米與達非是唯一跟我說對不起的男人。「我得走了，」我說，「你要遲到了。」

「等等，」他舉起一隻戴手套的手。「我有東西給妳。」他打開車門，遞給我一個包著的禮物。「那天我知道罷工成功時，買了這東西想給妳。」達非有些不好意思地拿給我。他摘下手套握我的手。「再見，潔斯，謝謝妳。」

「謝什麼？」

他微笑。「謝謝妳讓我學到很多。」他轉身離開。

雪花紛飛，我走路回家，試著什麼事也不想。回到家才發現我還拿著那個禮物。它用勞聯／產聯新聞稿[1]包著，上頭有聖誕節用剩的金色緞帶。是一本書，一個名叫瓊斯媽媽[2]，工會領導女性的自傳。達非在內頁寫著：給潔斯，期待妳有一番作爲。

我走到窗邊看著外頭一丘一丘的雪堆，心裡希望著此生經歷過的所有事情只是一個練習，而我還能再回到開始，重做一回。

我坐在吧台緊張地抽煙，等著艾娜到來。賈斯汀揚起一只眉，「她還沒來？」

「誰？」我故作天眞。

賈斯汀微笑著舉起酒杯做敬酒姿勢。「敬『愛情』一杯，」她說，「還是敬『慾望』一杯？」

我的防衛瓦解了。「我只知道整個禮拜都等著想見她，而一旦見到了……」

「喔——喔，」賈斯汀笑了，「她也有相同感覺嗎？」

我聳肩。「我想她也喜歡我。」

賈斯汀挪身向前。「那還有什麼問題呢，親愛的？」

「我不知道。她單身，我也單身。這不犯法，對不對？」賈斯汀沒有說話。「我不知道，賈斯汀，哎，就是哪裡感覺怪怪的。我是說，堅是我的朋友，她告訴我很多事情，甚至是她不會告訴別人的事。現在這樣……我和堅不可能再回到原來的感覺。但每次一看到艾娜，我好想要她，想到心痛。」賈斯汀一個字也沒說。

「說點話嘛。」我央求。

賈斯汀聳了肩。「這個妳得自己想清楚。」

「多謝了。」

艾娜走進來。我們無法假裝輕鬆無事。她走向我，四目未離。她理了理我的領子，在我唇上輕留一吻。我的心臟噗通噗通跳著。艾娜拉著我的手走到後廳。我把酒杯放到桌上，準備坐下，但她將我拉向舞池。這是我夢寐以求的一刻。

那支舞帶來的歡愉太強烈了，令我幾乎無法承受。音樂進行中，我眼睛只睜開過一次。我看到堅在看我們。雖然她的模樣只是隱隱約約，但我感覺到了她的嫉妒的怒火。就那麼一刻的時間，她消失了。

艾娜抽身退後，看著我。「怎麼了？」她問。眼淚在我眼眶中打轉。她伸手撫托住我的臉頰，將我拉近。「我做錯什麼了嗎？」我無法解釋，我怕我也已失去堅這個朋友。

艾娜領我回到桌旁。「艾娜。」我開始說。

她搖頭。「我不喜歡妳那樣叫我的感覺。妳不需要解釋。」邊說她邊拿起皮包與外套。

「等等，」我說，「妳不了解。」她疲憊地放下外套。「我好想要妳，都快想瘋了。但是這種感覺又很不對。」艾娜未發一語。我有責任把話說清楚。

「我沒辦法停止想妳。」她傾身向前，將手放在我沒受傷的手臂上，但還是沒有開口。

「記得妳告訴過我，說人有季節的那些話嗎？妳才剛和堅分手，而且是那麼傷人。我也愛堅——她是我的朋友。」

艾娜低下頭又抬起，她的眼神充滿哀傷，「我以爲妳要告訴我，我對妳來說太老了。」

「我一點也不覺得妳老，艾娜。有的話，最多是我太年輕。我說的並不是年齡，而比較是關於當個大人。有時候我幻想著和妳一起走進吧，然後我立刻變成了大人，因爲妳的手挽在我的手臂上。」艾娜還是沒有說話。她的沉默沒法讓我好過些。「還有，有時候我不知道該怎麼辦的時候，我總覺得妳能幫我搞懂這世界是怎麼回事。」艾娜輕輕一笑。

「但是我不可能瞬間長大，不能跳過所有我必須學習的事，也不能全都依靠著妳。我想，我要說的是，等到哪一天我能以情人身分擁著妳時——而且一定會有那一天——我希望我會比現在更像個大人。」我吸了口氣，「還有，我愛堅，她是我的朋友。妳跟我說不管我做了什麼事，那件事後半生都會跟著我。」

「我是那麼說過，」她若有所思地嘆了一口氣。我正希望她能挪近時，她往後靠向椅背。「我還沒準備好跟任何T定下來，」她說，「但如果我準備好了，我會很榮幸挽著妳的手臂走進吧。如果有人告訴我，我是這麼地傷人卻又同時深深受我吸引，我會覺得說這些話的人都瘋了。」

我臉一紅。這些是我等待已久的話。她微笑。「我覺得飄飄然，像妳這麼年輕的T

竟會如此在意我。妳讓我在不應當的時候覺得自己美麗。如果沒有聽到妳剛才的那番話，我想，我並不眞的知道妳是怎麼樣的人。我愛T，」她捏捏我的手臂。她的話有如能讓我取暖的爐火。

「我愛駱可和堅的地方在於，她們願意接受這個世界的挑戰，而非欺騙自己過活。而且她們都有令人尊敬之處。她們對我、對朋友忠實。」我點頭，垂下眼睛。

「我尊重她們的這一點，」她告訴我，「我之所以那麼愛她們，有部份原因就是因爲如此。而且，我在妳身上也看到了這一點。」

我擔心著如果我們繼續談下去，我會忘記我的決定，躲入她的臂彎。我想要她教我如何被人碰觸，但我不能背叛堅對我的信任。

艾娜先開口，「我得回家了。」

我如釋重負地嘆了一口氣，站起來爲她拿外套。她伸手進袖子後，轉身向我，在我唇上輕輕一吻。我雙手攬她入腰。她爲我張開了唇，讓我發現了在那溫暖中我所渴切尋求的歡愉。

她抽身。我亦止住。她拉起我受傷的手，親吻手指，隨之離去。我無法移動地站在原地，許久。

小桃在我身邊出現。「來，孩子，」她帶著我走向吧台，「梅格，拿酒來。」

賈斯汀將她的酒杯舉在半空中，向我敬酒。「我不會說妳錯了，而且我覺得呀，妳做得對極了。」

我癱在吧台上。「堅反正已經很氣我了，」我告訴她們，「她看到我們跳舞。」

賈斯汀摸摸我的頭髮。「她還是妳的朋友。」

「恐怕我兩個都失去了。」我嘆道。

賈斯汀搖頭。「堅會回來的。而艾娜走出去時又哭又笑的，妳一定是做對了。」

我搖頭。「我不知道，我覺得自己好像什麼都沒做對。」

小桃一笑。「妳等著看吧。適合妳的女孩就快要出現了。」

如果是眞的，我希望那個女生快點出現。

---

1 AFL-CLO，American Federation of Labor and Congress of Industrial Organizations，美國勞工聯合會／產業工會聯合會。

2 瓊斯媽媽（Mother Jones,1837-1930）：原名 Mary Harris Jones，五十餘歲才成爲工會領導人。她是一位具有震撼力的演說家，擅長令公眾對勞工所受非人道待遇引起共鳴。她在八十多歲時，仍致力團結街車、紡織、鋼鐵業勞工，加上在當時男性領域中的女性身分，瓊斯代表著勞工爭取人道待遇與薪資的基本權利象徵。

CHAPTER 10

如果不是艾德，我永遠不會遇見密莉。某天早上，艾德正要找達琳共進早餐。「來嗎？」她問。

我們走進那家寒酸破舊的餐館時，我很高興我有來。餐館裡擠滿了上班小姐——男的和女的。我們受到雷動式的歡迎，大夥兒親我、揶揄我。達琳拉著艾德跪下，假裝恐嚇其他的婆不准碰她的T。大家一起那麼鬧著，很是開心。

達琳告訴我《亡命天涯》的最新劇情：眞正的兇手已經抓到，大衛．詹森證明了自己的清白，不需再逃亡。

艾德與坐在我們對面的一個女人爭辯紐渥克與底特律的暴動[1]。「暴力就和櫻桃派一樣，很美國。這是饒舌布朗說的。」艾德攥拳重捶桌面。「它們是革命的彩排。」

那女人舉雙手投降。「好，沒事，冷靜點。」

點唱機被開得震天價響，每個人都聲嘶力竭地喊著。披頭四在唱〈露西與滿天星鑽〉。我拍拍達琳的肩。「這首歌到底在唱什麼？」

她笑了。「我哪曉得？」

我的眼睛疲憊得發燙。我叫艾德跟我到外面聽我踩發摩托車的聲音。天一涇冷，它就踩不動。我搞不懂為什麼。

越過艾德的肩膀，我第一次真的看到密莉。她站在那兒，直瞅著我。艾德望了密莉一眼，然後，像個好友般地，走開了。

我的腦子裡有幾幅揮不去的畫面。其中一張是密莉手叉著腰，眼珠子上下打量我，好像我和摩托車是一體的。她的肢體語言，眼睛裡閃爍的光，笑容裡帶著的嘲弄，全結合成婆的情慾挑戰。密莉挑起一眉開啓了這無可抗拒的行動。

沒開口說一個字，我脫下棕色皮夾克遞給她。我們兩人都不趕時間。這場舞蹈一旦開始，就沒有任何需要急躁的理由，而且，必得讓它甜美地慢慢進行。我幫她穿上我的外套。

在她甩腿跨上摩托車，安穩地坐在後頭的那一刻，我想我愛上她了。兩個女人在摩托車上的連結，是她們性愛的一部份——而在摩托車上的她，非常非常地，好。

我們在引擎轟隆聲中準備上路時，她的招手才讓我注意到她所有的朋友都聚在餐館窗戶後面，看著我們，對她報以那種甜甜神秘的笑。

從那一刻起，我就是她的T，她就是我的婆。所有人都知道，而我們也知道。我們就是適合，立即爆出愛的火花。我們兩個都是強悍的人，在一起，似乎再也沒有什麼能打敗我們。

強悍不只是指外在的氣勢，我們倆人在膽識上也有得拚。一個石頭T與一個石頭上班女郎要在這社會上生存，必得要行事強悍才行。我們言出必行，而且彼此激賞。在黎明慢舞，激烈做愛，在摩托車陷落的弧線裡依偎爲一體——我們的關係愈來愈好。

一天早上，密莉沒有和往常一樣在工作後來到酒吧，而達琳和她的朋友們也都沒出現。我們都很擔心。達琳終於開著車來了，坐在後座的是血流不止的密莉。她的臉被揍花了。我上車，將她的頭枕在我腿上。我們必須帶她到該死的獸醫院固定手臂，上石膏，因爲擔心醫院急診室會報警。打密莉的正是個下了班的警察。

經過好長好長一段時間，密莉才恢復自信。但這一次改變了她。每回挨揍都會讓人改變。

我得到一個在塑膠水管工廠做日班的工作。密莉到裝訂工廠當臨時工。一切都還好，只是，不再一樣了。不久，我收到粉紅色解雇單，密莉隨口說她考慮再回俱樂部跳舞，來渡過這個難關。

「不，不，不，不，不!」我想這已將我的立場表達得夠清楚。但是密莉繞過餐桌走向我的姿態，令我開始退卻。

她來到我面前頂著我的鼻子，把我逼推到水槽邊，「沒有人……」盛怒的她結結巴巴，「沒有人可以告訴我該怎麼過我的人生!妳或任何人都一樣，聽懂嗎?」我承認她說得有理。「妳哪時突然變得這麼有道德正義感?」她繞著廚房踱步。

「幹!」我喊。她明知我並非那樣。「妳故意說來氣我的。」她也承認我說得有理。

「再回去過那種生活，對妳就是太他媽的危險，」我說，「難道妳忘了妳不做的原因？」最後這句是個特大的錯誤。我想到時她已抓起最近的一張碟子，朝我甩來。我忙閃開。

「妳這自以爲了不起，操妳媽的王八蛋！」她大吼，「妳覺得我對那種生活的了解比妳少嗎？混蛋！」

我們同時沉默了一會兒。我決定洗碗。密莉靠著流理台，手臂交叉環抱胸前，看著我。

「我只是一想到妳被男人、被任何人傷害……我無法承受。」我儘可能平靜地說。

密莉抓了塊擦碗布，開始擦乾碗盤。有好轉的跡象。「那妳想我又有什麼感覺，」她問，「妳週末在吧裡當保鏢，有人打架時我怎麼想？」她的怒氣又再度上升，「究竟妳幹保鏢我幹接待是他媽的差在哪裡？」

「是舞孃，」我糾正說，「妳知道妳下班晚他媽的一分鐘回來，我就有多擔心。」

「喝，去死吧！那是妳的問題，寶貝，不是我的。」密莉說完一怔，看了我一眼，隨即垂下眼簾。我想她也許後悔那麼說。

「對不起，」她對我說，「我就是不能忍受別人給我道德訓話。」

「去妳的！」現在換我吼了，「從妳認識我，妳就在等著我犯錯，等我對妳是妓女這件事說錯一個字！」

「是前妓女。」她諷刺道。

「這不是鬧著玩。我從沒在這件事上賭爛過妳。妳很清楚這一點。但是每回吵架，妳都等在那裡，故意激怒我，讓我犯錯，然後妳就可以走。」

從回到家告訴密莉我被解雇到現在，她第一次露出笑容。「什麼事這麼好笑？」我問，惱怒著。

「我喜歡妳。」她柔聲地說。

我轉身向水槽，搖頭，讓她知道我還很火大。她把我扳過身。她臉上的神情實在溫柔。她吻了我的唇。我回吻，然後轉身繼續洗碗。

她再把我扳回身來。「我們得付房租。就一陣子而已。我又不見得比妳喜歡這樣。」

我一笑，「狗屁！」

她挑起一只眉，看我還敢不敢繼續。

「那樣的生活有妳非常喜歡的地方，」我告訴她，「我知道的。」

密莉面露驚訝。「妳眞的知道？」我點頭。她伸出雙臂抱住我。「我們是絕配，」她的手在我背後上下游移。「記得那種老諜報片裡把撲克牌撕成缺口不齊的兩半嗎？然後間諜碰面時，就將那兩半對起來。妓女和石頭T就是那樣，妳知道嗎，我們硬是登對。」

她又親了我。她是接吻高手。接著她揪了一把我的頭髮，將我的頭拉向後仰，認眞地看著我說：「妳是世上唯一一個受傷的方式幾乎都和我一樣的女人，妳知道嗎？」

我知道。

「還有呀，」她吻了我的喉頭，「妳是全世界最溫柔的情人。」她邊說邊解開我的襯衫鈕扣。談話結束了。但對話才剛開始。我們的身體相互傳導著電。

之後，在床上，我將她擁在臂彎裡，想起之前的爭執好似一場夢。

「什麼時候開始上班？」我問她。

她的身體一縮。「我明天打電話給達琳。」

整個禮拜我都處於恐慌狀態中，忙著丟履歷到各個工廠。只希望能在週末前找到工作啊！

週四晚餐時，密莉很若無其事地告訴我，隔天晚上她就要開始和達琳一起到粉紅貓俱樂部上班。我用叉子猛插盤裡的肉糜捲。

「不要開始。」她提出警告。

「我什麼也沒說呀。」

那頓飯，沒人開口說話。週五晚我很早就出門去吧，她還在睡覺。我幫她做了午餐便當，順便在牛皮紙袋外貼上一朵朵小小的紅心貼紙。

吧裡每個人都知道我心情不好。T都來拍我的背，叫我開心些。婆呢則是順順我西裝外套的翻領，一邊好好地凝望我一回——這個訊息可就複雜多了。然後賈斯汀在大廳的另一頭，勾勾她的食指，把我叫了過去。她緊抓住我的領帶不鬆手，「夠了。」她下令。

「什麼？」

「我說，」她把領帶抓得更緊了，「不要再來這一套了。她不需要這些，甜心。這麼做，包準妳會失去她。」

我嚇了一大跳。「我不懂妳的意思。」我老實地說。

「長大吧。」她下了結論，鬆手放開我。

太陽昇起時，我好興奮就快看到密莉。一見到密莉和俱樂部的其他舞者進來，我就急著想和她一起回家，但是她們全都在女廁裡待了好久。

最後，她們都出來了，彼此依依不捨地告別，然後一個一個回到我們身邊。

騎車回家時，密莉的頭一路靠在我背上，害我擔心她是否已睡著，會不小心掉下車去。

一到家，我幫她放了熱水泡沫浴。到房間叫她去洗時，她已經睡熟了。我還不累。

我在傍晚六點左右叫她起床吃飯。我做了她愛吃的菜，但她卻有點沒胃口似地用叉子挑著菜。「妳還好嗎？」我問她。

「嗯，當然。」她答，像我一貫的回答方式。

「下班後會到吧去嗎？」

她沈默了一會兒。「我們家裡見好嗎？我好累。」

我因爲害怕立刻變得不悅。「在吧裡見我有什麼問題嗎？」

「可以以後再談嗎？」她問。

「當然。」我說。

當晚我又幫她準備了紙袋上貼有小小紅心貼紙的午餐便當。她拿起便當微笑——對著紙袋笑，不是對我。

隔天早上，其他的女人都到吧和她們的T會面時，我覺得怪怪的。她們一個接一個問我密莉在哪兒後，我變得防備，生起氣來。

密莉和我那天早上爲此大吵。「妳有沒有想過我在吧裡可能很不舒服？」密莉喊道。

我從來沒想到過。「爲什麼？」我不解地問。

「因爲別人對我們的態度。」

「妳在說什麼？吧裡很多人都是妓女啊。」我發現自己也開始大聲說話，但卻停不下來。

「她們是本地人，接客是爲了付房租，她們以此爲恥，不像我們其他人一樣融入這種生活。我們不同。」

我從來沒想到這一點，忽覺天旋地轉。

「懂了嗎，寶貝？那是妳的社群，不是我的。」她冰冷的語調讓我打寒顫。「我屬於的是和我一起跳舞的那一群，她們才是照應我的人。」密莉一直是妓女中的妓女。

我抓起皮夾克，騎上機車，一直騎到市郊才停下，在路邊坐下沉思。

接下來的幾天，我們在家裡對彼此的態度是「超級禮貌」。我怎麼做密莉都不理我，她不想玩。「我不知道，」我告訴艾德，「我已經習慣了當不理人的那一個。」

「給她時間，」艾德說，「妳們兩個都需要時間。」

週日一早，密莉回來時，我已快入睡了。她在浴室裡待了好長一段時間後，我才發現不對。我走到浴室門口時，她把臉別了過去。我在瓷磚地板上坐下。「妳沒事吧？」我問。

「沒事，寶貝。去睡吧。」

幾分鐘過去了，她才肯看著我。她的半邊臉腫了起來，嘴唇裂開的地方滲出血絲。我趕緊拿了毛巾沾冷水。我一直站在她跟前，站到她讓我知道可以碰她的臉爲止。她用手臂緊緊摟住我的腰，我跪下來抱她。然後她掙脫開，起身，放洗澡水。

我懂這個意思，於是，我上床睡覺。她褪衣躺下時，我還醒著，但我沒表現出來。她知道我醒著。我開始哭，被自己嚇到的程度比她被嚇到的還多。她應付我的哭泣，和我處理她的眼淚的能力差不多。她到廚房去煮咖啡。我留在床上。

她端來一杯咖啡，坐上床。語調出乎意外地柔和。「記得我被打得很慘不再去俱樂部上班的那次？我們在一起之後那次？」

「當然記得。」我不確定她想說什麼。

「記得妳那時抱著我說妳會保護我，不再讓任何人傷害我？」我畏縮了。密莉要我安心般地將手放在我背上。「妳那樣說沒什麼不對，寶貝。每個人在受傷時，都會想聽那樣的話。唯一的問題是，妳眞的相信妳所說的。妳無法保護我的，甜心，我也保護不了妳。我想，最近妳一直在煩惱怎麼面對這件事。」

我沒有否認，也沒有說話。不久，我便睡著了。等我起床準備上班時，看到密莉睡在沙發上。我拿了一條毛毯蓋在她身上。我是那麼地愛她。而她說的是眞的。我想保護密莉，但我知道我做不到。我連自己都保護不好。我正在失去我的膽量。我害怕，即使在上班時也一樣怕。

前晚快打烊的時候，小沙爾踉蹌衝進酒吧，渾身是血，我們幾乎認不出他來。對小沙爾施暴的是個海軍陸戰隊的變態，此人專找女性化的男同志下手，把人綁在路燈柱上，用刮鬍刀刀片割上數百刀，然後他會到酒吧對面的餐廳裡坐，等著看有沒有人敢去找他算帳。

所有人都知道他潛伏在附近，但我們都沒想到他會在擁擠的週六夜，大剌剌地走進吧。剛開始我還不知道發生了什麼事。公用電話響了。賈斯汀大喊著是我的，要我動作快，是密莉打來的。點唱機很吵，我用指頭堵住耳朵想聽清楚些，這時卻看到那個陸戰隊的穿過人群，朝我走來。他用食指指我，咕噥著。

「別衝動。」我安撫他。

布克把一瓶番茄醬砸到那人頭上。後來布克說，緊急中他只有那東西可抓。不過，效果很好。我想，每個看到他濕淋淋、頂著番茄醬走出去的人，心情都受到了鼓舞。隔週週末，我們聽說那傢伙死了。沒人知道是誰幹的。

那天早上回家後，我把整個過程重演一遍給密莉看。心裡面，我好想跟她做愛。整個禮拜以來我都好想。可是直到睡覺，我們都還在談論著布克的英雄事蹟。

我們吵得很兇的那次是隔週週五。我甚至不記得是怎麼開始的，其實也不重要。重要的是，這場爭執是那種讓人痛到心都揭去一層皮的痛。

我想騎車出去透氣，但摩托車卻死發不動，我氣急敗壞地繞著街亂走。等我回到家時，密莉已經不見了。我在黑暗的公寓裡坐了好久。心裡好煩。我的腦袋不能很清楚地思考，這個，我記得。

那時我才想到我們已經愈離愈遠了。我忽然覺得應該向她道歉，向她解釋，不然我就將永遠失去她。於是，我向粉紅貓走去，我不知道我那時在想什麼。

我在俱樂部外踱著，抽煙。看不見裡面。所有的門窗都糊了亮亮的鋁箔紙。一打開門，達琳立刻看到我。她的手臂正圈著一個水手的頸子。她抬頭看看正在吧台上一個小籠子裡跳舞的密莉。密莉也看見我了。

也許我曾經以為密莉跳舞時是有穿衣服的。關鍵不是這個，是才發覺我從來沒想過這件事。我認眞地接收她工作環境裡的景象、聲音和氣味。我聽到了她跳舞的曲子：我從未愛過一個男人……像愛你一樣。

我去過很多寒酸的酒館，它們全都有著些熟悉和共同的地方。我一眼就能看出在這兒工作的是什麼人。當然，是女人。但比較是從她們的姿態而非性別來辯認。這，畢竟只是個工作。對能照顧自己的女人來說，收入很不錯。而密莉是能照顧自己。

但我知道走進那扇門是一個致命的錯誤——我所能犯的最後一個錯誤。那一刻我發現，要挽回已經太遲了。

我回到我們的公寓等她。

幾小時後，她回來了。大門沒帶上就氣沖沖走向我。我一定是已經有預感，因爲我的手深深插在口袋裡。她用力摑我一掌。

「對不起。」是我唯一能說的話。我眞的、眞的覺得對不起。

「我想也是，」密莉說。她的聲音殘酷冷淡，因爲她也很痛。「妳看到所有妳想看到的了嗎？」

「寶貝，對不起。」我好想解釋，「我去那兒不是要傷害妳，我是希望我們能重新開始。我做錯了。」

「妳是做錯了。」她說，但聲音平緩許多。她狐疑地看著我。「妳那時候在想什麼呢？」然後，她暫時止住憤怒。「妳走進去時有何感覺，潔斯？不覺得受傷嗎？」

「很奇怪，」我說，「我像是覺得與妳更近了，然後，我在想妳們都好勇敢。」

「勇敢？」密莉瞇起眼睛。

「對。我想我就沒有辦法堅強到不穿衣服去戰鬥。」

密莉站著看我，沒有說話。然後她走進臥房，開始收拾衣服，丟進行李箱。我站著，完全沒動。她出來時，裝著好像在找某樣要帶走的東西，但我知道，她在拖延時間。

「有什麼我能說的呢？」我問，雖然已經知道答案。

密莉的表情柔和了些，向我靠近。

「對不起，寶貝。」我對她說，眼淚滾滾流下我的臉頰。她倚入我懷裡。最後一次。

「我知道今晚我做了一件很嚴重的錯事，密莉。我傷害了妳，對不起。」

她搖搖頭，用手捧起我的臉。「那是個錯誤，但就只是那樣。我也犯過很大的錯誤。那不是我要離開的原因。」她走到行李箱前，拿出她十五年前逃家時帶出來的一隻陶製貓，放在我身旁的茶几上。然後走向我，一隻手放在我的臉上。「我只是覺得未來情況不會有什麼改善，至少現在是不會。」她解釋道，「我想趁我們沒有完全搞砸前，離開。」

密莉以唇拂過我的臉頰，走出那扇開著的門。她走了。

我坐到沙發上，哭起來，因爲我眞的不知道還能做什麼。我跳起來，跑下樓到外面，但是，她已經不見了。何況，我也不知道該如何將一切恢復到過去的模樣。

我回到樓上，開了一罐啤酒，坐在床沿。這時我才想起上週末密莉在上班時打電話到吧找我。就在我發現那個陸戰隊隊員走向我的那一刻，我忘了——她好像在哭。我眞的不記得，那晚我是那麼興奮，後來就忘了問她爲什麼打給我。此刻，我願付出一切知道答案。

電話鈴響。我飛步去接。是艾德。她當然知道了。密莉回來打包時，達琳在樓下車裡等她。達琳要艾德轉告，她也很難過，還有她也很愛我。

「妳可以嗎？」艾德問。

「大概不行。」我說。

長長一段沉默。

「妳們在一起時很棒。」艾德說。

「是啊，我們的確很配，不是嗎？」

「她眞的很愛妳，」艾德提醒我，「妳記得妳用貼了很多紅心貼紙的牛皮紙袋幫密莉包午餐便當嗎？」

「妳怎麼知道這個？」我問，「其他女孩有取笑她嗎？」

「才不是，」艾德說，「她們是忌妒。妳讓我們其他的T都很爲難，搞得我們都也得準備『愛情便當』。哎呀，答應我妳不會把這個告訴達琳？」我答應了。

「密莉告訴達琳說，她這一輩子也許被人愛過一兩次，但是沒有人像妳把她照顧得那麼好。」

我深吸了一大口氣。「她很久以前說的嗎？」

「不，」艾德說，抓住往下沉的我，「是最近。」

「艾德，我覺得好痛。」

「我知道，」艾德輕聲地說，「我的情況也好不到哪裡去。我和達琳最近有點問題。」

「爲什麼這麼難呢？」我實在不懂。

「我不知道，」艾德嘆氣，「我猜愛情從來就不容易。但是T和妓女的情況更不同。」

艾德聽來好似沉溺在自己的想法中，「那是完全沒有幻想的愛情。」

長長一段沉默。電話兩端都深吸了一口氣。

「我摩托車不能動了。」

「今晚去上班，」艾德建議道，「我早上去找妳，然後看看車子。」

「艾德，」我說，「這次我眞的搞砸了。」

「不會，」她讓我安心，「妳只是還有一點點長大的事要學。」

「我不知道我能不能學得來。」我跟她說。

艾德笑了。「妳沒有選擇。」

1 紐渥克與底特律的暴動：一九六七年的種族暴動近因是美國在越南戰事吃緊，國內反戰聲浪日高，各地皆有遊行示威活動，全美普遍陷入一種無政府失序狀態，而久已存在的種族問題在這種氣氛的蘊釀下爆發成大規模的破壞性行動，在洛杉磯、紐渥克、紐澤西、底特律……等地相繼發生焚城事件，俟後，詹森總統成立著名的柯內調查委員會，是爲美國官方首次就非裔族群的處境進行的系統性調查研究計畫。

CHAPTER 11

有好幾個禮拜，我不再去吧。聽說密莉搬出城了，但我就是沒心情見任何人。我接了兩份臨時工，一來，摩托車大整修需要錢，二來，我需要保持忙碌。失去了密莉，我覺得生活好空洞。

白天，我在尼加拉瓜街上的牛奶工廠裝運牛奶箱。

晚上，我到水牛城南區的塑膠水管工廠工作。我們將重達二十五磅、裝滿粉末的袋子丟進擠壓機，然後成形的塑膠管會從另一端擠出。我第一天到那兒上班，不到十分鐘懷錶就停了——被粉末卡住。我從頭到腳都裹著一層粉。

兩份工作連續數星期做下來，我的身體開始吃不消。我早就存夠修車的錢，而且也想不出還需要什麼別的，所以週五晚我便遞了單子，辭掉水管工廠的工作。

週六早上回到家，發現艾德坐在我家門廊上。她穿著上好的西裝褲，白襯衫漿得挺直，袖口還有棗紅色鏈扣。眞是令人賞心悅目。她像看到鬼似地盯著我。「妳全身上下那些綠綠的是什麼鬼啊？」我只有眼睛露在粉末外。「趕快去洗乾淨，」艾德說，「妳不知道今天有個葬禮嗎？老uncle阿洛過世了。」

洛叔極受老一輩T的愛戴。她是元老中的元老。她在雪佛萊廠做了很久，久到沒人記得是多少年。我幾乎無法想像老T們心裡有多悲痛。她們那麼多年的友誼，同甘共苦經歷了多少事。

阿洛和她愛人幾乎從不去吧。我只在提夫卡見過她們一次。但不論我是否認識她，重要的是要參加她的葬禮。所有的T都會去，那顯示出她在圈子裡扮演的角色很受敬重。

艾德煮咖啡，我沖澡。我在擦乾時，聽到她喊說什麼要穿正式服裝。「說什麼?」我從浴室裡大聲問。

「我們得穿正式一點。」她喊道。

「喔，當然。」

「不是，」她又喊，「是要穿女裝。」

我披上浴袍，走進廚房確定我沒聽錯。「誰說的?」

「老T說的。」艾德肩一聳，「不過我可不會爲任何人穿裙子!」她說我們是到殯儀館看死人，又不是去拜託天堂開門讓我們進去。

我沒法穿裙子，一想到就打顫。何況這是沒有實際意義的——我根本沒有裙子。但如果這眞是老T們交代下來的，那就一定有它的道理。

「快換衣服，」艾德催促，「這時候大家可能都已經到了。」

來不及打電話請教別人意見。我穿上我的藍色西裝、白襯衫，再打上深色領帶。

艾德開她的車，我騎摩托車跟在後頭。一到殯儀館停車場，我就停下坐在摩托車上。我想表達對洛叔的敬意，但我希望可以不用進去。「妳怎麼回事啊，潔斯？」艾德惱火了。

「我不知道。」我告訴她。有種說不清的害怕。

進去後，花了點時間才找對廳。那當時，我知道我們找到了，就那兒，未蓋的棺木旁，圍繞著洛叔的生前摯友。所有人都穿著裙子。她們愛她愛到這程度。

這些人是壯碩、闊肩的男—女人，她們用長滿老繭的雙手撐持起自己的「女性特質」；那雙手能夠只是嬉鬧地拍拍妳的背，就把妳推過半個房間。她們肌肉虬結的手臂上滿是刺青。這些孔武有力的壯T喜歡穿斜紋棉布製工作服，套上雙排扣西裝的她們，更是虎虎生風。

穿裙子對她們來說，是痛苦的羞辱。好些人的裙裝老舊，是從另一個年代為了特定需要而刻意保留下來的。過時、泛白、褶邊、蕾絲、低領、無花樣。鞋子不是老舊就是向別人借的：漆皮、平跟、淺幫。這種服飾減損了她們的氣魄，是對她們這種人的嘲笑。然而，她們就是被迫要以如此痛苦的裝扮，向深愛的友人做最後的道別。

洛叔的婆，愛莉絲，跟她們一一打招呼。可以看出來，她是多麼希望倚靠著她們厚實的身軀，感受臂膀中溫柔的力量。但是，她沒有。愛莉絲很有禮貌地裝作不知她們共同感受到的哀痛，自己也強抑制住悲傷。洛叔——這個愛莉絲愛了三十年的T靜靜躺在她身旁的棺木中，身著粉紅色洋裝，手捧粉白色花束。

是怎樣殘酷的手導演著這一幕？我看到他們，他們也看到了我和艾德。他們是洛叔的家人——父親、母親、兄弟。他們一看到我們，便在殯儀館館長的耳邊低語。不一會兒，館長宣佈該館即將關閉，所有人都得離開。就這樣。

艾德和我到附近餐館喝咖啡。在那裡坐著的時候，老T們從我們身旁魚貫而入。她們每個人都已找地方換了衣服，即便要蹲在車子後座上換也成。看到我們後，所有的人都往餐館另一頭走去。

堅向我撲來，眼神裡盡是殺氣，不過其他人拉住了她。堅——我諮詢意見的長輩。堅——我的朋友。

堅自從那晚看到我和艾娜共舞後，已對我冷淡了好長一段時間。現在，她是眞的厭惡我了。

過了幾分鐘後，愛莉絲進來，左右各有個T扶著她。

艾德和我完全被孤立。我好想離開。太痛苦了。過了一會兒，愛莉絲扮演著使者角色，朝我們走來。在哀傷是如此難以承受之際，她還得安撫眾人，讓我覺得難受，但同時我也知道老T們憤怒到不願與我們說話。她走到我們這桌時，我站起身，握她的手，她親吻我的頰。

「老T們滿氣妳們兩個的，」她溫和地解釋，「有幾個人覺得妳們破壞了場面。她們認爲啊，如果她們能做那麼大的犧牲來向洛道別，妳們這些年輕人應該也做得到。不是妳們的錯，眞的。但妳們兩個最近最好放低姿態，希望妳們聽得懂我的意思。」

愛莉絲的哀痛是那麼明顯，我好想伸出手摟抱她，但她是不會願意的。我明白。穿著我這身衣服，要我表現出堅強、爲她人付出並不難。然而對於在餐館另一頭看著我們的T來說，不但不容易，還頗痛苦。愛莉絲在我頰上輕輕一吻。「事情會過去的。」她輕聲道。希望她說的是眞的。

我決定聽愛莉絲的話，一兩週內不上吧，等到情況有好轉跡象再說。但是好幾個禮拜過去了，還沒有一通電話打來告訴我冰雪已釋。

清晨開始變冷，秋意漸顯。工作機會不多。臨時職介所推薦我到四角的罐頭工廠工作。到四角來回各需兩個鐘頭的車程，沒有車馬費。

清晨四點四十五分，我坐上公司交通車。天氣又冷又濕。有人拿出了一瓶威士忌在車上傳。我接了過來，邊喝邊看著窗外景色。

「喂，」我聽到堅的聲音，「別人還要不要喝啊！」她就在我前面的位子上，跪坐起來轉向我。我屏住呼吸。堅往前傾，手抓我的夾克。「妳懂了沒？」她問道。她扭曲的臉上掠過一些複雜的情緒。

我點頭。「我那時候就懂了，只是不知道該怎麼辦。我覺得很抱歉，我把事情搞砸了，讓妳們不能好好跟洛叔道別。」

堅放開手，拉平整我的夾克。「哎，不是妳的錯，」她說，「隔天的葬禮，她家人要我們站在一百碼外，那也不是妳的錯。」

我向她挪近身。「堅，」我輕聲道，「我要向妳道歉。妳知道我在說什麼嗎？」我們都明白我已經把話題轉到我和艾娜共舞的那一夜。「事情不是妳想的那樣，眞的。」

堅若有所思地看著窗外。我等著。堅一笑，伸手拿威士忌，「沒事。」她喝了一大口，打了哆嗦。「沒人受傷。妳做過罐頭工廠嗎？」我搖搖頭。

她笑著拍我的臉頰。「我會教妳幾個訣竅。」她以這句話，貼心地歡迎我回「家」，我唯一眞正的家。

CHAPTER 12

我到現在都還記得，我和堅走進罐頭工廠，看到泰瑞莎的那一剎那，她就站在我的面前，在一台去蘋果核的機器前工作。

我想看清楚她的長相，還有白色紙帽下她頭髮的顏色。「妳來是不來？」工頭問我。我躊躇了一下。而她的微笑告訴我，她知道她已贏得我全部的注意力。

即使後來在工頭辦公室裡塡表的時候，我都還在小鹿亂撞。泰瑞莎給我的震撼未曾稍歇。工頭注意到了，但他肯定不在乎，因爲他把我排到和泰瑞莎相鄰的工作線上。

我看著每個女人在旋轉軸上放上一顆蘋果，然後腳踩踏板，蘋果隨之開始旋轉，剝皮去核一次完成。然後，果皮、果核、果肉全部掉在一條通到我面前的輸送帶上。通過我之後，輸送帶就一分爲二，分成兩條了。

工頭丟給我一根棍子。我傻傻瞪著看。他叫我把果核果皮推向一邊，果肉推到另一邊。「就這樣？」我問。他哼了一聲，走了。

由此開始了我短暫的蘋果打擊手的職業生涯。

我知道泰瑞莎在看，所以想把動作做得文雅些，不過，就這工作的性質而言，這麼做會有點耗時。

「妳在幹嘛？」她問我。

我聳肩道，「我正在檢視這些蘋果──妳知道，就是果肉的品質、蟲蛀的情形、還有削皮去核的執行效率。」

她頭一揚地笑了。「妳是說妳是蘋果揀選專家？」

「對，」我也笑了，「差不多。」

「嘿，搞什麼啊！」輸送帶盡頭的人大喊。好嘛，我是讓果皮跑到果肉那一條了，那又怎樣，了不起啊？

泰瑞莎輕輕一笑，繼續工作。她在和我玩。這種調情是人生可遇不可求的幸福。但它才一開始，便已結束。工頭宣佈說要把我調走。「我眞的可以把蘋果推得再更好。」我堅稱。

我跟著他走到工廠另一端，眞正作罐頭的區域。我被那兒的聲響嚇壞了。工頭指向一條和天花板平行的Y字形輸送帶。我看到上頭有個男的，跨立在接近輸送帶一分爲二處的一根大管子上。每隔幾秒鐘就會有個紙箱落在帶子上，他的工作是將箱子分向兩邊。我就是去取代他的工作。

工頭指了根上頭有踩腳、類似梯子的鋼柱。我等著上面的男人先爬下來，但他卻是手抓管子，從這一條盪到那一條，盪呀盪地盪下來，雙手拍乾淨後便走開了。我想這工作他已經做了一段時間。

我本想爬到喧囂之上，但是高度與機器的轟隆聲讓我想吐。這工作看來需要揀選蘋果的一切技術與判斷力。雖然不是很困難的工作，但也絕對不像乍看之下那麼容易。裝滿沉甸甸的蘋果泥罐頭的箱子，以驚人的速度衝向我，我得將它們撞向兩邊的其中一邊。我差點跌下去，我學會了不能在箱子迎面而來時出手，而必須由特定角度觸擊。

上手後，我才發現自己佔據了一個絕佳的位置；我從沒能有機會以鳥瞰方式看整個工廠的生活。機器的排列、各項工作間的順序與相互關係、工人在其間的忙碌穿梭。

我注意到女廁旁有場騷動——堅與二女一男形成對峙姿態。這種爭吵，我也發生過多回，但在遠處當個旁觀者倒是頭一回。堅手叉腰，嘴形像是在大聲吼叫。從她的肢體語言，我可以看得出來她既防禦又尷尬的感覺。

我是絕不可能聽見工頭在下面喚我的。他用鐵鎚敲打一根和我所坐位置相接的鋼管。突如其來的震動讓我嚇了一跳，差點被迎面而來的箱子撞翻摔下去。他比比他的手錶。一定是午餐時間到了。

我和堅在餐廳碰頭。她很不開心，因爲上廁所時，好些女人認定她是男人。她們說上帝不會把女人創造成男人的樣子。「我就是啊！」堅以這句話回答她們。她說的時候我笑了，但這其實並不好笑。

我看到那個好看的婆走了進來，但是堅正在氣急敗壞地罵人，我想聽她說完。「她們說看到我的刺青，以爲我是男人。」堅拍餐桌，「我說，『如果妳們眞的以爲我是男的，妳們早就尖叫著衝出廁所了。』」我點頭。她說得沒錯。

那女子與她朋友同坐一桌。我發誓她在偷看我。堅轉頭看我在看什麼。「菜單上看到喜歡吃的菜囉？」她笑道。

我一時侷促不安。「哎，妳知道的，她也許只是在玩。」

「是玩才怪！」堅似知情不露。

「怎麼說？」我立刻問。

「我聽到她問別人妳的名字。」

「少騙我，我不信。」

堅一副被冤枉狀，「是眞的。」

我頓覺充滿希望，但立刻又洩了氣。「喔，那可能也不代表什麼。」我下了結論。

堅好像還藏著什麼地笑了。「她有問妳是不是單身喔。」我下巴一落。我無法恢復鎮靜。「我的老天，沉著點。」堅拍我的手臂。

「堅，她叫什麼名字？」

「泰瑞莎。」我細細品味著這個名字，不斷地在腦中複誦。當人這麼做時，就代表心中有大事發生了。

下班時，我在打卡鐘前尋找泰瑞莎，但她沒身於數百名正待離開和數百名正擁進上工的人潮之中。在回家的巴士上，我話說得很少，就只是看著窗外。堅輕輕地笑著、搖頭。

第二天我根本等不及想上班。堅和我被派去幫卡車裝箱。粗活。我正靠在柱子上抽煙時，泰瑞莎經過要去上洗手間。事實上，洗手間在另一個方向。我覺得不好意思，因爲全身正滴著汗，白色T恤也髒得一塌糊塗。泰瑞莎笑了。「我喜歡渾身是汗的T。」她說，好像看穿了我似的。哇靠，一整天那些箱子好像裡頭只裝了羽毛，輕盈地滑過我的手。

接下來這個禮拜我沒睡多少。鬧鐘一響，我便躍下床，懷著興奮期待之情坐上到工廠的漫長旅程巴士。每一班我至少能看見泰瑞莎兩次。那時的我，全身飄飄然，離地有一呎高吧。

然後，有一天，休息時間剛過，堅把我拉到一旁。「有個壞消息，小鬼。」泰瑞莎被解雇了。廠長叫她進辦公室談半年一次年資檢討。然後，他摸她胸部。堅說泰瑞莎踢他小腿脛，對他破口大罵，再踢他另一腿。幹得好。不過，她被開除了。

我的情緒從巔峰跌落谷底。之後，那就只是份工作。其實還更糟，因爲之前是那麼快樂。我知道是找職介所換工作的時候了。

那個週五晚上，我梳洗乾淨、換上好衣服。一到酒吧，我眞高興自己去了。因爲，走進門來的是泰瑞莎。我眞沒想到還能再見到她。她哄著讓朋友開車載她來水牛城找我。還好同性戀酒吧一次只開放一家，算我走運。

泰瑞莎頭髮的色調讓人想起栗子的光澤。等上這麼久才看到完全値得。她的眼睛沒有隱藏見到我的欣喜。我猜她想要擁抱我，但她克制住了。我也是。我在她湊過來的頰上輕輕一吻。

我看見葛藍特站在點唱機旁。一會兒，點唱機放出〈跟妳的男人站在一起〉。謝了，葛藍特。我邀請泰瑞莎跳舞。她仔細地拉直我的衣領，調整我的領帶，才拉我走向舞池。我們的雙人舞好看極了。梅格後來告訴我，我們看來就和琴姐・羅吉絲與佛雷・亞士坦[1]一樣美。

我們整個跳舞的過程中，泰瑞莎的手指都在我領上的頸背游走。她要把我弄瘋了。我猜她正有此意。我知道我也讓她爲我瘋狂，但我都很小心很小心。有時候，輕輕的、小心的一個動作，要比使蠻勁來得強烈多了。

歌曲結束，我放開泰瑞莎，但她把我拉回來。「在工廠時，我不是故意對妳很壞。妳覺得我有嗎？」

「沒有，那時的感覺好好。」

她一笑。「我覺得我對妳沒有很好，我只是想鬧妳，引妳的注意。我喜歡妳。」我的臉一紅。「沒有人在吧外跟我調情過——我是說，在眞實的世界裡，妳知道嗎？那讓我覺得自己是正常人。」她點頭的樣子像她眞的了解。

我們談了一會兒彼此的背景。她來自一個叫亞波頓的鄉下地方。她直截了當告訴我，她要朋友開車來這間酒吧就是爲了找我。

然後，有人拍了泰瑞莎的肩膀。和她一起開車來水牛城的朋友要走了。她雙手捧起我的臉，親了我的唇。我從頭頂一直紅到腳趾。她往後一站，對著紅通通的我露齒而笑，得意於自己的傑作。「妳想的話，下週六來我家，我做晚飯請妳。」

「我會去。」我說，臉還在發燙。

她在紙巾上草草寫下電話號碼。「打電話給我！」她邊走邊回過頭來喊道。

「沒問題。」我答。我的臉紅還沒消。

大家過來向我恭喜的樣子，會讓人以爲我中了肯塔基賽馬的大彩。覺得自己活像百萬富翁，只是不知道我的臉紅到底何時會消退。

禮拜六我花了一整天準備——選適合的衣服、泡澡、沖澡、再沖澡。然後還有該配哪條領帶的問題，擦呢，還是不擦古龍水？這麼甜蜜的事需要特別謹愼。

我帶了淡黃的水仙花給泰瑞莎。我把花遞給她時，她眼裡泛著淚光。我的感覺是，她從未被別人當成一個特別的人來對待過。我默默發誓將永遠讓她有這種特別受寵的感覺。

「再一會兒就好了。」她從廚房喊道。我覺得有時間看看她的客廳、增進對她的認識，也蠻不錯。有一件事我很確定——她喜歡乾燥野花。「好了，」約莫半晌，她叫道。「在廚房吃飯妳介意嗎？」我還沒在其他地方吃過。

她做了牛排和淋上肉汁的馬鈴薯泥。老天，看來眞是可口。然後她倒了一坨軟軟的綠色東西到我盤子上。

「這是什麼？」我儘可能禮貌的問。

「菠菜，」她說，眼神鎖定了我。我拿叉子繞著那團東西劃了劃，「有什麼不對嗎？」

她問。

「沒事，我只是從不吃蔬菜。」

泰瑞莎脫下隔熱手套，在我身旁的椅子上坐下，握住我的雙手。「不要說『從不』，」她說，「我們還太年輕，自閉任何一扇門戶都還太早。」

我發現自己已經愛上她。事實上，我也發現菠菜並沒那麼難吃，只要加上很多奶油和鹽巴就好。

晚餐後，我幫她洗碗，一起收拾。然後，在水槽旁，我們彼此向對方靠近。我感到害羞。這點結果後來還好。輕柔的，我們相互輕吻。我們的舌發現了一種表達彼此需要、不用文字的語言。一旦開始了，彼此都不想停止。事情就那麼開始了。

不到一個月內，我們租了輛搬家拖車，一起搬進水牛城一間公寓。泰瑞莎和房東交涉。房東住在肯摩爾，所以我們希望他永遠不會看到我。

我們添置了眞的傢俱。我是說，雖然是在救世軍那兒買的，但是就是結結實實的「眞的」傢具。冰箱手把上掛著的那塊擦碗毛巾上，有印著我倆名字的一顆心形圖樣。我們在水晶海灘訂做的，那可是件勇敢的事。毛巾是因爲不小心灑了羅甘梅汁在上頭，才用來擦碗盤，我們實在捨不得丟。窗台上琥珀杯子裡綻放著金盞花；廚房餐桌上，綠色雕花玻璃製花盆中栽著雛菊；清香的薄荷和九層塔搖曳在陽台上的花盆裡。

那是個家。

我迅速長大。我學會了減少生活中的焦慮：準時付帳單、存留收據、信守承諾、勤洗內衣不致無衣可換、洗完記得自己去收回來。最重要的是，我學會說「對不起」。這段關係太重要，不能讓角落裡積存一點塵埃。

我開始了解到自己情感上所受的傷害是如何嚴重。但泰瑞莎總能在我將化成石頭前，適時察覺。我一走進門，她就能從我的肢體動作中看出來。她能從日常種種受人糟蹋的小故事裡——在工作地方、雜貨店裡或街上發生的——聽得出來石頭的成形。在那樣的時候，她會在床上說故事給我聽——瑰麗、感性、可觸知的綺思異想，譬如：躺在陽光沙灘上，海浪在妳腳趾前拍呀拍地，全身體膚所感受到的感覺。又或，爬上腐朽的老木階梯，一個古雅別緻透著日光的房間裡，有個愛人在等待著妳。這些故事是紓解療法與性幻想的結合，用意在使我平靜，同時又激起我的情慾。兩種作用都達到了。泰瑞莎永能融化我這塊石頭。

時值一九六八年。革命的微光閃現在地平線上。成千上萬的人們走上街頭抗議。世界快速激烈地變動著。每一個地方都在變——只有我工作的工廠除外。我們照常在每天天一亮打卡上班。我們只在晚上做夢。

並不是我們不知道有場戰爭正在激烈進行著。工廠裡幾乎已看不到役齡男子。同事中若有請連假的，多被認爲是失去了丈夫、兒子或兄弟。她們再回來上班時臉上的哀慟神情，證實了人們的猜測。

我知道有戰爭，我又不是笨蛋，我只是不知道究竟我能拿它怎麼辦。

泰瑞莎在大學的秘書工作開啓了一扇窗，讓我感覺到如風暴般的改變狂潮。她會將傳單、手冊與地下報紙等刊物帶回家。我讀了《黑人權力》與《女性解放》，開始了解到反戰的憤慨比我想的還要來得深刻、來得有組織。「校園裡現在幾乎每天都有集會或抗議行動，」泰瑞莎告訴我，「不只是反戰，還有爭取開放校園給所有的人。」

泰瑞莎得知我看報紙只看漫畫版後，家裡就訂閱了早報與晚報。有一天，她留了一本《梯子》[2]在沙發上。這是本由名爲「比莉提思女兒們」[3]的團體所辦的雜誌。我不知道誰是比莉提思。我從來沒在任何印刷品上看到像我們這樣的女人。

「妳從哪兒弄來這個？」我喊著問她。

她從廚房回答：「訂的。」

「妳就這樣讓人寄來家裡？有包起來嗎？如果被別人看到怎麼辦？」

長長一段沉默。泰瑞莎手裡拿了把小鏡子進來客廳，舉到我的面前：「妳以爲自己是個秘密嗎？」

泰瑞莎的牙齒需要做根管治療，但她在學校的工作沒有班可加，所以當職介所問我要不要去電子工廠連做三班時，我毫不猶豫地接受了。泰瑞莎懷疑工廠緊急加工與戰爭有關。不管如何，我們需要錢，所以我還是接了。

我在週四晚開始上三連班。要命！做到第三班快結束時，手都快失去觸感，感覺不到自己在焊接的電線，食指被紅炙的烙鐵頭燙到無數回。

週五晚上回到家時，泰瑞莎不在。我留給她一張紙條，踉蹌著爬上床後即失去意識。等我醒來時，她躺在我身邊，抽著我的香煙。我知道有事情發生了。她不抽煙的。泰瑞莎走出臥房，拿回藥膏和繃帶敷我的手指。「妳聽說了金恩博士被刺殺的事嗎？」她問我。

我點了一根煙，往後躺。「聽說了，禮拜四晚上在工廠聽到的。今天是禮拜幾啊？」

「現在是禮拜六中午，」她說，「到處都有暴動。還有呀，潔斯，」泰瑞莎嘆氣道，「昨晚吧裡出大亂子了。」

我忽然有些吃味。「妳自己去？沒等我？」

泰瑞莎攏攏我的頭髮。「昨天是葛藍特的生日，記得嗎？」

我手拍前額。「幹，我忘了。好玩嗎？」

泰瑞莎伸手要再拿煙。我抓住她的手，「哇，怎麼回事啊？」

「昨晚有場大混仗。拳架。」她說。

我眉頭皺起。「妳還好吧？」泰瑞莎點頭。「警察？」我問。她搖頭。「那發生了什麼事？」

泰瑞莎深深吸了一口氣。「軍方在週四晚間通知葛藍特家人說她弟弟陣亡了。她到酒吧時，已經喝醉了。一開始大家都在安慰她。然後，一些在軍隊服過役的老T開始聊起戰爭。有些話，不是讓人聽得很順耳。」我靜靜地聽著。

「葛藍特說我們該向越南丟原子彈，她說沒人會覺得越南人死了可惜。艾德就說葛藍特有種族歧視，還說該讓所有軍人回來。艾德說她和拳王阿里的感覺一樣，和那邊的人又沒有什麼過節。葛藍特罵她是共產黨。」

我搖搖頭，準備開口。泰瑞莎的手摀住我的嘴。「後來變得更嚴重，甜心。」她說，「葛藍特對暴動、還有金恩遇刺的事說了些很難聽的話，她一直說，不肯停，所以艾德就打她。」

我捻熄煙頭。「哇，大條了。」

「反正啊，」泰瑞莎繼續道，「葛藍特抓著艾德頂向吧台，掐緊艾德的脖子。小桃手臂一抬拿她的高跟鞋砸葛藍特的頭。其他人因爲喝醉了也跟著打起來。艾德的臉被劃了，葛藍特有輕微腦震盪。現在梅格說酒吧暫時不歡迎黑人客人。」

我簡直不相信她所說的。「該死。泰瑞莎，那妳做了什麼？」

泰瑞莎直直看著我的眼睛說：「葛藍特舉起凳子要砸小桃的時候，我用啤酒瓶打葛藍特的頭把她打昏了。我也不能再進阿巴了。」

我傾身在她唇上親了一下。「聽起來滿嚴重的。」我坐起身，「我打個電話給艾德，看她情況怎麼樣。」我說。

泰瑞莎拉住我的手臂。「等等，寶貝，先別打。」

「爲什麼？」

泰瑞莎肩一聳，「妳要跟艾德說什麼？」

「不知道。我想知道她是不是還好。我只是覺得我們自己人不該打架，大家應該要團結。」泰瑞莎點頭，像是我證實了她的什麼想法。她將我拉近，讓我靠著她。我這才發現自己眞的累極了。

「當心點，」泰瑞莎輕聲道，「先想一想，再打給艾德。」我仰頭，仔細端詳著她的臉。我怎麼也無法讀出這女人的心思。

「我們出去走走吧。」她說。

我呻吟道，「我好累。」

泰瑞莎抓了一把我的頭髮，把我的臉向後扳。「和我在畢佛島的沙丘上擁吻也會累嗎？」

我知道還是儘早投降的好。「好，好。坐車去？」

泰瑞莎搖頭。「去把摩托車牽出來。」

「妳瘋啦？」我笑著說，「很冷欸！」

泰瑞莎的手環住了我的腰，「現在已經四月了，甜心，我們就把它當成是春天嘛。」

我們一跨上諾頓，我就知道這個決定是正確的。繞彎時一起陷入凹座的感覺眞好。泰瑞莎一隻手在我大腿間滑行，我猛催油門回應著。冷颼的風中，有著飛揚的笑聲。

我們慢慢騎過島嶼沼澤地。泰瑞莎指給我看一群正往北飛的野鵝。沙灘上幾無人蹤。有幾個帶著學步嬰兒的母親沿著木板步道隨意走著。

我們在步道前的沙灘上噗通躺下。陽光很強很暖和。遠處傳來微微的收音機的聲音，是賀博・艾波正在唱〈這男人愛上妳了〉。我背靠沙丘，雙腿大大地敞開。泰瑞莎蜷在我腿間，靠在我身上。我雙手擁著她，閉上眼睛。海水拍岸與海鷗啼叫聲，紓解了我緊繃的肌肉。

「親愛的，」她說。她聲音中有某種東西，讓我不由自主地全身又繃緊起來。「妳和我從來沒眞正地談過戰爭，我都還不知道妳的看法。」

我的唇與她的臉頰靠得很近。「我有看妳帶回家的那些傳單。」

泰瑞莎轉身看我。「但是妳怎麼想呢？」

我聳肩。「什麼意思？我討厭戰爭啊，可是甘迺迪打仗前又沒來問我要不要打，他們想做什麼就做什麼。妳爲什麼問起這個？」

泰瑞莎以手肘將我的膝蓋攏近她身子。「我恨死這場戰爭，潔斯，它必須要結束。校園裡幾乎每天都有反戰的抗議活動。如果教職員參加被看到了，很可能會被解雇。不過，我還是想參加下禮拜的大集會。」

我吹了口哨。「去參加會被解雇？」

泰瑞莎點頭。「我不能再袖手旁觀了，潔斯。事情發展到這樣，我覺得自己是該做點什麼了。」

我轉身趴在沁涼的沙上。「聽妳這樣說，感覺怪怪的。之前我一直沒有發覺我們的工作有多麼不同，妳知道，這些事情就在妳工作的地方發生著，而工廠裡，除非是有男同事被徵召，或是戰死了，否則戰事根本影響不到我們。」

泰瑞莎點頭。「我知道，甜心。這也是我第一次有個工作能讓我看到世界正在發生的事情。我整天聽人們在討論、爭辯。本來我只是聽，但是現在我也會去關心，我對那些事情也有了自己的感覺和想法，我想盡一份力，幫著改變。」

我舉起一隻手喊停，「慢一點，甜心。」我翻過身來，不明白為什麼她的話讓我感到害怕。「妳帶我來這兒的原因就是這個？和我談這些事？」我用手遮住陽光，好看清楚她的臉。

她搖頭。「我帶妳來是不希望妳立刻打電話給艾德，我希望我們能先談過。」

我眉頭一皺。「為什麼？」

泰瑞莎一笑，在我身旁躺下，距離近到我耳朵能感覺到她的氣息。「妳知道我剛認識妳時，妳最讓我喜歡的一件事是什麼嗎？」

我在受她擺佈，不過很溫和，所以我不很介意。「告訴我啊。」我笑道。

泰瑞莎一笑。「妳總是那個和事佬。每當那些T醉酒發脾氣，妳總能設法介入，化解僵局。我還注意到有幾次老T們彼此鬧得不愉快，她們會個別跑來跟妳說說話，然後就這樣避免了可能會發生的拳架。」

我轉過頭看她。「我猜妳真正要說的不是這個。」

泰瑞莎輕捏我的手臂。「那是妳的優點之一。朋友之間不和時，妳有辦法化解雙方的怨氣。有時候互相扶持真的很重要。但，不是永遠都那麼重要。」

我坐起身。「什麼意思？」

泰瑞莎坐到我身旁。「有時候妳得選邊站。」

問。

我伸手拿煙，點上，她從我手中拿了過去，我再給自己點一根。「怎麼選？」我

泰瑞莎用手攏我的頭髮。「譬如對這場戰爭的看法。如果妳決定反戰，那就可能會和幾個老T正面衝突，而我覺得這對妳來說，是很難做到的。」

我嘆道：「我當然反戰呀，有誰會贊成呢？」

泰瑞莎也嘆了口氣。「有些T贊成啊，甜心。而且，妳確定自己反對所有的戰爭嗎？有沒有什麼戰爭會讓妳感受不一樣呢？」

我一下子忽然聽懂了。「譬如？」

泰瑞莎深深地吸了口煙。「譬如艾德會覺得說她身在這裡就已經像在打仗了。妳還沒看到新聞呢，全美各地都在縱火，軍隊都上街頭了。」

我聳了肩。「那不一樣。」

泰瑞莎點頭，「一樣的。妳必須找出自己的立場。」我吐了口煙，看著它被風捲起，飄散。

泰瑞莎神色關切地看著我。「我只是希望妳小心，甜心，在妳要和艾德或任何人談昨晚的事情之前，自己先想一遍。」

我聽著海鳥的叫聲，泰瑞莎扯著我的衣袖，要我回答她。「我在聽。我很高興妳攔住我，沒讓我輕率地打電話給艾德。所有事情都變得太快了。有時候我才剛弄清楚，馬上卻又失去了頭緒。我會好好想一想，只是現在，我還不知道自己的想法是什麼。」

泰瑞莎親了我的唇。「這個答案好棒。妳會想出來的。妳是那種總是想做出正確決定的人。」我垂下眼瞼。泰瑞莎用手托起我的下巴，用眼睛問我是否還好。

「只是怕怕的，」我告訴她，「這些事情直到現在才眞正進入我腦子，然後我也才忽然發現妳已經變了好多，我怕死了。我怕妳在改變，而我卻沒有。」

泰瑞莎將我拉到她身上。我望向四周，擔心有人。只有我們在沙灘上。

「潔斯，」泰瑞莎輕聲道，「不要害怕我變。我們都在改變呀。妳也可能會改變很多、很快，快到讓我跟不上，誰知道呢？」

我笑她說的話，「絕對不會，」我保證，「那絕對不會發生。」

在鑰匙還沒轉開家門前，泰瑞莎打開了門。「情況如何？」她問。

我聳肩。「很難。我先和堅談了。她說的和我告訴妳的差不多——自己人不該打架，但她也認爲葛藍特很麻煩。」

泰瑞莎領我到沙發坐下。「妳找梅格談了嗎？」

「有，堅和我一起去的。我們在其他人來開會前談的。我告訴梅格說，不准黑人的扮裝皇后和T上吧也不保證就能安寧，因爲葛藍特說的那些屁話，要我聽了也會海扁她一頓。堅也贊成我說的。」

泰瑞莎微笑道：「妳有提到我嗎？」

我笑著說：「還沒。我接著跟梅格說，如果葛藍特醉酒時讓誰不爽，就不准誰進吧，那不如把吧關起來算了。我說，不讓發飆的葛藍特進來，還比較說得通。」

泰瑞莎點頭。我點了一根煙。「所以？」她催促著，「然後呢？」

我嘆氣。「我說不是因爲我和艾德是朋友的關係，我告訴梅格，她那樣處理不對。她說她得做生意，我說我能了解，但是我不會想去個全是白人的酒吧。」

泰瑞莎拍拍我的肩膀。「說得好，太棒了！」

「後來，葛藍特來了，說她很抱歉，不應該因爲她弟弟的事對大家發火。」

泰瑞莎點頭，「很好。」

我搖頭。「其實那是不夠的。她不願爲她說的那些種族歧視的話道歉。葛藍特握了艾德的手。艾德告訴我暫時就這樣吧。」

泰瑞莎抓著我的手臂搖。「妳有跟艾德談嗎？」

我笑了，「有，之後去她家。我告訴艾德我很愛她這個朋友。我說這個世界變得比我快，我得下點工夫趕上。然後艾德和我談了好幾個小時。」

泰瑞莎開始按摩我的肩膀。老天，舒服極了。「她跟妳說了什麼呢？」

我試著回憶。「太多了，一下子我也不知道怎麼全部講給妳聽。妳知道嗎？我一直以爲，同樣身爲T，我和艾德每天碰到的問題應該差不多。但是艾德提醒我，她會碰到一些我不需要面對的事情。」

泰瑞莎微笑、點頭。「那妳怎麼說？」

我搖頭。「我什麼也沒說，只是很認真地聽。看，艾德給我這個。」我拿出W. E. B.

杜波瓦的《黑人的靈魂》[4]。泰瑞莎唸出內頁題字：至吾友，潔斯——愛妳的艾德。艾德將她名字字母i上的一點畫成一顆心。

泰瑞莎抬起頭時，我看到她眼中含淚。她將我的頭按下，親遍我整張臉。「我也愛妳，潔斯。」她在我耳邊低語道。

泰瑞莎和我都是立刻就聽到吧外的喧鬧聲。她放下啤酒瓶，跑出去。我則是抓起我們的酒瓶，以備必要時打破當武器用。一到外面，我們馬上同時停下。賈斯汀跪在地上。一個警察踩在她身上，警棍鬆鬆地掛在腰際。我看到血從賈斯汀臉的兩側流下來。

那是一個悶熱的七月傍晚。有些人拿著啤酒到酒吧外頭喝。吧前停著兩輛警車；四個警察面向我們。「全都給我進去！」其中一個咆哮道。我們沒有一個人動。

踩著賈斯汀的警察一把抓住她的頭髮。「站起來！」他下令。賈斯汀試圖站起來，一個沒站穩，又跌下去摔到水泥地上。

泰瑞莎脫下高跟鞋。「把你的手拿開。」泰瑞莎對那個警察說。她的聲音低沈平穩。「放開她。」泰瑞莎慢慢地朝那個警察走去，兩手各握著一只鞋。我屏住呼吸。喬治塔也摘下她的細高跟，一手各拿一只，往泰瑞莎的方向走去。她倆交換了一個我看不到的眼神，兩人並肩站著。

那個警察把手放到槍托上。不知怎地，我們似憑本能地知道，所有的T都不該動。

我聽見小桃的聲音：「發生什麼事了？」我們看了彼此一眼。「喔——喔。」她說。

泰瑞莎的聲音低沉如悲吟。「放開她。」她與喬治塔慢慢往前推進，直到走到賈斯汀兩側。泰瑞莎往下攬住賈斯汀拱起的雙肩，賈斯汀攀著泰瑞莎和喬治塔的手臂，撐著站起身來。賈斯汀一搖晃，泰瑞莎便用手摟住她的腰穩住她。

警察抽出皮套裡的手槍。「操妳媽的臭娘兒們，」他對著泰瑞莎吼叫，「你們全是他媽的變態！」再對著我們全部的人叫罵。

另外一個警察拉住他的手臂，「來，咱們走了。」四個警察，慢慢地撤退。

警車一開走，我吐了一大口氣。泰瑞莎和喬治塔抱著哭泣不止的賈斯汀。我正想衝過去時，小桃攬住我的肩。「給她們一點時間，甜心。」她給我忠告。

我們其他人圍在她們外面。泰瑞莎轉身，投入我懷裡。我感覺得到她身體在發抖。

「喔，老天，妳還好嗎？」我在她髮際間輕聲問。

她將臉埋進我的頸子。「我還不確定，等會兒告訴妳好嗎？」

「我以爲他要對妳開槍。」我告訴她。

泰瑞莎點頭。「我剛才好害怕，潔斯。」

我微笑。「我以妳爲榮。」

泰瑞莎端詳了我的臉，「眞的嗎？我還擔心妳會認爲那樣做很笨。」

我搖了頭。「妳剛才眞的非常勇敢。」

「我是非常害怕。」她嘆氣。

我笑著說：「有人跟我說過，勇敢就是即使覺得害怕，還是要去做妳認為該做的事。」

泰瑞莎抬頭看我。「妳有害怕過嗎，潔斯？」

她的問題令我一驚。「妳是認眞的嗎？我時時感到害怕。」

她點頭。「我想妳應該是的，但這是妳第一次親口對我說出來。」

「眞的嗎？我沒有告訴過妳我的感覺嗎？」泰瑞莎咬著下唇，搖頭。

我的臉一熱。「我以為妳知道。」

她點頭。「我是知道——有時候，或是大部分的時候。但是妳從來都不說。」

我嘆氣。「我不會說話，甜心。我不知道怎麼說出自己的感覺，甚至不知道，我是不是和其他人一樣對事情有感覺。」

小桃輕輕地把泰瑞莎從我身邊拉開。「來，各位，我們來請泰瑞莎和喬治塔喝酒，喝到她們站不起來為止。」

艾德二十分鐘後才到吧。「我錯過了？」她大喊著，「眞是的，我為什麼不在呢？」

我笑了。「還好妳不在，不然可能出現另一種結局，就差那麼一點要出事。」

堅拍打我的肩膀。「沒錯。不過今晚，婆讓條子知道了：我們可不是好惹的。就像格林威治村幾個禮拜前發生的事一樣。」

我皺眉。「什麼事？」

「石牆！」葛藍特大叫。我看看艾德，聳肩。

堅露出一抹笑意。「警察突擊臨檢格林威治村的一家吧，結果以一場幹架收場。那些扮裝皇后和男—女人讓他們知道誰是老大。」

葛藍特也笑了。「我聽說警察被堵在吧裡面，他們本來要放火燒掉吧的。」

我嘆氣。「幹，我眞希望自己在那兒。」

「對，」艾德拳擊桌面，「我錯過今晚的事情就是這種感覺。」

我一踩進阿巴，所有朋友都圍上來。艾德看來和我一樣興奮。「我們要看戒指！」她說。

我四處一望。「泰瑞莎到了嗎？」

艾德搖頭。「還沒。快拿出來嘛。」

我從夾克內袋中掏出那條絲質手帕並將它打開。金色指環上鑲有一小顆鑽石和兩塊小紅寶石。所有人同時發出了相同的聲音。哇！

艾德拍拍我的肩膀，「妳們倆在一起多久了？」

「快兩年了。」

艾德一笑。「那戒指分期付款多久了？」

我笑著聳肩。「很久很久了。大家都準備好了嗎？」

艾德點頭。「堅和法藍基還在廁所裡換衣服。她們弄不到白色晚宴西裝，所以我們都穿奶油色的，可以嗎？」

面露喜色的我說：「只要她們看來都和妳一樣帥就沒問題。」艾德拍打我的肩膀。我開始發愁，「大家都清楚自己唱哪一段嗎？」

艾德笑了。「我在家不斷練習唱〈Blue Moon〉，練到達琳說我可以送她一個情人節禮物，就是別再讓她聽到這首歌。」

法藍基和堅自廁所出來。「天哪，」我對她們大喊，「妳們兩個實在太好看了！」是眞的。她們兩個眉開眼笑。

小桃從人群中推擠出來。「看！」她得意地笑著，高高舉起一張畫著藍色滿月的超級大紙板。小桃將紙板一轉，藍色變成金色。我多看了一眼。「爲什麼月亮裡的男人跟妳長得這麼像，小桃？」

小桃墊起腳跟站出她最高的高度。「哪兒有什麼男人？月亮是個婆，孩子——是高高掛在天上的婆，這一點妳可千千萬萬別給我忘了。」

我看了手錶。「糟糕，泰瑞莎可能馬上就會到了。」

堅和梅格朝我走來。她們臉上表情懊惱。梅格先開了口。「喔，潔斯。事情不太妙。」

我的胃緊張得一縮。「什麼事？」

梅格抓著前額。「我在後頭架唱機，因爲堅想再練一次開頭的滴——嘟——滴。結果唱針一劃劃過唱片。本來我們想應該沒關係，但是……」

我看著艾德。「她在說什麼？」

「嗯，」艾德畏怯地說，「我想她是說我們沒有音樂了。」

「什麼！」我慌了，「噢，現在全完了。」

堅按住我的肩膀，把我扳過來面向她。「潔斯，深呼吸。」我照做了，「今天是情人節，婆最重視的神聖節日。這件事妳已經計劃很久了，妳要就這樣前功盡棄嗎？」

我噘著嘴。「那我現在能怎麼辦？」

堅一笑，「妳可以自己唱給妳的女人聽啊。」

「妳是說眞的唱？用我的聲音唱？」

艾德斷然地點頭。「對！我們可以幫妳在後面配很棒的嘟——哇——嘟。」

「堅，」我懇求道，「我又不會唱歌。」

堅笑了。「我知道，但這一切原來不也就是要讓泰瑞莎知道，妳有這個勇氣表達妳是多麼愛她嗎？艾娜有回告訴我，T證明愛的最好方法，就是不怕自己看起來很蠢。我不是說我自己做得到，只是提供妳做參考。」

讓我怕的是我知道堅說得有道理，我眞的得照她說的做。

賈斯汀過來親我的臉頰。「泰瑞莎來了。」她在我耳邊說。

法藍基、堅與艾德在吧台前就定位。我躲在吧台後面。梅格到我身邊蹲下來說，「對不起呀，小鬼。」她說。

我擺擺手。「沒關係。只要我過得了這一次，還有什麼好怕的呢？」

沉寂了好長一段時間後，堅的聲音冒出來。她清楚地記得每一個滴——嘟——滴和叮咯——咚——叮，然後，「Blue Mooonnn……」的歌聲低沉、舒緩地自她嗓間滑出。

我從吧台後出來。讓我有勇氣唱出聲音的是泰瑞莎臉上的神情。「藍月呀，妳見我獨自一人站立，心中無夢，無我所愛。」我的聲音因害羞與情緒，時而發啞時而走音。泰瑞莎咬著下唇、流下眼淚。

嘟——哇——嘟，好友們挺著我。

小桃站在我後面，在我頭上畫弧地左右搖擺著那張藍月。

我對泰瑞莎伸出我的手。「但忽然間妳在我眼前出現，妳是我心能執著的唯一。」我感覺自己好像唱錯詞了。

「我忽然低呼著，『請愛憐我』，而當我抬頭望月，月亮已轉成閃爍金黃！」小桃將月亮翻到背面的金黃。大家歡呼著。小桃行了屈膝禮，繼續搖擺月亮。

泰瑞莎向我伸出手，我在她臂彎裡舞著唱完這首歌。藍月，我已不再孤單，我心有夢，有我所愛。

嘟——哇——嘟，合音配的輕柔舒緩。

我從內袋掏出手帕，謹慎地打開。泰瑞莎看到戒指時幾乎不能自己。我也哭了。那一刻眞的好棒。我幫她戴上戒指。我原已準備好講稿，要對她說她對我有多麼重要，但卻想不起來半個字。「我愛妳，」我告訴她，「好愛好愛妳。」

「妳是我此生遇到的最美好的人。」泰瑞莎輕聲說。她拾起我的左手，以拇指輕輕碰觸著我無名指上的疤痕。「我也要妳戴個戒指。」

我難過地搖頭。「我想過了，但是我很怕，如果戒指又被警察拿走，我會瘋掉的。」

泰瑞莎輕捧自己的臉頰。「如果妳害怕失去妳所愛的，那妳就不能放開去感受。如果妳願意戴，我會將我所有的愛放在那只戒指上。如果被別人拿走了，他們拿走的只是一個鐵環而已。然後我會再爲妳買個戒指，再將我所有的愛放在新的戒指上。這樣，妳就永遠不會失去了，好嗎，潔斯？」

我點頭，將臉埋在她的頸項間。嘟——哇——嘟，我們在吧裡所有人的合音聲中搖擺起舞。

那是我一生中最甜美的時刻。

1 琴姐・羅吉絲（Ginger Rogers, 1911-95）與佛雷・亞士坦（Fred Astaire, 1899-1987）：美國傳統歌舞劇電影中，最著名的男女雙人舞影星搭擋。

2 *The Ladder*，「比莉提思女兒們」於一九五六年開始固定發行的月刊，刻意避談政治，主要對象爲「非居住於大城市中，孤單，缺乏資訊的女同志。」在一九七二年停刊前，此爲美國最早持續發行的同志雜誌。

3 The Daughters of Bilitis，美國第一個女同志團體，由Del Martin與Phyllis Lyon於一九五五年九月在舊金山成立。

4 *The Souls of Black Folk*，一九〇三年出版，收集十四篇文章，記錄種族歧視之殘酷、讚頌美國黑人之力量與尊嚴、探討非裔美人生活中似是而非的「雙重意識」。

CHAPTER 13

同性戀驕傲日誕生後，警察的騷擾愈形變本加厲。警察會抄下車牌號碼，以相機拍下每個進入酒吧的人。我們在同志經營的酒吧定期舉行舞會，每當警察快要突擊前，便以警用無線電通訊器材發出警訊給每個人。我們聽說了大學裡每週的同志解放與基進女性集會，但是泰瑞莎是我們這群人中，唯一熟悉校園情況的人。對我們其他人來說，那還是另一個世界。一切都在迅速地改變著，我心想，這就是革命吧。

有天，我下班回家後，發現泰瑞莎氣呼呼地坐在廚房裡。校園裡新成立了女同性戀團體，成員中有人取笑她是「婆」，說她被洗腦了。「我氣死了，」泰瑞莎重擊桌面，「她們說T是男性沙文豬！」

我知道男性沙文是什麼意思，但我想不出來這與我們有什麼關係。「她們難道不知道我們佔不到便宜，反而更被男人排擠嗎？」

「她們才不管呢，甜心，反正就是不讓我們加入。」

「我該找堅、葛藍特、艾德一起去開會，解釋解釋嗎？」

泰瑞莎把手放在我臂上。「沒有用的，甜心，她們對T很生氣。」

「爲什麼？」

她想了一會兒這個問題。「我想她們是畫了一條線——女人在一邊，男人在另一邊。所以她們覺得像男人的女人也是敵人，而像我這種女人是在跟敵人共枕。對她們來說，我們太女人了。」

「等等，」我打斷她的話，「我們太像男人，妳又太女人？這是怎麼判定的？把食指伸進某種偵測儀表裡，看離中心數値多遠，就知道了？」

泰瑞莎拍拍我的手臂。「世界在變。」她說。

「對，」我告訴她，「但遲早會變回來的。」

「事情不會往回變，」她嘆氣，「只會一直變下去。」

我重捶桌子。「那就別管那些人！反正沒人需要她們！」

泰瑞莎皺眉，玩著我的頭髮。「我需要這個運動，潔斯，妳也需要。記得妳告訴過我，妳以前工廠的工會不讓T去參加開會？」

我點頭。「記得，那怎樣？」

她笑了。「妳告訴我葛藍特說讓工會去死，但是妳知道有工會是好的，妳說他們是錯在不讓T加入，妳還設法動員讓所有的T進工會，記得嗎？」

泰瑞莎緊擁著我，將我納入她溫暖的懷裡，親吻我的頭髮。她給我時間思考她所講的話，而非任我信口胡言。我忽然感到恐懼，於是站起來準備做飯。泰瑞莎坐在餐桌旁，眼睛望向窗外的後院。

我眞希望那個週末我們沒開車到羅徹斯特的酒吧見朋友。如果待在家裡，我就不會被抓。這只是自欺欺人的想法罷了。

我躺在管區牢房的地板上，一個人在這陌生的城市，我的嘴巴貼著冰冷的水泥地。我不知道自己是否瀕臨死亡，因爲我似乎在漂離這個世界；只有兩個東西將我與生命連繫住——一個是嘴唇緊貼地板的冰涼感，另一個是監獄某處收音機裡傳來的微弱歌聲，披頭四正在唱著：她愛你，耶，耶，耶。

我一會兒清醒，一會兒昏迷。我記得泰瑞莎撐扶著我，讓我背靠管區停車場的磚牆站立，端詳我受傷的程度。她咬著下唇，手指拂過襯衫上的斑斑血跡。「這些我永遠也洗不掉。」間接話語比直接訊息更能清楚切入我當時迷濛的意識。

回家的路上，她讓我把頭枕在她腿上。邊開車邊以指間撫弄我的頭髮，煞車時，輕輕將我的頭擁入腿腹處。

然後我發現自己回到家了。泰瑞莎在另一個房間。我躺在溫暖的肥皀水中，頭向後仰靠著瓷磚。只有我的頭是存在著的——泡沫之上。安適感讓我變柔軟，但我也感覺到恐懼啃蝕著我的內心深處，每回我只是稍稍接近它的邊緣，便被拋了回來。恐懼掐著我的咽喉。我需要泰瑞莎來幫我，但是卻發不出聲音喚她——我的喉嚨被勒緊，就要窒息。

我的牙齒疼痛。用舌頭一舐，其中一顆跳入手心，像一粒芝蘭口香糖般躺在淡紅色的小小血水洼裡。我趕緊爬出浴缸，潑濺了滿地的水，腳一滑跌到地上，掀開馬桶蓋，嘔吐。

看著鏡子，我爲鏡中那映像感到難過——鼻青臉腫、血跡斑斑。我用牙膏和水漱口。我的腿不住顫抖。

泰瑞莎在馬桶水箱上留了乾淨內衣。我擦乾身子、穿上ＢＶＤ。剛把Ｔ恤套上頭，泰瑞莎推開浴室的門。「我，嗯，只是要看我們家還有沒有ＯＫ繃。」她說。然後，那個我壓住不想，令人害怕的一幕景象，咻地衝上腦門：記憶中，我被捕那一刻，泰瑞莎的表情。在她眼裡，我看到無力抗拒和無助的痛苦。這是我幾乎日日都有的感覺。

站在浴室裡的泰瑞莎仔細審視著我的臉，我努力將那個記憶壓回去。她的眼眶紅紅、濕濕的，我的雙眼則乾燥如土。我的呼吸緩慢不費力，好似我吸進吐出的是糖蜜而非空氣。泰瑞莎用手碰我的臉，稍稍將我的頭偏了偏，細看我嘴邊腫起的地方。

我沒有話語。假若我能找到任何字句，我會向泰瑞莎傾訴的。但是，我找不到隻字片語。我看著泰瑞莎臉上種種情緒表情，變化有如風中沙丘。她也找不到話語。迴盪在空氣中的她的話，聽起來會像什麼？

泰瑞莎咬著下唇，緊閉起雙眼。我坐在馬桶座上。泰瑞莎用雙氧水清洗我嘴上的傷口。「我要貼兩塊繃帶，」她說，「以防萬一，有可能需要縫針。」我慢慢地搖頭。醫院免談。我需要溫暖與安全感。二者泰瑞莎都給了我。她扶我上床，抱著我，撫摸我，攏弄我的頭髮，哭泣。

之後，我醒來，發現泰瑞莎不在身邊。天色還是黑的。我跌撞地走到廚房。我身上痛，但我知道眞正的僵硬與疼痛隔天才會開始。

泰瑞莎坐在餐桌旁，頭埋在雙手裡。我注意到酒瓶裡剩下的威士忌的量。我將她的頭按在我的肚子上，撥弄她的頭髮。「對不起，」她不斷地說，「我眞的對不起。」她搖晃著要站起來，結果重重癱在我身上。從她喉嚨發出的細微、被勒頸般的聲響裡，我感覺到她體內的挫折感如風暴般醞釀著。她用拳頭捶打我。「我阻止不了他們。他們一下就銬住我了，我什麼也不能做。」她泣道。

我就是這種感覺。我們眞的同在一條船上。我們也許沒有語言，但彼此都清楚地知道是什麼令我們哽咽。那一刻，我有好多話想與她說。千情萬緒湧上我的喉頭，然後，哽塞在那兒，如緊握的拳頭。

我親了泰瑞莎汗濕的額頭。「沒關係，」我說，「會沒事的。」我們同時因此話的荒謬笑了。我拉起她的手，帶她回到床上。床單棉被冰冷。夜空繁星滿佈。泰瑞莎仰頭望我，面容柔和盡是關心。

有那麼一刻，我幾乎要告訴泰瑞莎，即使有著她的愛，我恐怕也撐不了多久。好多感覺從喉頭移至嘴邊；那些話撞擊上我牙門，然後，退回去了。泰瑞莎用眼神質問著我。我沒有答案，找不到任何可說的話。既不能給我深愛的女子任何話語，只有給她我所有的溫柔。

我發現泰瑞莎在浴室裡用冷水沖臉。她的眼睛因催淚瓦斯的刺激而紅腫。我想抱緊她，但她好是興奮，掙開手急著告訴我校園裡發生的事，說得又急又快。

「學生發動罷課，他們佔領了校園和主要街道。到處都是鎮暴警察。我在旁邊看，但是催淚瓦斯太強了，什麼也看不到。我朋友萼瑪找到我，載我回家，看來我好一陣子不用回去上班了。」

我驚訝地搖著頭。「不上班不會有麻煩嗎？」

泰瑞莎一笑，拍拍我的臉頰。「妳會越過示威線嗎？」她問我，「到廚房來，有樣東西給妳看。」

我煮咖啡，泰瑞莎把帶回來的一疊東西鋪開。「妳最喜歡哪一張海報？」她問我。

我拿起其中一張。「妳知道這看來像什麼嗎？」

泰瑞莎點頭。「沒錯，就是那個。」

我仔細再看看。「不是有什麼法律禁止的嗎？」

泰瑞莎輕輕一笑。「老古板！那這一張呢？」一張兩個裸女相擁的圖片。我大聲地讀出上頭的文字，「姊妹情誼——讓它成眞！什麼意思啊？」

泰瑞莎微笑。「想一想嘛，潔斯。那表示女人要團結啊。可以把它掛起來嗎？」

我聳肩。「當然，有何不可？妳眞的很熱中女性解放這件事，對不？」

泰瑞莎拉我坐上椅子，再坐到我腿上。她撥開我眼上的髮絲。「對呀，」她說，「我很投入，我現在了解到很多和自己生命有關的事，了解到身爲女人這個事實——這些沒有女性運動以前我想都沒想過。」

我聽著她說。「我沒有那麼多感覺，」我說。「也許因爲我是T吧。」
她親吻我額頭。「T也需要女性解放啊。」
我笑了。「我們也需要？」
泰瑞莎點頭。「對，妳們需要。對女人好的，對T也好。」
「喔，眞的？」
「對，」她說，「還有呀，」
我疲倦地嘆口氣，「喔——喔。」
泰瑞莎微笑道：「如果有女人告訴我，『我要男人，會去找個眞正的男人。』我會告訴她，『我不是和假男人在一起，跟我在一起的是個眞正的T。』」我得意地笑開。
「但是，」泰瑞莎補充道，「這並不表示T不能從女性運動中學到怎麼尊重婆。」
我讓泰瑞莎滑下我的大腿。「嘿，妳在說什麼啊？」我站起身，開始洗碗。
她將我肩膀扳過來。「我是說，」她繼續道，「這是一個機會，讓女人看看我們是怎麼對待彼此的，這個問題婆之間也需要想啊。」
這是在緩和氣氛，但我接受了。「婆該學什麼？」
泰瑞莎考慮了一會兒。「學習相互支持，對彼此忠誠。」
「唔，」我斟酌這句話的含意，「好，那T該學什麼？」
泰瑞莎推我靠上流理台。「下一回妳們這些T在吧裡聊天時，仔細聽聽『馬子』、『騷貨』、『奶子』這些詞出現多少遍？」

泰瑞莎將身子倚著我。「甜心？妳知道有時候妳會說『我真搞不懂女人』嗎？可是妳平心靜氣地想一想，親愛的——妳是個女人。所以，那句話到底是什麼意思呢？那就像一把有兩頭槍口的槍，妳一發射，自己也同時受到傷害。」

我轉身洗碗，不出一語。泰瑞莎抱緊了我。「甜心？」她用手肘碰我。

「我在聽。我會好好想一想的。」我停了好一段時間，「嘿，等等，」我轉身面向她，「說搞不懂女人的不是我，我是說我搞不懂婆。」

泰瑞莎微笑，手指鉤住我牛仔褲的皮帶，將我的下半身拉近貼住她。

「嗚，寶貝，」她誘惑地低喃著，「妳說得對極了。」

Surprise！我們的客廳裡擠滿了朋友。

「生日快樂，甜心，」泰瑞莎滿面笑容。忽地，笑容從她臉上消失，她輕輕扶著我的頭轉過一邊查看。我眼皮上那道切口看起來比實際情況嚴重很多。

泰瑞莎平靜地牽起我的手。「來，我們去弄乾淨。」我坐上馬桶座。她輕觸傷口。

「發生什麼事？」

我聳肩。「三個男的在便利商店外面。都喝醉了。」

「妳沒事吧？」她問。

我一笑。「算有，也算沒有。」

她在傷口上貼了兩片繃帶。「也許不該弄這個驚喜派對。」她嘆道。

我抓住她的手。「說什麼呀？在我最需要的時候，我喜愛的人全部齊聚一堂耶！」

泰瑞莎親我的額頭。她拉起我的手，翻到手背。我的指關節紅腫，滲著血。她一笑。

「幹得好，甜心！我希望他們被妳打扁了。」

我聳肩。「一對三，不過他們喝得很醉很醉了，我盡了最大的努力。」

泰瑞莎將我的臉輕拉近她的腹部，親吻我的頭髮，以指尖攏齊。「妳真的做得很好，寶貝。」

派對棒極了。氣氛不再喧鬧，但是我們可細品、感覺彼此對自己的重要性。

堅靠在冰箱旁。我拿出兩瓶啤酒，給她一瓶。「還好吧？」她問。

我想告訴她我一點也不好。外表不同好辛苦，這種壓力一分鐘都沒停過。我心裡亂糟糟，全身乏力。我想告訴她這些，但話卻出不了口。

我聳肩。「今天我滿廿一歲，但卻有老了的感覺。」

堅的笑容裡帶著傷感。「妳經歷了很多事。有些年齡是不能用時間來計算的。妳知道樹是切取一片樹芯，然後數上頭的年輪嗎？妳這棵樹啊，裡頭的年輪可多嘍。知道嗎？我該停止叫妳『小鬼』了，妳好久以前就不再是小朋友了。」

我點頭。艾德從我身後走來，手臂搭上我肩膀。「生日快樂，夥伴。」我伸手抱她的腰，將她拉近。

「嘿，」葛藍特對我們喊，「妳們都擋在冰箱前面，我要怎麼拿啤酒啊？」

「妳得抱我一下。」我要求。

「呵，過來，」她笑著摟住我。「好了，給我啤酒。」

我聽見塔蜜・懷耐特唱著〈跟妳的男人站在一起〉。我發現泰瑞莎在客廳裡，我向她伸出手。她的身子緊偎著我，我們隨著音樂擺動，她的手在我後腦勺上移動。我將她再拉近，尋求她身體的安慰，她給了我。她的手臂如同世間唯一安全的避風港。「寶貝，」她輕問道，「妳還好嗎？」

「嗯，」我回答，「還好。」

「嗨，甜心。」泰瑞莎站在廚房門口。

我雙臂交叉。「晚飯燒壞了。」泰瑞莎敞開雙臂朝我走來，我閃了開。「妳去哪兒了？」

「喔，寶貝，」她在我頭上一啄，「妳忘了我下班要去開那個會？」

「什麼會？」我撅嘴問，「妳還在設法擠進那些女性主義會議嗎？」擊中要害了吧，我故意的。

「不是。是爲傷膝市的印第安人[1]爭取支持。我還以爲妳對這會有同情心。」泰瑞莎直接命中得分。她的語調轉趨柔和，「還是沒工作，寶貝？」

我搖頭。「啥也沒有。從沒想到工廠會這麼久不缺人。我的失業救濟最多再五週就沒了。」

泰瑞莎點頭，撫摸我的頭髮。「我們會有辦法的。」

「妳再不吃我為妳做的晚飯就沒辦法了，看我以後還會不會為妳搞得滿身油煙。」

「別擔心，甜心，」她輕聲道，「會沒事的，妳一定很快就會找到工作。」

她錯了。到了一九七三年時，似乎我們認識的每個人都被裁員。

泰瑞莎丟了她在大學裡的工作，也粉碎了我們一起出去渡假的夢想，而我們真的很需要去渡假散心。我接連數月都在找工作，錢愈來愈緊，我們被逼上死路。我們必須離開，但所有逃生途徑似乎都已封鎖。

「我連想都不想去渡假。」我告訴泰瑞莎。

「妳瘋了呀？」她喊道，「再不離開這裡，我們鐵定要發瘋。我們現在門也不出，事也不做。」

我癱趴在廚房桌旁。「外面變得好可怕，泰瑞莎，而且好像愈來愈糟，我根本就不想再出門了。」

泰瑞莎坐下來。「妳只是沮喪。就因為這個原因，我們更應該出去走走。」

我不確定她所指為何。「我再說一遍，外面愈來愈恐怖了。」

泰瑞莎啪地打了桌面。「從來就沒好日子過，什麼時候輕鬆過了？」

「我不相信！幹！」我大吼，「我只是想告訴妳，我再也受不了了，妳卻在說我不行了？」

泰瑞莎往後靠向椅背，眼睛探查著我的臉。「潔斯，我沒有說妳不行了。」這句話在寂靜的廚房裡迴盪著。我站起身，走向臥室。

「等等，潔斯，妳要去哪兒？」

「睡覺，」我告訴她，「我很累了。」

天一亮，我趕到臨時職介所，有兩個男人倚著勞工辦公室齊柏瓦街上的大門站著。

「喂，男人婆！」深髮的男人對著我喊。他的朋友笑著。他們兩人都已喝醉，裡面一定又沒有工作機會了。

金髮男子手抓著他的胯下。「我這裡有工作讓妳做，男人婆。大工作喔，妳有辦法應付嗎？」我推開笑著的兩人進去。

「嗨，山米。」我叫住工作分發員。

山米抱歉地一笑。「妳要不要留下來等，潔斯？十點半左右，我們可能會需要幾個男人。」我也符合這個類別嗎？——幾個男人。

我四下看看也在等工作的男人。有些眼神呆滯，沒有濾嘴的香煙快燒著他們被煙草薰黃的手指。有些則是從疲憊得睜不開的眼瞼下憤怒地瞪著我。我沒對他們做什麼，但這種時候，我成了最方便憎惡的對象。

「不了，山米，有工作再打電話給我，好嗎？」

山米點頭，搖搖手。「也許明天吧，潔斯。」

「嗯，也許明天。」

我打起精神準備走出去，因爲我知道那兩個男人在外頭等我。經過他們面前時，深髮男子冷不防將個蘭姆空酒瓶擲到我腳下。我嚇一跳，往後退，背靠磚牆。

「妳這男不男女不女的，妳他媽的搶我們的工作！」他大喊著，我快步離開。我心想，那我要去怪誰呢？

當晚，我從夢中驚醒。月光照亮了房間，我想再回到夢中，但我已十分清醒，只是整個人仍沉浸在夢境的感覺裡。

夢中的我行經一個小鎮。每扇窗均拉上了窗簾。沒有生命的跡象：不見人蹤，連犬吠聲也聽不著。一切靜寂。

小鎮四周圍繞著田野與森林。森林上空飄著一縷輕煙。循著煙霧，我在一塊小空地上發現了一個小屋，屋裡升著一小盆火。我手腳著地鑽了進去，臉頰貼著火旁溫暖的土地，等待。

所有的扮裝皇后都到齊了：賈斯汀、小桃和喬治塔。老T艾爾也在，還有艾德。旁邊還有其他人，但陰影遮住了他們的臉。我發現駱可就坐在我身邊。她伸手向前彈彈我的臉頰，我感到自己臉上粗粗的鬚茬。我伸手抹過胸前，平坦如地。我體內發出欣喜感，與朋友在一起感覺舒服。

「其他人呢？」我問。

賈斯汀點頭。「各奔前程了。」

一股失落感當頭澆下。「我們大家再也碰不到面了。」

小桃輕輕一笑。「孩子，大家會再見面的，別擔心。」

我傾身握緊小桃的手。「妳不會忘了我吧。請妳們都不要忘記我，我不要消失。」

小桃攬住我的肩膀，將我拉近。「妳是跟我們一起的，孩子，妳永遠都會跟我們在一起。」

我感到驚慌。「我眞的屬於這裡，和妳們一起嗎？」親暱笑聲響起，回答了我的問題。小屋裡的人一一輪流擁抱我，在她們的臂彎中，我感到愛與安全。

我仰頭一望，小屋沒有屋頂，群星像螢火蟲一閃一閃地對我眨眼。空氣涼爽，飄著尤加利樹的香味。我在火堆前盤腿而坐，愉悅地取暖。

「泰瑞莎呢？」我問。

還沒得到答案，我就醒了。

「甜心，起來一下好嗎？」我輕輕地搖泰瑞莎。

她從枕頭上抬起頭。「怎麼了，潔斯？什麼事情？」

「我做了個好奇異的夢。」泰瑞莎揉著眼睛。「我夢見自己在一個很古老的地方，在森林裡，小桃、賈斯汀、喬治塔都在那裡，而且駱可還坐在我身旁。」我不知道該如何向泰瑞莎描述夢境的感覺。「我覺得我好像和她們同屬一國，妳懂嗎？」

隔著T恤，我感覺到泰瑞莎的手輕扶過我的背，然後她又漸漸沉入夢鄉。「泰瑞莎，」我強求著將她搖醒，她嗯哼兩聲。「我忘了告訴妳，夢裡面的我有鬍子，而且胸部是平的，然後我好開心。我說不出來爲何會那樣，但是那種感覺好眞實，妳知道嗎？」

泰瑞莎搖頭。「什麼意思呢，甜心？」

我捻熄香煙。「這種感覺跟著我很久了，和從小到大跟別人長得不同有關。我一直都不希望和別人不一樣，但是，在夢裡面，我喜歡自己那個樣子，而且身邊都是和我一樣的人。」

泰瑞莎點頭。「妳已經告訴過我，妳找到吧時就是那種感覺呀。」

我想了一下。「是沒錯，感覺是一樣。但是，在夢裡，不是身不身爲同性戀，而是身爲男人或女人的問題。妳懂我在說什麼嗎？我一直想要證明自己和其他女人是一樣的，但是，我在夢裡沒有那種感覺，我甚至不確定我是不是覺得自己像女人。」

月光照亮泰瑞莎緊蹙的額眉。「妳覺得自己像男人？」

我搖頭。「不，奇怪的地方就在這裡，我不覺得自己像女人或男人，我喜歡的是我這個不一樣的樣子。」

泰瑞莎沒有馬上應聲。「妳正在經歷很多改變，潔斯。」

「嗯，但妳對我的夢有什麼想法？」

泰瑞莎丟了枕頭過來。「我覺得我們該睡覺了。」

不論我希望泰瑞莎給我的答案是什麼，總之不是這個。而這話題是不可能就此打住的。

夏末，艾德與葛藍特來家裡，堅隨後也到了，還提著幾只購物袋。堅與她新的愛人凱蒂，看來很彆扭，好似剛吵了架。

「危機真的來了，」葛藍特加強了語氣，「我們要不就改變外表，要不就等著活活餓死！凱蒂有幾頂假髮和化妝品。現在就那麼幾個工作機會，百貨公司那種……。媽的，我不知道妳們怎麼想，但我需要工作，暫時做著嘛，挨到工廠開門就是了。」凱蒂和泰瑞莎退到廚房。

四個石頭T試戴髮式時髦的假髮。像是在過萬聖節，只不過這回既恐怖又痛苦。戴了假髮的我們，活像給自己開個蹩腳玩笑。

葛藍特朝我說：「我戴了，現在輪到妳了，潔斯。」艾德一邊舉著鏡子讓我照，一邊搖頭。

我將假髮扔到地上。「我戴假髮比梳西裝頭更像在扮裝，幹。」

「隨便妳要怎樣！」葛藍特吼道。

「別淨衝著我來，葛藍特，」我吼回去，「妳以爲只有妳一個人害怕嗎？」

葛藍特和我鼻子對鼻子槓上。「我操他媽！被房東踢走的話我怎麼辦？」

我不想和她吵架。「聽著，葛藍特，如果這對妳行得通，妳就去做，但我戴假髮是沒有人要雇我的，臉上塗粉擦口紅也沒有用。我需要裝穀子用的大籃子把自己罩住藏起來。」

堅站起身走出門，就那樣走了。艾德到廚房去告訴凱蒂堅已經離開。葛藍特與我不情願地握了握手。

「甜心，」我對泰瑞莎說，「如果妳不介意的話，我們要出去找堅，順便喝點小酒，可以嗎？」我知道泰瑞莎希望我留下，但凱蒂也正難過著，所以泰瑞莎只好點頭。

我們四個人在附近西區的酒吧後廳裡，圍著張桌子坐下，沒人說話。酒吧裡很冷清。堅、艾德、葛藍特與我誰也不看誰，四個人各自盯著啤酒瓶，好像盯著盯著，答案就能自動浮現。

「我最近常做夢，」我說，「昨晚我做的惡夢裡，我被一個東西追到懸崖邊緣。我怕極了後頭追來的東西，也不知道前面還有什麼。然後，我忽然決定，寧願跳下去也不想被後面的東西追上。」

「什麼意思？」葛藍特問。

「妳知道的。」我說。

葛藍特聳肩，「我知道那感覺，但不明白是什麼意思。」

我看著艾德。她明白我在說什麼，我知道她懂。「我常想到駱可。」我說。

堅嘆了口氣，點頭。她用拇指指甲刮著啤酒瓶標籤。「我知道妳說的是那個。」

我點頭。「我沒辦法不去想，也許那樣我就安全了，妳知道嗎？」艾德還是不願意看我。

葛藍特也點頭。「老天保佑啊，我也在想那個。知道吉妮嗎？她在進行變性手術療程，現在她自稱爲吉米。」

艾德瞪了葛藍特一眼。「她要我們稱呼她爲『他』，記得嗎？我們應該照做。」

堅將酒瓶放到桌上。「對。但我和吉米不一樣，他說他從小就知道自己是男人。我不是男人。」

葛藍特身子向前一傾。「妳怎麼確定呢？妳怎麼知道我們不是？我們也不是眞正的女人呀。」

艾德搖頭。「我不知道自己到底是什麼。」

我靠過去，手搭在艾德肩上。「妳是我朋友。」

艾德嘲諷似地乾笑。「是喔，眞厲害，這樣我就付得出房租了嗎？」

我拍她肩膀。「幹。」

葛藍特去吧台再叫一輪酒，堅去上洗手間。我看著她打開女廁的門，沒有女人跑出來，也沒有男人進去拉她出來，我猜，大概不會有事。

艾德捶我肩。「對不起。」她說。

「我們朋友幾年了，艾德？」她垂下眼瞼。「所以爲什麼妳不能告訴我，妳現在是怎麼回事？妳明知我猜到了，但妳還是不肯告訴我。」

艾德聳肩。「我覺得丟臉。」

「覺得妳做的事丟臉，還是就是覺得丟臉？」

葛藍特拎著四瓶啤酒回來桌旁。堅一會兒也回來了。艾德不斷地揉著眼睛。

「發生什麼事了？」葛藍特問。

我看著艾德。「那並不丟臉。」我告訴她。

艾德點頭。「嗯，我知道。」

「我們都在相同的十字路口上，不是只有妳一個，」我提醒她，「如果妳不能對朋友講，那妳還能說給誰聽？」

艾德嘆氣。「我知道我應該把事情講出來。」

「麻煩哪位告訴我，現在到底是什麼情況好嗎？」葛藍特近似哀嚎。

艾德嘆氣。「我開始用男性荷爾蒙了。從一個怪怪的密醫那兒弄來的。」

「哇靠，」葛藍特說，「哇。嘿，潔斯，妳怎麼知道的？」

我聳肩。「妳的聲音變了，艾德，就一點點，但我聽得出來。而且我也應該猜得到啊，我自己不也在為這個天人交戰嗎？」

葛藍特正好在點唱機音樂響起時，砰地重敲桌面。「嘿，艾德，那醫生的名字能給我嗎？我不是說一定會去做，但有選擇機會總是好事。妳懂我意思吧？」艾德點頭。

我沮喪地重捶桌子。「我真希望能跟駱可談談，有人知道她在哪兒嗎？」大夥兒搖頭。「會變怎樣呢？是不是只維持一段時間而已？我是說之後，可以安全出櫃的時候，還可以再變回T嗎？」

葛藍特苦笑。「我看過一部電影，主角得了絕症，一群科學家就把他冷凍起來。到後來療法找到以後，另一群醫生讓他恢復生命，治好他。但是麻煩的一點是，他是舊時代的人，已經不能適應新的世界了。」

我把眼淚逼回去。「是啊，但是我們沒有生病。」

堅點了點頭。「的確。但妳憑什麼覺得還會有安全的時候？我們這種人可能已經走到了絕路，我們也許就永遠被釘死在這裡了。」

堅的頭低低垂下。「我妹妹說我可以和她跟她老公搬去歐林，他們在那兒有間小製酪廠。不過，他們說我一個人去可以，不能帶凱蒂一起。他們說不希望女兒看到變態的事情。」堅重擊桌子一拳。「我操她媽的已經四十四歲，而我小妹對我就像她是我老媽一樣。這不對，事情不該是這樣的。」

我點頭。「那妳準備怎麼辦？」

她肩一聳。「還不知道。」她一隻胳臂搭到我肩上，「我應該是這裡的元老，但現在我希望能找個年紀比我大的人談。我希望洛叔還活著，她會知道我們該怎麼辦。」

我苦笑道：「很難說，堅，我覺得我們沒有人知道該怎麼做。」

葛藍特站起身。「我要去買箱啤酒，回家看電視。妳們來不來？」我搖頭。堅和葛藍特一起離開。

艾德穿上外套。「嘿，艾德，」我告訴她，「我們得談一談。妳再不說出來，妳會爆炸的，而且，我也很想和妳談談。艾德，我很怕。」

艾德咬著下唇，看著地板。「記得我給妳的那本書嗎？」

我希望她不是想考我。我很感激她的禮物，但我還沒看過那本書。「記得，杜波瓦那本？」

艾德點頭。「裡頭有一段話我爲妳劃了線，我皮夾裡都夾著那段話的小抄。回去看吧，那就是我的感覺，我沒辦法說得更好。」

我站得離她很近，聞得到她皮膚與頭髮散發的清香。「艾德，」我輕聲說，「我不要失去妳，妳是我的朋友。我很愛妳這個朋友。」

艾德把我推開。「我得走了，」她說，「再打電話給妳。」

「艾德，嗯，那醫生的名字？」

艾德嘆口氣，在吧台餐紙上寫了醫生的姓名和地址。「祝好運。」她說。

我輕捶她的肩膀。「謝了，我需要的。」

不對呀，我在外頭蹓躂太久了。我醉醺醺地回到家，根本沒想到泰瑞莎一直在等門。客廳沒開燈，她安靜地坐在沙發上。她一開口，我差點嚇得衝出天花板。「妳去哪兒了？」她的聲音有些不對，令我害怕。

我在她身旁坐下。我想碰她，才發現她對我非常生氣。過了一晌，她伸出手讓我全身重量倚向她，她其實是難過多於生氣。

「寶貝，對不起，眞的，」我告訴她，「我只想著自己的事情，對不起。」

她點頭。「妳去哪兒了？」

很久，我都沒回答。我醉得腦袋昏沉沉。「我知道我去過哪兒，但是不知道在往哪裡去。」我能想到要說的只有這個。

她看著我的臉，試圖讀出我的情緒與想法。我不知道她是否找著了她要找的東西，但過了一會兒後，她撫摸我的頭。

「妳記得我告訴過妳艾爾與賈桂琳的事嗎？」泰瑞莎畏縮著。「泰瑞莎，我也開始覺得自己不行了。」

泰瑞莎看著我。似乎同時既平靜又擔憂。

「大部分的時間都和堅、葛藍特與艾德在聊天。」我解釋道。

「應該也是，」泰瑞莎一笑，「那妳們都聊些什麼？」

「甜心，當個男—女人，我沒辦法再過下去了，我不能總是和整個體制硬碰硬，我過不去的。」泰瑞莎將我摟得更緊，一個字也沒說。「我們在談注射荷爾蒙的事，男人的。我在想，也許能矇充男人過日子。」

我等著泰瑞莎說話。我能聽見她的呼吸聲，深長、均勻。我用手撫摸著她肩膀、手臂每一寸肌肉的紋理。「甜心，我們得談談這件事。」我說。她陪我沉默地坐著，坐了好久，然後，她不發一語地站起，睡覺去了。

有好幾個禮拜的時間，我們都沒談到這件事。事實上，我們挺少談話。但卻會爲了些小事起爭執；一些會引發大爆炸的零星小爆炸。

當我在性上封閉時，泰瑞莎總能化開我這顆石頭。但當我在感情上變成石塊，完全封閉起來，像塊需要她來鑿開、解救的花崗岩板時，她會轉而勃然大怒。行不通。我還是被困在石頭裡面。

「跟我說話！」她喊道。

「我在看電視！」我撒謊。

她站到電視機前。「妳沒在聽我說話。」

我被激怒了，誇張地大口喘氣。「好，現在妳想談了，太棒了，來，來談啊。」我的聲調冷漠，而且還像是加了大鎖、緊閉的門。

「算了。」泰瑞莎氣得衝出客廳。

我繼續盯著電視機，她砰地甩上臥房門。現在我們兩扇門都關起來了。

我啪一聲關掉電視機，沉默地吸菸。我周圍的石牆已經融化，脆弱的原我袒露。現在泰瑞莎停止正面攻擊，撤退了，我才發現自己是多麼地需要她。

忽地，我陷入恐慌。也許我已經失去她了，只是我自己竟還沒發覺。我站起身慢慢地朝臥房走去。泰瑞莎打開門，走向我。我們擁抱，激動。「對不起，寶貝，」我說，「當我變成那樣的時候，我不知道怎麼出來。」

泰瑞莎緊緊地抱住我。「我知道，潔斯，我也對不起。」

我聽到外頭遠遠傳來收音機裡馬文．蓋的歌聲。「妳知道我想做什麼嗎？」我問她。「我希望現在還有同志的吧可去，能讓我們像以前那樣跳舞。」

泰瑞莎嘆氣。「校園裡現在有女同志舞會，我希望我們能夠去參加。我希望我們有地方可以去走走，一個歡迎我們的地方。」

我們擁著彼此，跟著音樂搖擺。泰瑞莎輕輕抽身，帶著笑意上下看我，然後，手指鉤住我的皮帶。她溫柔地拉著我往臥房走。「咱們來吧。」她輕輕哼唱。

我們吵架，然後以做愛來和好；這成了令人擔心的模式。

「妳是女人！」泰瑞莎在早餐桌上大吼道。她推開她的盤子；這桌上的食物是她打臨時工掙來的。

「我不是，」我吼回去，「我是個男—女人，這不一樣！」

泰瑞莎憤怒地重敲桌面。「那是個難聽的字眼，別人故意說來傷害妳們的。」

我傾身向前。「但是我有在注意聽。別人不會叫週末T是男—女人。它有它的意義，我們不同的地方就在這裡，我們不只是……女同性戀。」

泰瑞莎皺眉。「怎麼了？」

我聳肩。「沒什麼，只是我從來沒說過這幾個字。聽妳說的時候很容易，但我一說，聽起來好像是什麼『搞同性戀的』或『那一種人』。這幾個字對我就是拗口。」我們兩人忍不住地笑出聲。

「甜心，」我的語調變了，「我必須改變。我一生都在為捍衛自己這樣子而戰鬥。我累了，我不知道該如何繼續下去。這是我唯一想到能讓自己活著，又不失去自我的方法。我眞的不知道還有什麼其他辦法。」

泰瑞莎靠向椅背。「潔斯，我是女人。我愛妳是因為妳也是女人。我小時候就已經下定決心，決不違背自己慾望，順從社會去嫁個自耕農或修車廠的小伙子。妳了解嗎？」

我難過地搖頭。「妳會希望我從不是T嗎？」

她微笑。「不會。我愛妳的T的本色。我只是不想當某個男人的老婆，即使那男人是個女的。」

我張開手掌。「那我該怎麼辦？」

她搖著頭。「我眞的不知道。」

泰瑞莎要我在她去上班時，到洗衣店拿乾洗衣物及買雜貨。但她一離開房子，我整個人就空了。我隨意走到後院，在泰瑞莎的菜園旁蹲了下來。

太陽升到頭頂上時，我坐在南瓜畦與蕃茄藤蔓間。這菜園是泰瑞莎生命裡我不認識的那一部分，我才開始想到，這一小塊園地，是她對故鄉土地的一張記憶的郵戳。泰瑞莎在春天種起這些植物時，我人在哪兒呢？而今這個園子已雜草叢生。

我想到萬物隨著自己的季節更迭成長，想著地底下有多少不爲人知的變化；想著園丁無法控制的，譬如氣候或動物等的事物。

背後泰瑞莎的腳步聲雖然熟悉，但我仍結實地吃了一驚。我不知道已經是下午了。

我想起初夏時，看見她在園子裡忙，全身冒汗與晒紅的臉龐，我將她放倒在旁邊的草地上，然後全身力量壓在她身上吻她，吻到她發出那細微、我認得的被挑起的聲音。

「潔斯？」泰瑞莎打斷了回憶，「妳在我園子裡幹嘛？」

我嘆氣。「想事情。」

「妳有去乾洗店拿衣服嗎？」她問。「還有買東西呢？」我搖頭。「妳一整天都坐在這裡？」我點頭。

「該死，潔斯。」泰瑞莎邊走開邊氣得抱怨，「要人幫個忙也這麼難嗎？」

艾德和我謹愼留意著酒吧裡坐在我們附近的那些男人。「什麼感覺呢，艾德？」我急著要答案。

她聳肩。「沒啥不同。至少現在還沒。」她的聲音已經變低，臉上也長出了鬍鬚。

「能不被認出來嗎？」我問。

艾德搖頭。「現在沒人把我當男人，也沒人把我當女人。我好像是卡在中間，那感覺很糟。眞希望能快點變到別人都把我當男人的階段。」

「但是，艾德，別人好像一直都當我們是半男半女的啊。」

「是沒錯，但是現在他們根本覺得我什麼都不是，搞得他們都快發火了。跟妳說眞的，潔斯，再不快點變，我已經要受不了了。我現在加倍注射，希望變的速度能快一點。」

我把手放在她肩上。兩個男人轉過頭來看著我們。我放下手。「達琳的反應呢？」

艾德將臉慢慢轉向我。她眼中的哀傷令我害怕。「我們沒談。」艾德說。

我不可置信地搖著頭。「妳們沒談？這麼大的事，怎麼可能不談？等等，我在說什麼呀？我和泰瑞莎也不見得有在溝通。」

艾德與我沉默地坐著，各自啜飲啤酒。有她在旁邊，我感覺安慰。酒吧裡進來的男人愈來愈多。是該離開的時候了。

「妳知道沒和泰瑞莎談，最糟的地方在哪裡嗎？」道別時，我對艾德說，「我連我想說的是什麼都不知道。」

當晚回到家時，泰瑞莎已入睡。我爬上床，蜷伏著靠在她身邊。「泰瑞莎，」我輕喚她，「我有好多事情想告訴妳，但是，我不知道要怎麼說。」

睡眠中的她嘆了口氣，「我有個感覺，下一次再被打，我會垮掉，會死，我的生命一點意義都不會有。有時候，妳在門口親我道別的樣子，好像我理所當然會回來似的，那讓我好氣，因爲我希望妳能以我們可能不會再見面的心情跟我道別。」

我咬著下唇。「我覺得自己一文不值。只有妳的愛讓我覺得自己還有點價值。我好害怕我就要失去妳了，如果妳離開了，我該怎麼辦？」

不想吵醒她，我壓抑住哭聲。「我很抱歉有時候我是那麼混帳，但是，我好愛妳。也許太愛妳了。請妳不要離開我，寶貝。拜託妳別走。」

泰瑞莎翻身過來摸我的臉。我擦掉眼淚。「潔斯，妳剛在說話嗎？」她的聲音帶著濃濃睡意的喑啞。

「沒有，甜心，」我輕觸她的頭髮，在她臉頰輕吻。「繼續睡吧。」

泰瑞莎從廚房門口看我將吊蘭換盆。「水槽下有個更大的花盆。」她提醒道。

我搖頭。「這個比較好。盆子小，根比較容易長；根受到的壓力愈大，它更容易長好。」

泰瑞莎從後面過來抱住了我的腰。「就像我們，嗯，甜心？」我沒有答話。泰瑞莎將我轉過來面向她。我無法正視她的雙眼。「怎麼了，寶貝？」她催我答覆。

我聳肩。「我猜我沒有和別人一樣的感覺。有時候妳要我告訴妳我的感覺，但我搞不懂我的內在是不是跟別人不一樣。也許我從沒有眞正的感覺。」

泰瑞莎沒有馬上回答。她將頭枕在我肩上，拉我靠近。「寶貝，坐下，」她嘆道，同時拉了張椅子在我身邊坐下。「喔，妳有感覺的，甜心。我覺得妳對愛的感受力，還可能比別人來得強。」

她握住我的手。「妳的心裡有好多事情在轉，有時候我覺得好害怕，因爲我怕如果妳沒有什麼安全氣閥之類的東西的話，妳會爆炸。生氣對妳來說是很難的；也許妳會被自己的憤怒嚇到。而且，我想羞辱感對任何人而言，都是很難面對的，而妳常常經驗到那種感覺。」

我幾乎沒辦法承受她所說的話。我全身發熱，一陣暈眩。泰瑞莎將我拉近，以唇拂拭我的面頰。「放輕鬆，甜心。」她柔聲道。

我退回來。「但也許我的確沒有一般人的感覺，也許我長大的方式改變了我的內在，也許我像植物一樣——我的感覺全塞住了，所以我成長得不一樣。」

泰瑞莎微笑、斟酌著。「是吧，也許是因爲如此，妳才會對別人的感覺那麼敏感。有時候妳把人看得好透，讓我覺得自己在妳面前是赤裸的。」

我嘆氣。「爲什麼『感覺』那麼重要呢？」

泰瑞莎一笑。「妳是指『妳的』感覺吧，甜心。妳總是把別人的感覺當作是很重要的事。世界對妳是很嚴苛，甜心，但別把我一個人丟下。」

我額頭一皺。「什麼意思？」

「意思是，」泰瑞莎溫柔地說，「我對發生在我們身上的事也會有感覺、有情緒，而妳是唯一我能講那些事的人，但有時候，妳不在家。記得去年買妳新西裝的事嗎？」她問。我心裡一痛，畏縮著，將自己抽離那段記憶。「潔斯，」泰瑞莎把我喚回現實。「那是場惡夢，我也在那兒，記得嗎？我們都有被羞辱的感覺。回到家後，除了妳，這世界上沒有任何一個人我可以去找，但是妳已經把自己封閉起來了，而我也很清楚，至少要過幾天，甚至幾個禮拜妳才能再恢復。但是那時候，我需要妳啊。」

我盯著自己腿上鬆鬆握著的手。「妳知道有時候我怎麼想嗎，泰瑞莎？我覺得自己沒有什麼可給妳的，如果可以，我願意給妳我所有能給的，但是，我不覺得我有特別的禮物可以給妳，我是說眞的。妳是堅強的那一個，是妳讓我們有個完整的生活，是妳讓我們撐了過來。而我所能做的只是和妳做愛。」

泰瑞莎將我兩隻手分開。「我只要妳愛我，潔斯。而且，拜託妳偶爾讓我進去。」「最近我一直想告訴妳我很掙扎的一件事，但妳好像都不想談。」我聳肩，「我沒辦法不做改變再這樣過下去。」

泰瑞莎嘆氣。「我是個婆，潔斯。我希望在一起的人是T。還有，我開始覺得對這個女權運動有參與感，雖然我無法同時扮演好我的每一個角色。我的世界在擴大。」「哼，眞好，」我譏道，「而我的世界正在縮小。但是現在荷爾蒙對我而言就像《愛麗絲漫遊奇境》裡那面穿越時空的鏡子，只要穿過它，我的世界也能打開。」

泰瑞莎搖頭。「我不要和男人在一起，潔斯。我不能。」

「我還是T啊，」我辯道，「打了荷爾蒙也一樣，」然後我說了讓自己害怕的話，而且非常後悔那樣大聲說出口，「也許妳會喜歡我是男的，那樣跟我在一起比較輕鬆吧。」

泰瑞莎往後靠上椅背，臉上原有的溫熱已然消失。「我擦口紅穿高跟鞋走在馬路上攬的是妳的胳臂，潔斯。這就是我的人生，而且我就是勇敢地愛我想愛的人。別想把我之爲我的東西剝奪掉。」

我下顎開始顫抖。「那麼，妳覺得我有沒有被剝奪掉什麼？我該怎麼辦呢，泰瑞莎？告訴我，我能怎麼做？」

我僵直坐著，她以雙臂摟我。「我不知道，潔斯，」她輕聲道，「我什麼都不知道了。」

泰瑞莎和我坐在沙發上，久久，無人開口。我們因數月來的爭執與距離感而心力交瘁。

「妳已經下定決心了，對不對？」她問。我知道她不是有意語調那麼冰冷。

我點頭。「對，我考慮過七百八十種選擇了。」我不是故意要那麼諷刺地說話的。

「天呀，泰瑞莎，我好害怕。我不想死但又不知道該怎麼活。我眞的很怕。」

泰瑞莎將我拉近。她抱緊我，緊到我幾乎無法呼吸。「如果我能強到可以保護妳，要我做什麼都願意，」她說，「我什麼都願意，只要能讓妳和我在一起有安全感。」她指頭放我嘴上，要我先聽她說完。「也許我其實了解妳在說什麼，而只是不想承認妳的決定是正確的。」

我心頭重擔卸了下來，想過去抱她，但她的身子萎靡著。我退後一步檢視她的臉。她還沒說完。

「我也怕，」她繼續說道，「如果我在一起的人不是T，所有人就會認定我是異性戀，那會變成我也在矇充，而我不願意那樣。我已經煩透了社會把我當異性戀對待。我努力了大半輩子，才能被人當同性戀一樣來歧視。」我們同時笑了。「妳已經下定決心了，」她說，「我知道的。其實我並不訝異，我一直就很爲妳擔心。」淚水開始流下她臉頰。我伸手要擦，但她推開我手，轉而將之緊握。「但是我做不到，潔斯。我沒辦法假裝妳是男人，和妳一起面對世界。我沒辦法假裝成異性戀女人，還很快樂，沒辦法過那種躲在小套房裡疑神疑鬼不交朋友的夫妻生活。我無法像個逃亡者一樣跟妳生活在一起。我撐不下去的，潔斯。請妳體諒我，甜心。」

我掙脫她的手。「妳在說什麼？」她只是搖著頭。我慢慢地站起來。「妳在說什麼？妳不要和我在一起了？爲什麼？這就是妳愛我的程度？」

泰瑞莎站起身，移近我。「別這樣，甜心。我不行。如果妳要那麼做，我眞的無法跟妳在一起。」

怒火燒著我的喉頭。「如果妳愛我……」

泰瑞莎的臉憤怒、疏離。「不要再用這句話來逼我！」

我的眼睛溢滿憤怒的淚水。「就這樣，是嗎？」

泰瑞莎開始哭泣，我所有怒氣傾瀉而出。她將臉深埋進我脖頸。「這不表示我不愛妳。我太愛妳，我不知道該如何是好。我只是不能和妳走。我試著在了解妳，難道妳不能也嘗試了解我嗎？」

我搖著頭，「爲什麼從來沒人願意給我任何選擇機會？我沒有辦法繼續這樣活下去，而妳又不願意陪我走過唯一爲我敞開著的那扇門。眞是多謝了。」

泰瑞莎用力捶擊我的肩膀。我抓住她手腕，兩人推打到彼此都累得倒下，我們在沙發上肩併肩坐下。「我不知道妳還有什麼路可以選擇，」泰瑞莎說，「但我眞的沒有辦法。」我的喉頭一縮，希望自己能改變她的決定。「別想改變我的想法。」她補充道。她總是能讀出我的心思。「我也不會改變妳的，好嗎？」

我看著她，完全無法相信。「求求妳，甜心，不要在這個時候離開我。我好害怕。眞的很難。我求求妳……」

泰瑞莎跳起身。「不要再說了。」她要求。這些話傷她太深。我將自己拉回來。

我走向她，輕輕將她轉向我。「妳要我怎麼做？」我問她。

她很簡單地說了，「妳最好離開。」

那感覺好奇怪，我是那麼愛她，但卻同時覺得她好遠。「妳說眞的？」

她點頭，走向窗戶，好像能在漆黑夜色中看見景物似的。「我會把妳需要的東西打包。妳的朋友會來幫妳。」

我一直覺得這不是眞的在發生的事情。「求求妳，」我說，「我們不能試嗎？我需要妳啊！」

「我也不知道該怎麼做，」泰瑞莎告訴我，「我也得找到自己的路。我覺得自己也在下沉。這一次，我們誰也救不了誰了。」

我看著地板。「如果我不用荷爾蒙但還是裝男人過活呢？」

「那妳可能不是在街上被打死，就是自己發瘋了自殺，我不知道。」我們沉默，站著。

「妳要我什麼時候走？」

「今天晚上。」語畢，她崩潰、落淚。我緊緊地擁抱她，最後一次。

她是對的。一旦彼此都明白了無法繼續，我就必須離開，因爲痛苦早已令雙方無法承受。泰瑞莎撫摸著我的臉，重複說著，「我好愛妳。」我點著頭，淚不停地流下面頰。我知道她是眞的愛我，但心裡面某部份卻忿恨她，恨她爲何不能再多愛我一些，不要分手。

我進去臥房，把衣服塞進背袋。我知道她會仔細地打包我其他東西。

泰瑞莎陪我走到我們的門口。彼此無法止住淚水，但都強忍著不讓自己啜泣。「我也想跟妳走，」她說，「但如果我做了，我過的就會是妳的生活，不是我的，然後，到最後我會因這個決定而怨妳。」她說著，摸著我的臉。她手拂過我肌膚的感覺是那麼好。

我低頭看著地上。「有好多事情我眞希望以前說給妳聽過，只是我從來就找不到話語。」

她微笑著點頭。「哪天寫信給我吧。」

「我不知道該寄到哪裡。」

「還是寫嘛。」她說。

「眞的就這樣了？」我問她。她點頭。

我們給了彼此最長的深吻。然後，兩人身體分開。我走出門，回頭望她。她幾乎是帶著歉意地微笑著。我點了頭，她關上門。

忽然間，我想到我必須告訴她的話，但是我知道她不需要在這一刻聽那些話。我在樓梯口坐了好一會兒，然後才想到泰瑞莎也許會找朋友來安慰她，而我不希望被人看見坐在這裡。

我走下樓梯到後院，將一個牛奶箱翻過來坐上去。黑色夜空繁星點綴。我感到自己孤單一人在這星球上。我好怕，怕得呼吸都變得困難。我不知道自己該往哪兒去，不知道我的人生要怎麼過，我連此刻該往東西南北哪裡走都搞不清楚。

整晚，我坐在牛奶箱上，看著夜空。時而哭，時而呆坐著。我渴望看到我的未來，試圖想像在我面前的路，尋找著自己可能成爲的模樣。

而我所能見的，只有在上方的夜空與群星。

1 Wounded Knee：位於南達科塔州松嶺印地安人保護區（Pine Ridge Indian Reservation），一八九〇年十二月該地原住民遭到美國聯邦政府軍隊的屠殺。七十餘年後，印第安原住民在各類風起雲湧的社運及革命思潮的帶動下，也開始慢慢召喚出自己的主體意識。一九七三年二月，蘇族民運團體及一原運組織AIM以武力奪取傷膝市，推翻由美國政府幕後操縱之原住民傀儡政府，佔領該市達七十一天之久，藉此宣示印第安原住民的領土權。

CHAPTER 14

夜空自黝黑轉亮成靛藍。我還坐在我家後院的牛奶箱上。太陽很快就會升起；泰瑞莎和這個世界開始新的一天時，我可不想還在這裡。

我跨上我的諾頓，踩發。引擎在雙腿間轟隆作響，恢復了生氣，我繫緊安全帽帶，翻下護罩。此刻，我找到了我的行動力與安全感——在這輛摩托車上，在這頂安全帽裡。

黎明第一道曙光劃開天際，我騎車穿過迷宮般無聲的街市。晨霧聚攏；如同煙幕般，浮在瀝青路上。細雨開始飄落。我像在夢境一樣騎向我的未來。雨下大了，猛烈地打在身上。串串雨珠流下安全帽，如涓流般流進我的頸背，皮衣裡T恤溼透。淋溼的牛仔褲冰冷地緊綳住大腿。每條街的轉角都是新的危機：左轉？右轉？還是直走？

飢餓終於迫使我騎靠路邊，轉進超級市場。我撥了堅的號碼。沒人接聽。沒打給艾德是因爲這麼早達琳一定還在睡覺。

我裝滿一個塑膠袋的櫻桃，在走道間來回邊走邊吃。走動的時候，牛仔褲的褲管緊綑在兩條腿上。我跟在推車中載滿早餐穀片與小孩子的婦女身後。

瞪著我的人確定我看到了他們眼中的嫌惡感才轉過頭去。我看得很清楚。

「潔斯？」這叫聲嚇了我一跳。我轉身看到一個臉龐有些熟悉的女人。一個小孩抱著她雙腿，另一個攙著她的手盯著我看。「是我啊，葛羅莉亞，記得嗎？我們在打字行一起工作，妳以前放學後來打工那一家？」

我點了頭，但我的腦袋卻像被紗布層層繞住一樣，試圖跟上她每一句對著我耳朵衝過來的話：葛羅莉亞已離婚、工頭騷擾她、她辭職。妳都在做些什麼呢？

她最後一個問題問得我一愣。我聳肩。「我要找個地方待，好能找工作賺錢租房子。還有，」我告訴她，「我一直想謝謝妳給我那些酒吧的名字。那改變了我的生活。」

葛羅莉亞的眼神緊張地掃過她兩個孩子。「這是史考提和小金。和潔斯問好，潔斯和媽咪以前是同事。」

史考提繼續躲在葛羅莉亞的腿後。小金維持著她嘴半開的凝視，我被她盯得有些不知所措，但她的目光中不帶一絲絲敵意。小金的表情充滿驚奇，好似我是在夜空中爆放四射的煙火。

「如果妳沒地方去的話，今晚可以來我家睡。我是指沙發。」葛羅莉亞給了地址。「晚上七點半以後，」她說，「等我孩子都上床了再來。」要打發的時間可眞是長。

我停車加油。排隊加油的車子大排長龍地蜿蜒到街尾。報上刺眼的石油短缺的頭條標題造成所有人的恐慌。「太誇張了吧！」看到加滿一缸汽油的價錢，我不禁向加油的人抱怨道。

「別怪我，」他說，「要怪去怪阿拉伯人，他們把我們吃得死死的。」

「喔，拜託，」我指著身後的運河說。「那兒不知道停泊著多少貨櫃的油輪正在等著油價大漲。」我知道——我曾要職介所派我去油輪上清理壓艙物，但他們說那是男人的工作。

我一上了I-190號公路往北走，就將油門踩到大開，在引擎的呼吼聲裡聽見自己的心情。

午後稍晚時，我騎回市區，在西區一家披薩店停車，想叫雞翅裹腹。我站在櫃台前愈等愈不耐煩，但裡頭那男服務生就是不過來。我轉過頭看他在看著什麼；一桌運動員模樣的男人全都瞪著我看。

我敲敲櫃台。「抱歉……」

「哇，這是什麼東西啊？」我聽見身後傳來低沉男聲。我該離開這裡了。

他們其中一個男的堵住唯一的出口，我很用力地推開他，開始往停車場跑去。我跳上摩托車，但為時已晚，他們幾乎壓到我身上來了。我一跳，摩托車跟著倒下，我只能看它躺在柏油路上，拔腿快跑。我感覺到胸口就快爆炸開來，但我連跑過好幾條街都沒有停下喘氣。最後，我在一棵樹下坐下來，大口大口地喘氣。不知道什麼時候回去拿摩托車才安全。

回去時，太陽已快落山。我站在餐廳對街，除了櫃台那個服務生，沒看到其他人。我在停車場找到我的老諾頓，車子已爛到幾近體無完膚，他們一定是用輪胎鋼圈或球棒砸的。但是，厚厚的輪胎是用什麼撕成片的呢？

我知道，只是輛摩托車嘛，但卻感覺自己像個望著地上自己被肢解的軀體的鬼魂。我走離殘骸。再如何，也救不回車子了。

花了像永遠那麼久的時間，我才抵達葛羅莉亞的家。在水牛城等巴士還不如等死來得快。我沒告訴她發生的事情，與她之間已經有些不自然，只問了能否借她的電話用。她說好，她在等電話，只要我不講太久就行。

我撥給艾德。她的聲音空洞冷漠。達琳已經打包搬離。

「喔，老天，真是難過，」我告訴艾德，「我和泰瑞莎也分手了。」我們各自在電話兩端沉默。我沒交通工具去她那裡。「妳能來接我嗎，艾德？」

「車給達琳開走了。」艾德說。

「她開走了？情況這麼糟？」

艾德的聲音聽來和我一樣。麻痺，抽離。「不，是我把車子給她的。」葛羅莉亞看我一眼，再看看手錶。

「艾德，我車沒了，有機會再告訴妳原因。我會再打電話。撐著點，好嗎？妳沒事吧？」我聽不清楚她應了什麼。

葛羅莉亞打電話給她的女性友人。我聽見了她在廚房講電話時的啜泣聲。

我在沙發上躺下。我這輩子在別人的沙發上渡過不少夜晚。似乎直到這一刻，我才讓自己眞正去感覺和泰瑞莎分手這件事。我幾乎放聲哭出，但我像是止血帶般紮住我的情緒與感覺。在這兒，我沒有隱私，這世上沒有哪塊空間能讓我安全地哀傷，於是，我將之壓下，尋找唯一向我開放的逃生途徑：睡覺。

我在卡通乒乓、啪啦的聲響中醒來，眼睛刺痛，感覺是腫起來了，但仍閉著。小金與史考提靠著我睡覺的沙發坐在地板上。小金回過頭來看我。

「他醒了嗎？」史考提問。

「嗯，」小金回答，「她醒了。」

「和她分了也好，小鬼。」葛藍特這麼告訴我，「她根本就是個共產黨。」

我吸了長長的一口氣。「葛藍特，夠了。我愛泰瑞莎。我現在很不開心，也很難過，妳最好別惹我發作。」

葛藍特聳聳肩。「我只是說不要再想她，該繼續過自己的日子了。」哨聲大作。我們兩人往餐廳前進，滑動木墊上堆滿高聳入天的盒子，讓我想起沙漠中的地垛孤峰。

我很高興有了工作。經濟不景氣愈來愈嚴重，福特、克萊斯勒與通用汽車都才宣佈大規模的裁員計畫。

這個在製盒工廠、穩定的短期工是葛藍特透露消息給我的。我們的工作是切割瓦楞紙板、披薩盒等各式各樣的盒子。手提鑽鑽削邊緣的斷斷續續的聲響，讓我頭痛得不得了。

「妳有自己的地方了嗎？」葛藍特問道。

我點頭。「嗯。我後來在葛羅莉亞家住了一個多月，存夠錢租房子才搬走。」

葛藍特一笑。「她讓妳待那麼久？也許她喜歡妳？」

我搖頭。「不是，是因爲剛好彼此方便。她上大夜班。我用她的車載她孩子去上學，然後再接回來，所以她白天回家後可以睡覺。然後換我上第二班，時間配合得很好。我很喜歡她的孩子，到現在有時候週末我還會帶她們出去玩。」

葛藍特咧嘴而笑。「好有家庭的氣氛喔。」

「哎，葛藍特，換話題吧。對了，有艾德的消息嗎？」我們同時驚訝地望著對方；我忘了吧裡那場架，葛藍特將艾德當成洩憤對象。我對葛藍特心胸狹窄、充滿恨意的這部份很是不滿。

葛藍特見我回想起那件事。「艾德不喜歡我，」她說，「她討厭我就因爲我是白人。」

我搖頭。「欸，沒這回事。她生氣是因爲那晚妳們打架時妳說的話。」

葛藍特垂下眼睛。「老天，我道歉了呀。」

「拜託，葛藍特！」我拍了桌子，「如果有人罵妳變態或畸形，之後再說很抱歉不該那麼大聲，妳有什麼感覺？我眞不懂，葛藍特。我看過妳在工作時的樣子，妳對每個人都很友善啊。」

葛藍特揉揉眼睛。「我也不知道。有時候我的嘴巴好像跟身體其他部份沒關係似的，尤其是喝多了以後。」她聳聳肩。「我有時眞是個爛人。」在層層的傷痛與怨忿之下的葛藍特，是個什麼樣的人呢？

葛藍特往椅背一靠。「妳決定要做嗎？」

我知道她的意思——荷爾蒙注射。「對。我不知道還能怎麼辦。」

葛藍特倒她熱水瓶裡的咖啡給我。「直接去做變性的診所會容易很多，他們會給免費的荷爾蒙，但得做一堆測試，家人什麼的也都要被約談。」

我聳肩。「對呀，但我只要荷爾蒙就好。還有手術。」

葛藍特張大眼睛。「什麼樣的手術？」

我做了鬼臉。「妳覺得呢？我不想再有這樣子的胸部了。」

葛藍特低低吹了聲口哨。「妳怎麼知道妳不是跨性人呢？也許妳該去參加那些課程，看看自己到底是哪種人？」

我搖頭。「我在電視上看到過，我不覺得自己是困在女人身體裡的男人。我只覺得被困住了。」

葛藍特啜著咖啡。「我不知道。也許我其實是個男的，只是生錯了性別。這樣一來，好多事情都可以解釋了。」

「那妳爲何不去參加課程？」我問她。

她沉思般地一笑。「因爲，要是我不是呢？要是結果我比自己以爲的還慘呢？也許不知道還比較好。」

我微笑，將手放在她的手上。她望望四周，把手抽了出來。我嘆氣道：「我完全不知道自己是什麼，只是我不想要再和別人不同。沒有地方可躲。我只希望所有的事情都能夠不再讓人那麼痛苦。」

哨聲響了。葛藍特站起身準備回工作崗位。「我快籌到買荷爾蒙的錢了，妳呢？」

我肩一聳。「只要能加上幾次班，我很快就能有錢。」

「我等妳。」葛藍特說。她的手停在我肩上，就那麼一刻的時間。

「妳幫我組泰斯科加油站好嗎？」史考提舉著一袋滿是五顏六色的拼圖圖片。我在地毯上臥躺成大字型，散開所有圖塊。

「妳怎麼知道要怎麼拼？」史考提問。

我拿起指示圖。「我有這個，這就像地圖一樣，它會告訴我這塊是Ａ，這塊是Ｂ，而且它們要拼在一起。」結果不對。「我是說這是Ａ，然後這可能是Ｂ。」也不是。我閉嘴不語繼續拼。

電視螢幕上閃過寵物石子的廣告。史考提表情有些可憐。「我好想要有寵物石。」

「寵物石？」我笑道，「那是什麼？」他指著電視。我摸摸他的頭。「別擔心，改天我給你買塊好棒的石頭。」

史考提一翻身，趴著身子，而且很仔細地看著我。「妳要確定拼對了才能用膠水黏，還有，地毯上應該先鋪報紙。」他建議道。「妳知道我長大後要當什麼嗎？」

我拿起一張瓦斯唧筒，還有另一張認不出來的圖片。不知怎的，這兩塊好像能拼在一起。「當什麼？」

「我要當風。」

小金眼珠一轉。「他是個怪人。他會去坐在外面等風吹。」

我對史考提微笑。「不怪啊，如果你長大後變成風，我騎車時就拿掉安全帽，讓你吹過我的頭髮。」

小金搖頭。「那樣很危險。」

我點頭。「對，妳說得對。當陽光好不好，史考提？那你就能讓我覺得溫暖。」

史考提非常堅定地將頭從左邊搖到右邊。「不要，要當風。」

小金出神地愣著。「嘿，小金？」我問她。「妳長大後要當什麼？」

「我不知道。」她答。

「那也沒關係，」我告訴她。「你們不需要現在就知道。」

小金表情有些擔憂。「媽媽說我長大後應該要當個特別的人。」

我摸摸她的頭。「妳已經很特別了。」我說。

她看著我的臉，表情捉摸不定，然後，她的笑容像放入水裡的乾燥海綿，一會兒，便吸滿整整一臉，盈盈笑開。

葛羅莉亞提早下班回來，她腸胃不適。她問我可否留下過夜，明早載小孩去學校。她臉色鐵青。我催促她先上床休息，她順從照做。

第二天早上，史考提好像被膠水糊在床上似地爬起來。小金睜開眼，立即坐直，擁抱我。

我做了煎餅當早餐。我想用葡萄乾在煎餅上做出笑臉，但一翻面，葡萄乾就陷進了麵糊裡。

「我找到他的笑臉了，」小金大聲說著，拿叉子叉起煎餅。

史考提望了小金的盤子，「那是她的眼睛。」他說。我聽到自己的笑聲。春泉湧出地表的畫面閃過腦海。

「妳結婚了嗎？」小金問我。

我看著手上的戒指，喉頭一緊。「現在沒有。」

史考提點頭。「我媽媽和爸爸離分了。」

「是離——婚，」小金糾正道。「妳跟誰結婚？」

如果我直接說出來，葛羅莉亞會不會不再讓我見他們？我深吸了一口氣。「她叫做泰瑞莎。」

小金仔細掂量著這答案。「她漂亮嗎？」

我笑了。「很漂亮。」

小金皺眉。「等等，女生不能跟女生結婚啊。」

糖漿慢慢流下史考提的下巴。「當然可以。」他說。我用拇指擦他的下巴。

「不可以啦，你這笨蛋。」小金告訴他，然後回頭來看我。「我老師說男生和女生長大以後會結婚。」

我瞄了手錶，送他們去上學的時間快到了。「嗯，小金，老師們知道很多事情，但不是每一件事情都曉得。趕快吃完早餐。」小金用力叉煎餅，生氣我沒真的回答她的問題。

我嘆氣道：「妳知道嗎，誰都有可能愛上誰，」我告訴她。「如果一個男生和一個女生談戀愛了，大家都對他們很好。但如果一個女生愛上一個女生或男生愛上男生，就有人會取笑或者毆打他們。妳說得對，小金，他們不能像男生和女生那樣結婚，他們不被允許。但是，他們是真心相愛的。」

小金的額頭皺成一團。我知道她一邊咀嚼一邊在想。「妳有親過她嗎？」

警告訊號在我身後閃爍。「嗯……有呀。」我儘可能輕鬆地說出。

「噁……」小金放下叉子，「用舌頭？我有一次看到爸爸的舌頭伸進媽媽的嘴裡。好噁心喔。」

我笑了。「如果妳不願意，妳可以不用那樣跟任何人親嘴啊。」

「我永遠不會！」小金大聲宣佈道。

「我也不會！」史考提也加入。

小金沈默地吃著，當她抬頭時，我已有預感她要問什麼。「妳愛她嗎？」

我的下顎顫抖著。「是的，我愛她。」

「那妳們爲什麼離婚？」

這問題吊在半空中。「我不知道，」我誠實地告訴她，「我不知道怎麼說。」

到學校的途中，史考提唸出所有經過車輛的廠牌。小金看著我開車。「她對妳好嗎？」她不放棄。我點頭。「妳覺得她會想妳嗎？」

我笑答：「我希望她會。」

在校門口停車，與他們擁抱道別後，讓我頓時輕鬆不少。確定兩個孩子安全進去後，我將前額抵在方向盤上，流淚。

我有輛車還有一整天的時間得打發。

史考提的寵物石！我想到科學博物館，看看是否有禮品店賣石頭與水晶之類的東西。我從沒去過博物館。走進去時，一隻巨型的塡充水牛在門口瞪著我。館內感覺寧謐靜滯。我在禮品部找到了我所要的；拳頭般大小，給史考提的石頭。石塊從中切開，裡頭縷空，嵌著雲紫色的水晶。這是塊會讓人看得出神的石頭，我猜他會喜歡。

小金的禮物也不難選：一塊如我手掌般大小，平板經過處理的綠色石塊，上有如湍急水流造成的白色花紋。

「妳知道這叫什麼嗎？」我問了櫃台裡一個年紀很輕的女孩。

她聳聳肩。「我才剛來。」

我想在這兒待上一整天。環繞中央大廳的個個陳列室各依學門分開。有一個陳列室叫「男人之廳」（the Hall of Man）——原來女人也包括在內。還有些廳室陳設原子與宇宙之謎。

我好想留下來，呑進所有知識，希望能讓自己更了解這個世界。但我此時感到膀胱隱隱作痛，而廁所在櫃台後面，在所有人的視線範圍內。我就是不知道該怎麼應付這種事。我放棄了宇宙的秘密，回到車上，開回葛羅莉亞家，獨自、私人地使用廁所。

葛藍特與我就坐在診所外，車上。「我怕。」她坦承道。

「我也是。我小時候，」我告訴她，「覺得到處都沒有我能容身的地方。現在我就有這種感覺。」

葛藍特點點頭，從齒間吐出香煙。「我說呀，小鬼，我不知道哪種比較糟：是永遠不知被人接受的感覺好呢？還是珍惜現在擁有的那一點就好？妳知道嗎？」

我當然知道。「走，我們進去吧。」我催促她。

透明玻璃門上印著醫生的名字。裡面光線看來暗淡。「也許醫生不在。」葛藍特說。

我抓住她的手臂。「我不想強迫妳，」我說，「但我沒有選擇了。」

葛藍特倒吸一口氣。我輕推了門，沒鎖。醫生在裡面。孟羅醫生帶我們進到他裡頭的辦公室，比手勢要我們坐下。我婉拒，環顧他辦公室的牆壁。「你的醫師執照呢？」葛藍特瞪我一眼。

葛藍特稱呼他孟羅醫生。「記得我打過電話來嗎？」

他把我從頭打量到腳。老天，他討厭我們，我心裡想著。他舔舔嘴唇，「我想，二位前來，是與荷爾蒙不均衡的事情有關。」這傢伙在想什麼，難道他以爲我們身上偷藏了錄音機不成？「錢帶來了嗎？」我們一拿出皮夾，孟羅也抽出處方板。「我想妳們都已經經過詳細的考慮了。」說話的口氣好像他眞的很關心我們似的。我們點了頭。

他示範了如何將一毫升的男性荷爾蒙汲入針筒，再將之注射入大腿肌肉。「每兩個禮拜打一次，有問題嗎？」

「我有問題，」我說。葛藍特和醫生同時驚訝地望著我。「要多久才能看到效果，還有，它有什麼副作用嗎？」

「嗯……」醫生以食指與拇指轉著鉛筆，「這個很難說。」

「爲什麼？」我想知道。

「因爲這還算是，」他猶豫著，「實驗階段。可能會出現：掉頭髮、體重增加、長痤瘡等副作用。」太好了，我心裡這麼想著，眞是太好了。

「有危險性嗎？」我問。葛藍特坐向前聽他的答案。

孟羅醫生撕下處方箋。「就只是荷爾蒙嘛，人體自然都會製造的，妳們到底是要，還是不要？」他問，晃晃手裡的處方箋。我點頭，接下。他再撕了一張給葛藍特。葛藍特看來有些不確定，但還是塞進了口袋。孟羅醫生數了我們給的錢，放進他的辦公桌抽屜，就與我們說再見。

「還有一件事，」我說。醫生重重地嘆了口氣。「我想請你推薦做胸部手術的醫生。」

他草草寫在一張紙上。「要兩千元。」他告訴我，給了我姓名與電話號碼。結束了，我們又回到街上。

「來嘛，」我拍了葛藍特的肩，「先去藥房，然後我請妳喝啤酒。」她勉強同意。

大白天的，我們坐在酒吧裡。服務員一副快要不能忍受我們兩個的樣子。我們倆面前各自擺著一只大型牛皮紙袋，裡頭裝滿了荷爾蒙注射用的瓶瓶罐罐，就放在吧台上。

「我們要兩瓶啤酒和兩個 shots 威士忌，」我告訴酒保。「我沒故意打雙關[1]，」我悄悄對葛藍特說，但是她沒在聽。「妳怎麼了？」

「我操他的一生現在全亂掉了！」她說。我當然有同感。

「可了不得啊，我們現在在做的事。」我同意。她點點頭，但她還有別的心事。

我們再叫了一輪，然後，再一輪。葛藍特開始吐露了一點。「接下來該怎麼和女人相處？誰還會跟我們約會啊？」我希望她沒說得那麼大聲。

「我四十一歲了，」她告訴我，「都不知道怎麼過來的。沒有地方接受我們，我眞的不知道該怎麼辦。」她的眼淚啪噠落在吧台上。我們同時轉身看吧裡的其他男人有沒有注意到她在哭，然後很快地拿了東西移到有隔開的座位。葛藍特開始輕泣。我怕看到她這麼哭。

我將手伸過桌子，摸摸她頭髮。「會沒事的。」我設法讓她安心。

「是嗎？」她氣道，「放屁。對妳當然不一樣。」

「妳在說什麼？爲什麼對我會不一樣？」

葛藍特用餐巾紙擤鼻涕。「我有些事情妳不知道，沒法向任何人說的事。」

我將威士忌一飲而盡，喉嚨辣燙，全身發熱。「葛藍特，」我的聲音聽來溫柔，

「妳沒有什麼不能對我說的。」

她端詳著我的臉。「我不是真的T。」她說。

我兩眼無神地看著她。「什麼?」

「我沒有那麼T。」

我不相信地笑出聲。「哇，那我可真被妳騙到了。」

她搖頭。「妳不是真的認識我。」

酒精像是一噸重的磚塊撞著我的腦袋。真後悔喝那麼多酒。酒保過來擦我們的桌子。「該走了，」他說。我們才注意到一群面露憎惡的男人堵在門口。酒保朝後門方向點頭示意，「該走了。」

我們抓起袋子，衝出後門到葛藍特的車上。她發動引擎，我鎖上所有車門。停車場內有好幾個男人圍了過來，其中一人拿著鋼圈。葛藍特加速，直接闖過中隔帶，迎面駛來的車急轉，撞上路旁停著的車。葛藍特一路將油門踩到最底，直到後頭沒人再追來。

我們在我家前面停車，各自點了根煙，我的手在發抖。「哇，葛藍特，妳可以去飆職業賽車了。」她沒有笑。我知道她已經醉得不能再開車。「先上去吧，」我說，「妳可以待會兒再開回家。」

葛藍特搖頭。「妳要去哪兒?」我問。

她再搖頭。「不知道。」

「一起上去嘛。」我再說了一次，但心中知道不會有用。葛藍特將煙彈出車窗外，發動引擎。

關上車門前，我說：「喂，葛藍特，試試去告訴剛才那些男人妳不是T。」

葛藍特看著我。要想避開她眼神中的哀傷，很難。我指著後視鏡，「妳先看看自己，然後再告訴我妳不是T。妳就是妳，葛藍特，不需要證明的。」

葛藍特把她的荷爾蒙袋子遞給我。「妳確定？」我問。

她聳肩。「現在的我什麼都不確定。」

上樓後，我撥電話給艾德，電話響了好久，好久。我先喝了瓶啤酒，才拿出針筒。從小就害怕打針，我無法相信自己正準備給自己扎針。我仔細看著罐子裡的荷爾蒙，似乎這麼看著，所有謎底就能在廚房餐桌上揭曉。罐子什麼也沒告訴我。

我走進浴室，脫掉褲子掛在門上。我在馬桶上坐下，準備針筒。我真的要這麼做嗎？

我思考著葛藍特問的那個正中要害的問題。我還會躺在女子的臂彎中嗎？一時間，我憶起被泰瑞莎環抱著的那種純粹的喜悅感。回憶讓我更覺孤獨，驟然心生怨懟：她不夠愛我，不願陪我面對真正困難時機。

我的人生像部我不想再重看的電影，一幕幕在我腦中閃過。我想起成長過程裡和別人不一樣的那種感覺，想起被爸媽抓到穿著父親衣服的時刻。

溫暖回憶也湧上心來：T朋友、扮裝皇后密友、婆愛人。現在我找不到她們了。我獨自一人在這個十字路口上。

我無法將針頭扎進大腿。然後，我看到我的諾頓，稀巴爛地躺在披薩店停車場的那畫面。我用力一戳，壓下針筒。其實並沒有我想像得那麼困難。

我感到一陣興奮——某些事情或有改變的可能性，它能搬開壓在我身上的沈甸重負。也許現在我總算可以就這麼活著，做我自己。我閉上眼睛，頭往後仰靠在瓷磚上。過了一會兒，我站起來穿上褲子。我看了鏡子中的那個人，還是我啊。兩個我，對看著。

兩個月過去了，什麼都沒發生。我的聲音沒有變低。我知道事實確乎如此，因爲每天我都打電信局的查詢電話，接線生還是稱呼我爲小姐。我唯一注意到的變化不是我所希望的：皮膚裂開、身體變豐滿、情緒起伏不定。該出現的雖然還沒出現，但是，應該快了。

我很快就得和小金與史考提道別了。一旦開始變化，葛羅莉亞一定不會再讓我見孩子們。

冬日，週六，我安排了帶兩個孩子去動物園。雪下得好大，到葛羅莉亞家的巴士開了似乎一世紀那麼久。

「我要離開了。」我告訴葛羅莉亞。

「還要咖啡嗎？」她問。我用一手遮住杯子，搖頭。

葛羅莉亞在我身旁坐下。「妳跟孩子說了嗎？」我搖頭。「她們兩個以爲日出日落是跟著妳一起進行的，我真搞不懂。」

她的話有些傷人。「我討人喜歡嘛，葛羅莉亞，我能怎麼辦？」

她搖搖頭。「好好跟他們說，好嗎？我離婚的事，他們還沒有完全從震撼中恢復過來。」我點頭。

史考提與小金彼此簡直是衝撞著跑來廚房歡迎我。她們全身裹得密密實實，只看得到帽子下與圍巾間的眼睛。

葛羅莉亞丟給我車鑰匙。她看來鬱鬱不樂。「開車小心，雪很大。」我不覺得這是她真正掛心的事。

「別擔心我們。」我告訴她。

我們到了動物園時，積雪已經很厚，大朵大朵的雪花持續飄落。動物園裡人不多，只有稀稀落落帶著孩子的父母親。

「我們來玩雪人天使。」小金提出建議。

「還不行，」我說，「等要走的時候再弄溼，好嗎？」

遠遠地，我看到了一隻棲息中的金鵰。走近時，才知道是兩隻鵰——雌雄兩隻相依而棲。雌鵰跳入雪地，伸展開牠強壯的雙翼，在雪中跳躍旋轉。我想起報上說牠上周孵出的小鵰死了，不知牠是否因悲傷而舞蹈。

「他在做什麼？」小金問我。

「她在玩雪。」我想這樣回答應該也不錯，「她是女生。」

「妳怎麼知道？」她問。

「因爲鵰的女生比男生大隻。」

兩個孩子比我先看到北極熊，奔了過去。熊媽媽帶著熊寶寶在外頭逛。記得報上說，小熊在三個月前出生，還沒離開過洞穴。

「喔，」小熊翻進一堆雪中，兩個孩子情不自禁發出驚嘆聲。母熊一屁股坐下後，小熊開始尋找乳頭，吸吮。「我餓了。」史考提大聲嚷著。

販賣部裡空蕩蕩的，只有兩個動物園保養人員在角落裡啜飲著熱咖啡。我點了熱狗與熱巧克力。

「還要花生，」小金提醒我道，「給動物吃的。」

「我們好像不應該餵牠們吃東西。」我告訴她。

「那好吧，是我們吃的。」她說。

「還要三包花生。」我對櫃台男子補充道。他明白地以嫌惡表情瞪著我。喔，拜託，我心想，別在孩子面前。我將錢先準備好，希望盡快完成交易。

他把食物與飲料裝在硬紙盒裡遞過來，「總共是九元八毛，先生。」他皮笑肉不笑地說。

我把十元紙鈔丟到櫃台上，拿起紙盒。「不用找了，小姐。」我告訴他。

「走，想不想到外面的椅子上吃？」史考提沒意見；小金卻拿不定主意。

我拂去椅子上的雪。「妳爲什麼叫他『小姐』？」小金問。

我聳肩。「因爲他對我很不禮貌。」

她不肯就此打住。「他不喜歡妳嗎?」我點頭。「爲什麼?他爲什麼在認識妳前就決定不喜歡妳?」

「我不知道,」我告訴小金,「妳在學校有沒有遇過,沒什麼特別原因,就對妳很壞的同學?」

她點頭。「他爲什麼叫妳『先生』,他不知道妳是女生嗎?」

我嘆氣,將熱狗放回紙盒。我剛咬下的那一口,像打結一樣哽在喉頭。我先喝了一小口熱巧克力才開始回答。「他知道我是女的。他故意找我麻煩是因爲我跟別人不同。」

我預料得到小金接下來要問什麼,「我的外表看起來不像你們的媽咪,也不像其他很多女孩子。有些人認爲這樣不對,他們不喜歡有人不一樣。」

小金皺起眉頭。「那妳爲何不像其他女生那樣留長髮穿裙子?」

我笑了。「妳不喜歡我現在的樣子嗎?」

史考提仰頭看我,笑容滿面。我隔著手套抹掉他鼻子上的番茄醬。「我不想改變,」我告訴小金,「我覺得女生與男生都應該可以有自己想要的樣子,而且不該因爲外表就被找麻煩。」

小金半蹲在長椅上,面向我。她脫下手套,撫摸我的臉頰。不知道她是否看出我已開始長鬍子。「妳看到什麼?」我問她。她聳聳肩,戴回手套。

「妳知道我們要送妳什麼聖誕禮物嗎,收音機!」史考提興奮地宣佈。

「史考提！」小金因氣憤而大聲起來，「你不該說的。你破壞了驚喜。」史考提的眼裡滿是淚水。

「沒關係，」我抱抱他，「沒關係的。你們兩個聽著，我有話要告訴你們。」小金重重地坐下，好似已爲此在做準備。我雙臂摟著他們兩個，「我必須在聖誕節前離開，我要去找工作。」

一段長長的沉默。史考提用雙手抱住我開始哭。「不要，妳不要走，」他央求著，「求求妳？我會很乖的，求妳不要走。」

我親他的雪帽帽頂。「喔，史考提，你沒有不乖呀。你們兩個都是很乖很乖的小孩。我要走不是你們的錯，我很愛你們兩個小寶貝，只是我必須找工作呀。」

小金手放腿上坐著，眼睛直視前方。「我很愛你們，」我再次告訴他們，「我一定會很想念你們兩個的。」

「那妳幹嘛要走？」小金的聲音因憤怒而鏗鏘作響，「妳爲什麼不能在這裡找工作？」她需要更多解釋。「小金，我在這裡不安全，因爲我的外表……」她的表情軟化了，以致眼淚奪眶而出。「我要去安全的地方。」

「可以帶我一起去嗎？」她問。我將史考提拉近，向小金伸出手臂。她沒有靠過來，但我看得出來她是想坐過來的。

「我要去的並不是一個眞正的地方。」不知道未成文的法律，能允許我對小孩子講多少。「假設你們要在一個房間裡找我。你們到處找——衣櫥裡、床底下、門後面——但是，我哪兒都不在。」

史考提抬頭。「那妳在哪裡？」他問。

「我在沒有人會去找的安全地方，在靠近天花板那兒。想像你們要在這裡找我，我在哪個地方會安全？樹後面、長椅下還是大象家的後面？」

兩個孩子對望，一齊搖頭。「在天上，有風吹的天空裡。」我告訴他們，「在天上，沒人會來找我，而且，我並沒有離開，我還是會看顧你們的。」

史考提用戴手套的手擦乾眼淚，「等我變成風的時候，就可以和妳一起在天上了。」

我點頭，將他拉近。眼淚從小金的下巴滴落，但她的表情平靜。「妳會回來看我們嗎？」

我想了一下才回答。「你們會再看到我的，但沒那麼快，等到安全了，我就會回來。」

我手指著不遠處的金雕。「你們知道現在鵰的數量不多了，牠們吃的食物都帶有化學毒素，還有人會開槍射殺牠們。你們知道鵰怎麼辦嗎？」兩個孩子搖搖頭。「牠們就飛上高山，飛到比雲還要高的地方停留，在風裡飛翔，直到安全了才回來。」

小金跪在椅子上，用戴著手套的手捧著我的臉。手套因沾了雪而潮溼冰冷。「拜託妳帶我一起走。」她輕聲道。

熱熱的淚水扎痛我的雙眼。「我必須一個人躲藏，小金。而且，妳媽咪很愛妳，她也需要妳呀。好好的長大，小金。我會回來看妳的，我保證。」

雪愈下愈大，我們幾乎快被雪埋在椅子上。我站起來，拍掉三人身上的雪。我親了史考提冰冰的小鼻子，然後用他的圍巾包住他的臉。我一膝著地等小金過來。她跌進我懷裡的力量好大，我們倆差一點翻過去。

我們往鵰的方向走去，小金跑在前面，然後，她停步看著兩隻鵰。「牠們在那裡快樂嗎？」她問我。

我搖頭。「牠們在上面會更快樂。」我看著天空，雪花沾上我睫毛，貼上我臉頰。

「現在可以玩雪人天使了嗎？」史考提要求道。

我點頭。史考提與小金往後倒在雪上，然後不斷揮動雙臂與雙腿。「看我，看我！」兩人大聲叫著。

我做了個大圓石般的大雪球。「妳在做什麼？」小金問道。兩人同時走近。

「我在做女雪人（snowwoman），」我告訴她。

小金做了鬼臉。「沒有女雪人，只有雪人（snowman），」她繃著臉不說話。

「妳怎麼知道？」我問她，「妳又還沒看到她。」

史考提開始滾起一座小雪堆。「我可以幫忙做女雪人嗎？」他問。我點頭，幫他滾了一個好形狀的雪球。

小金跺著腳。「沒有女雪人這種東西，只有雪人。」

我將史考提做的小雪球放到前一個雪球上。「幫我做她的頭。」我同時告訴他們兩個。

小金勃然大怒開始哭了起來。我碰碰她肩膀。「妳眞的那麼生氣？」她點頭，繼續哭。我擦乾她的鼻涕。

「沒關係啦，」史考提柔聲地說，「女生也可以是雪人啊。」

我點點頭。「那幫我們做『他』的頭，好嗎？」小金抽噎著，點頭。三人合滾了頭部，我把它放上位置。我往雪地裡摸尋石頭，然後一起做了嘴巴、鼻子與眼睛。

「他需要一條圍巾，對不？」我問。二人同時點頭。我拿下圍巾繞上雪人的脖子。

我拿出香煙。「不！」兩個孩子齊聲大叫，「不要抽煙！」

「好吧，可是我沒煙斗給雪人抽，放根煙讓他叼著好嗎？」

「不要！」他們再次大喊，「他不抽煙！他很聰明。」

我笑了。「好，好。我們做的雪人很好看，對不對？」

史考提點頭，倒在雪地上。「看我表演雪人天使！」他狂亂揮動著四肢。

「妳還好嗎？」我問小金。

她點頭。我將她的圍巾繞緊繫好。「對不起惹妳生氣了，」我告訴她，「跟妳開玩笑的。」

她聳聳肩。「沒關係啦。」

「我還是要道歉呀。」我說。

「不，」她說，「我的意思是女雪人也沒關係。」

我笑道。「不如我們就說它是雪人，是男是女，我們都一樣喜歡，好不好？」小金沒有笑容地點了頭。

開車回家的路途上，小金只是靜靜地看著窗外。

「吃過飯了嗎？」葛羅莉亞要知道孩子們進食沒有。我點頭。「該洗澡了。」她跟兩個孩子說。

「喔，媽，我們累壞了。」史考提說。

葛羅莉亞一笑。「好吧，你這鬼靈精，但明天晚上你們兩個一定要洗澡，而且不准討價還價。」

史考提露出勝利的開心狀。「可以讓潔斯抱我們上床嗎？」葛羅莉亞看著我。我點了頭。

兩個孩子換好睡衣，親吻葛羅莉亞道晚安。我幫他們蓋好棉被。

「妳要讀我們還是小小孩的時候的故事給我們聽。」史考提教我該做什麼。我拿起床頭櫃上的書。

小金手指書籤的位置。「媽咪讀到那裡了。」我開始讀，輕聲低沉：

我往哪兒去？我不很清楚。
走下小溪旁的驢蹄草邊
爬上山峰頂的松柏間
任何地方，什麼地方？我不知道。

史考提打了呵欠。我親了他汗溼的頭髮。外頭車輛經過的光線，慢慢掠過我們的頭頂，將船隻的陰影打在牆上。

若妳是鳥兒，住得高高的鳥兒，
風來了，妳便能依偎著風，
風帶著妳走時，妳將對它說：
「那就是今天我想去的地方！」

我的聲音如發育中青少年般咽啞，聲音愈讀愈低。荷爾蒙開始起作用了。小金盯著我看。她的臉一抹靜淡哀愁。「我不會再見到妳了，對不對？」

我走到她床邊，親吻她前額。「一等到安全的時候，我就會回來。我保證妳會再見到我的。我很愛妳，小金。睡吧。」她嘆了氣，將被單拉上，蓋住下巴。我繼續讀著故事，直到聽見她出現規律式的沉沉呼吸聲。

我往哪兒走？我不很清楚。
去哪兒，與人們又何干呢？
就去藍鐘花生長的森林吧
什麼地方，任何地方，我不知道。

1 Shots：英文中可指單杯一飲而盡的烈酒或打針注射。

CHAPTER

15

那是四月的一個早晨，所有的事情似乎就在那瞬間全然轉變。窗外晨曉的鳥鳴聲響徹雲霄。我懶懶地在床上翻著身。床單涼爽，空氣清新。

我伸手拿煙，但這念頭忽然令人作嘔。我決定洗個舒服的澡。刷牙時，望了鏡子一眼，逼得我不能不再仔細瞧一遍。鬍渣讓我的臉頰顯得粗糙，線條也變得削瘦、有稜角。我脫掉T恤與BVD。我的身體瘦而結實。臀部沒了曲線。我看得見大腿與雙臂的肌肉，而我從不知道我有這些肌肉。荷爾蒙是刺激肌肉生長，還是將肌肉顯露出來呢？

這身體幾乎就是青春期發育前我所想望的樣子。幾乎。

我記得高中時，女生抱怨著胸部太小，而我卻嫉妒她們的平胸。這件事現在可以辦到了。一個冬天下來，我爲縮胸手術存了一千六百元。

我洗了個泡沫熱水澡，享受著手指碰觸自己皮膚的感覺。已經好久好久了，這身體不曾給我歸屬感，而今，這一點即將有所改變。

我在鏡子前梳頭時想到，現在的我，也許能去理髮廳剪髮。我們完美的鴨尾式髮型——整頭一吋等長的頭髮——是在我們設計師朋友家的廚房裡完成的。

我在冬天時向一個男同事買了輛二手的凱旋牌機車。我把車牽出車庫，加了新的機油，然後騎到城另一端的理髮廳去，萬一事情變得難看，起碼我不需再回去。

理髮師對我微笑道：「先生，我馬上爲您服務。」我一邊瀏覽著《工藝雜誌》，一邊試著掩飾自己的興奮。我從來就不敢這樣踏進男人的地盤。

理髮師扯下一條晾著的紅色大披巾。「先生？」他示意我坐到理髮椅上。他將紅色披巾給我圍上，不鬆不緊地在我脖子上一繫。「修一修？」

我看著鏡中的自己。「嗯，來點不同的好了，以許該換個髮式了。」

理髮師微笑著說：「這得由您決定囉。」

「我不知道，嗯，帥一點的？」

理髮師將我的頭髮往後梳，抿起雙唇。「剪平頭如何？」

「好！那會很不一樣。」

電動剃刀從我鴨尾頭的後面滑到前面。大撮大撮的頭髮掉到我鼻子上。理髮師用軟毛刷拂去落在我臉上的頭髮。他又剪又修，剪出了完美對稱的平頭。他很仔細地刷淨剪下的頭髮。我準備站起來。「還沒，」他說。他在我的兩鬢及髮根部位抹上刮鬍霜，然後用手動刮鬍刀，修出乾淨俐落的線條。然後，他用毛巾擦乾我的脖子。就在我覺得他一定已經結束整個理髮的動作時，他在手掌中噴了桂油香水，抹在我臉頰上。接著，他在梳子上撒粉，掃去我後頸上的髮渣。他以鬥牛士般優雅華麗的姿勢，拉開我身上的紅巾，再遞給我一面小鏡子，讓我看看後面的頭髮。「覺得如何，我的朋友？」

這一次我沒有掩飾自己的興奮。我被當成男人了。

是該進行最重要的一項測試了：上男廁。我在一家百貨公司裡逛來逛去，走到自己再也忍不住，然後，我走到男廁前面，踱著步。進去會發生什麼事呢？我遲早都會知道的。我推開門。有兩個男人站在便池前。他們看了我一眼後別開眼神。什麼事也沒有。我找了間空廁所，鎖上門。

如果他們要看，還是能看到我的腳。男人到底會不會以坐姿小便呢？我沖馬桶掩蓋聲音，結果立刻發現屁股和大腿被什麼溼冷的東西沾上了。馬桶不通，水滿出來。我跳起來，但已太遲，我的Levis被浸溼了。我趕緊扣上鈕扣，衝出男廁。我推開購物人潮，回到我停摩托車的地方。

我滿腦子只想著回家，脫掉牛仔褲，並沖洗掉做了蠢事的感覺。我坐在機車上回想整個過程。其實，並沒有那麼糟。現在我曉得了，沖馬桶時，要注意浮起的水量。還有，我走進男廁的那一刻，他們根本就沒特別注意我。

現在只要有需要，我可以沒有壓力和羞恥感地在任何時候、任何地點去上廁所。多大的解放呀。

起初，每件事情都很好玩。世界不再是個夾道鞭打、而我必須穿越而過的刑罰。但很快地，我發現到曚充不單只是從表面下滑過，它其實是被活埋。裡面的我還是原來的我，所有的傷與痛都還和原本的我一起困在裡頭，而外表的我卻早已不同。

我記得那天日出前剛從麵條工廠下班出來，走在榆木路上，要去拿車。人行道上，一個走在我前面的女人，邊走邊緊張地回頭望。我放慢腳步，她則越過馬路疾步離去。她怕我。那時，我才開始發覺充當男人，幾乎改變了所有事情。

沒有改變的兩件事情是：我還是得打工維生，以及，我還是生活在恐懼中，只不過現在換成了被人識破的恐懼。我從來沒想過水牛城竟是這麼的小。

「你上哪個中學，潔斯？」我與艾迪卸完一卡車的貨時，他問我。

該說謊還是說實話？「班納。」我誠實回答。

「不會吧？你哪一年畢業的？」

我找著答案。我在填學歷一欄時作假，才得到這卡車卸貨工作。我填「高中畢業」。

「呃嗯，我高三時轉學了。」

「眞的？什麼時候？」

「唉，不記得了，大概是一九六五年左右吧。」

「沒開玩笑？我妹婿也差不多同時唸那中學的。他叫巴比，踢足球。你認識他嗎？」

巴比，強暴我的人。我的拳頭緊握，牙根緊咬。「不，好像不認識。」

艾迪點頭。「沒損失。我個人覺得他是個王八蛋。你沒事吧？」

「沒事，有一點兒不舒服罷了。」

「先坐坐休息。」艾迪說。

「艾迪，我得去買點東西。」然後我走開了。我一直走，愈走愈快，愈走愈快。我在跑離自己的過去。

我猜我原本可以離開這城市，但那讓我覺得像踩出地球的邊緣，所以，我留了下來。但在公共場所，我總是要四處張望，擔心遇到以前當女人時認識我的人。有時候是對方先看到我，譬如那次葛羅莉亞帶著孩子們在市區買東西。我在隔了一條走道的男裝部。葛羅莉亞在我看到她的前一秒，認出了我。她吃驚地張大嘴、下巴往下掉，抓住小金與史考提的手，要把他們拉走。史考提嚇得哭了。小金叫我的名字：「潔斯！是潔斯！」

我走向葛羅莉亞，將手放到她肩上。她驚恐地抽開身，並用雙臂環抱住小金與史考提，好似站在他們面前的是吸血鬼德古拉公爵本人。「葛羅莉亞，拜託妳好嗎，我只是設法想生存下去，妳知道嗎？沒什麼大不了的。」

「不要靠近我。妳做了什麼？」她以一種奇怪、壓低嗓子的聲音問我。「妳在做什麼？」

「設法活下去罷了，葛羅莉亞，別這樣好嗎？」

小金向我伸出手，但被葛羅莉亞抓住緊攥著。「來，小金，史考提，」葛羅莉亞邊哄邊拉著兩個孩子往出口方向走去。「妳眞的有病，妳知道嗎？妳該找個醫生看看。」

我手心向上張開手，惱怒地叫她：「葛羅莉亞。」附近的人們駐足圍觀。

小金掙脫開，快步向我跑來。我將她舉起，緊緊地抱著她。「妳還愛我嗎？」她輕聲問道。

我親了她的鼻子。「比以前更愛。」我放下她，讓她跑回葛羅莉亞身邊。

「前任？」售貨員問我。

「啊？」

「前任女友？」他以下巴示意出口的方向。

「對呀，她是過去式了。」我答。

我在一家裝訂工廠得到一份穩定工作，當起技工學徒。面試我的男人把我從頭到腳來回仔細地看。我感覺到耳根開始發燙。「你看來眞是個乾淨清秀的小伙子。」他結論道。才不久前，我還是隻怪獸。

有工作做是好消息。不過，除此外沒什麼別的可做，也沒有人可以一起分享，這是壞消息。我最大的休閒娛樂是騎我的摩托車。我決定買輛眞正的好車。週六中午，我騎車到西區，去看報紙廣告上登的一台哈雷。「找麥克。」廣告上這麼寫著。

「你懂摩托車嗎？」麥克問我。我們倆在他家車道上的機車旁邊蹲著。

我說我懂，但卻帶點心虛。很奇怪，騎台本田五十小型機車的男人，一開口都像他們是機車專家似的。而一輩子騎著重型哈雷的女人，與人談起機車時，卻覺得自己從頭到尾在打腫臉充胖子。他告訴我他愛這台車，我從他觸摸機車的樣子，相信他說的是眞心話。他很不願意賣掉車，他說，但他愛上了個女人，那女人要他二選一。他做了正確的決定。

我遞給麥克一疊紙鈔，發動引擎。「騎去加拿大，」他建議道，「十分鐘就能騎完和平橋，而且那裡的路最適合測試她的性能。」我戴上安全帽，跟他揮手，騎走機車。我在「泰得」停下來，買了份加長型大熱狗，坐在戶外的野餐桌上吃起來，身旁圍繞著等待麵包屑的海鷗。

我看得見和平橋上的車流。我走這條橋到加拿大有好幾百次了吧？但現在變成了男人的外貌後，我沒法再過橋，因爲我沒有兵役登錄證。

越戰才正式結束不久。在不可能的情況下，那個小國家竟能打贏這場戰爭，頗令我覺得不可思議。也許泰瑞莎參加的那些示威活動有幫上忙。福特總統預料將赦免拒絕接受徵召的人，好讓他們能夠回家。

但是我仍然不能跨越國界。假如海關叫我停車檢查，我沒有有效能用的身分證明。我打開皮夾，看著自己的身分證；出生證明及駕照均明白地標示「女性」。我要如何才能弄到男性身分證？要取得這樣的身份證明得先確認身份。沒個身分證明，我連到銀行開戶都有問題。信用卡更甭提了。我感覺自己是個「非」人。即使逃犯都可能比我擁有更多的身分證明。

我翻過駕照看有效日期：一九七六年七月，再十四個月就要失效了。我怎麼將標示「女」的駕照換成「男」的呢？如果我大半夜在無人的公路上被州警攔下，遞出駕照時，將會發生什麼事呢？要是沒帶駕照被抓到又會如何？每個可能性都像惡夢，但在水牛城沒有某種交通工具，根本不可能工作或生活。

我望向尼加拉瓜河對岸，渴望讓我的哈雷，奔馳在那邊我熟悉的道路上。一種脫不了身的恐懼感掐著我的脖子。即便我的世界似在擴張，它也同時正在縮小。

我的鬍子長出各種顏色：金黃、棗紅、棕色和白色。在日常生活的開放空間裡，我的鬍子猶如可以讓我隱身的樹叢。我在公共場合幾乎不再被人認出。

我愈來愈憎恨我的乳房，肌肉給每日的綁縛壓扁了，也因而日益疼痛。不過，我終於存到了兩千元。我打電話給孟羅醫師推薦的外科醫生，告訴他我要平胸。「可以，可以的，」他說，「縮胸手術。」

「會很痛嗎？我很久都不能工作嗎？」

「不會的，」他告訴我，「這不像乳房切除那麼劇烈，只是切個小口，移除部份脂肪組織而已。不舒服的感覺當然會有，但一週到兩週，你就能恢復上班。」我感到有些不安，但所有手術聽來都讓我有怕怕的感覺。

「你有錢嗎？」他問。

我有，也準備好了。我約定好手術時間，週二下班時假裝身體不適。

那天晚上，我躺在床上盯著天花板看。我感到焦慮，但不害怕。想到又能再次對自己的身體感覺自在，令我興奮。我希望泰瑞莎能陪我一起走到這裡。在我終於能對自己的身體不覺得彆扭時，爲何不能再與她有一次做愛機會？泰瑞莎。一開始想到她，便無法再將回憶推走。我徹夜輾轉難眠。

不論我正往哪兒去，我知道我是一人獨行。

隔天早上，我比約定時間提早一些到醫院，好填寫表格。「你約了哪個醫師？」櫃台護士微笑著問。

「寇思坦薩醫生。」

護士的表情變冷淡，「請等一下。」她五分鐘後回來，告訴我醫生不在。我的手術約診似乎並不存在，但她叫我到六樓的護理站問看看。

六樓的櫃台有三個護士。「我和寇醫生約好要做手術。」護士們相互看了一眼。其中一個嘆氣道：「現在沒有房間給你用，你得到廁所準備。」

我猶豫著。「我不懂妳的意思。」

「你等等，」她說。她轉身不見，回來時手上拿著病人罩袍、刮鬍刀和殺菌潔膚液。「剃乾淨腋毛、胸毛、陰毛後，穿上這個。」

「陰毛？」

她皺眉。「這是規定的程序。」我希望他們沒有搞錯我的手術項目。我思忖著，手術開始前，應該有時間找人詢問一下。

「不要進去，」我走向男廁時，有個護士大喊道。我轉向女廁。「也別去那兒，」另一個叫道。我僵立著。她們找了個房間給我。我用殺菌潔膚液稍作梳洗，然後，將腋毛剃了；多年來我第一次剃腋毛。當年我開始長腋毛時，母親曾要求我定期刮除。這將是最後一次。

刮鬍子時，我對自己承諾要好好照顧自己，並對自己發誓，不論發生什麼事，我絕不讓瘋狂吞蝕自己。

我坐在房裡一張椅子上，等待手術。兩名護士在外頭的櫃台大聲地聊天，她們說，等把切除下來的健康細胞組織送到病理室，一定會出狀況，這種事遲早會爆發出來，到時麻煩可大了。

一個護士進來，微笑著，並害羞地低著頭。她指了走廊上的一張推床。「我不能用走的嗎？」我問。她搖頭。

我躺在推床上，她推著往走廊另一端走。我所能見到的只有天花板。大盞大盞的燈在我眼前出現。我在開刀房了，一張張圍著口罩的臉在我上端。我希望他們不會對我存有敵意。「請問你們哪一位是寇醫師？」我問。

其中一個回答：「他在休假，別擔心。」我正想抗議，但手臂被支針扎入，然後整個房間開始淡出。

醒來時，世界看起來毛毛的，我沒法對準焦距、使畫面清晰。在我對面病床的男人盯著我看。護士從門口探頭看我。我掙扎著想讓自己清醒。

一位神父進來病房。「她在哪兒？」他環視著。

「誰？」我問。整個房間在旋轉。

神父走近我的床。「有個失落的靈魂需要我的協助。」他輕聲道。

「她剛被推出去了，神父，」我說，示意門的方向，「快去，也許你還能追上她。」

我試著坐起身，感覺到胸腔隱隱作痛。我對著站在門邊的護士喊道：「有什麼能止痛的嗎？」她們走開了。

其中一個又回來。「聽著，」她說，「我一點都不了解這是什麼情況。但我要告訴你，這醫院是給有病的人看病用的。你們這種人和寇醫師的私下交易，那是你們的事，但是這張床和我們的時間，是用來服務病患的。」

他們會給我多少時間進行恢復？一小時？兩小時？我一秒也不想再待在那裡，我要安全地待在自己家裡面。我腿一擺，下床，試著站立，待站穩了，便開始小心地穿上衣服。

等電梯等到我開始懷疑它是否已經故障。我進去後，按下一樓大廳的按鈕。那個剛才推我到手術房的年輕小護士壓住電梯門，在我手裡塞了一包東西。四顆以廁紙包的鎮痛劑。「抱歉。」她輕聲道。

下了巴士，還得走一段很長的路才到我家。好不容易走到家了，鑰匙插進去，才想起來，門得先往身體方向拉，才能轉動鑰匙開門。等我終於拉得動門，轉動鑰匙，才發現自己弄痛了傷口。不過，我到家了。

我躺上床。最後記得的一件事是想著今天到底是星期幾。

醒來時，一時搞不清楚自己在哪裡。胸口一陣陣隱隱抽痛。我小心地站起來，打開衣櫥，看到自己映在櫥內全身鏡裡的身體。從鬍子生長的程度，我知道自己睡了好幾天。我的胸前綁著繃帶。這就是了——我所希冀的身體。不知道爲什麼整個過程這麼困難。

我歪歪倒倒地走進廚房，喀嚓扳開一罐百事可樂，在冰箱裡找到一片臘腸披薩與一塊巧克力蛋糕。我兒時夢想中的早餐。

我撥了艾德家電話。對不起，我震驚地聽著電話語音訊息，您撥的電話已經停止使用。我打到她妹妹家。艾德的妹妹顫抖著聲音說：「她拿槍自殺——好幾個禮拜了。」

我輕輕放下話筒，試著不要吵到艾德。「艾德溫娜，艾德。」我輕輕地喚著她的名字，好似她就躺在我的懷裡，我可以叫醒她。

我回到臥房，失去意識。醒來後，希望艾德的死只是一場夢。我打電話給工頭。

「你跑哪兒去啦，小伙子？」

「我生了場大病。」

「能弄張醫生證明嗎？」

我想了一會兒。「不能。」我說。

「你被解雇了！」他咆哮著掛了電話。

我醒了睡、睡了醒，昏沉了好些天。一種持續不斷、擾人的痛楚將我喚醒，不是手術後的疼痛，是心靈上的痛。我到浴室換繃帶，胸前只有手術後的兩道橫紋，加上縫線，看來有如鐵軌一般。才一個多禮拜的時間，傷口復原得挺快。我套上一件乾淨的白T恤。

不知為何，我進廚房拿啤酒。旋開瓶蓋的當下，我找到這痛苦的來源：艾德的自殺。不可能是眞的，艾德已經不在這個世界上了，不會的。她怎麼會走了呢？我怎麼會不知道她心裡面一直是波濤洶湧？我想起她說在那本送我的書裡，有一段話總結了她的掙扎，她已在書頁上作了記號。我一一點過書架上的書，就是找不到她送的那本小冊子。最後，我在走廊櫥子裡未拆封的箱子內找到了它，直接坐在地上翻閱。她用藍色墨水標明了那一頁：

這是種奇特的感覺，這種雙重意識，總是經由他人的眼睛看自己，以這個世界的量尺衡量己身之靈魂，然而，這個世界是以看笑話似的嘲蔑與憐憫旁觀著這一切。我們永遠覺得有兩個自己——一個美國人，一個黑人；永遠覺得有兩顆靈魂、兩種思惟、兩種力量的拉扯；永遠覺得黑色的身軀裡存有兩個相互牴觸的理念，而這個身體之所以尚未四散崩解，唯一憑藉的是其頑強的意志力。

我看著裡頭的題字，還有，她將她名字裡畫成心型的那個i。痛，有如讓風鞭撻出的火，怒吼著串燒我全身。「艾德，」我大聲叫著她的名字，「拜託妳回來，再給我一次機會，讓我了解妳，只要妳回來，我一定會作個夠格的朋友。」

沒有聲音。

啤酒一瓶接著一瓶；我開始有點醉了。然後，我崩潰了，痛哭失聲；失去了艾德，還有失去泰瑞莎後，所有我壓抑住的眼淚全部一傾而出。

我出門散步，結果坐上了一輛前往遊樂場的公車。我想要贏一隻泰瑞莎一直很喜愛的大熊寶寶。不過，首先，我還需要再多喝點啤酒。我走向小吃部，櫃台後的兩個女人交頭接耳笑著。「有什麼需要嗎，先生？」髮色稍深的女子問我。

「一瓶啤酒。」我拿出皮夾。

紅髮女子用手肘碰深髮女子，咯咯笑道：「跟他說。」

「說什麼？」我問。

「她覺得你很可愛。」

深髮女子推了紅髮女子一把。「我才沒有說，她笨蛋啦。」

我臉一紅，沒買啤酒就走開了。一股強大的憤怒情緒升起。我爲什麼會這麼生氣？這不正是我要的，不是嗎？能夠當我自己，而且不必恐懼的過活？只是這一切似乎好不公平。這一生，不論做什麼，我總是被別人說變態、不正常。但，只要我是個男人，我就「可愛」了。以「他」的身份被接受，感覺有如在對身爲男—女人的我進行無止盡的控訴。

我心裡直想著要贏得那隻大熊玩偶給泰瑞莎。對著架上的木偶投擲棒球時，感覺到胸前有幾針縫線被扯開，但是，我照投不誤。我瘋狂地丟著球，不斷地把錢放到櫃台上，而那男老闆就不斷地收錢。人群漸漸圍過來。我得到的獎品一次大過一個，但是有幾個木偶我似乎就是打不倒。

「抱歉了，老兄，」坐在台子後面的那個男人對我說。他用牙齒叼著雪茄。

我遞給他五元。「拿去，」我大聲說著，「把錢收下，好讓我告訴大家哪幾個木偶動過手腳。」

他轉過身，拿了個粉紅色的大熊給我。「我要藍色的。」我告訴他。

「幹你娘。」他碎嘴道，但還是換了。

我跳上泰瑞莎家的台階時，好是興奮。但敲門時，卻怕了。應門的是一個娘娘T外貌的年輕女人。我雙手抱著藍色大熊寶寶站在那兒。她喚了泰瑞莎。

泰瑞莎站到門外頭來和我說話，但讓門半開著。

「妳好嗎？」我問她。她聳聳肩。我用下巴指指門內。「T傭？」這句話說得眞過份。還好，她沒有做任何反應。一陣長長的沉默，然後，泰瑞莎轉身欲走。

我喊出艾德的名字，眼淚流下兩頰。泰瑞莎回過身來，張開雙臂抱住我。她知道。她了解的。她抱著哽咽的我。我吸吸鼻子，看著自己的鞋子。她看著我的臉，她的眼睛裡也閃著淚光。她用指尖碰碰我臉頰的鬍渣。我無法讀出她的心思；從來就不能。我該走了。「妳在忙？」我問她。

「有點事。」她說。

她再碰了我臉頰一次，便轉身欲進門去。「泰瑞莎，」我喚了她的名字。她回頭看著我。「她會坐在妳的園子裡嗎？」

泰瑞莎搖頭。「不會的。潔斯，你是唯一的一個。」

我將熊寶寶遞給她。她悲傷一笑，搖搖頭。然後，門關了，她不見了。

我走到幾條街外，一家超市的自動門前。過了一會兒，有個小孩兒走過來，拉著他媽媽的手。他經過我時，眼睛盯著熊寶寶，之後還一直回過頭來看。他媽媽先是半拖著他走，然後回頭看小男孩在看什麼。

「可以嗎？」我問那母親，示意熊玩偶。她露出驚訝的神情，但是點了頭。我把熊寶寶交給小男孩。「要好好照顧她，答應我？」

小男孩點頭。他的手臂還太短幾乎抱不攏那填充玩偶。

他媽媽用手肘碰他的肩膀，「跟這位好心的叔叔說謝謝。」

CHAPTER 16

太陽剛從地平線乍現曙光。呼出的氣凍結在鬍子上。我蹣跚地登上流動勞工巴士。

「嘿，潔斯。」班在我身旁坐下，伸出他那大而滿繭的手。他每日均如此。他其實能輕易握碎我的手，但就在他強而有力的大手中，總讓我發覺到他的溫柔。我看著這個長得如熊一般的粗漢，綻露微笑，眞心地歡喜見到他。

刺骨嚴寒似乎對他沒影響。看他從外衣口袋掏出銀色小酒瓶時，我想到是什麼原因了。他先遞給我喝。我灌了一大口，邊咳嗽邊遞回給他。「野火雞，」他笑著說，「我喜歡早上來一點，振奮振奮精神。」事實上，班整天都喜歡來一點振奮精神。

巴士在一家餐館旁停下。從我坐的位置能看進餐館窗戶。安妮，佔據我全部注意力的女侍，正在爲吧台客人倒咖啡，有說有笑。忽然間，一股強大、幾近逼出眼淚的渴望入襲我身。

「想不想上那女的？」前座的男人問他朋友。

班看到我身子一縮。「嘿，閉嘴，」班對那男子說。

那人回頭，由椅背上方看著我們。「干你什麼事？」

「那女的是我妹妹。」班怒視著他答。

「喔，抱歉，」男子說。然後他看看我，眼瞇起來問：「我們是不是在哪兒見過？」

「你待過德州嗎？」我問他。他搖頭。「那我們沒見過。」我說。

巴士開始緩緩移動。我們的目的地是一家位於托納汪達的工廠。職介所保證說這份工作穩定，而且還有機會被永久雇用。班和我舒服地沈浸在彼此的靜默中。車上愈來愈嘈雜時，我低聲問他：「安妮真的是你妹？」他微笑，眨眼。

「你真的在德州工作過？」班問我。我微笑，也對他眨眼。

車子靠近工廠時，我看到入口被示威人群擋住。那時我才恍然大悟——我們是被找來破壞罷工的。「工賊！」我們一踏下車，工賊呼聲即不絕於耳。凜冽的寒意讓我一時喘不過氣來。

班站在我旁邊。「我不要和這事扯上關係。」他說。

我聽見擴音器傳來一女子的聲音，「我們要守住這道防線，不能讓任何一個工賊過去。要保住我們的工作，要保住我們的工會，我什麼都願意做！你們呢？」男男女女一起大聲應和。

警察將鎮暴鋼盔的護目鏡翻下，警棍則橫握胸前。那些大型警棍幾乎與球棒一樣粗長。爲了帶我們這些工賊硬闖進去，警察已做好攻擊的準備。

另一輛載著流動工人的巴士抵達。巴士上的人下車後，不約而同地朝我們靠來。我們共有六十個人。我看著一起來的人群，年紀最長的一個男人大聲宣佈，「魔鬼買不了我的靈魂！」

「嘿，我需要工作，媽的，我有一大家子要養。」有人從我身後喊道。

「我才不做工賊，」班高聲道，「我這輩子沒闖過示威線，永遠也不會。而且我看不起做這種事的人！」他從皮夾裡拿出他的全美汽車工會[1]會員證，高舉向空，讓罷工者能看得到。其他幾個男人也驕傲地掏出所屬工會證件。我握拳揮舞。罷工群眾爲我們歡呼。

答應由警察護送進入工廠的流動工人只有十人左右。大部分的人都回到巴士上，要求司機載我們回職介所。在車上，我聽著眾人的對話。建國兩百周年的今年該是充滿了愛國情緒，但車上男人的談話，卻愈聽愈像以前泰瑞莎說話的調調。

「相信我，後頭還有更多的苦日子呢。」

「沒錯，但有錢的人只會更有錢。」

「不只是尼克森——那些人沒一個好東西。白宮現在這個賣花生的也不會改變任何事。」

他們談論著造成他們生活鉅變的裁員。我聽到幾個大工廠的名字：通用汽車哈里森冷卻器及冷氣空調製造廠、雪佛萊車廠、阿納坎達電線電纜公司[2]。年資有的十五年、二十年，還有三十年的。

「我這輩子都給了雪佛萊，」班告訴我，「我被裁員時，把它想成是休假。但老實跟你說，我心裡怕死了，怕自己再也回不去了。我這一生都在那車廠裡，你懂我的意思嗎？」我點頭。班用手肘頂我，「我們今天還是能拿到上禮拜的錢，待會兒到酒吧兌現，喝兩杯？」

我搖頭。「不了，我得回家。」

「老天，潔斯，你老是有事得做。不管，你就是得陪我喝兩杯，就這樣。除非你覺得我不配做你朋友。」

我嘆氣。「就一杯。」班一笑，戴著手套的手拍了我大腿一下。

有人在酒吧點唱機點了〈跟妳的男人站在一起〉。我陷進了自己的往事回憶，班講著沒有父親的成長經驗。「你呢，潔斯？」班問，「你長大時，爸爸在身邊嗎？」我點頭。「你們親嗎？」

我搖頭。「不。」

「爲什麼？」

我聳肩。「說來話長。我不是很想講這件事。」

「你在哪兒長大的？」他問，並示意女侍再來一輪酒。

「好幾個地方。」我擔心到了第三輪，自己無法再迴避問題。

女侍送來兩杯烈酒和兩杯啤酒。班很親切地對她微笑，「謝謝妳，達令。」然後將注意力轉回到我身上。「你知道，我對你滿好奇的。」我緊張起來。「我告訴我老婆關於你的事，告訴她說有個傢伙我挺喜歡的。」班停住，舉起一隻手，「別誤會我的意思。」

他一時擔心，怕我誤會他對我有意思，我擺手示意要他放心。他講話開始有些含糊。「我告訴我老婆說，每次我想多認識這個人時，他就閉口不語。你知道我老婆說什麼嗎？她說我對她也是那樣，說她抱怨的就是這種沉默。」

班傾身向前。「你有麻煩嗎，潔斯？如果眞的有，你可以告訴我。我這個人不是什麼大角色，但是我可是個好技師，好男人。我的好友們都跟著我在雪佛萊工作。我還眞想念他們。」我點頭，想著自己的老友們。

「你在跑路嗎？」他問，「如果眞的是，我能了解。」他的聲音一低，「我坐過牢，兩年。」

忽然間，班的神色變了。他整個身軀陷入令人害怕的靜止狀態，如同暴風雨前平靜的湖面。我感覺到他表面下的波濤。班的傷痛正待浮現。我等著。苦痛自有它現身的步伐。我靜靜坐著，心跳搏擊。也許這只是我自己的想像，也可能是野火雞引發的戲劇性效果，但當我看著班的時候，我知道自己沒有看錯。暴風雨即將來臨，要逃開已太遲。

班打開皮夾，拿出兩張照片。「給你看過我老婆和女兒嗎？」他女兒臉上有著唐氏症患者特有的溫暖笑容。「我愛這孩子，」班的眼裡滿是淚水。「她讓我學到很多。」我想問班學到什麼，但我還停留在之前對他的感情封鎖當中。他是那麼想認識我，而我無法做到。如果我相信了他，但又發現自己做錯了，那怎麼辦？

班將一張泛黃小照片輕輕擲到我面前的桌上。我仔細端詳，笑著問：「這是你？」他點頭，沒有笑容。我看著這年輕的班。瘦削、有雙大手的小伙子、頭髮抹油後梳，垮著一件破舊的皮衣。「你是個小阿飛？」班再點頭。

「這車帥啊。」我指著照片中的哈雷。他笑了。

我感覺到壓力逐漸上升。「我年輕的時候，」班說，「以爲自己是條硬漢。」男人總以簡單幾個字表達許多事情，有趣。T也是如此，在敞開心門的時候。

「後來我因爲偷車被捕。你被抓過嗎，潔斯？」我深吸了一口氣，搖頭說不。班點點頭，「我進過感化院幾次。我是個野孩子，傷透了我可憐老媽的心。」班將烈酒一飲而盡。女侍捕捉到我的眼神。再一輪？我微搖搖頭。「我是條硬漢。心想坐牢算什麼，那些獄卒能拿我怎樣？」我趨身靠近他。我已經知道了。

然後，忽然間，他的眼裡全顯露出來了：他所有的恥辱。他的雙眼水汪汪。我等著眼淚流下他的臉頰，但是沒有。我想把手放上他臂膀，但環視四周日日一起上工的男人，我知道不能那麼做。我再靠近他一些。他直視我的眼。

沉默著，沒有言語，他的眼睛告訴了我他在牢裡碰到的事。我沒有別開眼睛。相反地，我讓他在我這面鏡子裡看到他自己。他在一個女人的眼裡看到自己的映影。

「我沒有告訴過任何人。」班說，好似我們剛才的對話是用語言說出來的。

班以他的方式，做到了我從沒法兒做到的事——吐露羞辱。我好想信任他，告訴他所有事情。但是我害怕。而我也不能將他獨自留在他自己的世界裡。「你知道我爲何這麼喜歡你這個人嗎，班？」他的眼睛似孩子般想知道答案。「我喜歡你，因爲你同時溫柔又強壯。」班臉一紅，垂下眼睛。「你有某個部份，班，很棒，讓我好信任你。然後我就會想：你是怎樣轉變成現在這樣？你是怎麼走過那些傷害，才變成現在的你？是哪些部分改變了？你又下了什麼樣的決定？」

大熊班羞赧一笑。這就是他想要的親密與關照。他往前坐近。「我假釋出獄後在一家加油站工作。那兒的技師，法藍克，改變了我的人生。」班的嗓音一轉低沈。「法藍克關心我。他把我訓練成一個技師，教了我很多事情。他對我說過的一段話，我永遠不會忘記。有一天，我很想逃走。車廠有個人老是找我麻煩，但是我不能打他，因爲一打架我就得再回牢裡。我裡面一肚子氣，你懂嗎？」我點頭。

「我想殺了那傢伙然後落跑。法藍克知道了。他把我推到車廠牆上對我大吼，想讓我清醒。」班笑了。「你不知道法藍克根本是不講話的人，他那樣對我大吼，可是千載難逢。我告訴法藍克我必須向那傢伙證明我是個男人。」班喝了一大口啤酒。

這故事和T的故事好像，我笑著問他：「然後呢？」

「我永遠不會忘記法藍克說的話。他說，『你已經是個男人了，你不需要再證明。你需要證明的只有你要成爲什麼樣的男人。』」我頓時眼角溼潤。

班的聲音與他的笑容一樣親暱。「你呢，潔斯？你爲何是現在的你？你的過去又是如何？」

在一個還有任何一點正義的世界裡，我願向他傾訴我所有的故事。他信任我，我也願意回報相等的信賴。但是，我怕。於是，我背叛了他。「沒什麼好說的，」我說。

班不可置信地眨著眼睛。我希望他就此打住，但他不肯。他勇敢到願意用自己的頭再來硬撞我這道磚牆。「潔斯，」他輕聲道，「說點你的事給我聽。」

我因恐懼而僵住，無法集中思緒編出任何能讓對方稍稍了解我一些的故事。「沒什麼可說的。」我告訴班。我關上心門，自我保護。獨留坦承一切的他赤裸暴現著。

他臉上的溫暖迅速消逝，取而代之的是憤怒。他溫和的個性卻讓他不能對我爆發怒火。和T一樣，他收在心裡。

我站起身。「我該走了。」我說。他點點頭，盯著啤酒瓶。我的手放在他肩上一會兒。他不接受，也不看我。我想說，班，很抱歉我傷了你。我這麼做只因爲我害怕。我不知道男人也會和我一樣受傷。請你再接受我。

但，當然，我沒有說出口。我說出來的是，「禮拜一見。」

寂寞愈來愈難以承受。我渴望與人接觸。如果再沒有人碰我，我害怕自己將逐漸消失，不再存在。

每天早上，有個女人特別能牽引我的視線：安妮，我工作附近咖啡店的女服務生。她拿咖啡給我時，總好像沒看到我似的。但之後她會抓到我看她的眼神，然後她轉身走開，把我的目光像披巾似地一圈圈裏到她身上。她和匪徒一般強悍。老天，我喜歡安妮。她將每個客人都玩弄於股掌之上；她有辦法讓人付小費，而且沒給小費前，不准人醉倒。

我坐在櫃台旁，看著安妮和她的同事法蘭西絲偷閒休息。餐館裡的男人似乎認爲女人的注意力只在他們身上。如果他們有注意到這兩個女人之間是多麼親暱的話，也許會吃醋。不過，男人們沒注意到。我注意到了。

安妮看到我在櫃台邊。「嗨，甜心，今天有啥大事兒？」

我笑了。「妳好嗎，安妮？」

「好得不得了，達令。吃什麼？」

「咖啡和煎蛋，四分熟。」

「沒問題。」她邊回過頭來說邊搖擺著走開。她的姿態讓人想不注意都不行。

法蘭西絲和安妮趁著等廚房上菜的時間，交換彼此孩子的照片看。

「我可以看嗎？」安妮送煎蛋過來時，我問。

拿照片給我時，她帶點謹慎地看著我。「沒理由不給看。」

四排可愛孩子的笑臉對著我看。「哪一個？」我問。安妮在圍巾上擦擦手，指出她的女兒。

「老天，她好棒，」我說，「她有妳的眼睛——又聰明又帶點怒意。」

「你怎麼看到的？」安妮逼問，抽回我手中的照片。她氣沖沖地走開。過一會兒，她端來我的咖啡，啪一聲用力放下，咖啡濺出杯緣。然後她再端起杯子，擦乾桌面，再潑出些咖啡。「你要是想看書，去該死的圖書館看！」她不悅地轉身離去。我留了小費，付錢離開。

第二天我帶了一朵花給她。「對不起，我不該那麼直接。」我告訴她。

「喔，我不介意別人說話直接，達令。只是總得慢慢來吧，嗯？」

「對。」我同意。

「這什麼花啊？」

我笑說，「你不知我不知。」

她皺起眉頭。「喔，我懂了。」

安妮的肢體語言對我很是矜持。但當她和法蘭西絲一塊兒時，她完全地放鬆開來。她們交頭接耳，法蘭西絲聞聞花，一手放到心臟的位置上。安妮甩了法蘭西絲肩膀一掌。

我想在安妮不工作時，花時間和她相處。現在已經不是秘密了。

安妮拿了個白紙袋給我。「什麼東西？」我問。

她聳肩，「咖啡和櫻桃丹尼酥。」

我不太懂，「我沒點啊。」

「我也沒要花啊。店裡送的，」她很快頂回，「丹尼酥很新鮮，剛出爐呦。」

我笑了，留下小費，到收銀台付了早餐錢。然後我走回櫃台，希望安妮注意到我。

她讓我等。

「忘了什麼？」她問。

「我想知道妳……」我躊躇著。和一個認識我同事的人出去，很可能是個大錯誤。萬一她發現了，事情將會變得很麻煩；我就必須辭去工作。但我現在寂寞至極。

「我？怎樣？」她的語氣帶著懷疑。

「願不願意和我出去？」

安妮雙手叉腰，上下來回地看了我數回。「有機會再問我吧。」不知怎的，我感覺這是個好兆頭。

我們第二天開始眞正的調情。好玩，感覺眞好，有如回到從前T婆之間的感覺。只是，這回不是兩個女人相戀；至少我們身處的世界並不是這麼看待的。而且，我不斷地提醒自己，安妮也不是這麼看的。

最神奇的是，這種求愛的舞蹈可以在公共場所進行，而且所有的人——包括我的同事或陌生人——全都鼓勵贊成。而同時間，歌手安妮塔．布萊恩[3]正手拍聖經，大肆宣傳遊說，要推翻一條關於同志權利的小法令。我不解人類情感爲何受到如此不同的評斷。

當我終於鼓起勇氣，再次約安妮出去時，她在圍裙上擦抹雙手並回答道，「好吧，沒理由拒絕。」

週五晚上，我敲了她家的門。等了好久，她才來應門。我聽見她好像在喊著什麼。我的胃裡面感覺怪怪的。安妮只打開一小道門縫。「嗯……」她開口。一個小孩纏抱住她的腿。

「沒關係，」我插口。她想取消約會。我試圖掩飾自己的失望，「也許下一次吧。」

「等等，」她將門全部打開。「如果你想進來，我可以泡杯咖啡或什麼的。」我的確想進去。

我們三個人不自然地站在她的客廳裡。「我的保姆，其實是我姐的小孩，她生病了，所以我只能讓凱西待在家裡。她又有點發燒……」

我舉手阻止她再說下去。「沒關係的，我看得出來妳很忙。別緊張。」

安妮放輕鬆了些。「請坐。你想吃東西嗎？我可以做飯。」

「妳每天幫人弄吃的還不累嗎？」

她笑了。「沒關係，不麻煩的。」

「要不要我去廚房坐，妳就不必跑來跑去？」她微笑點頭。

我把帶來的小帆布袋，擱在沙發旁的地板上，不讓她看見。也許帶假陽具來過於樂觀，但是，要是被發現沒有，也自有其危機。跟著安妮母女進廚房時，我試著調節呼吸，去除焦慮。

「我能幫忙嗎？」我提議道。

她看來驚訝，「不用，沒關係。」

凱西一手抱住安妮的腿，一手抓著一隻兔寶寶填充玩偶。我對凱西微笑，「妳的兔子也有發燒嗎？」凱西看看兔子，再看看我，沒有回答。

「待會兒，」我告訴凱西，「如果妳覺得兔子也發燒了，我會幫它量體溫。妳的兔子是男生還是女生？」凱西把兔子舉得老高，好像那樣我就能判斷兔子的性別。

「喔，是女生。」我猜道。凱西抬頭看她的母親。

「給他看妳的兔子嘛。」安妮鼓勵道。凱西猛搖頭，將母親抱得更緊。

「你喜歡起士通心粉嗎？」安妮問。我好討厭起士通心粉。

「喔，可以呀，很好。」我答。

安妮做出三盤起士通心粉、薄片火腿、玉米與白麵包。第一盤還能隱約見到盤底有摩登原始人卡通圖案。「那是我的嗎？」我問凱西。她搖搖頭，更加抱緊小兔子。

安妮將我的盤子放到我面前後坐下。凱西舉起一個空杯。安妮跳起，將空杯盛滿牛奶。「要啤酒嗎？」她在冰箱門還沒關上前問我。

「好呀。」我答。

「要杯子嗎？」我搖頭，她微笑。

安妮拿了兩瓶啤酒，重新坐下。我們舉起酒瓶敬酒。凱西也想做相同的動作，但是她把杯子弄倒了，牛奶灑了整張桌子。安妮立刻用餐巾紙擦我盤子裡的牛奶。我迅速起身，到水槽拿海綿過來。我們幾乎將潑翻的牛奶全擦乾淨了。

安妮看來心情緊繃。「你的晚餐全毀了。」

「不，」我說，「牛奶對身體有好處。」

凱西似乎就快哭出來。她將兔子抓得更緊了。我對她笑，「有時候我打翻東西，我以爲大家都會生我的氣，」我告訴她，「但是我一點也不氣妳。」凱西瞇起眼睛，仔細看我，這動作和她母親一模一樣。

「如果我打翻我的啤酒，妳會不會覺得好過一點？」我問。凱西露出笑容，拚命點頭。

「你敢。」安妮發出警告，嘴角藏著笑。

接下來的晚餐順利許多。吃完甜點後，凱西一把將她的兔子塞給我。「給她量體溫？」我問。她點頭。

「這兔兔需要趕快上床休息，」我說，「我覺得她感冒了。」凱西衡量一下我的話，點頭。「妳的兔兔要不要先洗澡？」我問。凱西大動作地搖頭。

「當然要囉。」安妮笑出聲，將凱西抱進懷裡。

「讓我收拾，」我告訴安妮，「妳慢慢來。」安妮不太相信地看了我。

碗盤快洗好時，安妮回到廚房。她從冰箱門上拉下一條擦碗巾。我洗鍋子，她擦乾碗盤。感覺挺不錯。但她愈擦卻似乎愈生起氣來。「怎麼了？」我問她。

她扔下抹巾瞪著我。「我可不是隨便的人。你們這些男人以爲帶著孩子的女人被人上過，就可以予取予求，對不對？」

我用水龍頭的水力沖洗海綿，走到餐桌擦淨桌面。「吃飯的時候，我已經得到我想要的了。」我告訴她。

她狀似驚訝。「什麼？你要起士通心粉拌牛奶？」我們同時笑出聲。

「我只想在我們倆都不上班的時候和妳相處。」

「爲什麼？」她又以那機靈的目光問著我。

「我喜歡妳。我猜我是眞的喜歡強勢的女人，而且，哎，老天，妳就是這種人。」

她搖著頭說：「我搞不懂你。」

「那會怎樣？」

「讓人搞不懂的男人是危險的男人。」她說。她走近我。我的身體轉向她。開始了。

「我不危險，」我保證道，「我複雜，但不危險。」

「你想找什麼，嗯？」安妮的手指伸進我的頭髮裡。喔，天呵，那感覺眞好。

我重嘆了口氣。「我受過傷。我不是想結婚，也不想對人不尊重。我想，我只是需要與人親近。」

「就這樣？」她探索著，「一夜情？」

我聳了肩膀。「我不知道。」我據實以告。

安妮以著自己的需求，謹愼地衡量我的話。她轉開身，但我知道只要稍等她一下就可以碰她。我親了她的臉頰。我的唇拂過她的耳朵，往下親吻她的頸子。我能感覺到她的呼吸聲改變。她轉身向我，看了我好一會兒，才張唇迎我。我們深吻，但依舊很小心。慢慢地，我們開始靠近對方。我能感覺出她如何移動她的肢體對男人進行測試。我不粗暴。不急躁。慢慢地，她的身體發覺我的速度比她略慢。她的臉頓時漲紅。她將下身貼近我身，表情轉而納悶。我們兩人都知道我沒有勃起。

「媽咪！」凱西的聲音從樓上傳來。安妮抱歉地看著我。我朝凱西聲音傳來的方向點點頭。安妮離開了幾分鐘，然後回到廚房，拿了印有灰姑娘圖案的塑膠杯裝水。「我馬上回來。」她喘著氣道。

我想起放在客廳的袋子。現在絕對是正確時機。我抓了袋子衝進浴室。鎖上門，脫掉長褲和ＢＶＤ。

吊帶與假陽具穩妥地塞在內褲裡。我穿上長褲，找出皮夾裡一只保險套。安妮叫我的聲音從廚房傳來。我沖馬桶，打開水龍頭一會兒，然後出浴室。我幾乎喘不過氣。

「你在裡頭幹嘛，跑步啊？」她笑說。

要回到剛才的感覺需要時間。我撫摸她的頭髮。

她閉上眼，嘴唇微張。電話響了。兩人同時笑出聲。「不理它。」她說。鈴聲不斷。我將她拉近。她貼近我。這次，她露出微笑。

她往後退開，眼睛詢問我的臉。我靠向水槽，等待她再回到我懷裡。然後她牽著我的手，走向臥室。

安妮在害怕。我知道這是真的。不過她不知道我也一樣怕。我太想躺在她懷裡，想到願意冒著被發現和被羞辱的風險。

進房時她打開燈。天花板下垂吊著一個哈雷機車油缸。「你喜歡機車嗎？」她問我。我點點頭，並走向開關，關上燈。她窘怯地站在床邊。我走到她身後，雙手放上她肩膀。我撥開她的頭髮，用唇輕咬她的頸背。我將她拉近身好能吻遍她整個頸子，下身輕輕靠上她的臀部。

安妮轉身，溫柔地拉我上床。她發著抖。「妳怕？」我問。

「去你的。」她不自然地笑著回答。

「妳受過傷。」我自言自語大聲說。

「哪個女人沒有？」她快答。

我翻身平躺，將她拉靠我身。「我眞的希望能讓妳感覺舒服，」我輕聲道，「只要妳夠信任我，讓我知道妳想要什麼。」

「先生，你在擔心什麼？」她哼聲道，「你到底要不要做？」

「只要妳想，我們就可以，」我說，「我們也可以做別的事。全依妳。」

安妮停了一會。「全依我，啥意思？」

「是妳的身體。妳要什麼？我的意思是，妳可以讓我知道妳希望別人怎麼碰妳。當然妳也可以裝作興奮，然後希望我達到高潮——別太快，也別太慢——對嗎？」

安妮搖頭，坐直身子。「你讓我覺得害怕。」她說。

「因爲我希望我碰妳的時候，妳是眞的投入？」

她點頭，「嗯，對。」我靜靜躺著。

「我不知道自己能否做到。」她說。

我坐起身，抱著她。「試試。」我輕聲道，並拉她壓伏於我身上。親吻她，抱她一滾，讓她翻到下面，深吻，長吻。我解開她上衣鈕扣，手指慢慢地環繞她胸，許久，才以指尖觸碰。然後我輕輕撫摸乳峰，感覺到她身體的顫動。我用嘴撫弄她的雙乳，慢，緩，柔。她的身體隱約地引導著我，該碰哪兒，如何碰觸，何時碰。我撫摸她牛仔褲前方時，感覺到她上漲的熱情，但她絕對該享有奢華的前戲款待。

然後，她說了一句我知道需要很大勇氣的話。「我一直希望能在進去前先到。」說完，她不好意思地別過頭去。

我親吻她露出的喉部。「妳要什麼都行。」我說。

她回頭來看我。眼中泛著淚光，「什麼都行？」她問。

我們開始一起褪去她的衣裳——我的需求，她的急迫。我脫掉長褲和襯衫。只剩下白Ｔ恤與ＢＶＤ。

我手順上她大腿內側，感觸到她底褲傳出的熱與溼。我的身體往下慢慢移動，用我的唇舌在她胸肋、腹部間開拓出新的性感帶。我的手指勾住她底褲的鬆緊帶，開始往她的大腿扯，但她雙手忽地緊緊抓住我耳朵，阻止了我。

我抬頭，不解。「我月經才剛完。」她說。

「那又怎樣？」我聳肩。

安妮臉上浮現出懷疑、生氣、寬心、愉悅。當我開始以口撫玩她大腿時，她的神情是毋庸置疑的愉悅。她屈服於自身的欲求，緣於此，她在對我幾乎是完全放鬆的信任中，達到了高潮。

我將她抱緊，她呼吸漸緩。她的手指撩過我頭髮，輕彈我的背。她的撫觸感覺是那麼舒服，我的淚水不知怎的湧出，灑落臉頰。「怎麼了，親愛的？」她關切地問。我搖搖頭，臉埋進她的肩頸。那時，她的雙臂保護了我，讓我暫時躲開自己生命的苦刑。

我的唇離她乳頭不遠。我感覺到安妮的呼吸加快。她拉拉我的Ｔ恤。「脫掉，」她堅持道。我猶豫著。房間裡很黑，我在她上頭，她不會看見我胸前兩道代表曾經整型過的縫線。

我脫掉T恤。安妮的指甲撫過我肩，滑到背後。我快樂地一顫。她下身貼近我，手更深地按入我肌膚。她全身放鬆，然後，我到她上面，準備進入。我撫摸她雙腿，直到她抬頭望我。「給妳的，要不就不要做。」我告訴她。

「我好想要你。」她嘶啞低語。這句話令我們同時呻吟。黑暗中，我小心地從短褲中拉出假陽具，擔心被發現。我哪來的想法，以爲此舉可行？

我在假陽具上套上保險套。「我想我不能再懷小孩了。」她說。

「我不想冒險，而且，說到底，這要我來決定。」我說。

「哇，腦筋轉過來了，」她笑著。

我輕輕地推進龜頭。她身子一緊；我等著。然後，她放鬆，臀部開始動作，將我拉進。在她深處時，我靜靜躺在她上面。我們的身體放鬆，彼此接合。她開始動作，我才動。我動的速度稍慢於她；她的身體要求更多。

我感覺到她的高潮持續許久才到。接近頂峰前，她雙手深陷我背。其中一次，她抓我頭髮的力道令我與她同時叫出聲。高潮開始消退時，我溫柔地緊緊跟隨——水池表面一波接著一波的漣漪。一波未平，我又隨著她探測另一波高潮。我們再次一起尋得，之後，又一小潮。

「喔，潔斯。」她呼我名，聽來是那麼美。她的指尖如同暖雨細細撲落到我背上。我還在她裡面硬挺搖動。我們同時發現的。「怎麼了，親愛的，卡住了？」

「戴套子我射不出來，」我說，「我先拿掉套子，我一定會在射出前抽出來，我保證。」

她轉開頭去。「這種話我聽過了。」

「我保證，相信我。」

「老天有眼。這兩句是男人嘴裡說出來最危險的話。好吧，甜心，算你運氣好，我應該不會再懷孕了。」

沒錯，我假裝射精，但我的快樂不是裝的。安妮的身體感覺好好。她給我深長的吻，爲我擺動，給予我一個女人能給情人的全部。令我興奮。當我覺得無法再繼續時，我小心抽出，骨盤朝床單，呼喊出聲。

我面朝下躺著，頭枕在她腹部上。她雙手玩著我的頭髮。指尖在我雙肩環繞，觸激我體膚表層。我希望時間能永遠靜止在那一刻。

我們靜靜躺了一會兒，沒有交談。「我得上廁所。」我說。

「我也是。」她笑了。

「我先。」臉還朝下的我將假陽具塞入底褲。我轉身背對她，穿上T恤，摸黑走向浴室。我鎖上門，從水龍頭後面拿出袋子，將內褲中的假陽具換成襪子。用冷水拍臉時，我看了鏡子。與我對看的依舊是我。

有人敲浴室的門。我開門。安妮進入我懷中，深吻我。她的手放進我雙腿間，擠壓了一下襪子。「今晚它帶給我很多快樂，」她說。「好像變魔術。」我身體繃緊，她鬆開手。

我摸撫她的頭髮。「魔術都只是幻象。」我坦承。

回到臥房時，燈是亮的。我把開關關上。安妮走出浴室，在床沿坐下。「餓嗎？」她問。

「嗯，」我拉她躺上我身，吻她，然後發現自己在做無法實現的承諾。「我累了，」我說，「但我想抱著妳。」

安妮躺進我懷裡，頭枕在我肩上。「你是個奇怪的男人。」

「什麼意思？」

「第一，我沒見過哪個男人不怕女人的血。但你知道你最怪的地方在哪裡嗎？」

我全身上下所有的肌肉都繃緊，除了那襪子。安妮笑出聲。「別緊張，寶貝，我不是要抱怨。最讓我驚訝的是你知道我得照顧女兒，而且她沒上床前，你不會打擾我、要我注意你。還有呀，即使是我前夫都從來沒洗過碗，而大部分的碗盤都是他弄髒的。」

安妮輕搖著頭。「你做的方式也不像其他男人。」出於自衛，我翻身，腹部朝下。她按摩我肩膀。「我的意思是，你不毛躁。就好像你的老二有腦袋而不是腦袋裡只有老二，你懂嗎？」我們同時大笑，在床上翻滾。

我進入夢鄉，在她安全的臂腕中。

醒來聽到的第一個聲音是凱西的。「我可以看卡通嗎？」

安妮猶帶睡意道：「去吧。」不一會兒，她親吻我耳，便起身做早餐。安妮做煎餅時，凱西坐在我大腿上，告訴我所有她所知道的有關《嗶嗶鳥和野狼威利》的故事。安妮試圖掩飾看著我們共處的開心。「她通常很怕男人，」凱西離開廚房時，她說，「你很會和她玩喔。」

安妮做菜時，我注意到她的肢體語言。「在煩惱什麼嗎？」我問。

她轉身，在圍裙上擦擦雙手。「我要問你的事很誇張……」

「問嘛。」我說。

「嗯，我妹妹明天結婚，呃，這太過份，這麼趕，況且昨晚也不代表什麼承諾……」

「沒問題。」我說。

安妮在我旁邊椅子坐下。「你眞的不介意？」

「只要妳了解，我眞的不介意。」

她的手指按上我嘴。「有時候我的心要求多一些，」她說，「但是我的腦袋和你要的一樣。」我點頭。

安妮站起身，走向爐子。「有個問題，」我補充道。她沒有轉身，但整個身體像拳頭一樣蜷緊。「什麼問題？」她回頭問。

「我們必須騎我那輛哈雷去。我只有那部車。」

安妮脫下圍裙丟向水槽，過來坐上我的大腿。她在我唇上甜蜜一吻。「九點鐘，」她說，「遲一分鐘都不行。」

我八點半就到她家附近了。我在一條街外熄掉引擎，牽著車到她門口，以免吵醒鄰居。我在陽台上坐下，點根煙抽著，然後聽到開門聲和她的聲音：「你要不要進來？」她感激地上下看著我。「你看起來好帥呀，親愛的。」臉紅的我顯然讓她更爲欣喜。「我還沒換好衣服。我煮了咖啡。」她從臥房裡喊道。

「我來倒，」我答，「妳要喝嗎？」

她走到臥室門口，手抓牢裙裝後面。「好。」她微笑道，「先幫我拉上拉鍊。」我拉拉鍊時，她回過頭來看我。我在她頰上一吻。她的頭髮攏起，以髮夾定位。我親吻她的後頸。「你再繼續，達令，我永遠也換不好衣服，」她掙脫開身子。

我倒了兩杯咖啡，拿到臥房門前。門沒關，但我敲了門緣。「咖啡好了。」

她出來後，我屏住呼吸，緩緩吐氣。她撫直衣裳。「我看來如何？」

我嘆道。「我好像進了天堂。」她做個鬼臉，舉起雙臂要摟我，但我退後，拿出昨晚買的蘭花胸飾。

她眨眼，忍住淚，接著語調中帶氣地說，「你幹嘛去買這個？」她數落道。我對這位在我身前的強勢女子微笑。她的臉轉柔和，也以笑容回報。

「凱西呢？」我問。

她皺眉道，「在我同事法蘭西絲那兒。我前夫可能會去偷看婚禮。」我不是很懂這句話的意思，但沒追問。

婚禮是正式的教堂儀式婚禮。這是我第一次參加婚禮。所有的觀禮人似乎都受到婚禮的感動而淚汪汪。安妮的妹妹得保證後半生聽從對方，神父才宣佈二人結爲夫妻。我感覺這似乎有點封建。

招待會在戶外舉行。草坪上各處設置了桌椅。寬大的條紋狀棚架下提供有飲料與食物。

安妮介紹我給她所有趕來水牛城參加婚禮的親戚家人認識。她的手未曾離開我的手臂。有個表親叫威瑪，互相介紹時，她露出邪惡的笑容。「你願意陪安妮來眞是太好了。」安妮像止血鉗似地緊摟著我。

「這是我的榮幸，」我一手放到安妮手上，她就快讓我手臂血液循環不良。我跟威瑪說話時，眼睛始終沒有離開安妮一下，「能得到像安妮這麼美麗堅強的女人青睞，並不是常有的機會。」威瑪扭著高跟鞋不高興地離去，安妮不禁靠在我肩上竊笑。

「咱們來瓶香檳吧，」她說。

「先生，需要幾個杯子？」服務員問我。

「一個。」我拿起一罐蘇打水。「可以拿這個嗎？」服務員點頭。

「那做啥用？」安妮要知道原因。

「總有人得負責騎車回家。」就在那當下，那地方，安妮溫柔地吻了我，眼角所及之男男女女莫不投以羨慕的眼光。

我們找到一塊可綜覽全景的樹蔭。安妮踢掉鞋子。我脫下西裝讓她坐上。安妮搖著頭說：「你媽媽可教出了個懂禮貌的乖男孩。」

安妮對我說起她家親人的內幕：誰是不爲外人所知的酒鬼、誰打老婆、哪個背著妻子或老公偷情的。

「那娘娘腔，」她不屑地說。我被她眼神中的憎惡嚇一跳。她狠狠瞪著一個五十歲出頭的男人，他手搭在某個姑媽肩上。「誰讓這變態玻璃進來的？」安妮憎道。

「他眞是同性戀？」我問。

「一點不錯，說不定全家族的小孩都被他上過。」

「老天，安妮，」我悚地一寒。「妳怎麼能因爲他愛的對象不同，就恨他？」

她震驚地看著我，「你喜歡玻璃圈的人？」

我聳肩。「我們每個人都不一樣，安妮，但那又怎樣呢？」

她搖頭，朝地上啐了一口。「我絕對不讓變態的玻璃接近我女兒。」

我思考了一刻，才開口：「安妮，如果有人要騷擾凱西，異性戀男人比同性戀男人的可能性更大。」

「是嗎？」她大喊一聲。安妮站起身，手緊握住香檳瓶。「反正我不讓怪里怪氣的男人接近我女兒就是了。我離開我丈夫就是因爲我抓到他侵犯凱西。我赤手空拳地想殺了那王八蛋。搞同性戀的別想靠近我女兒一步，你明白嗎？」

我很明白這段談話無法再繼續。安妮用她的鞋子踢飛起幾根草和泥土，然後坐下。「哼，我們幹嘛浪費時間談什麼玻璃圈，煞風景啊！」

我等不及離開。一路上，安妮手圈住我脖子，臉趴在我背上。到她家時，她兩只鞋都不見了，裙擺也讓排氣管燒了個洞。「沒關係。」安妮說。她已喝醉。

走上陽台，她摟住我。「要進來嗎，達令？」

「不了，」我說，「我明天一早有班。」

她低下頭看著她那只穿著絲襪的腳，再抬起頭看我。「我不會再見到你了，是不是？」她問。

我低頭看著鞋子。「應該不會。」

她點頭。「爲什麼？」她這麼問，我的心刺了一下。

「我怕我會愛上妳。」我說。這是眞話，但當然不是全部原因。魔術師透露製造幻象的秘密是一回事。告訴異性戀女人，她上床的男人其實是女人，又是另一回事。那不是安妮當初所同意涉入的。事情遲早會爆發。而經過今天下午的事情之後，我有更多的理由畏懼眞相爆發。

「相愛有什麼不對？你們男人到底是怎麼一回事？」她發音含糊。

「我受過傷，安妮。我需要時間。」

「狗屎！我還以爲你不一樣。你和其他站著撒尿的男人沒什麼兩樣。」

「哎，」我聳肩，「也許還是有點不一樣吧。」

「你去告訴那個傷害你的女人，說我要把她碎屍萬段，她破壞了其他女人的機會。」

安妮的笑容消退。「咱們站這兒談也沒啥用了，對不？你還是走吧。」

我點頭。我們彼此對望良久。我從她手中取出鑰匙，開了門鎖，並在她唇上輕輕一吻。

「嘿，謝謝你對威瑪說的話。」

「每個字都是眞心的。」

她直直看入我的眼睛。「謝謝你做的一切，達令。」我微笑，轉身離去。她站在陽台上看我踩發摩托車。「嘿。」引擎聲響中，她喊道。

「什麼？」我圈住耳朵好聽清楚。

「那兔兔。」

「什麼？」

「凱西的兔兔。」

我點頭，努力聽她重複說些什麼。

「凱西的兔兔不是女生，是男的！」

---

1 全美汽車工會：縮寫是UAW，全名爲International Union, United Automobile, Aeronautics and Agricultural Implement Workers of America——全美汽車、飛機、農業機械製造工人聯合國際工會。創立於一九三六年，是美國首先領頭進行勞資談判、爲工人爭取權益的大型工會。

2 通用汽車哈里森冷卻器及冷氣空調製造廠原名Harrison Radiator；阿納坎達電線電纜公司原名Anaconda Wire & Cable Company。此處提到的三家工廠，都是二次大戰期間，美國政府在紐約州重點資助的廠商。

3 安妮塔・布萊恩（Anita Bryant, 1940-）：美國七〇年代末紅極一時的歌手，爲一虔誠的浸信會教徒；她支持越戰，視其爲「無神論與上帝間的一場戰役」。布萊恩曾獲詹森總統在白宮接見達十四次，並常受邀於政治場合演唱國歌。一九七七年，她以「拯救下一代」爲名，挑起全國性的反同志情緒，不過反而刺激了同志運動向前推展，也激化了極右派宗教團體與同志陣營間的對立。

CHAPTER 17

我感到頭暈目眩，胃部翻攪，就快嘔吐。最糟糕的是我知道自己不能半途離開這射出成形機。關掉它，整台機器中的橡膠就會固化。一部部的機器不停地運轉著——這重複的聲響就是我們在鑄模部門工作的配樂。

我四處張望，想找工頭，但廠房裡不見他人影。我試著專心工作。檢查左邊輸送帶上桶子裡的塑膠粒，並將吸管再推進去一些。機器熔融顆粒時，冒出蒸汽，塑膠成形品劈叭射出來。它的味道和燃燒中的橡膠水槽排水管一樣薰臭。

我心無旁騖，力圖克制自己不去想這些惡臭、我那不舒服的胃和廠裡悶滯的空氣。但終於抑制不住。我將機器側邊和油黏的水泥地板吐得到處都是。

波特衝過來。他是裝配組老大。他把手搭在我肩上，我吐光了胃裡的早餐。「沒關係，你會沒事的，」他安慰我道，我更覺得不好意思。我用手背擦嘴。波特從他藍色工作服後褲袋掏出一條油巾遞給我。「你是這班第三個吐的人。」

「你覺得這裡溫度有多熱，波特？」

「一百一十度。」

我吹聲哨。「說不定就是這度數呢。你怎麼猜的？」

波特笑說：「廠裡牆上有溫度計。你還好吧？」

「嗯。」我窘迫一笑。嘔吐只讓味道更糟。

波特拍我肩膀。「嘔吐不丟臉。我每個禮拜六晚上都吐一次。我叫維修部的人來清理。」

「嘿，波特，我們在做的這些是什麼零件啊？」

波特聳肩。「電腦的。」

我搖頭。「每天花大半天時間做一樣東西，卻不知道它是啥玩意兒，感覺好怪。」

波特笑說：「跟電腦有關，算好運了，這代表我們將來都能弄個這條線上的工作。」

他準備要離開，但又猶豫停下，轉過身，把手放我肩上。「聽著，」他說，「如果你有興趣，運收部很可能最近需要新人。起碼那兒能呼吸。你來多久了？」

我想了一會兒。「快一年了，但前三個月我是臨時工，不知道那算不算數。」

波特點頭。「我到處走動，我會幫你留意。」他拍了我肩膀後走開。

幾分鐘後，吉米來清理我的穢物。吉米是莫哈克人。維修部和裝配組其他的人都是白人。

「我可以幫你嗎？」我問他，「畢竟這髒東西是我弄的。」

吉米搖頭。「就只是個工作。」

「波特常讓你修機器嗎？還是大多在清理？」

吉米不信任地看了我一眼，然後聳肩。「波特還不錯，他會找些像樣的活兒給我做。」

午餐哨聲響。「我最好別吃中飯，」我告訴吉米，「這裡夠你清理一下午了。」

他笑了。「這裡空氣不流通，你該去外頭透透氣。」

我打卡外出，往廠裡的運輸收發部門走去。工廠大小有如一家大型超級市場。我不認識這邊的人；我甚至從未到過工廠這一端。這是另一個世界，而且，我害怕離棄獨自運作機器的安全感。到了運收部時，所有的人都已因午休離開。我走到外面的卸貨碼頭。溫度低了三十度，夏日微風聞來清新。

我想在這工廠待下。托納汪達，在水牛城外郊區，這裡沒有人認識我。但操作那機器讓我生病，也許我該冒險，爭取運收部這工作。

史考提至少大我三十歲，但如果沒有他幫忙，我絕對沒辦法扛起最後一箱貨，並把它準確地推放到卡車上。我的手臂在搬完最後一箱時，已鬆軟有如果凍。而史考提卻還能臉不紅，氣不喘。

「你對運收部這份工作感覺如何，小伙子？」

「我可以先喘口氣嗎？」

「當然。你很快就能掌握這工作的節奏。先會做得艱苦，然後就輕鬆了。快吃中飯了，走，咱們去洗乾淨。」

一起走進男廁時，我深吸了一大口氣。跟工廠另一端的男廁看起來一樣：廁所中央有個很大的環形水泥製水槽。史考提和我各啪地壓了一下水槽中央的給皀機，再踩上水踏板；水嘩啦啦向我們的位置噴來。

「你有櫃子了嗎？」史考提問我。我搖頭。「來，」他說，「跟著我。」

史考提以壓過更衣室中吵嚷人聲的大嗓門說著；「你們有些人早上見過潔斯了，他剛從操作部轉來。」

除了史考提與華特外，其他人年紀多在三十歲上下。華特握了我的手。「嘿，小子，你在這兒很久了嗎？」

我搖頭。「一年。」

他笑了，「以前在哪兒做呢？」

我聳肩。「到處做。」華特與史考提互看了一眼。

有個人插話進來，讓我鬆了一口氣。「我叫厄尼。這是我的跟班，小其。我當過操作員，不幹了是因爲我開始咳血。」

小其對他扔毛巾。「你咳血是因爲抽煙，混蛋。」厄尼一把圈住小其的頭，壓到腋下，用指關節刷小其腦門。

一個紮馬尾年輕人握我的手。「我是阿派。」

厄尼笑著說：「你還沒見過派蒂？」

阿派對他做了鬼臉。「閉嘴。我自己先說好了：我因宗教信仰拒服兵役。如果你有意見，那是你自己的事。」

小其擠上來。「我在越南待過。潔斯，你是被徵召還是自願參戰？」

所有血液衝上腦門，眞希望自己還在鑄模部門，高噪音起碼能阻絕無聊問題。「我沒去。」我含糊答道。

厄尼發出受不了的哀吟聲，「又一個。你怎麼做的，編故事？」

我拚命想。「我免役。健檢沒過。」

華特插嘴進來，「饒了這孩子。你有櫃子了嗎？來，用這個。」

「嘿，」厄尼說，「你得裝飾一下那櫃子。」我懂他的意思。所有的人都在櫃子上釘了海報。「到街角那家餐廳弄份月曆。發薪日我們都上那兒。奧古斯特小姐讓人全身發燙。嘿，華特，你也該弄一個。」

華特慢慢地搖頭道：「有些人只能靠照片，有些人不需要照片。對不，潔斯？」

我微笑。「我帶了以前櫃子的大頭針。」厄尼從牆上急救箱拿了兩個ＯＫ繃給我。

我拿它們貼上我舊諾頓機車的雜誌彩色廣告。

阿派吹聲哨，「我寧願騎潔斯的，厄尼。」

午休結束聲響。我要找史考提，但他早已不見。「嘿，華特，史考提呢？」

華特聳肩，手做舉瓶喝酒姿勢，「他最近很不好過。他老婆癌症末期。大夥兒談論女人時，他不會在場。」

夏末時，我已打入這個男人圈。事實上，我早上總帶著期待的心情上工，因爲這是我唯一與人接觸的機會。

週五午餐時間，我們正要往街角的義大利餐館出發，波特突然叫住了我，「你認識一個叫法藍基的人嗎？」

我感到臉開始發熱。「他長什麼樣子？」

波特搖頭。「不是男人。是個男人婆。她以前和你在裝訂工廠做事——說你們一起參加過罷工。她說你幫工會做了很多事情。」

法藍基告訴波特我的事了。她一定說了。我是否該現在辭職。只要沿著碼頭走，跳下車道，就能到達我停車的地方。「你在哪兒碰到法藍基的？」我問波特。

「她本來在第二班。禮拜一開始轉到日班。操作機器。她說你是個好男人。」

我眨眨眼睛，無法相信。「她那麼說？」

波特點頭。「她說你是個很棒的工會人。」

我笑了，卸下重擔。「她怎麼知道我在這兒工作？」

「她看到你從停車場出來。她是你朋友？」波特問我。

「不是，」我拉開距離，「只是在同家工廠做事罷了。」我的不忠誠令自己作嘔。

波特走向碼頭。「一起吃中飯？」

我搖頭。「我就來，你先去吧。」能夠獨處讓我鬆了口氣。我恍惚間逛進倉庫裡，然後坐到滑木堆上，想著波特這突如其來的炸彈。

法藍基要升到日班了。想到她可能透露出我身份，我就害怕。但，很明顯地，她沒有。法藍基夠聰明，她一定馬上就弄清了狀況。

興奮感隨之而來。和另一個T共事！也許還能一起出去玩玩。也許她知道以前那幫人的下落。也許她還能幫我介紹婆。

「嘿，小伙子。」史考提打斷了我的思緒。他坐在地板上，背靠著滑木。史考提扭開一瓶傑克丹尼爾，遞過來給我。

「謝謝。」我說，喝了一口。

史考提將酒瓶放在唇邊，灌了三大口。我們沈默地坐著。「你結婚了嗎？」他問我。我搖頭。

他的頭垂到胸前。「我老婆病得很嚴重。」他揉著眼睛。臉上突然一亮：「給你看過我老婆的照片嗎？」

我搖頭。他拿出因磨損而扁平的皮夾。「這是她，我老婆。」

我笑出聲說：「那是你？」

他笑道：「沒錯。你以爲我出生就這年紀？我和你一樣，也年輕過，也曾有大好前途啊。」

我們同時笑了。但當我再看他時，淚水在他眼裡打轉。他的聲音聽來沙啞。「我希望能比她先走。我知道這聽來很不對，譬如之後誰照顧她呢？但是，有時候我覺得自己會沒辦法忍受失去她。」

他的頭再度垂下。我伸出手，輕輕放在他背上，準備好如果冒犯到他，隨時能快速抽回。他沒有阻止。

「你還年輕，」史考提突然冒出話，「不要被這樣的工作困住。」

我聳肩道：「這工作感覺還不錯。」

史考提搖頭。「我說的是眞正的工作。我在雪佛萊待了二十年。我有全美汽工會員證，要看嗎？賣了二十年的老命，竟然被裁員。你能相信嗎？」

「雪佛萊？你和波特一起？」

史考提點頭。「對。不過他待的時間沒我久。他在哈里森做了一陣子，也碰到裁員。」

波特讓我感到有趣。「他也和你在同一工會？」

「我們這些老人都是汽工會的，」他說。「我躺在棺材下土那天，都還會是個工會人。小伙子，你們應該有個工會。沒有的話，也該爭取一個。」

我笑了。「這裡要有個工會，看來很難喔。」

史考提聳肩。「嗯，很難說。有人在談了。這裡需要有工會。我太老了，你們年輕人該設法爭取。」

我嘆道：「我也希望我們有工會，史考提，但我能保住工作就很偷笑了。對了，你覺得波特這人怎樣？他這人感覺還不壞。」

史考提在我鼻子前面搖晃手指。「要小心波特。他已經不算是我們的人了。他又是幫派工頭又是裝配組的。記住我的話：眞有事的時候，他會不知道要站哪一邊。別相信他。」

史考提的話讓我有些失望，因爲我喜歡波特。不過也還好，我沒有眞的相信任何人。

週一打卡下班時，有人把手搭上我肩膀。「嘿。」法藍基繞著我轉。

「嘿，法藍基。聽著，我有話跟妳說。」

她把食指放近嘴唇。「沒事的。我知道。」

我跟著她到停車場。「我眞的很開心見到妳，法藍基。只是我害怕。我在這兒混得不錯。而報上最近又在講經濟衰退。」

法藍基停下腳步。「我懂的，潔斯。你覺得我看不出來嗎？」

「妳是怎麼能撐這麼久的？」我問她。

她聳肩道：「我在托納汪達這兒和我爸媽同住，等存夠錢就搬出去。其實還好，週末時住我女友家。」

我吹聲哨。「妳有女朋友，哇，眞幸福。」

法藍基咬咬下唇。這時傳來車子喇叭聲。「你認識我女朋友，潔斯。我和強尼在一起一年了，」她微笑道，「和那首歌名[1]一樣。」

我傻了眼，停頓了一下，「強尼，誰？」

法藍基嘆氣。「你認識強尼。罷工前我們一起工作，還一起打壘球。」

我搖頭。「我認識的那個強尼是個T，而且我知道妳說的不可能是她。」我笑說。

法藍基劈開馬步。「對，我說的就是她。我們的車在那邊，她正在等我。」

「嘿，潔斯！」我聽見強尼的叫聲。「過來。」

「妳沒矇我吧？」我小聲對法藍基說。

她雙手叉腰。「潔斯，她是我的愛人。我看起來像開玩笑嗎？」

我嘴張得好大，頭從左側搖到右側。「老實說，法藍基，我無法想像，我眞的不懂。」

法藍基忍著憤怒。「潔斯，你不需要懂。但是，你得接受。如果不能，那你就繼續走吧。」

我眞的那麼做了。我無能應對，所以只有走開。

之後要避開法藍基並不難——我們分別在工廠相反的兩端工作。下午時間我很少走動。我不想在打卡鐘附近遇上她們任何一人。

愈去想她們兩個變成情人，就愈讓我不舒服。我無法停止想像她們倆親吻的畫面。那就像兩個男人一樣。兩個男同性戀還好，但是，兩個T？她們怎麼會受彼此吸引？在床上，誰是婆呢？

我發現自己不斷想著法藍基與強尼。週三早上我自顧自沉思著，沒注意到整個部門就只剩下我和史考提了。他示意男廁方向。「你最好去那兒。」他說。

「你說什麼？」他只是對男廁方向點頭。

我不知道打開門時會看到什麼。男廁裡擠滿了人——有些是同部門的，有些我不認得。波特首先開口：「我們在等你。」他說。

我垂在身體兩側的手，緊握起拳頭。一定是法藍基心生不快，告訴了他們我的事。我早該知道不能信她。有什麼誤會理當都只是我們兩人間的事。我待會兒得去找她問清楚，此刻，我寡不敵眾。

波特伸出手，朝我走來。我往後退到牆壁，太陽穴砰砰作響。波特抓住我肩膀；我揮手甩開他。我被逼到角落。「別過來！」我咆哮道。

華特朝我靠近。「別緊張，孩子，我們只是想和你談談。」

「是嗎？談什麼？」波特與華特彼此對望一眼，往後退開。

「工會，」華特說。我不解地搖頭。「厄尼老婆工作的工廠組成了紡織工人工會。幫她們組工會的人很不錯，她要幫我們介紹。我們想知道你的立場。」

我一時恢復不過來。「你是說這是籌備會議？」

波特聳肩道：「大夥兒想很久了。我們得找出個統籌的人來，然後召開大會。繼續這樣關著門搞，搞不多久的。」

這工作對我似乎沒那麼糟。「有哪些問題呢？」我問。

「譬如錢少得可以，而且幾乎每個週末都得加班。」厄尼說。

我點頭，「對，但我們有補假。」

小其答道：「是呦，那是上頭不想付我們半倍的工錢。」

華特點頭。「同一架機器兩個人做事，卻拿不一樣的工錢。錢拿多少就看你拍不拍工頭馬屁。」

「那些煙也很可怕，」厄尼補充道，「沒人知道我們吸進去的是什麼，而且有時候熱得根本不能呼吸。」

波特碰了我手臂，我一跳躍開；他表情受傷。「安全問題也很嚴重。我們維修和裝配組看到很多你沒看到的事。工作意外——手指卡進機器之類的。公司會恐嚇，讓人不敢申請賠償。我們提出的機器問題，資方全直接丟進字紙簍裡。」

我聽著，點頭。波特聳肩道：「所以，我們得知道；潔斯，你站在哪一邊？」

我嘆了口氣。這工作對我很好，我希望能如此維持下去。但凡事總在改變。「聽著，」我告訴在場的人，「你們想搞工會，我不反對。」

波特走近我。「這還不夠。我們需要你加入組織委員會。」

我不想帶頭興風作浪。為何我不能和其他人一樣，辦會員證然後繼續做自己的工作就好？「我不想涉入。」我告訴波特。

「聽著，」他湊近身子說。我稍退一步。「我為了這件事，已經全都豁出去了，而我還不知道自己是否有資格參加工會，因為董事會也許會當我是工頭。」

「我一定會投票，」我說，「但我不是搞運動的料。」

波特搖頭。「法藍基不是這麼說的。她說你幫助罷工贏得勝利。」

「波特，我眞的不想涉入。我會全心支持大家、做好我的工作，但是，這事，就是別找我。」

波特搖頭。「我以爲你不同。」

我嘆氣。「我不想和別人不同。」

我們遠遠地就聽到工廠另一端的叫鬧聲。一群人開步跑過去。等我們到了，出事現場只剩水泥地板上的血。

「誰受傷了？」我低聲問波特。

他佈滿粗繭的雙手緊握成拳。「喬治。」

我看著地上那一大灘血。「他死了？」

波特一聳肩。「還不知道。」他重擊著身旁的起重機。「我上個月才寫了報告。這拖吊機的煞車壞了。」

總管理員揮著手臂，「大家回去工作，全站在這兒也沒用處。」

所有人都順從地回去工作，這令我感到驚訝。我以爲會有暴動。結果兩個禮拜之後才爆發。

我們的談話內容全圍繞著這場意外。公司正在實驗能夠壓出塑膠垃圾桶的大型模子。喬治被分配操作起重機，載運模子到射出成形機的位置。他站在起重機前裝模子時，煞車鬆脫。起重機一翼插入喬治背部，就在肺部下方。

怒火持續悶燒到第二週。週三下午，華特衝進我們部門。「你們聽說了嗎？上頭把意外算到喬治頭上，他們把錯全怪到他身上！」

波特就站在他身後。「大家聽好了。我們禮拜五要在路口的退伍軍人俱樂部開會。紡織工會的一個幹部要在那兒跟大家見面。這一次，他們實在太過份了。」

他說得對。

我們全在週五下午三點打卡離開。我沒有馬上離開；不想撞見法藍基。不知道她是否會去開會。

三點四十五分到那兒時，已有二十五個工人到場。每個部門都有代表。興奮氣息溢於空中，人們揮舞手臂，連珠炮般地談話。波特在大廳另一邊看到我了。我微笑點頭。法藍基站他身旁。我試圖不看她。對於她和強尼在一起這件事，我還是無法釋懷，雖然自己無法解釋原因為何。

我注意到法藍基與一男人耳語。對方一轉身，我認出他，達非。達非看到我時，臉上洋溢的微笑讓我頗覺溫暖。法藍基抓住他手臂，再對他耳語。不知她是否在解釋我的情況。

達非穿過人群直直走向我。「潔斯，」他抓住我的手。他的手有一種熟悉的感覺。「我常常想到你。你在這兒工作多久了？」

「超過一年。」

他微笑。「我們需要你的幫忙。」

我才要開口辯駁，此時達非恰好看到厄尼與史考提帶酒進會議室。他對他們揮手。「不要帶酒進來，我們有正事要辦。」

我抓住他的袖子。「對那個年紀大的別那麼嚴格。酒是史考提的致命傷，但他是個好人。他是汽工會的老人。波特也是。」

達非點點頭。「說說波特給我聽。」

兩個我不認得的黑人女性拍了達非的肩膀。「抱歉，」其中一個說，「我叫朵提，在組合部門。這是我朋友葛蕾蒂，她在這工廠的時間比我還久。」

達非與她們握手。「妳們部門有多少人在場？」

「六個，」朵提說，「日班總共有二十個人。第二班差不多有十五個。」

有人從另一邊喊道：「開始開會吧。」眾人也一齊附和著。

達非欠身離開，走向會議室前方。「今天下午我已經聽到很多不平申訴。」

「對！」紀律大亂。每個人都大聲搶著說工廠裡的狀況。

達非高舉雙手。「我向各位保證，大家的每一件申訴都會提出討論。每一件都一樣重要。但讓我們先來關心對所有的人都有影響的問題。」

波特拍我肩膀。「出來一下，我有話跟你說。」我有些不願，「會才剛開始。」我跟著波特到外頭吧台。

他點了兩瓶啤酒，付錢。波特舉起酒瓶，「敬工會。」

我點頭，「這個我喝。」

「潔斯，你對達非這個人有多熟？」

我聳肩，「對我而言，他還不錯，我信任他。」

「有些人聽說了一些事。有人說他是共產黨。」

我笑著說：「他不是共產黨，他是好人。」

波特微笑點頭道：「好，只要有人認識他就好。」

「嘿，波特，你問過達非你是否有資格加入工會了嗎？」

波特搖頭，「待會兒問，等會開完再說。」

我們同時聽到一陣喧囂。「走，」我說，「進去吧。」我開始感到有些興奮。

「我們現在就辦會員證！」厄尼喊道。

達非舉起雙手。「你們廠裡總共有一百廿個人。要超過這個數目的百分之三十才能申請選舉。今天出席的人很踴躍，但我們需要更多人。」

「其他人都到哪兒去了？」有人喊道。

達非搖頭道：「第一次會議能有這麼多人已經很難得。但我們需要每個部門都有更多人來。」

波特喊道：「維修和裝配部沒問題。」

「組合部門呢？」厄尼接著喊，「那些女孩兒不會加入我們的。她們有老公養。操，我聽說她們之中還有兩個跟爸媽住在一起。」

朵提站起來。「我就是其中一個。沒錯，我和父母住一起。我得養兩個沒爸爸的小孩。葛蕾蒂也和父母住，她是因為要奉養他們，住不起自己的地方。可是我們兩個都來了。你們對我們部門一點都不認識。」

葛蕾蒂也站了起來。「對。我們的手指、手腕因整天做手電筒，已經快受不了了。我們的工資少得可憐，週末也得上班。很多女孩兒是有丈夫，可是也必須掙錢回家。但大多數的人都受夠了，而且她們絕對會辦會員證——你們等著看。」

達非對她們微笑。「姊妹們說話了，大家最好注意聽了，各位兄弟。」

我們都同意就此散會，下週再開一次會，但沒人急著走，全留下來轉來轉去談天。

「嘿，達非，」波特叫他過去，「我能進工會嗎？我是裝配組領班。」

我想及時告訴達非波特的價值，但達非已經明白。「資方知道你是個領導人，」他告訴波特。我看到波特站高了些。「但你雇人裁人嗎？檢核工人，還是訓練他們？」

波特聳肩。「界限沒那麼清楚。我其實只是裝配組資歷最久的人，但上頭也當我是老大。」

達非點頭。「公司會以你的立場不清來拖延選舉，同時利用時間嚇唬人。我覺得你已經知道自己要站在哪一邊，但你得很清楚的表態。如果你努力爭取成立工會，我們比較容易解釋為什麼讓你進工會。」

波特與達非握手，「你覺得我們會贏嗎？」

達非微笑，點頭。「會的，但還是需要一番戰鬥。我們每個部門的人都滿強的。要是有更多像潔斯的人，我們要贏是輕而易舉。我相信潔斯。她證明了她是百分之百的工會人。」

所有事情開始以慢動作進行。當我聽到達非說「她」時，我震驚得轉頭看他，下巴一落。法藍基以手心拍額，不斷搖頭。在場男人來回看著達非和我。我衝出俱樂部，走向我的摩托車。

「潔斯，等等！」我聽到達非呼喊。他追上我，抓住我手臂。

我甩開他的手。「多謝了，達非。」看到他眼中的淚讓事情更糟。

「我眞的很抱歉，潔斯。一時說溜了嘴，我不是故意的。」

我聳肩。「是不是故意的已經無所謂。我這份工作沒了。」

他搖頭。「我們會想出辦法的，潔斯。你不用走，我可以去跟他們談。」

我苦笑。「你還是不懂，對吧？你覺得禮拜一我該用哪個廁所，達非？」

達非將手放上我的手臂。我的眼神帶著憤怒。「潔斯，我絕不會要傷害你。你知道的。」

我推開他的手。「你已經傷害到了。」我轉身走開。

「潔斯，等等！」是法藍基。「潔斯，我知道你很氣。剛才眞的是亂七八糟不曉得怎麼弄的，但那是意外。他眞的很懊惱。」

「別理我，法藍基。妳也不懂。」

法藍基一臉吃驚。「你到底對我有何不滿？就因爲你不能接受誰讓我爽，所以你連我這個T也一併拒絕？」

我希望有人能摀住我的嘴巴，因為我已經無法控制自己脫口而出的話。「妳憑什麼還認為自己是T？」我嘲諷地問。

她的笑容痛苦而防衛。「你又憑什麼以為自己還是T？」她反駁。

我一個轉身，憤怒地離開。我暗自希望法藍基或達非不要讓我走，但，他們沒有阻止我。

---

1 Frankie and Johnny。

CHAPTER 18

葉子碩大，潮溼，閃著秋天的金橙。週六早上我發現它卡在我的哈雷座椅上。葉落令人心生惆悵。我想要另一個開始，另一個機會。

我討厭冬天得收起哈雷這想法。騎它是危險的——我已有三年無照駕駛——但我活著就是為了騎著它奔馳。它是我的快樂、我的自由。

每一天，我只期望兩件事：到附近的YMCA練舉重及騎我的摩托車馳騁追風。

早晨鬧鈴響時，我醒來，感覺恐懼、渺小。在這樣子的生活裡，我找不到自己——沒有任何我可以掌握並屬於我的回憶。在我之外，我不屬於任何地方。於是，每天早晨，我以意志力逼迫自己回到現實生活。到健身房前，我已先著好運動服。我將緊張、挫折、憤怒、恐懼帶著，再將它們全部發洩在健身房裡。

與槓鈴力道相抗衡時，我想著自己的身體。我喜歡更瘦、更硬實。這是這世界所教導我的目標嗎？也許吧。想起婆們辱罵自己身體出現的厚度與皺摺——我所鍾愛的軀體。舉重時，看著自己縮緊肌肉，我發現我喜歡自己身體的重量與形態。我專注於我的紀律與耐力。以我所知最好的方式，我盡力地，愛我自己。

我學到，力量和高度一樣，是依你站在誰旁邊來度量的。在健身房裡，我算是瘦小。這看法與論斷清楚寫在那些肌肉大過我的男人臉上。而這一生針對我身體與我的殘酷評斷，一直如同開口傷痕般陣陣抽痛。

但有時當我站在家中鏡子前時，我看到一個有力量的我。可是我無法維持住如此的形象。它像水銀一樣，隨時會溜出我的掌握。

也許這就是我以每個重複動作，試圖讓自己得到的教訓——權力在性質上比力量來得強。這世界看錯我了。我有權生存下去。

每天，在我四周的男人來鍛鍊他們的身體；我則來驅走纏繞我的惡魔。興奮心情是那秋天早晨苦練後的報酬。禮拜六。沒地方可去，也沒事情可做。我翻起皮夾克衣領。秋天到了，冬天隨之將至。陰，多雲。厚重低掛的雲層和瘀青一樣黯黑。

我發動引擎，雖然不知道要往哪兒去。皮夾裡有錢，還有整個週末的時間可騎車，油量夠帶我到多遠就多遠。

雨滴啪地落到油缸上時，我停車穿上雨具。閃電照亮了公園上方的天空。我喜歡變化多端的天氣。是那刺激讓日與日之間有所差別。

動物園入口售票亭的女人享受著這悠閒的日子。她們揮手讓我進去，不用付錢。兀鷹的頭順風後仰，牠的翅膀全張，寬度長過我的身高。我伸開自己的雙臂，面朝天空，大笑。

我一走近，雪鴉就鼓起脖子，好似喘不過氣般地呼氣恫嚇。我快步走過。雨滴自紅尾隼喙上流下，左翼遭獵槍撕毀，看來可憐不堪。

雄鷹穩穩棲息於樹枝上，牠的羽毛讓風雨撥滑向後。牠伸展雙翼，彷彿飛翔般與風同動。牠看著遠方，沮喪與瘋狂間沒有分界。牠垂下目光，就在那瞬間一刻，牠金色的眼睛凝視著我，然後，牠目光再舉，眼露野性地大展鴻翼飛越過去。

風雨增強，我騎車穿梭在被雨浸溼的街道，諸多渴望，無以名之。有時候，庸凡事務能將這種感覺壓回——我決定去買食物。

超市裡滿是女人。收銀台的輸送帶故障，於是我將食物往前推，收銀機後面的女人叮咚打單。「總共是二十二元八毛。」她說。我拿出一張二十元鈔與一張十元鈔；她伸手接錢。我們的目光接觸。

我低聲喚她的名字：「艾娜。」即使多年過去，奇怪的是，我還是當她是老T堅的前女友，而我，還是她眼裡的一個小T。

她細看我的眼睛，臉色轉趨柔和。「潔斯。」

排我後面的女人大聲嘆道：「甜心，可以快一點嗎？」

最後一次見到艾娜時，我告訴她自己太年輕，做不到我希望中的她的愛人的模樣。現在生命正給我另一次機會。

我幫她把我的食物裝進袋裡。兩人都沒開口。我緊閉雙唇以免自己脫口問出：「妳有情人嗎？」我想到一個不敏感的問法，「能談談嗎？」

我身後的女人將洗衣精重重地放到輸送帶上，問艾娜：「甜心，妳快休息了嗎？」艾娜茫然地看著她點頭。「那麼，能請妳休息後再慶祝你們的重逢嗎？」

我們同時笑了。艾娜臉一紅。「我三點半下班。」時間才兩點。

我在我的哈雷四周踱步，在停車場裡繞騎8字形，看看櫥窗，停下喝咖啡——時間還是才三點。

三點半整我把車停在超市正門。希望自己有兩頂安全帽。艾娜上下看著哈雷，微笑，似乎喜歡她眼中所見到的。然後，她以相同方式看我。「見到你眞好，潔斯。幾年了？」

我可以問她與堅分手是什麼時候，但我想到更好的方式。「嗯，我的手綁繃帶……罷工的時候……應該是一九六七年，所以已經有十二年了。我快三十了，妳相信嗎？」

艾娜點頭。「所以你和當初你覺得我是個老女人時的年紀差不多。」

我搖頭。「這麼說不公平。問題是我太年輕。我從來沒覺得妳老。」

艾娜以雙手捧起我臉。我感覺到自己雙頰泛紅。「對不起，」她說，「那是我的恐懼。」

我把安全帽給她戴。她跨上車，穩坐我身後。被她的身體碰觸到的感覺好極了。

「我們上哪兒？」她問。

「我不知道。」我輕踩離合器。

我們最後到了動物園。被雨洗刷過的空氣清新。我們走在支脈交錯的樹枝下，踩著一層溼溼的葉子前進。我好想好想拉她的手。我們試圖隨意聊天。我盡力不去問哽在喉頭的問題，但卻無法再推遲。

我轉身向她。「不先問妳一個問題，我一步也沒法再走。」

她羞赧地搖頭。「ＮＯ。」

「不？我不行問妳問題？」

她微笑。「是沒有，我沒有和誰在一起。」

我咧嘴笑開，但我克制住。「我只是好奇。」

我們在一棵楓樹下站定，面向彼此。「你呢？你有人嗎？」她問。我搖頭。

楓樹籽旋轉而下。我用手掌接住一枚。「以前我們叫它直升機，」我說，讓它繼續旋轉落地。

艾娜以指尖撫摸我的鬍渣。我後悔上健身房前沒先刮鬍子。她碰觸我的唇、髮、頸——像是以手尋找著我。

「我變了這麼多嗎？」我問她，害怕著她的答案。

她微笑搖頭。「沒有。就某方面來說，我不知道誰會認爲你是男人，特別是如果他們有看進你的眼睛。」

輕輕一觸，她將我的臉轉向她。然後，她雙手有如鳥兒羽翼休憩於巢般，靠置在我胸前。我們的臉非常接近。彷彿，我的這一生就決定於那一刻。如果艾娜轉身離去，我不知道自己該往哪兒去，又將如何找到維持下去的力量。但她沒有。她將雙唇靠近我，讓我先能慶祝那一刻，然後再將雙唇予我。我所需付出的全在那一吻。艾娜雙手圈住我腦勺，將我拉近。

吻持續著，直到我停止害怕它會結束，直到它是兩人共啓旅程的開始。我們的唇沒有分離，直到風撼動樹枝，冰冷雨滴灑了我們一身爲止。她抽身，開始步行。我趕上，拾起她的手。我們兩人的手是那麼舒適地契合，我褪掉了第一層的孤單。

「妳餓嗎？」我問她。

她止步，轉身向我。「我得回家。」失望的表情在我臉上浮現。「對不起。」她說。

「我能見妳嗎？」我將所有希望繫於她的回答。

她猶豫了一下，然後點頭。「下禮拜五晚上。」

禮拜五！今天才星期六，而且她下班前的那一個半小時，我都不知道要怎麼度過。艾娜輕抓橫在頭上的樹枝。一陣雨水灑落在我們身上。

我載她回家時，她手放在我肩上，側臉貼著我的背。「到了。」她指道。我減速停車。

「妳確定禮拜五能見面？」我需要再確認。艾娜撫摸我雙頰。我無法感覺她指尖在我皮膚上——鬍髭太粗了。自從長了鬍子以來，我第一次希望它消失。

艾娜輕咬我的唇，我向她移近，她稍退，又貪婪地將我拉回。「我眞高興見到你，潔斯。」她的語氣聽來眞誠。我的情緒湧至喉頭，然後又整個吞下。點頭。「禮拜五九點在這裡見？」她問。

我再點頭，看她走上前廊。她回頭看，揮揮手。直到她的前門關上，窗簾內的燈亮起，我都還沒有走。細雨開始落下，風帶來了秋天與落葉的味道。

侍者離開我們這桌後，艾娜傾身向前。「被當成男人是什麼感覺？」我看得出來，她整晚都想問這個問題。

「這一輩子別人總告訴我，身爲女人，我的樣子很不對。但是假如我是男的，就會是個不錯的年輕人，我現在這樣還可以。」艾娜等著我繼續說。

「有些地方很好玩。當男—女人時有很多不方便。現在上公廁不用緊張，理髮時也不需害怕，做這類小事比較自由了，滿好的。陌生人報以微笑或餐廳女侍打情罵俏，都滿舒服的。」

艾娜審視我的臉。「那爲何你的眼神比我記憶中的還要哀傷？」

「喔，我想……」我嘆了氣。

艾娜打斷我。「我要知道的是你怎麼想，潔斯。告訴我你的感覺。」我都忘了自己有多麼地愛婆。我嘆氣時，T可能會點點頭，整個故事便在心領神會中匆匆交代完畢。但艾娜要聽到我說出來。

「我感覺有如鬼魂，艾娜。好像被活埋了。對這個世界來說，我是在被當成男人的那一天才出世。我沒有過去、沒有愛過的人、沒有回憶、沒有我。沒有人眞正看見我、和我說話或碰觸我。」

艾娜眼睛滿是淚水。她伸出手，握住我的雙手。侍者打斷了我們。「還要咖啡嗎，先生？」我搖頭。

他走遠後，艾娜告訴我，「我也覺得自己像個鬼魂，潔斯。我應該還是叫你潔斯嗎？」

我的笑容似帶害羞。「有時候別人叫我潔西，我沒糾正他們。妳想叫我什麼都成，只要記得公共場合別用錯代名詞就好，不然可能會很難看。」艾娜嘆氣點頭。我忘了她也曾與駱可在一起。

「妳那時知道嗎？艾娜，」我問她，「妳知道我會和駱可做一樣的決定嗎？」

艾娜搖頭。「我只知道你的選擇和她一樣少。但你年輕時，我看到了某種東西，在駱可身上也曾看到過的。」

我咬著下唇，等著一個知道我的人要說的話。

「我不知道該怎麼形容。我怕我會說錯。」她猶豫著。

「試試看，」我催促道，「拜託，我需要聽到。」

「我不覺得婆把T都看成是一樣的。慢慢地，你會看到T可以變成各種樣子。年輕、叛逆的，看她們改變，看她們變冷酷或被摧毀。溫柔的、忿恨不平的、受苦的。你和駱可是無法軟化自己某些部份的硬骨子。天性就是那般。」

艾娜吃了一小口食物。我眞希望她快些咀嚼，繼續說下去。「我喜歡T所能有的各種樣子。我愛T的心。最讓我擔心的是那些內心其實脆弱的T。」

我皺眉，垂下眼睛。艾娜前傾。「看，我傷到你了。對不起。你和駱可都有美麗的心，容易受傷的心，而我愛的正是這一點。但是，我不知道你還能繼續下去多久。」

「我常想到她。」我告訴艾娜。

艾娜看著自己的餐盤，點頭。「我也是。」

「只要能和駱可談談，我什麼都願意。」我說，盼望著艾娜知道如何連絡她。

艾娜一笑。「我相信。」

我往後坐，鞋蹭著地毯。「我有一百萬個問題想問她。」

艾娜往前一靠。「你有什麼不知道的呢？」

我聳肩，玩著叉子。「我不確定。大概是，該怎麼撐下去吧。」

艾娜輕柔一笑。「你爲何以爲駱可知道呢？」她的話讓我有些驚訝。

「我不像駱可，」我說，「她是個傳奇人物。好堅強，好確定自己。我一點也沒有那種感覺。我很希望能認識她。」

艾娜輕輕拿下我手中的叉子，放在桌巾上。她的指尖碰著我前臂。「人會被傳奇埋葬。駱可並沒有所有的答案。就像你一樣，她也有疑問。她只是盡力捱過去，就和你所作的一樣。這也正是你們兩個之所以強的原因。只有一樣東西是駱可有，而你沒有的。」艾娜告訴我。

我身子往前傾。「是什麼？」

她微笑道：「待會兒再給你看。」

她總是要讓我等嗎？

「艾娜，這些年妳都在哪兒？」我問她。

她笑著，挑著義大利千層麵。「吧變樣子後，我不再去。我喜愛的T們都不在那兒了。大部分是大學生。穿裙子化妝的我，到那兒開始覺得不自在。似乎大家都穿絨布襯衫、牛仔褲和皮靴。那不是我。但又沒其他地方可去。我們有幾個人去過一次大學舞會，」她說，「但我們的服裝不一樣，舞也跳得不一樣。」她生氣地握起拳頭。「有個女人取笑和我一起的T，因爲她幫我脫外套。我氣得當場離開。」

我點點頭。「我的前任女友泰瑞莎在大學工作。我記得自己很氣，那些女人拒絕我們，我告訴她我討厭她們。泰瑞莎會說：『她們說需要革命是對的，但她們以爲革命可以不需要我們，那就錯了。』」

艾娜聳肩。「我知道自己不是異性戀，而同性戀又不接受我。我不知道去哪兒找我喜歡的T，其他的婆又在哪兒。感覺自己完全被誤解。我也覺得自己像個鬼魂，潔斯。」

許久，我們不需言語地交談。我們的眼睛歡迎彼此回家。侍者拿帳單來，自然地遞給我。

我噗嗤一笑。艾娜皺起眉頭：「笑什麼？」

「在今天見到妳之前，我還以爲所有我認識的人都在某家吧裡開心，只有我不在。」

我們沉默地騎車回她家。我想碰她。我想對她有重要性。我最想的，是靠著她的身子，安全地睡覺。

我在她房子門口停下。她摘下安全帽，示意我跟隨。站在她的客廳中，我試圖從她家的佈置了解她。艾娜正在走廊衣櫥翻找著東西。「找到了！」她回到客廳，臉上帶著笑容。「駱可有，而你沒有的，就只有一樣東西。盔甲！」艾娜遞給我一件上有銀色拉鍊，沉甸的黑色摩托車夾克。我接在手上，有一種穿久了的柔和質感。右肘處嚴重磨損。「她從尼加拉瓜瀑布回來的路上，傾倒哈雷打滑時磨破的。」艾娜摸摸袖子。「她愛這件夾克幾乎就像愛她那輛車那麼多。她說這是她的第二層皮膚。」

艾娜雙眼迷濛。「她將這夾克留下來保護我。她這麼說。那幾乎是她的一部份，但我承受不起，沒辦法穿它。」我無法說話。「穿穿看，」艾娜手持夾克，等我套上。很重；它的重量令人安心。「正合你穿。」艾娜半握拳，指關節壓著嘴說。

我伸開雙臂。她搖了頭。「我需要獨處。對不起，我還沒準備好。希望你能了解。」我不了解。但我是那麼害怕失去她，於是我逼迫自己微笑，點頭。

我走回我的哈雷，甩腿跨坐上。在引擎的低吼中，我聽見了自己。

穿著駱可的盔甲，我騎車離開。

「小心！」梯子一傾斜，艾娜喊道。我在油漆翻出前，抓穩鋼盤。「下來！」艾娜令道。我爬下梯子，以手臂抹了額頭。艾娜笑說：「你把油漆擦到臉上了，來。」

她抓著我手，用塊布輕擦我的前額。我將臂彎舉，擠出二頭肌，「我有在練喔。」

我吹噓道。

艾娜忍住笑說：「我注意到了。」我沒有忍住笑。

她在我唇上一親。「謝謝你幫我漆客廳。」

我微笑，聳肩。「不然T是幹嘛用的？」這句話裡也包含了我的疑惑與受傷：爲何我們已重逢一個月，艾娜仍然不願讓我與她做愛。

「喔，不，」艾娜說，輕輕地搖著頭。「T是熱心的好幫手。但你們不是只有這一點好。你們讓我的世界生色。在這世界剝奪我的美麗時，是T讓我有美好的感覺。是T的愛在供養支持著我。」

我淚水湧上來：半是感激，半是壓抑自己不能碰她的挫折。

她以指尖撫摸我臉頰。指尖的訊息要我，但我無法確知她整個身子是否也有相同渴求。「你好美，」她輕道，「俊，我應該說你好俊。」

我笑了。「喔，此刻這兩種說法我都能接受。」

我只看到她的雙唇，是那麼接近我。我能感覺到她溫暖氣息。但，我還是沒有再靠近她一步。艾娜猶豫著。等待她的我屏住呼吸——希望她會，害怕她不會。進入我懷裡的她怕著，但相信我。我以擁抱歡迎她。

艾娜忙亂摸索著我那沾滿油漆的襯衫鈕扣。我們將襯衫留在客廳地板上。在她的臥房，她拉下我牛仔褲拉鍊。直到那時，我才允許自己以熱情回報她。

一旦開始，我們所有的需求就全部被釋放了。她很清楚她要的是什麼，而且帶我到那兒，要我所能給予的一切。我欣喜給予，毫無保留。即使當我以唇、手、腿碰觸她身子時——我知道我想給她的不只是歡愉，而是我全部的愛。而當她相應地以手摸撫、指尖掐入我背時，我也能感受到她全部的愛。

我躺在她的懷裡，只穿著T恤與四角褲。她的指尖滑下我的頸子，繞過我的肩膀。她的笑極其誘人。呵，我竟忘了優婆調戲那純然的樂趣！

艾娜依著我的身體移動，以她的手指與嘴唇，折磨著我到發瘋。我要更多。恐懼一把掐住我的喉嚨。我記不得該如何順任，但我希望她能引導我。她的指尖尋上我大腿內側。「我怕。」我大聲自承。

她停止動作，靜靜在我手臂上躺著。即使她已在我懷中進入夢鄉，我仍盯著天花板，切望她能帶我越過恐懼，然而不知該如何啟口。

艾娜看到我帶來的花，驚喜呼出聲。「喔，鳶尾花，好美呀。」

我在她頰上一吻。「這花讓我想到妳。」艾娜看到我放在裡頭的卡片。

「等一下。」我抓住她手。

「怎麼了？」她笑道，「你寫了不該寫的東西？」

我的體重來回地在兩足之間移轉。「我寫了一首詩。我以前沒做過這種事。說不定妳會覺得很蠢。」

艾娜將我臉拉到頸邊，雙手環住我。「哦，甜心，你寫詩送我？喔，謝謝你。這對我已經是別具意義。如果你不想讓我看，我不看也沒關係的。」

婆在這些事上眞的好聰明。我當然希望她讀，而且她還給了我選擇的機會。「嗯，好吧，妳看吧。」我告訴她，並爲她的反應作好準備。

我臉漲紅，因爲我沒想到她會大聲地念出來。但我喜歡她朗誦的方式：

當黃葉再也不能抵擋
綠意溫和的堅持
妳，觸動我的寂寥
於是，我清脆的褐莢
讓位給了柔美新綠

艾娜迸出眼淚，在我臉上親吻不止，直到我不再侷促不安。「喔，潔斯。你眞的爲我寫下這首詩？寫得好美呀。」

「艾娜，」我在她耳邊輕語，「這是表達某種感覺嗎？」

艾娜後退，雙手捧住我的臉，下唇微顫。「是的，甜心。就是你所想的感覺。」

我們擁著彼此，隨著只有我們聽得見的音樂起舞。她拉起我的手，帶我入她房。我想要和她做一次很棒的愛。但我讀不出她身體的訊息——只有靜電干擾。我想不透自己做錯了什麼。

艾娜乳頭如苞，於我唇舌間綻放。我聽見她吸氣，啜泣隨之而來。我將臉靠近她，她雙拳緊握我的T恤，身子劇烈顫抖，臉埋入我頸窩中哭泣。她的痛哭嚇著了我。我抱緊她。「我不行。」她說。

「噓。沒關係。」

「不要生我氣。」她以央求的語調說。

「我沒有，」我輕聲道，「我沒有生妳的氣。」

艾娜沒有解釋她心裡的感受，我也不敢問。如果是我不能吸引她，那不會是我急著要知道的答案。況且，我已寂寞了如此長久，性，對我而言，沒有這親近感來得重要。我繼續抱著她，慢慢找到她身子貼近所帶來的單純舒適感。

我們靜靜躺著很久很久。我終於打破沉默，問了一個問題。「妳覺得我是女人嗎？」

艾娜用手肘撐起身子，看著我。「你自己覺得呢？」她輕柔地問。

我嘆氣。「我不知道。我從來就沒有看到很多其他我能夠認同的女人。但我也完全不覺得自己是男人。我不知道自己是什麼。這讓我覺得好煩。」

艾娜枕上我肩膀。「我知道，甜心，我真的懂。我在一起過的T，幾乎都有這種痛苦。」

「對，」我聳肩，「但我的情況不同，因爲我過著男人的生活。我都不知道自己還是不是個T了。」

她點頭。「你和駱可同時要找到自己，還要面對生活，眞的很難。但相信我，甜心，你不孤獨，還有很多人也有不屬於男人，也不屬於女人的感覺。」

我嘆氣。「我討厭兩種都不是的感覺。」

艾娜將臉靠近我。「你比『都不是』還多。除了只能二選一，還有其他樣子呀。世界沒那麼簡單，不然就不會有那麼多人不符合那框框了。你很美，潔斯，但我不知該用什麼話來讓別人看到這一點。」

「我眞希望所有的事情能夠回到從前。」我告訴她。

艾娜望向遠方。「我不希望，」她說，「我不想回到酒吧和打架的生活。我只要有個地方，能讓我和我愛的人在一起。我希望被人們接受，不需改變自我，而且不是只在同性戀的世界裡。」

我覺得自己被排除在幻想世界之外。「我呢？我也能被接受嗎？」

艾娜將我的手舉至唇邊，親吻我的手指。「你被接受了，我才算被接受。」

我微笑。「這個夢眞好。該怎麼讓它成眞呢？」

「我不知道，」她說，「問題就在這裡。」

艾娜跨坐在我身上。她的唇枕在我的T恤上。「我希望能救你，」她輕道，「我希望自己能彌補你被奪去的一切。」

我笑了。「當我愛人就好。」

艾娜倚著手肘，看進我眼裡。「你希望我能拯救你，對不對？」

「不對。」因爲害怕失去她，我說謊。

她坐起身。「我不知道你怎會不希望。我想到你擁有的是那麼少，你所需要的應該要有很多。我沒有那麼多能夠給你。」

我翻身，摟住她的腰。「那我就學著需要少一點呀。」

她抓起我的頭髮將我後仰，直到我與她眼睛相對。「喔，潔斯。我很抱歉我傷了你。那一次之後就沒法再讓你碰我，你以爲我不知道這很傷你嗎？但是我不知道該怎麼告訴你，這不是因爲你的關係。」

「多謝了，」我苦苦笑著，「我是那個妳不要的，所以這跟我有很大關係。而且整個聽起來就是我做什麼都沒有用。」

艾娜以指尖止住我的嘴。「我的內心好像被什麼撕裂了，潔斯。我無法解釋。」

我急切坐起。「說給我聽嘛，艾娜。我可以幫忙。」

她搖頭。「你修不好的，甜心。T總是想要修好受傷的地方。」

我嘆氣。「如果我不能與妳做愛，修不好妳的傷，那我還有什麼T魔力？我能給妳什麼呢？」

艾娜微笑，再躺入我懷中。「給我時間，」她說，「和一點空間。」

艾娜比我先注意到動物園裡樹上的花苞。她幾乎已不再碰我。我嫉妒她碰著的花兒。

我們買了一些花生，無目的地走著。我看著一隻籠裡的老虎，在牠狹窄的空間裡來回走動。牠低下頭呼吼。艾娜看著我。「有時候我感覺這裡沒人時，你會和這些動物說話，牠們也會回答你。」

我微笑。「我可以不害怕地走進這些籠子。」

艾娜皺眉。「牠們可能傷到你。即使不是刻意的。」

我點頭。「但我不怕牠們。」

我們沉默地走著，走到了平靜、有鴨子戲水的小池塘。在池邊坐下時，我發覺有事情要發生了，而且沒有東西能延遲那一刻的到來。

「你知道，」艾娜開始，「我一直等待有個T騎馬來救我。脆弱時，我要靠著她。」

一個接一個，我撥開花生，丟給搶食的鴨子。我很清楚最好別開口。艾娜看著鴨子，好久都未說一語。她的身體靠著我。當她轉頭看我時，我看到了淚痕。

我想我當時就知道了，但有時候，「知道」是分層而來的。我喚著她的名。「我們可以一起度過的。」我說。

她搖頭。「我只是現在沒辦法跟任何人在一起，潔斯。連我自己都不曉得爲什麼。似乎沒道理。如果眞有所謂的英雄，你絕對是我的英雄。你有我對T所期望的一切。你堅強、溫柔，聽對方說話，而且盡力嘗試。我眞的愛你，潔斯。」

艾娜哭時，將臉轉開。我沒有碰她。我很想，但我知道不能。「妳知道，」我告訴她，「我記憶最深刻的時刻，是那些我沒有能力控制，希望不要發生，但卻發生的事情。」

艾娜噙著淚，點頭。「我凍在很深的地方，潔斯。而我應該自己救自己。你沒有辦法幫我。我也不知道該怎麼出來。我怕。」我出於直覺地伸出手，她在一個手臂長的距離外，輕輕握著我的手。

眼淚跑進我眼裡，但我忍著，因爲接下來將有很多夜晚可以難過。「爲什麼？」我問她。「我就是不懂爲什麼妳不能試。」

她咬著下唇。「我在試了，潔斯。我試過了。我眞的不知道是怎麼回事。我和你一樣孤單。我的需要是那麼多。這是讓我害怕的地方，還有，你是那麼地需要我，也讓我害怕。」

「噢，艾娜，眞的沒有可以讓妳不離開我的方法？我做什麼都無法改變妳的決定？」

艾娜搖頭。眼淚流下她的臉頰。「喔，潔斯，我眞的很愛你。請你相信我。」

她投進我懷裡哭泣，我心寬了些，然後我才明白她是讓我最後一次抱她。恐慌如浪潮般湧上，我幾近滅頂。我此刻已能感覺得到，在再和艾娜重逢前，我的生活是何等模樣。「艾娜。」我輕輕叫著。

她用手搗住我的嘴。「我不能。」她說。

艾娜雙手捧著我的臉頰，直直看著我的眼睛。「你怎麼辦呢，潔斯？喔，老天，我希望自己夠強，能同時拯救我們兩個人。」

我別開頭去。「我沒事的，」我聽到自己這麼說。我與她同時大笑出聲。「那麼說很T，對不對？」我承認道。

「喔，非常。」艾娜笑說。

在笑聲與眼淚的界線上，我們又滑回眼淚那一邊。

我想著，如果我內心有更多愛人的能量，或我能夠需要的少一些，她是否就不會離開我。

艾娜在我唇上一親。如果我往前進一步，她將會退開。所以，我一動也不動，好讓她的吻再停留久一些。

她站起身。「我眞的很抱歉，潔斯。」

假若懇求能讓她不離開我的生命，我願意跪下雙膝，但我知道，她不會留下。

「我可以載妳回家嗎？」我問，期望時間能幫助我改變她的決定。她搖了頭。

我站起來，讓嘴唇背誦她的額頭、她的臉頰、她的下巴。我鍾愛年齡使她臉龐柔和的方式。「我偶爾能見妳，和妳說說話嗎？」

她將手放在我胸前。「也許過一陣子吧。」她的嘴唇離我好近。我猶豫地親吻了她。她沒有避開。有那麼一會兒的時間，我感覺到了她的需要，然後，她抽了身。我看著艾娜離去。

一個接一個地，我撥開花生殼。丟給池裡的鴨子一些，自己吃掉一些。我比任何時候都還感到孤單害怕。

CHAPTER

19

那似乎是個就如同其他日子的週六早晨。每一天都與它接下來的一天沒有兩樣。每個小時都那麼緩慢地過著，以致我沒有注意到，年的更迭已取代了月份的變化。

煮咖啡時，我看到飼鳥槽上，一隻藍木堅鳥正與一隻白頭翁爭食麵包屑。兩隻鳥都沒有注意到在他們的下方，有隻橙色斑貓正蹲著伺機躍動。

時間很多。我慢慢地沖澡，想以熱熱的肥皂水刷掉孤立的塵垢。寂寞已經成了一種環境——我呼吸的空氣，我困在裡頭的空間。我坐在停泊於死寂之海的船上，等著風來揚起我的船帆。

於是，我從來沒有想過，我的生活可能在那天再度出現巨大的改變。而其實，過程十分簡單。我將一毫升荷爾蒙汲入針筒，抬起我袒露的大腿時——我忽然停住。我的手臂好像被一隻看不見的手抓住。不論我怎麼試，就是無法將針頭插進大腿肌肉，雖然這個動作我已經做過數百回。

我站起身，望進浴室裡的鏡子。那雙眼中傳出的強烈哀傷讓我嚇了一跳。我在晨起冒出的鬍髭上抹了泡沫，用刮鬍刀刮乾淨，用冷水潑洗我的臉。鬍髭的感覺還是扎硬。

雖然我是那麼喜歡鬍子成為我身體的一部份，但我感覺自己被困在它後頭。我在鏡子裡看到的人不是一個男人，但是我也認不出來那個男—女人。我的臉已不再能顯示出我的性別。我可以看到被當成男人的那個我，但連我自己也看不到，在我表面下，那個更深、更複雜的自己。

我望向自己很遠的過去，憶起那個無法被席爾思百貨公司分類的小孩。我看到她站在自己房間的鏡子前，穿著她父親的西裝，問我，我是不是就是她長大後會變成的那個人。是的，我回答她。她是那麼勇敢地開始了這個旅程，昂首面對如山般高聳的評斷。

但我現在是誰——是女，是男？我曾花費極長時間辛苦地爭取成為女人中的一員，但我總因自己的不同，感到被排除在外。我不只是相信改變外表能隱藏住自己，我還希望能因此有機會，讓我表達出我本身不那麼女人的部份。然而，我沒有機會去發掘當一個男—女人的感覺。我直接成了「他」——一個沒有過去的男人。

我是什麼——是女人，是男人？如果只能有這兩種選擇，這個問題就永遠無法得到解答；如果一定要問，那它就永遠沒有答案。

我回想著我走過來的這一段漫漫長路。我沒有一刻停止過以自己的雙眼觀看這個世界。我的內心也沒有出現過不像自己的感覺。萬一，那眞正的我會因這旅程而改變，然後出現？我又將會是誰？突然間，我必須知道答案。如果我放棄尋找，我的生命有何價值？興奮與恐懼的手指掐住我的喉嚨。我現在正往哪兒去呢？我又將成為何種人？我回答不出這些問題。但問出這些問題即已代表，就在我的意識表面下方，已有鼓噪不安的變化正在沸騰。

我在公寓裡翻找香煙，但當我拿起煙盒時，我看到自己的手將它揉扁。

當晚我夢到自己在渾沌的深水域中掙扎。我在黏膠似的阻力中大力地揮動著四肢。我的肺部因閉氣而作痛。我極需吸氣。我開始慢慢地往水面游。身體感到的水壓減輕。我的手臂在劃出水面時，感覺到那液體絲絨的觸感。我看到天空，大片大片的光在我上方閃爍。我的肺就要爆炸。我破水而出，陽光和風拂面迎來，溫暖又涼爽。我聽見自己的笑聲。

我猜我眞的相信當荷爾蒙作用消失後，我就會發現自己繞了一大圈，回歸到自己的過去。但這趟旅程還沒結束。我在K超商看到泰瑞莎的那天才明白這一點。

認出她的那一刻，我立刻屏住呼吸。她幾乎沒有任何改變。她也會這麼說我嗎？我躲在男內衣部門的陳列架後看她。假如我叫出她的名字，她會怎樣？我好希望她能擁抱我，帶我回家。畢竟，她離開我是因爲我開始用荷爾蒙；而現在我已經停止使用。她有可能再愛我嗎？

我看到有人將手搭在泰瑞莎肩上。我彎過走道換一個角度看，想看清楚那個女人。是那個約十年前在泰瑞莎家出來應門的娘娘T——同一個愛人。泰瑞莎在這週末夜T身上到底看到什麼東西？我的處境困難多了；我比她更需要泰瑞莎的愛。我眞不願意承認，如果泰瑞莎愛她，那她一定是個特別的人。

我聽見泰瑞莎的笑聲，溫暖放鬆。她的臉龐皺著，全是愛。然後我知道我不是在回家路上，我不能往回走。我正快速地朝一個看不到的目的地前進。而若我想再躺在泰瑞莎的懷裡，那將是某個遙遠的未來，不是現在。

在她們看到我之前，我衝出商店，飛快騎車，趕在眼淚掉落之前回到家。我在床上躺了數個小時，直到蒸熱的午後轉成傍晚。橡葉在我窗戶外頭沙沙作響；街燈在我的牆上投射它們的影子。蟬聲起起，落落。

泰瑞莎曾要我寫信給她。我現在想寫這封信。我渴望將成串的句子紮起，像禮物般送到她的門前——能點燃夜空、能撫慰、療傷的字句。但那些詞句沒有出來。

在那長夜，我了解到如果愛是足夠的，我也許不會失去泰瑞莎。但我失去了她。我可以說我們是到了一個交叉路口。那是事實，但非全部的事實。我知道早在我們分開前，我已經在很多小地方失去了泰瑞莎。我曾是她世界的中心；她曾是我的全世界。而在我的宇宙縮小時，我需要她成爲我的一切，反之，我也希望成爲她的一切。我們兩人都無法達到那樣的期望。

然而，事情怎麼可能不是那樣？我怎麼可能在一日結束時不屈膝而跪，在她身上尋求庇護？她又怎能拒絕，不以她當時愛我的方式對我？她將我的頭拉躺於她的腿上，輕撫我的臉時，那就是我唯一知道的庇佑與接納。對她而言，承認我自身的需要，曾是她對我無盡的要求。我不知道在一個不安全的世界裡，我還能往哪兒找到安全。而且，如果我一直活著如座堡壘，她也無法繼續維持對我的愛。也許問題出在我開始相信她的愛能保護我，然後我開始期望，開始要求。也許她相信著，只要她再努力嘗試，她就能讓我安全。當她抹掉我臉上的血時，她感到挫敗嗎？如果我們再擁抱著彼此，情況會有任何不同嗎？

終有一日，我會告訴她我慢慢開始了解的諸多小事。但現在，我只能寫出七個句子——從一個男－女人緊縮的心裡擠出的短詩：

特別是在沁涼的夜裡
當波波樹影灑在牆上
而意識也漸消退時
拍打我海岸的是睡眠
在這無所束縛的長時刻裡
記憶的煤塊發出微光
賦予了黑暗不同的光彩

我停止用荷爾蒙時，什麼也沒發生。有好幾個月，我每天早上起床後便奔到鏡子前，上氣不接下氣地期待著。但什麼也沒變。像被人潑了冷水般掃興。經過許多小時的電療去毛治療後，我才開始再感覺到自己臉頰皮膚變細。有一天起床後，在ＢＶＤ上發現經血。我把褲子扔了而非冒險上洗衣房，讓人瞧見這分明的矛盾。但真正的動作在我內心深處進行著。我必須對自己誠實，那和呼吸一樣迫切。當我獨坐，自問我到底要什麼時，答案是改變。

我沒有後悔使用荷爾蒙。不曚充，那時的我不可能再撐下去。而手術對我是項禮物，讓我回家、回到自己的身體裡。但除了單純能活下來，當一個永遠置身事外的陌生人外，我還要更多。我要找出來我到底是誰，我要能定義自己。不論我是誰，我都要能面對。我要再活一次。我要有能力解釋自己。我要以自己的眼睛看這個世界。

然而我好害怕再出來面對世界。我不知道自己爲何選擇在雷根政權的前幾年，道德多數勢力高漲的這時候，出來要求「當我自己」的權利。他們會要村民拿著火炬與木椿，到鄉間搜尋我嗎？我是否會被獨自銬在牢房裡，沒有可以尋求救援的對象——假設我撐得過這夢魘的話？然後我了解到，不論是誰在白宮主政，要當我這個人都是困難的。進退維谷——我有預感，這條人生道路並不會變得好走一些。我已經經歷過很多了，似乎沒什麼能再變得更糟。

再一次，我看不到前方的道路。我在未知的水域裡航行摸索，所能憑藉的是漂浮不定的星象。我希望能有個人、有個地方讓我可以問：我該怎麼做？但我的世界中不存在這樣的人。要怎麼過我的人生，我是唯一的專家，也是唯一可以諮詢的人。

當人們再度對我瞪目瞠視時，我知道我的外貌開始改變了。時間已經過了一年。我的臀部使男褲的縫線繃緊。我的鬍子因電療而稀疏柔細。我的臉部線條變得柔和。然而，我的聲音，一經施打荷爾蒙變低沉後，不再變回。我的胸部仍然平坦。我的身體揉合了兩性特徵，而我不是唯一一個注意到的。

我記得陌生人瞪目凝視的夾道酷刑是什麼樣子——他們的眼裡露出氣憤、困擾、好奇的神情。男人或女人都因我讓他們無法簡單分辨性別而憤怒。懲罰隨之而來。在他們眼中我唯一能找到的承認是，我是「其他」。我不同。我永遠都會不同。我永遠都無法依偎著「相同」的舒適懷抱。

「我怎麼知道它是什麼？」櫃台男子在我走開時對客人這麼說。那個代名詞在我耳中不斷回響。我又回到被當成「它」的時候。

以前，陌生人對我憤怨，是因一個女人跨越不容混淆的疆界。而今人們眞的不知道我的性別是什麼，這對他們來說是超乎想像的，而且可怕。女人或男人——他們腳下的基石在我行經時瓦解了。我怎麼知道它是什麼？我已經忘了這有多難承受。但是我知道自己正在轉變到生命中的另一階段。恐懼和興奮同時啃噬著我。

水牛城已經沒什麼可留戀的，但我仍然害怕離開。我原來以爲不論我要找的是怎樣的家，我都能在這裡找到。但也許時候到了，我該承認我的家或許是在別處。或者我必須啓程離開，才能找到我心中的家。不管怎麼說，紐約市裡有工作機會。臨時職介所的人告訴我，我能在曼哈頓找到工作。他還說時代廣場的二十四小時電影院，是城裡最便宜的旅館。雖然我告訴自己不能搬家是因爲沒有足夠的錢，但內心深處，我是害怕紐約會把我吞了，再吐出來。

那兒吸引我的不只是擁有穩定工作的希望；還有部份原因是爲了匿名生存。在一個滿是陌生人的城市當個陌生客，似乎要來得容易些。我也希望能找到像我一樣的人。我困守水牛城的惟一原因是恐懼。

有天早上我走下前門階梯，在原來停放哈雷的地方發現一灘油漬。我不敢相信車被偷了。我在附近走了一個小時，試圖說服自己只是忘了將車停在何處。當我終於在路旁坐下，面對摩托車已經不見的事實時，我知道，該是離開水牛城的時候了。

火車駛離水牛城車站時，我有一種把自己拋在後頭的感覺。我不知道前方有些什麼，但火車正疾駛於黑暗中，往目的地前進。

冬日晴空與孩童時的夢想一樣湛藍，雲朵形成了各式等待被命名的形狀。新景觀在我窗前掠過。大地浮現——森林蓋覆的、荒涼的、半毛不生的。前面還有一段漫長的旅程。

「這兒有人坐嗎？」一女子問我。我搖頭。她將行李放到上方鐵架。一個小女孩從女子的腿縫中看著我。「我叫瓊，這是我女兒艾美。」

艾美盯著我看。我點頭、微笑。「我叫潔斯。」我轉身望向窗外。我希望能獨處、想想事情。

艾美蜷在母親懷裡。「說故事給我聽。」瓊微笑，將頭靠向椅背。

「從前從前……」瓊編了一個故事，故事描述一個小女孩出外遊歷，尋找一個將會告訴她該如何面對命運的魔法師。半途，小女孩被一隻噴火巨龍擋住去路。她被這隻巨龍嚇到了。「我該怎麼辦？」小女孩大喊。忽然間，她發現了峭壁上頭有塊大石頭。如果她能推動石頭，石頭就會滾下來，砸死巨龍。但是，小女孩要怎麼爬上峭壁呢？她向天上飛的老鷹求救，「老鷹大哥，請你幫助我殺死巨龍！」於是老鷹俯衝下來，將小女孩帶上懸崖。巨龍看到大岩石往下掉，但是已經太遲了。石頭砸上巨龍，巨龍變成一團煙消失了。小女孩很開心，但她也擔心這場混亂耽誤行程，她可能找不到魔法師。當天晚上，她在河邊的一株嗚咽的柳樹下搭營過夜。她升火烤她帶來的熱狗，然後到森林裡尋找更多柴薪。當她回來時，發現魔法師坐在她升的火堆前，正烤著蘗蜀葵。小女孩知道那就是魔法師，因爲他戴了一頂有著星月圖案，尖尖高高的帽子。所以小女孩坐下來問，「魔法師先生，請告訴我，我這一生該做什麼事？」魔法師笑著告訴她，「妳該殺掉一隻巨龍。」

艾美對她母親笑笑，蜷伏在她胸前。「媽咪，那是女生還是男生？」她問道，抬頭看著瓊。

瓊帶著歉意看了我一眼，然後轉向女兒。「那是潔斯。」她說。

「要順便帶餐車的東西給妳們嗎？」我在站起經過她們時問瓊。她搖了頭。

我買了一瓶汽水，一副紙牌，坐在餐車裡玩牌。再回到座位上時，瓊與艾美已經不在了。她們應該是在羅徹斯特下的車。我珍嚐著獨處樂趣。

世界在我窗前急速奔馳：銀朱、洋紅、焦土色的線條。銀色樺樹與一抹一抹的白雪。仍舊黏在枝幹上的赭黃枯葉。沼澤上姿態優美的野草的金黃色浪潮。棕色野鴨跳進平靜湖面。天空滿是烏鴉、老鷹和紅頭美洲鷲。隱現山坡邊、常綠樹樹林間，風侵雨蝕破損的小屋。休耕田地與閃閃發光的儲倉。

瞌睡中的鄉鎮對著鐵軌露出它們簡陋的後部。一排像有社區般大規模的主要道路排列著小雜貨店、水電材料行、汽車零件修理、加油站、和家常小吃。萊姆黃、檸檬綠、水蜜桃粉彩的房舍。下塌的陽台。小貨車和後院生銹的鞦韆。拖車公園——如今失去輪子的昨日行動力夢想。被棄置的工廠熟悉有如戀人的嘆息。馬路、鐵軌、高架橋像包禮物的絲帶般，將我們的生活緊緊纏繞在一起。

我開始感覺到這裡與那裡之間，無重量狀態的愉悅感。

但幾個小時後，平原開始消失，映入眼簾的是一幢接一幢的工廠與高樓大廈。火車正在靠近紐約市。建築物愈來愈大，直到遮住整個天空。我進到廉價公寓的叢林中。有些有住戶，有些沒有——但差別細微：窗戶外掛著大塊布匹或看板。曬晾的衣物從防火梯伸出，在空中飛揚。每一吋的牆面似乎都噴上名字。

我能辨識貧窮的味道——牙縫間熟悉的沙礫味。

「那是哈林區。」我聽到一個男人對他的旅遊同伴說。哈林！我興奮地喘不過氣來。

CHAPTER 20

我一動也不動地站在中央大車站外往上看。我彷彿又變成了個孩子，站在有著天一樣高的水泥峽谷底端。人潮像急湍般來去。陌生人經過我時衝撞著。別擋路，混蛋。我記得在成人世界中長大的感覺，好像所有人都曾聚在一起，擬好某個行動計畫，而我卻摸不到半點頭緒。

我擠到路邊，問書報攤的男子，「42街在哪裡？」

「你現在站的地方就是。」他沒好氣地回答。

「在這裡要怎麼租房子？」我問。

「你要租房子？去找個有房租管制公寓的擁有人，然後殺了他。」他遞給我《村聲》雜誌，接過我的錢時，沒有笑容。

我背靠著一棟建築物，看著經過我眼前的人潮。我發現在這個城市需要生存策略，而我沒有。我有六百元。在我領到第一份薪水前，要用它租間公寓，剩下的還得夠付車票和食物的錢。

結果42街真的有很多全天候戲院。三塊錢的門票能看一整夜的功夫電影。我選了家戲院，進入了全是男人的世界。戲院的氣味聞來像發霉的香煙與大麻煙捲。許多椅子是壞的，這是在我坐下後屁股碰到黏膩地面時，才發現的。離我最近的男人，把我打量一番，再回過頭去盯著銀幕。

我喜歡這些電影。它們似乎都有共同主題。一個年輕人遭遇強大的敵人。他必須找到一個師父，教導他猴形、螳螂、老虎、鷹爪、蠍形等武技。問題是師父單憑己身之力還不夠強大，或是在年輕人學成前就死去。要打敗敵人總需要某種融合技巧與睿智的方法才得以成功。銀幕上的英雄行事光明磊落——為人謙恭嚴謹，而且對女友，即使不能說忠貞，也稱得上尊重。

但每回有女人出現在銀幕上時，我周圍的男人便大喊，「吃了那騷妞！幹那婊子！」起初我被嚇到了。後來我才想到，除了我之外，其他的觀眾都是男人。他們要不是對彼此說話，還會跟誰？每一個在酩酊大醉狀態下喊話的男人，是想讓其他男人相信，女人還是會讓他的老二變硬？還是不論外頭生活把他磨成什麼樣子，他仍然是個真正的大丈夫？

我一直拖延著不去上廁所，但我終究得去。一打開男廁，臭氣迎面衝來。一個老頭兒坐在馬桶上，手臂上插著一根針筒，點著頭。瓷磚因穢物而黏稠。每一間都沒有門。馬桶大多因糞便與廁紙而滿溢。

我溜進女廁。久無人用而霉爛潮溼。就在我拉上褲子時，門被打開了。「你在這裡幹嘛？」一個穿著紅色鮮亮運動衣的男人問我。

我讓自己的聲音變粗沈。「拉屎，有意見嗎？」我推過他回到座位。到了每部片我都看過兩遍時，我開始睏了。

隔天早上，我邊走邊向遇上的每個人問路，才到了在《村聲》上看到的第一家租屋公司。

「你們有便宜一點的地方嗎？」我問一個女接待。

「你是要公寓還是廢棄屋？兩百五已經夠便宜了。」

我想了一會。「什麼時候能搬進去？」

「鑰匙在這兒。」她說。

我伸出手要接鑰匙，她收了手。「一個月房租，押金一個月，加佣金，總共是七百五十元。現在先付清。」

「我只有五百，」我告訴她，希望剩下的一百元，能讓我撐到找到工作並拿到薪水。

她把我從頭看到尾，然後張開手心伸向我。「五百現在給我。佣金先給你欠。禮拜五之前繳清。到時你沒帶錢來就沒了。」我謝了她，簽下合約。

她不需要給我鑰匙的。公寓根本沒有鎖頭。爐子、冰箱、自來水、地板也統統沒有。我小心地踩在二乘四英呎見方的地墊之間。

我衝下五樓，打電話給租屋公司。「根本不能住。」我告訴那女人。

「那不是我的問題。」她說。

「我要退錢！」

她笑了，幾乎是和藹的。「你簽了合約了，親愛的。三十天內房子都是你的。」

「我要退錢！總有法令規範吧，你們不能這樣！」我氣急敗壞地對著已掛上的聽筒說。

天黑了。我覺得冷。角落賣酒的店家給了我幾個紙箱。我再爬上五樓。我在門縫塞進紙板好讓它關緊，將其他紙箱拆下拉平當床。我躺在上面，感覺自己像個白癡。現在我大部分的錢都沒了，而且還沒有收入。

我聽見樓梯傳來腳步聲。我在想會是什麼人，因為這棟公寓幾乎沒人住。腳步聲愈來愈靠近，在門外頭停住，走近。我不出聲躺著，試圖不要呼吸。只要一推門，這個陌生人就會知道我是從裡面塞住門縫的。我很久都沒出聲，站在門外的人也很安靜。然後我聽到腳步聲往下走。我跳起來抓起我的行李袋，想趕快離開這危險的鬼地方。我哪根筋壞了，以為自己能在這城市活下去？

我不知道除了功夫電影院還有哪兒能過夜。戲院比沒人住的公寓大樓感覺起來安全多了。我叫住一個中國人問這是哪裡。「莫特街，」他答。「你要去哪兒？」

我嘆氣。「時代廣場——42街。」

他用手比劃遠方說。「A車。」

那些該死的火車在哪兒？這城市的人是怎麼找地下鐵的？我問了又問，終於有人指了一條通到街道下方的樓梯。我買了枚代幣，進入紐約市地鐵世界。過去的生活經歷在此毫無用處。

在水牛城時，我總有自己的交通工具。即使偶爾必須搭公車，大家都面朝同一方向，做著各自的白日夢。地鐵裡，人人彼此對望。

地鐵頗擁擠。我從未有機會如此觀察人們。大多數的乘客看來像站著睡覺，眼神呆滯。其他人則埋首書報當中。我忽然發覺至少有幾個人和我做著同樣的事情。他們在看人；他們在看我。

坐在對面的女人盯著我的樣子，有如我是外星球來的。她用手肘頂身旁的男友。「那是男的還是女的？」

她男友把我從頭頂看到腳尖。「我怎麼知道？」我希望42街能趕快到。

「嘿，」他查問道，「你是不是男的啊？」我板著臉面對他，看回去。「喂，我他媽問你問題欸。你是聾子啊！」我沒有回答。

他站起來走到我面前，手拉住吊環。他湊近臉。我聞到啤酒味。「我再問你一次，操你娘的。你到底是什麼東西？」火車在42街停了，門打開。他擋住了我。

「親愛的，來，」他的女友拉拉他。我站起身。兩人面對面，僵持著。我垂在兩側的雙手緊緊握拳。「別這樣嘛，」女友哄著他。「你答應我今晚不會再打架的。」

他們同時轉身準備下車。我決定不下。「他媽的變態。」他對我吼道。

「幹你娘！」我吼回去。

「是男的。」他告訴女友。

我在下一站下車，沿著第八大道走到42街。如果我能賺夠錢，也許我會回水牛城。

那個時候我這麼相信著。

「找點樂子嗎，親愛的？」一個女人在人行道上攔下我，並打開她的假貂皮大衣露出黑色內衣。「讓我好好照顧你。」她撅起嘴唇，摟住我的手臂。我想起自己還是小T、剛出道時，受到像她這樣的女人的呵護。我曾經和她們站在同一邊。而今我被視爲客人。我驚嚇得抽身。「幹你娘。」她在我面前吐了一口痰。

我注意到十字路口斜對面有台巡邏車。我聽見後頭傳來漸近的警笛聲。

我走近一群警察。其中一個警察正推著一個著網眼絲襪的黑人扮裝皇后，把她壓在警車上，從身後銬上手銬。她將臉轉向我。幫我，她無語地央求。

我不知道怎麼幫，我以眼神回答。

兩個警察圍著另一個在柏油路上爬行的扮裝皇后。血從她前額一個大裂口流出。其中一個警察在她身旁蹲下。警察出手抓住她荷爾蒙注射的乳房時，眼睛從頭到尾沒離開過我。「叭！叭！」他擠壓時笑著。

我直直站住，渾身上下打著寒顫，並感到憤怒。我想不出來介入的方法，只能站在那兒目擊。最靠近我的警察走了過來。他將臉湊上。「你有什麼意見？」他問我。他吃過大蒜。我沒有動也沒有說話。他用警棍尾端猛戳我的肋骨。「你想進籠裡坐坐？」他問。想到在紐約市單獨一人被抓令我心生恐懼。「回答我，嗯？想還是不想？」我沒動。他用雙手抓住警棍，橫抵住我胸口。「想不想啊，混蛋？」

我吐氣。「不想。」

「要說『不想，長官，』」他奚落我。

我緊抿雙唇。他盯著我的眼睛。「馬上給我滾。」他下令道。

我沿著46街跑，直到聽不到他們的笑聲爲止。我的呼吸變成短促抽氣。一股冷風吹皺湖面。

一個年輕孩子站在一輛車的駕駛座外頭，和方向盤後的男人說話。如果她沒有穿高跟鞋，她的身高就不夠看見那個男人的眼睛。她穿著一件薄薄的短外套和針織線襪。她一定凍得發慌。我看著她繞到乘客座位區，上車。

我沒辦法再跑，也沒辦法再繼續走。我的額頭靠上建築物冷冷的磚牆。身體的疼痛由胸口開始，衝上喉頭。我張嘴吼叫，但沒有聲音出來。

第二天早上我在42街的臨時職介所門口等它開門。一個穿著格子運動夾克的男人讀著我的表格。「哪一種免役？」他問我。

「啊？」

「兵役。你是哪一種免疫？」

我聳肩。我沒有塡那個部份。「我沒有從軍。」

他往後靠上椅子。「爲什麼？」

我往前靠。「先生，你有沒有工作給我？」

他把筆一丟。「你有駕照嗎？」我搖頭。「去弄一張。」他說。

「不要，」我告訴他。「我不要在這城市開車。太瘋狂了。」

他在一張紙上寫了一些東西。「會開起重機嗎？」我點頭。「縫紉機工廠，」他說。「雜役。」他是個話不多的男人。

「工錢怎麼算？」

他笑了。「一週八十元。我們這兩個禮拜都抽四十。」

我生氣地俯身問他：「爲什麼？」

「因爲幫你找到工作。你要還是不要？」

我從緊咬的齒間吐氣。「好吧，我要。」

他似乎精神提振了點。「很好，這是地址。小子，聽著，沒有什麼東西是可以不付代價的。」

那一週我以花生醬和三明治過活。領薪水那天，我讓自己到工廠對面的餐廳吃點好的。

「前胸肉。」我指著牛肉說。櫃台的男子點頭，開始切肉。

「跟他一樣[1]。」站在我身旁的老婦對男子說。

我的肚子開始咕嚕作響。老婦會意地對我微笑。我們同時熱切地看著男子切肉。

我盤子上的肉片不斷增加，而師傅還繼續添肉。老婦對著我點頭。我兩道眉毛都挑起來了。

她嘆氣。「男人需要多吃點。」她說。

下班後，我在五金行買了兩副堅固的扣鏈和大鎖，回到莫特街那沒人住的公寓。我把鎖鏈裝上，以便從外面或裡面都能鎖門。然後我買了一塊三合板，蓋住一部份地板，還買了一張廉價的空氣床墊當床。在紐約的第一夜，這棟建築物把我嚇得半死。現在，一週過去了，要是我再不能有幾夜的隱私，我覺得自己會死掉。

整棟建築物都沒有自來水。在戲院時，有個男人看我在男廁洗T恤，他告訴我說，中央車站是個更適當的清洗場所。

白天我做臨時工，洗盤子、裝卸卡車。下班後，等交通尖峰時刻過了，我就到中央車站的男廁洗乾淨一件T恤，然後拿回家晾乾。天一亮，我再到中央車站梳洗。那個時間的男廁屬於無家可歸的男人，他們和我一樣，掙扎著維持自己最後一絲的自我價值。有兩次，我懷疑一個裹著幾層外套的遊民，其實是個女人。

透過第二家職介所的仲介，我找到當夜班看守員的工作。起碼我能自己用一間廁所。我每六十分鐘必須巡邏一次。藉由鬧鐘之助，我每個小時能睡四十二分鐘。

日夜兩班工作快將我累垮，但我必須要賺夠錢租個像樣的公寓。

天氣變冷後，我開始咳嗽，吃喉糖或糖漿都止不住。我的喉嚨疼痛，眞希望咳嗽快點好。「老天爺，回家去吧。」裝卸平台有個男人前兩天這麼告訴我。

「負擔不起。」我告訴他。

高燒燒昏了我。人行道在我腳下移動。建築物全彎向我，擋住天空。冷風颼颼灌進我的衣服裡。我攙著搖晃的扶手，在每一段樓層中間休息，蹣跚爬上我的公寓。

我的睡袋和枕頭看來誘人。房間裡沒點燈。數週來，我第一次感到暖和。甚至太暖了。我躺下睡著時，以爲自己看到一隻像蝙蝠的怪物在我上方飛來飛去，整個房子都是翅膀鼓動的聲音。我讓自己睡著以逃離恐懼。我在半夢半醒間，看到泰瑞莎坐在我身邊。我的枕頭溼透。她的手在我臉頰上，好涼。我幾乎快忘了，她的笑容是個禮物。

「泰瑞莎，」我低呼著，「我好愛妳。我想妳，甜心。請妳再接受我。」

她以手阻止我往下說。潔斯，你得上醫院。

我搖頭。「不行。我現在太弱，沒法保護自己。」

「泰瑞莎，我好怕。」

她以指尖撫慰我。該去了，甜心。你做得到的。我知道你能做到。

我搖頭。「我不是單指醫院。我已經不知道該怎麼再過下去了。我害怕。」

她點頭，用手撫撥我的頭髮。我知道，潔斯。我知道。

她點頭。你已經在試了，潔斯。再撐著點。

我試圖以手肘撐起自己，但又沉下去。「我好孤單，泰瑞莎。沒有一個我可以歸屬的地方。我都不知道自己是否還存在。」泰瑞莎抹掉我的淚水。我握住她的手。「拜託妳，泰瑞莎。留下來陪我。請妳不要走。我好怕。」

我就在這兒，寶貝，她安慰我。我一直都和你一起。

我滾下一個山丘，漸失去意識。「但是妳在消失。」我無力地說。

我逆著一道冷風，辛苦地走著。我走不到醫院。我的腿不願再往前走一步，而且我也沒有力氣接受檢查。泰瑞莎高估了我的力量——身體的與心理的。

我咳得嚴重到害怕自己的肋骨會裂開。遠處的救護車聲響似乎像軟掉的太妃糖。街燈微微閃爍。我無目標地走在下東區的街上，不確定該如何回到我的公寓。「你在找什麼？」一個小伙子在我經過時低聲說。

我搖頭。「我不知道。」

他的眼睛一亮。「你需要什麼？」我不斷咳嗽，咳到街燈全繞著我轉。「老天，」他說，「你病了，嗯？」

「本來只是喉嚨痛，但現在卻咳不停。」

「你有多少錢？」他問。我聳肩。「有二十元嗎？」我點頭。「在這裡等。」他告訴我。

我站在街角，站到忘了自己在等什麼。他帶回來一個琥珀色小瓶。我伸出手要拿時，他收手回去。我遞給他一張二十元紙鈔。

「你一天吃四次。得全吃完，知道嗎？那個人這麼說的。」

我皺起眉頭。「這是什麼？」

他聳肩。「藥。我把你的情況告訴他。你還有十元嗎？」

「幹嘛？」我答。這表示我有。

「我有四罐可待因，應該能止咳，不然起碼能讓你不再心煩。」

我微笑，給了他十元。「謝謝。」我眞心地說。

他與我握手。「好好照顧自己，嗯？」

我買了兩夸特的果汁，回到那個我稱爲家的廢棄大樓。每隔幾個鐘頭被咳嗽吵醒時，我就吃一顆藥丸和一錠可待因，繼續睡覺。星期天早晨醒來時，我的鋪蓋全溼了。我坐起揉眼睛。我感到有點力量了。病痛正在分解、消失。

這個地方的房租這週末就到期。我在介紹所附近找到一家便宜旅社，能讓我按週付租金，直到我存夠錢租個像樣的公寓——一個眞正的家。我四下望望。我無法相信自己已在這鬼地方住滿一個月了。

「多少錢？」我問管理員。

「月租三百廿五元，有暖氣熱水。廁所在走廊。押金也是三百廿五。」

我點頭。它有間小臥房、廚房、和客廳，全都在一直線上。我給他現金；他給我租約。「等等，」我在他轉身要走時說，「沒有浴缸？」

「那裡。」他指著廚房的一個角落。那是個小浴盆，上面蓋了張鐵片。奇怪的城市。

我鎖好門，開始仔細看看房子。需要重新粉刷：廚房黃色、臥房天藍色、客廳乳白象牙色。我需要地毯和杯瓢碗盤。水槽需要清潔劑。

我打開行李袋找紙筆一一列下。袋子裡有密莉留給我的陶製貓咪。我小心翼翼地將它放在客廳的壁爐架上。我將琥珀玻璃杯——從與泰瑞莎以前共有的家帶來的——擺上廚房的窗台，並默記別忘了買花。我將泰瑞莎買給我的結婚戒指也留在壁爐上。

我決定為客廳窗戶買黃色印花窗簾布，就像貝蒂幫我在車庫公寓做的那種。我再看了門一眼，確定它是鎖上的。

我撬開通往防火梯的窗戶。從那兒，我可以看到東河。汽車、公寓窗戶爭相競放的拉丁音樂灌滿了我的耳朵。孩童在街上玩耍。他們的母親從窗戶探頭喊著。不管是以何種語言，母親們的警告聲意謂著：小心點呀。

成排、瘦小的行道樹上冒出新芽。春天到了。我注意到在建築物之間、空地上，長出挺拔的野草，幾乎與小樹幹一般粗細。這些草衝破水泥裂縫，在幾乎沒有土壤和光線的環境中生長。如此景觀竟奇怪地令人感到安慰。我想，如果它們能熬過這地方，我應該也能。

超級市場中有個女人轉過來看我抓著褲襠。這幾個月來的搔癢灼熱感已很難忍受。它不會自己消失。陰道感染。我一直不去理它，拒絕承認我需要看醫生。身體上有這麼多地方，為什麼一定要是那兒呢？為什麼不是耳朵發炎？

我冰箱上有張從電線杆撕下的傳單，是附近一家女性健診中心的廣告。週三晚上，我鼓起勇氣去了。「這診所只服務女性。」接待生微笑道。

我點頭。「我知道。我得了陰道感染。」我小聲說。

「得了什麼？」她問。

我深吸了一口氣，用大一點的音量說。「陰道感染。」

擁擠的候診室一時靜默停格。這沉默懲罰著我。接待員由上而下打量我。「你在說笑吧？」

我搖頭。「我得了陰道感染。我來求助的。」

接待員點點頭。「請坐，先生。」

我考慮著是否離開，但搔癢灼熱一天比一天嚴重。我看著接待員招呼著比我晚到的女人。「抽出妳的病歷卡，然後這裡請坐，」她說，「醫生馬上就出來。那邊有花草茶可以飲用。」

所有在候診室的人都在瞧我。我看著佈告欄：女性舞蹈與儀式；心裡治療師、女按摩師與會計師。新標識：雙刃斧頭、底有十字形的圓圈。新名字：好女人（Goodwomyn）、銀女人（Silverwomyn）。

我聽得見自己被大聲討論著。「他瘋了。」

「爲什麼他們不能待在自己家裡發瘋？」

我找到一張空椅子坐下，注意到旁邊書架上有本書叫《我們的身體，我們自己》[2]，心裡默念書名，想著要到書店買來看。

一團陰影壓身而來——是一個持著筆記板的女人。她的名牌上寫著若姿。一進到診療室，若姿將板子丟到桌上，朝著椅子點頭。「這是怎麼回事？」我亂無章法地說著，試圖告訴她一切——我是誰，爲何前來。

若姿靠上椅背，似乎眞的明白地點著頭。然後她說，「我不知道你的問題是什麼，但我們這裡是服務生病的婦女，你現在這樣是在佔用資源。」

「什麼？」

「你也許以爲你是女人，」若姿繼續道，「但這不表示你眞的就是。」

我怒氣一升。「去妳的！」我喊道。

她往後一靠，有些得意地笑。「這句話很男人。」

我感覺到臉氣得發紫。「操妳們所有人！」我站起來離開。

一個醫生擋住出口。「發生什麼事了？」她問。若姿一定做了某個我看不到的手勢。那位醫生點頭。「跟我來。」醫生說。我跟她到走廊。

「怎麼回事？」她問我。

我嘆氣。「我得了陰道感染。」

她仔細觀看我的臉。「你最近有吃抗生素嗎？」

我眼前一亮。「可能有。幾個月前我咳得厲害，吃了某些藥。」

她點頭。「你的感染多久了？」

我聳肩。「幾個月了。」

她的眼睛張大。「幾個月了你都沒做任何處理？」

「嗯，我希望它會自己變好。」

她輕輕一笑。「檢查一下吧，跟我來。」

我嚇得全身僵硬。在這裡已經遇到太多事情。我沒辦法讓她碰我那裡。「我不行，」我告訴她。「拜託妳。來這裡已經很難。我眞的沒辦法。」

她看著我無法隱藏的情緒。「這是給陰道細菌感染的處方，」她寫在便條紙上。「這應該能停止搔癢灼熱感。下次吃抗生素時，每天吃一杯優格。」

我不知道她說優格是不是在開玩笑。「妳相信我，對不對？」我問她。

她聳肩。「你也許是男人。但如果你是女人，我不想這樣趕妳走。寫處方給你，又不會讓我損失什麼。你最後一次做巴氏檢查是什麼時候？」

我怔住。她不放棄。「最近三年？」我垂下眼，但她繼續逼問。「五、六年？」

我搖頭。「我不知道那是什麼，」我坦承。

當我抬頭時，她的眼眶裡含著淚水。「現在我相信妳了。」她說。

「為什麼？」我問她。「很多男人也不知道這東西，不是嗎？」

她點頭。「對，但男人不會因為不知道感到羞恥。妳定期看的醫生是誰？」

「沒有。」

她繼續看著我的方式讓我有些狼狽。「我希望妳能再來檢查，順便做巴氏子宮頸抹片。」

「好。」我說謊。除非我眞的很糟糕了，我懷疑自己是否有足夠情緒能量再經歷一次剛才那種場面。而且，想到要張開腿讓醫生檢查，已經讓我寒到骨子裡。

「謝謝妳聽我說，」我告訴她，「現在幾乎沒人會聽我說話了。」

她捏捏我的手臂。「出去時，妳可以在前面櫃台預約。別拖太久。」

她走開後，我還能感覺到她的手抓著我手臂的感覺。忽然間我想到我不知道她的名字。也許哪天我還必須再來。我開始往她離開的方向走去。若姿從診療室出來，擋住了我。

「她叫什麼名字？」我問若姿，「我忘了問。」

若姿的聲音冷淡。「你得到你想要的了。你可以走了。」

「妳錯了，若姿，」我糾正她，「我得到我所需要的。妳不知道我想要的有多少。」

每一次領到薪水，我都將其中一部份用在我的公寓上。我花了一整個週末填補牆壁和天花板的裂縫。當我大筆大筆在每個房間漆上油漆時，我的精神便爲之一振。

我野心最大的那個週末，先用砂紙磨光木頭地板。然後我從公寓最遠的角落，漸續以聚氨酯漆膜鋪到門口。那一晚我又睡在42街的戲院——最後一夜啦！

地板好看極了。腳下似乎打開新的次元，有如天花板抬高，或整棟房子變大。

我在一個跳蚤市場找到一張黑色瓜地馬拉毯。上頭有點點的白色。我將它舒展開鋪在客廳，退後一瞧。它讓我想起綴滿星星的夜空。

慢慢地，我買了傢具——一張堅固沙發和一張讀書椅，以及一組紅木餐桌椅。我在救世軍找到一張床——床的頭尾是以櫻桃木刻成的橢圓形。我在梅西百貨瘋狂地買了床單組。

房子慢慢有了樣子，突然間我想讓身體也感覺舒服。我丟了舊牛仔褲，給自己買了斜紋布褲、內衣、襯衫還有兩雙球鞋，這樣我才不用每天穿著同一雙鞋子踩過人行道。我買了厚薄不一的浴巾，還有讓我心情好的香味沐浴乳。

然後，有一天，我看著公寓，發現自己組了一個家。

---

1 原文爲Lo mismo。

2 *Our Bodies, Ourselves*，第一版出版於一九七〇年，緣起爲六〇年代末，一群女性於美國波士頓定期聚會，討論分享自身經驗並揭露女性生活中所遭受之不正義。此書對美國、國際婦女健康運動有不可抹滅的貢獻，並已被翻譯成多國語言出版（中文版有中國於一九九八年出版，書名爲《美國婦女自我保健經典》）。出版至今（最新增修版本於一九九八年出版），其宗旨仍忠於女人經驗，廣泛討論各項身爲女性所可能牽涉到如健康、性慾、性別、生育、身體形象等面向，並考慮了年齡、種族、社經階層等影響因素。

CHAPTER 21

住在紐約市不容易——有時候我的神經感覺像被磨碎的乾乳酪——但日子永遠不會無聊。我喜歡這點。曼哈頓總有事情發生，不論好壞。任何時間，管它白天或早上，幾乎都能找到事做。

紐約市差不多每個角落都有書店。剛開始我總是偷偷摸摸地看書，後來才發現，即使在書店待上幾個鐘頭也沒人管。我只讀詩集與小說。我不想發現自己不夠聰明，讀不來非小說類書籍。但女性論述區誘惑著我。翻閱那些書，讓我能在不被看見的情況下一窺女人之間的論辯。結果我眞的不懂很多理論的東西。但是我覺得自己好像在衝向一座著火的建築物，搶救那些在我生命中所迫切需要的想法。

起初我跳過所有關於生殖權利的字句與章節。我和我的子宮沒有關連。後來我想起來，我在羅徹斯特被抓那次，回來後，泰瑞莎因爲記不得她最後一次月經日期而沮喪。我從來不記我的月經週期。但泰瑞莎總是能從她的日期推算出我的。忽然間我懂了：她擔心我會懷孕。我從來沒想到這一點。要是我在哪次被強暴後懷孕了，該怎麼辦？

我不再跳過書籍中有關女性掌控自己身體的章節。也許這些對其他女人那麼重要的事情，也將證明它們對我的意義。不管我在書店看了多少書，我的薪水還是有很大部分花在買書上頭。

我也發現了古典音樂。某天早晨的上班途中，我在地鐵車站停下來聽一個男人拉大提琴。那音樂抓住我的衣領不讓我走。他拉琴時，我在最靠近他的柱子旁蹲了下來。那樂聲述說著情感，就像讀詩的感覺一樣。尖峰人潮散去後，我才發現自己上班遲到了。

樂師放下琴弓，擦拭額頭。「你剛才拉的是什麼？」

他微笑。「莫札特。」

我開始也逛唱片行。湊了許久錢，買下一台音響。我也探究雷鬼、默朗哥（merengue）、查郎哥與戈古安科（charanga and quaguanco）、爵士和藍調。某個春日午後，我發現自己在刷洗公寓時將帕海貝爾的〈D大調卡農曲〉放到最大聲。

我發覺自己的內在和外表改變得一樣多。

「如果你是第六區的工會組織幹部，」工廠老板將身體靠上桌面，「你可以來上班，但你可能下不了班。」諷刺。他害怕工會派我來組織他的排字工人。我害怕被他發現我才剛學會打字。

工頭帶我到一部機器前。「這是使用手冊。我現在沒時間教你。先打這份文件。做好了，就印出來，交給校對。我待會兒教你格式密碼，你也可以自己查。懂了嗎？」

我點頭。「等等，」我叫住他，「怎麼印啊？」

他不耐煩地搖頭。「所以才給你手冊啊。」

從我排版的地方看得到校對室有四個女人在工作。我聽得見她們輕鬆而開朗的笑聲。工頭探頭進去，說了些我聽不見的話。她們中止了談話，其中一名女子點頭。工頭離開後，她們的笑聲再度揚起。

我不知道男人是否知道，女人聚在一起時，會有不同的說話方式。我猜，白人不在場的時候，黑人與拉丁裔工人應該也是如此。

女人們互相靠攏，彼此分享著秘密。

我排好字，查手冊，印出來。我其實希望能在校對室——女人的空間——待上一會兒。她們在我一走進去時便停止說話。我拿起校樣。「放那兒。」其中一個說。她說話時沒有看我。我嘆口氣，將校樣放進籃子，離開。我走開時，聽見她們又繼續談話，聲音漸高，笑聲再度揚起。

我在那間店只做了一班。不過紐約市到處都有二十四小時的排字行。它們的第三班——大夜班——總是在徵人。等我僞裝老手混過幾家，每一家都學得一點技術後，很快地，我便發現自己並非在吹噓，我已經成了一個眞正的排字員。

這樣的生活節奏還不錯。我一年有六到八個月可以領取高薪。

我喜歡天微亮時，乘車回家的感覺，喜歡那與上班人潮、擁擠街道逆向交錯的閒適。但我起床時，天總是暗的，漸漸我開始覺得自己像隻鼴鼠。就在我以爲自己的精神狀態快出問題時，夏天到了——裁員。我有資格領取最高額度的失業救濟金了。

我在那個夏天探索這城市。我最大的問題是寂寞。整個夏天，我沒有任何可以說話的人。到了秋天，我變得期望能與同事閒聊。

比爾強調似地重擊午餐桌。我讀著報紙。「你說我說的對不對？」比爾問我。他往前傾。「在完全沒窗戶的工廠做大夜班實在太怪了，操。很可能早上出來，才發現他媽的核電大災難，而你壓根兒就不知道。」

吉姆笑了。「那好。要是你看到太陽打西邊出來，記得回來告訴我們一聲。」吉姆接著嘆氣道：「其實我懂你的意思。我記得有回天亮前下班出來，地上竟有兩呎高的雪。我甚至不知道那天會下雪。那種感覺就好像全世界都看到了，只有我不曉得人在哪裡。」

「就像在潛水艇裡工作一樣！」比爾附議。

「你們知道我最討厭什麼嗎？」吉姆繼續，「我變得搞不清楚什麼時候是今天、什麼時候是明天。我晚上起床要上班時，女朋友對我說明天見。但對我來說是今天稍晚時再見。」

我點頭。「我完全明白你的意思。我覺得自己活在今、明兩天的裂縫裡。」

「哇，」比爾說，「說得好。我可以引用嗎？」大夥兒全笑了。

「你們知道輪班工作讓我討厭的地方是什麼嗎？」我說，「就是全世界都朝著第一班運轉開動。我下班的時候，我可不要吃煎蛋和培根。我要牛排和烤馬鈴薯。我要吃晚餐！」

「對，」吉姆贊同道，「我要看電影。」

「而且要和老婆到那種能開到中午的俱樂部，瘋狂地跳舞。」吉姆說。

「還有打開電視的時候，」我說，「我不想看到那些連續劇和猜謎節目——讓人覺得好沮喪。」

「嘿，小子，」比爾說，「要不要早上和我們一起去健身房？我們一下班就去游泳。那裡也有蒸氣室。我們可以幫你弄張會員證。」

那聽來像天堂，但我笨嘴笨舌地找藉口。「我沒有泳褲，也沒有毛巾。也許下次吧。」

吉姆打斷我的話。「那裡有毛巾。而且你眞的脫光下水也沒人管。」

我搖頭。「我就知道今天不該穿卡通圖案的四角褲。」男人們笑了，「下次吧。但眞的謝謝你們的邀請。」

比爾聳肩。「好吧，隨便你。」

夏天時我將想完成的事列了張表：加入健身房、打聽我那曾是工會領導人的姑媽的事、到一九六九年發生暴動的石牆酒吧前照相留念。

在看過很多健身房後，終於在切爾西區找到一個感覺舒服的地方。那兒大多是男同志，有一些女同志，各國人種都有。入會費並不便宜，但是一年裡有大半時候領著高薪的好處就是，我負擔得起。

接下來我開始尋找姑媽的下落。她在一九二九年左右逝世於紐約市。她在丈夫過世後，成了國際婦女紡織工人工會的領導人。我父親一直以姑媽的訃文能登上《紐約時報》而引起爲榮。我記得在家裡的剪貼簿上看到過。

我在圖書館花了兩個禮拜找訃文，但運氣不好，一無所獲。我幾乎要放棄了，念頭一轉，決定試試一九三〇年。「今天館裡人多，每個人只能使用半小時。」櫃台女子給我微捲時說。

我將軟片裝上後，便開始瀏覽標題的例行動作。我幾乎就錯過了這個標題：男管家死後被發現原是女性。

我的呼吸變慢。我投了二十五分錢，印出文章。我逐字仔細閱讀。訃文報導一個死於一九三〇年的僕人。她的屍體在一個分租房間內被發現。她的名字從頭到尾沒有被提起。就那樣。沒有日記，沒有線索。我只能經由報紙上這寥寥幾個字認識她。我閉上眼睛。我永遠不會知道關於她生命的任何細節，但我的指尖能感覺到她生命的質地。

現在我知道世界上還有另外一個女人，同我和駱可一樣，也做了相同、複雜的決定。時間將我與這位無名氏分離；空間分離了我與駱可。

那標題讓我覺得冷——她的生命被縮減成十二個字。我懷疑自己的生命是否只能以十二個或更少的字被記錄。我盯著牆壁某個高處，感覺空虛渺小。

「先生，」圖書館員的聲音打斷我的思緒，「你的時間到了。」

我給自己的最後一個任務是找到石牆酒吧。我記得一九六九年時聽到那場與警察的打鬥所帶來的震憾。我想請路人幫我拍一張站在酒吧前面的照片。也許等我百年以後，有人看到時，能對我有多一點的了解。

「你們知道石牆酒吧在哪兒嗎？」我問兩個倚著薛瑞登廣場路燈柱站立的男同志。

「本來在那兒。」其中一個指著一家焙果店說。

我疲憊地在公園長椅上坐下。一個遊民掏撿著附近的垃圾桶。我看過他。他鮮艷的非洲圖案裙子拂掃過地面。薄紗似的質料裹著他的上身，橫披過肩膀有如東印度莎麗服。他的動作優雅尊貴。有一會兒，他抬頭與某個只有他能看見的人爭執。自他喉結發出的字句，奇特地，竟那麼美麗。這星球上再沒第二個人能了解他的語言。他說話時，手在臉旁拍舞著，如同黑鳥在溫暖的氣流中撲翅飛行。

我閉上眼睛。太陽又高、又熱。我試著回想自己在水牛城的生活。我的過去已如同清醒時消退的夢。在紐約市，每日生活如同隆隆地鐵般飛馳而過。我想不起來有哪一刻，這世界的速度走得慢些，而我也是忙碌生活中的一個。

輪胎擦過地面的聲音將我自出神狀態中驚醒。一女子尖叫聲令我手臂雞皮疙瘩全起。我衝到街角。「叫救護車，」女子大叫，「快呀！老天，快！」救護車其實不需要急著趕來。

我在他已無生命跡象的身軀旁蹲下。他的雙手終於靜止了。我以拇指抹掉自他唇邊流下的血。一聲咯響自他的嘴發出，血汨汨流過嘴唇、流下臉頰。他的頭後方有一灘血。

我的肩膀被警棍戳了一下。「老兄，到人行道上。」警察推著我。他的警車就停在第七大道的路中央。

書報攤的男人走過來看屍體。「他穿什麼呀，裙子嗎？」他問警察。

「問倒我了。」警察肩一聳。

那女子哭泣著。「他們故意撞他的，警官。有四個人，兩男兩女。紅燈了。他們卻踩油門加速撞他。他們還在笑。」一字一字紛紛而出，重音節是啜泣。

她屈膝一跪，痛哭。「噢，我的天哪，」她愈哭愈大聲，「噢，天哪！」

一位年紀稍長的男人放下公事包，靠了過去。「妳沒事吧？」他問。

「天哪！」她的聲音提高。

「小姐，妳受傷了嗎？」老先生聲音慌張，「妳還好嗎？」

她搖頭，跪著的身子前俯後仰。「噢，老天，」她重覆著，「他們在笑。」

男子拍拍她的肩膀。「冷靜點，小姐，」他安慰道，「不過是個流浪漢。」

那是紐約市某個夏天晚上，如常悶熱，氣溫在華氏一百多度。我將全身衣物減輕到寬鬆長運動褲和廉價T恤，便出發到健身房。

我很少晚上去健身房。我討厭下班後的人潮多到連舉重都得排隊。但那晚我猜對了。高溫讓人們萎頓，紛紛逃向城裡涼爽的地點。整個健身房幾乎全屬於我。我練到自己的身體好像緊繃著盤成圈的鋼絲，教練宣佈十一點關門時，我猶不甘心地抱怨著。

我像豹子般躍步回家，感覺再好也不過。從A大道轉到4街時，我看到旋轉的紅燈照亮了建築物與人群。

我先聽見聲音，才看見火。地獄之火從我住的那棟大樓窗戶直衝上天。火花如火山爆發般爆散，再落到臨近房舍屋頂上。我的黃色印花棉布窗簾在破裂的窗玻璃中飛騰飄盪，好似我的公寓裡正刮著暴風雨。每塊窗簾布上都出現一點小火星，然後所有窗簾隨即噗的一聲消失，跟棉花糖沾到舌頭立即溶化一樣。

泰瑞莎給我的戒指！未經深思的情況下，我以爲自己還能在壁爐上找到熔解的鐵，再重鑄就好。我想像著密莉的陶製貓，叭地迸裂；想像著廚房窗台上琥珀杯中的水，在熔爐炙熱中沸騰。小火舌舔著杯中每一株水仙，直到所有花朵全都捲曲，然後爆出從未有過的鮮艷黃澄的色彩。我預想著艾德送我的杜波瓦那本小冊子，被燒成只剩下她做記號的那一頁。

爲什麼房東不先告訴我們他要燒毀這棟樓？每個人都知道他因賣不出房子而煩惱。這一區大部分的大樓，都在中產階級移居新建區域的年代被燒毀。房東爲什麼不能在今天早上，在每一戶的門縫裡塞張紙條，警告我們先帶好我們最鍾愛的物品？他每回漲房租，可是記得立刻通知我們呀。

我的錢包！我去健身房時留在家裡。用剩的薪水全在裡頭。更重要的，我僅有的一張泰瑞莎的照片也在皮夾裡。我什麼都失去了。全部的東西，除了駱可的皮夾克。拉鍊壞掉，我送到乾洗店去修了。

「阿波拉！阿波拉[1]！」一名女子掙開親人，擠過人群，衝向燃燒中的大樓。朋友拉住了她。她奮力掙扎著。

「她說什麼？」我問管理員。

他的眼睛往上看著頂層。「她的祖母。」

我頓時一陣冷顫。他指的是那位因爲住在六樓，所以無法離開家裡的老婦人嗎？偶爾她會以西班牙語請求我，要我幫她帶麵包、咖啡、牛奶或糖——我聽不懂時就給我看包裝紙。

「洛菊古茲太太？」我不可置信地問。管理員點頭。那年青女子聽見我唸出她祖母名字時，停止了尖叫。我們的眼睛、我們的生活，在短促卻又永恆的時刻交接。她開始無法控制地哭了起來。朋友們帶她離開。

我轉頭，看著火浪吞噬每個樓層，心裡想著，我的眼淚到哪兒去了？爲什麼我在需要哭的時候哭不出來？然而，我知道，之後，或因紫丁香的香味，或因大提琴的低吟，我的眼淚將不預期地迸出。

終於，黑夜在東河上方漸漸轉爲魚肚白。我坐在路緣，背對著悶燃的大樓。薄薄一片水霧落在我身上，消防水柱還在對我們的家噴水。我一動也不動地坐著，不太知道接下來該往哪兒去。

我又從零開始。我坐在華盛頓廣場公園的椅子上，盤點我僅剩的東西：一件長運動褲、一件T恤和口袋裡的二十塊錢。我所有的錢都藏在公寓裡。再回到連上兩班的日子。再回到週末夜宿42街戲院的生活。我沒有力氣；我沒有選擇。

我的腦子無法完全接受這個損失。我花了一塊錢買了熱狗和汽水，在公園走著，想要轉移注意力。圍觀的人群吸引了我，一個身穿燕尾服、戴著禮帽的男子正在耍弄火把。這是這城市搞笑的一面，我不得不喜歡上；不論在這裡求生存是多麼的艱難。

「誰會想當耍火把的人呢？」站在我旁邊的女子問她的同伴，「我是說，有什麼用呢？」他們同時搖搖頭，走開了。

我觀看表演的喜悅自臉上消失。女子說話的那一刻，我正想著，純因娛樂自己而學習一種可獨自練習的技藝，是件多麼美好的事情。

靠近我右手肘的男子，直視我的眼睛，轉過頭來。他的注視令我不舒服。我想轉開頭去。但他似乎看見我臉上的情緒變化。不知怎的，他讓我更仔細地看他。我看到一個溫和的男人，他的情緒在他臉上起著漣漪。那就像是，我與他正進行著一場沒有語言的情感對談。

他疑惑地揚起雙眉。我聳肩。「犬儒派。」我微笑。

他搖搖頭，雙手優雅地比畫著——聾啞人。他從我的臉看出我明白了。我微笑。他也回以微笑。然後我卡住了。我看著自己垂在兩側、無法表達的雙手。再一次，我又沒有了言語，期盼能找到以心交談的語言。

我掌心向上，無可奈何地聳聳肩。他舉起一根食指。一個？不。等等，他示意。

他檢查地面。手指著樹叢後的某個物體，微笑點頭。然後他以三根手指拿起一個莫須有的東西。是什麼呢？是圓的。我從他以雙手捧至臉旁的方式推斷。他還是以三根指頭拿在手上，然後他作出往後甩的姿勢就像在——打保齡球！是保齡球！

我熱切地點頭。他在我頭上的枝葉中，找到第二顆球。他將這顆球小心地放在右腳上。他的眼睛搜尋著，發現了第三顆保齡球。右手上有一顆球，另一顆以腳平衡著，他慢慢地彎腰，伸出手要拿起第三顆球。他搖晃了一下。他是否有辦法不讓腳上的球掉下去呢？他成功了！

我屏住呼吸，看著他開始拋耍三個球。我可以感覺到保齡球的重量，還有將球依次拋高所需要的力道。他再往高難度挑戰：將球穿過腿、甩過肩、繞過背。三個球都高高拋向天空……沒有下來。他停止動作，看著天空，無法理解地抓著頭皮。突然間，他傾身向前，用左手接到了一個球，然後踉蹌地往右再接著一個。第三個球落在他腳趾上，痛得他跳到樹後面。他伸出頭來，眨眼。

能夠笑出聲的感覺眞好——不是拋開了悲痛，而是正因爲悲痛才笑。我們一起大笑。那是種深刻、出自腹部的大笑。那種讓人笑出眼淚的；那種能釋放出如泥層般濃厚情緒的。

兩個男子走向他的兩側。他們微笑，手臂交換著訊息。他示意我的在場。我與他們握手。

在他轉身離開前，他緩慢地伸手過來，碰觸了我臉上的一滴眼淚。他用沾著淚的手再碰碰自己的眼睛。然後，他走開了。

1 Abuela，西文「祖母」之意。

CHAPTER 22

我覺得那場火災讓我沒有退路。我怎能放棄？投降比奮鬥存活更是難以想像的危險。

排字業直到初秋才漸復甦，但我有什麼工作，就做什麼。

到了九月，我簽約租了位於運河街上方的一間廉價公寓。那是個房間相連的列車式一房公寓，挺大，可是髒得要命。我搬進去時沒有力氣清理，心想著有空時就做一些。我買了張空氣床墊、一床毛氈和一個枕頭。在這公寓，我眞正需要的只有這些。這是個能安全睡覺的地方，如此而已。

住進去的第一晚，我爬到防火梯上。我看到一些綠樹圍成某塊這城的人喚做公園的小區域。通往布魯克林橋上的車流已經疏解。墨西哥樂與中國樂聲融合在夜空中。三個小女孩坐在對街的防火梯上，邊幫彼此梳頭髮，邊唱著香港流行歌曲。我樓下的公寓，傳來一對男女的激烈爭吵聲。砸東西的巨響令我不由地一震。隨後，是更加不祥的沉寂。從我隔壁鄰居敞開的客廳窗戶，傳來縫紉機規律的聲響。

城市的微光柔和了夜色的漆黑。如果夜空裡依舊有星星，它們不在我的視野之內。

我看到隔壁鄰居是一個月後。我在開門時，她碰巧打開門。我還沒抬頭就先打了招呼。她沒有回答。

她的臉令我吃了一驚。半邊臉嚴重淤傷，透著彩虹般的紅、黃、青紫色。她的髮色緋紅，紅得肆無忌憚。我看得出來，她的女性身份得來不易；我不是從她的喉結與那雙粗骨的大手看出來的，而是從我和她說話時，她垂下眼睛，立刻離開的模樣看出。

每天我都會在這城市裡看到和我一樣的人——我們的人口足以組成一個鎮。但我們只以偷瞄似的一瞥相互打招呼，害怕引起他人對自己的注目。獨自一人在公共場合已夠痛苦；但同時有兩個我們這種人，就可能成爲路邊圍觀滑稽秀的焦點。我們似乎沒有一個可以聚會、展現自己、或使用自己語言的地方。

但是現在我有了一個和我一樣不同的鄰居。隨著日子一週一週地過去，我開始對從她家傳出的聲音與氣味感到好奇。她不間斷地做裁縫。她喜愛邁爾士・戴維斯。而且只要她打開烤箱，她門外的走廊上便滿溢著最誘人的香味。

某個週六下午，我遇見她捧著兩大袋食物，正試圖打開樓下大門的鎖。我拿出我的鑰匙。「讓我來。」她沒有道謝，快步走上樓梯。「我能幫妳拿嗎？」我提議。

「我看起來很弱嗎？」她問。

我在樓梯上停下腳步。「不弱。在我們家鄉，這麼問是表示敬意。」

她繼續爬樓梯。「我們那裡的人，」她大聲說，「男人不會獎勵裝弱的女人。」一聽見她關上家門，我又氣又挫敗地踢了樓梯一腳。

一整天我坐在家裡演練該如何向她自我介紹。我站在她門外，聽著裡頭震耳的摩城黑人樂[1]，最後終於鼓起勇氣敲門。她開了一小道縫，有人同時將音量調小聲。我舉起手來阻止她先開口。「很抱歉打擾妳，」我說，「但我先前沒留下好印象。我知道妳以爲我是男人。但我不是。我是女人。」

她嘆氣，解開門鏈。「聽著，」她將門打開了一些，「我沒必要在家門口面對性別認同危機。這是我的家，我有朋友在。請了解，我眞的不想被打擾。」

我聽見裡頭傳出一位扮裝皇后的聲音。「是誰呀，羅絲？嗚，好帥喔！讓他進來。」「譚雅，拜託。」羅絲一瞪，制止了那位扮裝皇后。我可以看見客廳還有人在偷瞄著我。

羅絲明顯地因她朋友與我彼此好奇窺探而不開心。「我不是要故意沒禮貌，」她告訴我，「但是我要把話說清楚：這是我家。我不想被打擾。」

我把手放上她的門框。「可是我需要跟妳談呀。」她瞪我的手。我縮回。

「但我不需要跟你談。抱歉。」她關上門。

我別無選擇，只好給羅絲她所要求的安全距離。

我在防火梯上裹著毛氈發抖，不想就這麼放掉一天。氣溫上升到華氏七十五度，這在十月末頗不尋常。冷冷的晚風，照曼哈頓標準來說，聞來很是清新。

羅絲將頭伸出她的客廳窗戶。「喔，」她的語氣驚訝，「我不知道你在這兒。我要關上窗戶。因爲冷。」我嘆氣，抬頭看夜空。

她的語氣轉柔和。「今晚很美，對不？」她聲音中的性別變化錯綜複雜，和我一樣。

我微笑。「今晚的月亮是收成月。」

羅絲笑了。「你這樣的城市人哪懂得收成？」

她的話和語調讓我生氣。我恨透了當每個人口中的「他人」。但某部分的我還是很需要羅絲的友誼。所以我停了一會兒，以不帶怒氣的聲音回答。

「我知道晚上站在漆黑的田野裡，看著天上十億顆星星的感覺，什麼聲音都沒有，只有蚱蜢和知了的音樂。」羅絲看著月亮，點頭。我將頭靠在磚牆上。「我還知道河流沖向瀑布激起白色浪頭的樣子——沖下邊緣時那種半透明加綠色，就像在激浪中沖刷的玻璃瓶。」

我對羅絲微笑。「我還知道妳的頭髮和初秋的野生漆樹一樣湛紅。」

羅絲看著我，雙眼睜大。「哇，你形容得眞美。你從上州來的。從你的口音聽得出來。我也是。」

我點頭。「我知道。」

羅絲對我的態度大幅改變。她似乎準備好開門讓我進去。那時我發現自己還因她先前的拒絕難過生氣。在她再度開口之前，我向她道晚安，然後爬回自己的客廳。

我靠在窗台上，看著月亮爬上曼哈頓的夜空。如果我沒聽見擦火柴的聲音、聞到香煙的味道，我永遠不會知道羅絲也在幾呎之距，做著一樣的事情。

接下來的幾個月，我都沒見到她。我想她在假期期間，離開了數週，因爲我沒聽到音樂和縫紉機的聲音，而且走廊又回復到那種刺鼻的尿騷味。

我再也受不了每晚睡氣墊，於是到救世軍買了張床。我還買了破爛到極點的二手唱機和錄放音機，眞被偷了我也無所謂。

一個週六下午，在連續加班數個禮拜後，我起晚了。我的房子髒到令我作嘔。等我穿好衣服準備去買清潔用具時，陽光已轉淡灰暗。

羅絲與我同時打開門，同時因困窘而別開頭。我讓她走在前面。她從樓梯底喊道，「我希望這不會無禮……你昨天放的音樂是什麼？你記得嗎？」

「怎麼？」我朝樓下喊，「妳是在暗示說音樂放得太大聲嗎？」

長長的沉默。「不是，」她說，「我很喜歡，就這樣。你介意我問嗎？」

「如果像非洲樂那就是『桑尼艾國王』」

「謝謝你。」她簡短地說。我聽見大門關上。

現在我知道她也聽我的音樂，就如我會聽她的一樣。於是我開始爲我們兩個人放音樂，一邊揣測著她會最喜歡哪一種。我幻想著我們的生活，已穿越薄牆和緊閉的雙門這種實質隔離，連結在一起。這麼想的同時，我才發覺自己是多麼寂寞。

春分的當日清晨，我疲憊地爬上樓梯，渴望洗個熱水澡和睡個長覺。濃重的大黃燜燒香味讓我兩步併做一步踩上階梯。這令人無法抗拒的味道是從羅絲的廚房出來的。我最後一次聞到煮大黃的味道，還是個孩子。我將頭靠在她門上歇息。我垂涎三尺，味腺被香味刺激得幾近不行。

就在掏出鑰匙時，羅絲打開了門。「對不起，」我說，「我不是在偷窺——眞的。我只是好久好久沒聞過大黃的味道。那讓我回到從前。」

羅絲點頭。「我在烤派。你想喝咖啡嗎？」

我猶豫著。我們兩人表情僵硬地面向對方。但我對彼此的戒愼防備已經覺得好累。「謝謝妳，」我微笑。「喔，」我走進她廚房時不禁低呼，「好香呵。」

羅絲微笑。「我很希望能讓你帶一小塊派回家，但這是爲住院的朋友做的。」

我點頭。「我小的時候，都直接放在碗裡沾糖吃。」

羅絲攪動鍋子。「那就絕對夠了。」她停止動作，手放進她那老式花卉圍裙口袋。

我手指著廚房牆上其中一小幅水彩畫。「我認得安后蕾絲花[2]，但這些紫色的是什麼花？」

「紫菀，」她說，「那邊是秋麒麟草。」

我通常不喜歡花卉圖畫，但這些畫讓我想起第一次見到眞花的感覺。「感覺好好，」我看著畫說。

「謝謝。」

「全是妳畫的？」我問。她點頭。「這好漂亮。」我指著一幅繡著三色堇、裝框的手巾說。「我其實很喜歡三色堇，但是也令我很難堪，因爲當我是小女孩時，別的孩子總這麼叫我[3]。」

羅絲看著我的眼睛，然後回去繼續攪動鍋子。「快好了，」她說，「坐呀。要不要喝低咖啡因的，好能睡覺？你晚上工作，對不對？」

我微笑，點頭。她至少有將一小部分注意力放在她鄰居身上，和我一樣。「普通咖啡就很好了。我不想睡，趁週末要清理房子，但我老是清完一層灰垢發現底下還有一層。」羅絲纖塵不染的公寓激起了我徹底清掃的念頭。

「你哪兒人？」她問。

「水牛城。」

她微笑。「我們是鄰居。你知道卡南黛瓜湖嗎？」我點頭。它離水牛城兩個鐘頭車程。「我來自藤谷。」

我皺著眉頭。「我從沒聽過藤谷。是農村嗎？」

羅絲點頭。「喔，是的——葡萄園。」她倒咖啡時，我聞到壺裡的肉桂香。

「我想念水牛城，」我嘆氣，「嗯，至少我想念以前的日子。我長大時，那是個藍領階級的城市。我完全沒想到工廠會關門，城郊的人會搬進來，用超低價買走我們的房子。」

羅絲點頭，湯匙攪著咖啡。「我懂。我也看到鄉下的變化。大釀酒廠接收平地後，山上的家庭釀酒廠就無法存活了。城市誘惑著人們去工作、購物。」

我微笑。「我以前總以爲鄉村的生活改變不大。」

羅絲輕柔一笑。「那是城市人的想法。」

「我知道在水牛城長大的感覺，但在那麼小的地方一定更辛苦。」我不知道這句話是否太過涉人隱私。

羅絲嘆氣，靠向椅背。「我不知道那算不算得上辛苦。我只知道不容易。整個山谷的人口，最多不超過兩百人。但就某方面來說，我想那正是我過得下去的原因。我們的葡萄園沒有村外的支援——我們只能依賴彼此。所以傳統的人際合作關係還沒完全消失。我在那兒有一定的重要性。但如果沒離開那兒，我不會發現邁爾士．戴維斯，我的頭髮也可能永遠像土一樣黃。」

羅絲站起，將大黃派鏟到盤子裡，然後再手捻砂糖灑上。我舀了一匙送到嘴裡，嘆氣。「我已經忘記味道了。」

她眉一皺。「什麼意思？」

「喔，我吃只是因爲肚子會餓。通常不是速食，就是外帶。我不太嚐味道。但這個好吃得讓我想掉眼淚。」

羅絲沒有笑容地點頭。「我做菜是爲了自己開心。我喜歡吃，也喜歡煮。」

我聳肩。「做菜我沒辦法。」

她前傾。「這問題很私人，你可以不回答……你爲什麼沒有窗簾啊？」

「我的公寓只是用來睡覺。」

羅絲搖頭。「對我來說，那好怪。我眞的住在這兒。」

「晚上工作不一樣。」我找藉口，「我回家就倒頭大睡。而且，我的東西全在去年夏天被場火災燒光了。我那時候很認眞整理那個地方，把它弄得像個家。現在我不想花心思了。」

羅絲抿嘴。「你是說如果你沒有關心的東西，那你就不會失去？」

我點頭。「對。有點像這樣。」

羅絲若有所思地看著我。「那我猜，你已經被剝奪了一切，所以你根本沒有什麼好失去的了，對嗎？」

我不知道她爲什麼最後決定邀請我到她家，但忽然間，我覺得自己被剝光了，無所遁形。所以我趕緊喝掉最後一口咖啡，吃完剩下的派，站起來準備離開。「謝謝妳，」我告訴她，「很豐盛的一餐。」

羅絲送我到門口。「今天我會去聯合廣場的農夫市場。要幫你帶什麼東西嗎？」

我打開我的門，搖頭。「不用了，謝謝妳。」進家門後，我立刻打開所有窗戶，開始一場瘋狂大掃除。

幾個小時後，我用力刷著水槽下的污垢，音樂震耳轟隆。敲門聲嚇了我一跳，我的腦殼撞上水管。我氣得揉著後腦勺開門。羅絲遞上滿懷的橘色劍蘭。「我想也許你會喜歡。我聽到你在大掃除，希望在你辛苦一番後，花能將這裡妝點得更亮。」

我把門再打開些。「謝謝。但是我沒有可以裝花的容器。」

羅絲離開，拿回一個雕花玻璃花瓶。她看見我空蕩蕩的客廳時，隱藏不了她的震驚。我兩腳不自然地輪流點著地。「我還沒找到時間買傢具用品。」

我將花瓶裝水，把花放在空無一物的客廳正中央。「花眞的很好看，羅絲。我送花給女人過，但還沒有女人送過我花。送花是件很美的事情。」

羅絲臉紅。「人都需要花。」她轉身要走，又停住。「我還不知道你叫什麼呢？」

「潔斯。」

她微笑。「我有個叔叔叫潔西。你那是潔西的縮寫嗎？」

我搖頭。「就是潔斯。」

「我不打擾你打掃了，潔斯。」

我點頭。「謝謝妳的花。」

她走後，我繼續刷洗。幾個小時後，我疲累地在客廳的花瓶旁坐下。也許羅絲是對的：害怕失去任何我在乎的事物，表示其實我已全都失去。又有人敲門，這是同一天第二次。是羅絲。她帶來純色麥斯林紗。「這是我客廳以前用的窗簾。我們的窗戶一樣大，所以我想可以送給你。你可以決定要不要用。」

我站在那兒，看著羅絲與她那雙大手中的禮物，她的好意和窗簾，兩者我都接受了。

一個禮拜後，我把花瓶還給羅絲，裡頭插滿鳶尾花。她的笑容是我的回報。「你有花瓶嗎？」她問。我搖頭。「進來。這個，你喜歡嗎？」她拿起一個鈷藍色玻璃花瓶。

我嘆氣。「哇，這顏色深得能把人拉進去。我幾乎能嚐到這顏色的味道。」

羅絲將指尖放上我的臉頰。「你餓了，潔斯。你的五官餓壞了。」我望進那深深的藍瓶。「如果今晚我做飯請你，你想吃什麼？魚？」

我笑了。「魚是食物嗎？」

羅絲搖著她的頭。「不會吧，你不是那種只吃肉和馬鈴薯的男人吧，嗯？」

我垂下眼睛。「我不是男人，羅絲。」

她點頭。「那我說的時候不是更有效果嗎，對不？好吧，我做紅肉給你吃。但是我可警告你喔，我要擴張你的胃口。」

太棒的邀請了！但她爲何突然對我這麼好呢？

那個下午，我買了新的西裝褲和襯衫。我在農夫市場買了安后蕾絲花果醬，只因爲我喜歡這名字讀起來的聲音。我在波多奇找到肥美的藍莓，還在淘兒音樂城買了一卷我確定她沒有的邁爾士・戴維斯。

羅絲看到成串的小禮物，開心得笑了。「藍莓就當餐後甜點。果醬我想可以舀一匙配茶。但是你怎麼知道我想要這卷演唱會的帶子？」

我害羞一笑。「我是妳的鄰居。」

羅絲笑了。「說得好，坐吧。」

她的廚房讓層層香味鋪著。羅絲在我面前放了碗大沙拉。碗裡有黃澄色花朵，還有我從沒見過的綠色植物。我的眼睛跑了眼淚進來。「羅絲，我的碗裡有花。」羅絲微笑。「那是金蓮花。它們很美，對不對？」
「可以吃嗎？」她點頭。但我搖了搖頭。「我不想吃它。這好像藝術品。」
羅絲在我身旁坐下。「這表現出你饑餓的部分。我覺得你是害怕這是你生命中最後一件美麗的事，所以你想抓著這種感覺。」
「妳怎麼知道？」
羅絲微笑。「因爲我是你的鄰居。這是很棒的沙拉，潔斯。我特地做給你享用的。不過下一道菜也很色香味俱全喔。」
我臉紅，放下叉子。「妳知道雙腿發痲，等血液循環再開始時，那種痛的感覺？我不確定自己是否想要有期待。我不想再失望。」
羅絲拍拍我的手臂。「我們兩個都已經很清楚什麼叫做失望。我們不要先預期，好嗎？」她站起身，播放我帶來的音樂。
我吃沙拉時，眼淚無來由地流下臉頰。羅絲微笑。「那是紅酒醋，很過癮吧？」
品嚐金蓮花和紅酒醋爲何讓我掉淚？我要如何解釋？「對不起，」我擦乾淚水。
「這正是妳不願接納我的原因，對不對？爲什麼妳現在對我這麼好呢？」
羅絲放下叉子，並將手覆在我手上。「我很抱歉自己那麼冷淡。我誤解你了。我以爲你害怕、搞不清自己要什麼，所以我害怕會被你影響。你退回去後，我才發現自己想錯了。這對我來說是很難得、引人的特點。你似乎比我剛開始認爲的要來得堅強平靜許多。所以我改變了想法。」羅絲微笑道，「這是女人的特權。」

「最後是什麼讓妳決定接受我的？」

羅絲捏捏我的手臂。「我頭髮的顏色是在向世界宣佈我不躲藏。頭頂著這顏色並不容易，但我這麼做，是要慶祝我的生命和我做的決定。大多數人看到這顏色，總會不知如何是好。能把它比喻成漆樹顏色的人，很不簡單。」

我笑了，揀著沙拉。「妳知道我是男人還是女人？」

「不知道，」羅絲說，「所以我才對你知道這麼多。」

我嘆氣。「妳第一次看到我時，以為我是男人？」

她點頭。「對。剛開始我以為你是異性戀男人，然後又覺得你是男同性戀。對我來說，想到我自己也會對生理性別和社會性別做出不實推測，讓我很是震驚。我還以為自己早就不被那些所限制。」

我微笑。「那時候，我不希望妳以為我是男人。我希望讓妳看到比表面來得複雜的我。我希望妳喜歡妳所看到的。」

羅絲以指尖拂過我的臉頰。我一顫。「我的確沒有立刻發覺，但是我覺得你長得很可愛、英俊、樣子很有趣。」連羅絲的話都是禮物。

我眼睛朝下，不讓她看見我其實很需要她的注意力。「噢，羅絲。我希望我們能有自己的語言，能形容自己，能連結彼此。」

羅絲站起來，打開烤肉器。「我不需要再有標籤，」她嘆氣，「我就是我。我稱呼自己羅絲。我母親叫羅絲安；我祖母叫安。這就是我。這就是我的背景。」

我聳肩。「我也不想再被貼上另一個標籤。我只是希望我們能有什麼文字，能讓我們願意大聲說出來。」

羅絲端上餐盤，我看著牛排。「上面這些一小枝一小枝的是什麼？」我問。

「洋蘇葉。」她舀了小紅蘿蔔和胡瓜到我盤裡。她打開烤箱，拿出熱騰騰的麵包和甜牛油。嘴裡嚐到的每一口都像是音樂。

「現在可以來吃你帶來的美味甜點。」羅絲說。她將藍莓盛入兩個陶碗中，擠上厚厚的鮮奶油，然後在上面灑糖。

我眨掉眼淚，抓住她的手臂。「羅絲……」話卡在我的喉嚨。

她的手蓋上我的手。「我很明白什麼叫飢餓，潔斯。」她舉起馬克杯，「敬友誼？」

我與她碰杯。「對，」我答，「敬我們的友誼。」

我開始採買二手傢俱；我的第一個融雪徵兆。用品一批批運來時，羅絲似乎比我還要興奮。每個房間逐漸有了樣子。羅絲將那幅三色堇手巾圖掛在我廚房牆壁上，還將她與她祖母合織的飾結被子，給我鋪床。

但我真正認識羅絲與她變得親密，是在她承認她很需要幫手來重新粉刷她的公寓以後。當我在她牆壁刷上色彩，看見她喜不自禁的表情時，眞是人生中一大樂事。廚櫃的亮光漆尚未乾透，她已興奮地裁剪著紙張作隔板。

我喜歡城市生活的多重樣貌，很是希望能與羅絲一起探險每個角落。但我們從未一起走出這公寓大樓，羅絲對此自有一套幾何學理論解釋之：有兩個像我們這樣的人出現在公共場所，對我們造成的麻煩不只兩倍。

於是我們每天給對方帶回點小東西。我送她作曲家維拉・羅伯士的音樂，她贈我凱斯・傑瑞的爵士演奏曲；我帶給她連翹花，她帶給我鳳仙花。過了一陣子，我們也開始交換彼此的眼淚與挫折。

「爲什麼呢，羅絲？」我在她的廚房生氣地踱步，「爲什麼我們走在街上時，人們連忙轉頭？爲什麼我們那麼被憎恨？」

羅絲停止刷洗爐子內壁。「喔，甜心。我們從小就被教導憎恨不一樣的人。它不斷灌輸到我們的腦子裡，讓人彼此爭鬥。」

我癱坐在椅子上。「我曾經想要改變世界。現在我只希望活得下去。」

羅絲笑了。她叭地一聲，拉下橡膠手套。「別現在就放棄，親愛的。有時候事情久久都不變，可是後來改變的速度又快得讓人暈頭轉向。」

我嘆氣。「我小的時候相信自己長大後，會從事探險宇宙或發明疾病療法之類的重要工作。我怎麼也沒想到，我會用掉生命中大半時間，爲上男廁或女廁而掙扎。」

羅絲點頭。「嗯，我看過人們冒著生命危險，爭取坐上午餐桌的權利。如果你我現在不爭取生存權，以後的孩子還是得做。」

我往後坐，頭靠上椅子，笑了。「妳是我的快樂源頭，羅絲。妳是沙漠中最後一瓶冰涼的可口可樂。」我給她的笑容明顯地令她陶醉。我已經忘記自己還有這個能力。

那天下午，我們爬到外面防火梯上，靠著彼此，看天色轉暗。我不曾擁過比自己高大的身軀。防火梯下的大街因某個節慶而封鎖——小吃攤間掛著小型燈籠，人們隨著路口的墨西哥樂團的音樂起舞。

「羅絲，如果我們住在一個妳想當什麼就當什麼的世界裡，妳會想做什麼？」

羅絲若有所思地微笑。「喔，我還是做裁縫。我想幫人們在夢中著衣，讓他們能驕傲地走在街上。我還要爲所有曾經飢餓的人做飯。我將不會害怕離開家門。喔，我好想到世界各地看看。你呢，潔斯？」

我將頭靠上磚牆。「我想我要在一座只開放給兒童的森林當園丁。當孩子們來時，我會傾聽他們所有的疑問。然後海就在附近。我會住在海邊的小屋。日出時，我脫光所有衣服去游泳。夜裡，我會唱一支描述過去生活的歌。那將是一首讓成人點頭、小孩哭泣的哀傷歌曲。但是我將每天唱這首歌，人們就不會再將懷舊錯認爲是想要回到過去。」

羅絲開始輕泣。「噢，潔斯。即使在你的夢中，我都能感覺到你受的傷有多麼重。」

我親吻了她那頭燦爛紅髮。「潔斯，我已經太習慣一個人，都忘了自己心底其實非常孤單。我有我很愛的朋友，像譚雅、艾絲帕蘭佐，和向我訂製衣服的做秀女郎。但是我覺得與你好近……我無法解釋原因。」

我輕擁著她搖晃。「羅絲，如果妳的生命是音樂，彈奏的會是何種樂器？」

她依偎著我。「高音薩克斯風。」

我微笑。「因爲它很哀傷？」

她搖頭。「不。因爲它很能引人聯想。你呢，什麼樂器會彈奏你的音樂，潔斯？」

我嘆氣。「我想是大提琴吧。」

羅絲緊抱著我。「因爲它很哀傷？」

我搖頭，看著城市夜景。「不。因爲它很複雜。」

1 Motown music。Motown是Motor Town，汽車工業城底特律的別名。Motown music國內一般譯摩城黑人樂，也就是底特律的黑人音樂。

2 Queen Anne's Lace，一種芳香的藥草，又譯安妮女王飾物花。

3 pansy，又指脂粉氣的男子和男同性戀者。

CHAPTER 23

我將裝滿接骨木莓的袋子緊貼皮衣抓著，開心一笑，因爲我知道羅絲會很高興我竟能在冬天買到這些莓子。它們的味道對她而言形同家鄉，形同她人生的四季。我已經能聞到熱騰騰的接骨木莓派的香味。我伸出頭看地鐵軌道，極力遠眺。我好想快點回到家。太陽再過幾個小時就會升起。羅絲的縫紉機將會開始作響。等她看到這些莓子。她的笑容將會是我的日出。

我是先聽到聲音，然後才看到那三個青少年。他們在跳過柵門時大聲鼓噪叫嚷著。嗑了藥亢奮的白人男孩。他們的第一個目標是在長椅上熟睡的老人。他們輪流，一個接一個，對老先生又叫又踢。他抵抗，推擠出柵門跑走。那些孩子們大聲笑罵著。

我就在那時候犯了個錯誤。爲了遠離他們，我往車站裡邊移動。但這麼做，使我離出口更遠，也更不可能得到援助。生命中某些錯誤是不該被懲罰的，而某些錯誤給人的教訓卻讓人終身不忘。

當我聽到他們的腳步聲接近時，我很清楚不能躲到柱子後面。畏縮著被抓到，結果會更糟。我伸手進袋子裡抓起一把莓子，塞進嘴裡。莓子的酸味刺激著我的官能感覺。

我的手染上戰爭的顏色，不論輸贏。我將其他的莓子放到月台上，希望羅絲會知道我在這銅牆鐵壁城市的冬天裡，幫她買到了接骨木果莓。我希望之前與羅絲有更多相處的時間。我希望我曾經謝謝她又將些許生氣注入我的生命。

我將家裡鑰匙夾在手指間，讓我的拳頭能有銅刺的護衛。我被困在車站底端與三張向我靠近的臉之間。他們是獵人；我是獵物。幾乎有一刻，就在要開始的瞬間，我咒罵羅絲讓我又開始懷抱希望。然後我放開一切，專心面對這即將來臨的一刻。

他們之中的老大走向前。他朝我的臉伸出手來。「這是什麼東西啊？」他問，幾乎是輕柔的口氣。我舉手擋住他的手。他笑了。現在已經開始。他們沒看到我有防衛的拳頭。他們不知道我蓄勢待發。他的夥伴斜睨著眼嘲笑我。但是他的笑容更加令人難以忍受。那讓人想起警察的訕笑，意思是要我承認我無力對抗。

「你是什麼玩意兒啊？」他小聲地問道，「我看不出來你是什麼。嗯，也許我們得動手才能知道囉，對不，夥伴們？」他的諷刺與威脅對我全無作用，不是因爲我不爲所動，而是因爲我就要爆發。

我試著不去聽。他說什麼都不重要。我回答什麼也不重要。重要的是動作、他們身體的位置和我的位置、空間與事件的擺設、沒有護衛的喉嚨與膝蓋。行動爆發的瞬間，我會有出手的時機，一個扭轉敵強我弱的關係的時機。等他們有一拳打到我的身體、等血衝上我的眼睛、等我再也喘不過氣來時——我就只能任他們宰割。我依著接骨木莓殘留在唇齒間的餘味，撐持起自己。它隨時可能開始。任何時刻。

我直視那帶頭者的眼睛，拒絕在他面前顯露我的恐懼。而當然他和我都知道我害怕。我還沒準備好要死。噢，我是害怕沒錯。但我還沒讓他看到我的憤怒。我也許永遠逮不到那個惡勢力——那個縱容這些惡棍粗暴對待我的惡勢力，但如果我得死，我絕對要帶他們跟我一起去。我感覺到臉上有股風吹來；有輛火車要進站了。它能及時拯救我嗎？

攻擊就在那刻開始。他的身體背叛了他。他露出要移動的訊號。我揮出鋸齒拳頭，朝他下巴猛擊一個上勾拳。擊中的那一刻，他應聲咬掉自己舌頭前端。他的血噴到我的臉上。我抽回拳頭時，他的血有更多流下我的手腕。火車呼嘯進站。

另一個未設防的喉嚨。我使出全力，快速往它擊去。即使在轟隆隆的火車聲中，我仍能聽見，拔出鑰匙時，那喉嚨發出的咕嚕聲響。

鐵鉆般重的一記拳頭重擊到我下顎側邊。我的後腦殼往後衝撞上鐵柱。我搖搖晃晃沿著月台走，揉擦掉眼睛裡的別人的血。

地鐵車門開了。清晨的上班人潮看到我，驚懼地讓開。車門關上。我四處張望。他們沒有跟上車。我看著自己雙手，染滿莓汁與血漬。不知道其中有多少是我自己的血？我的頭愈來愈劇烈抽痛。下巴似有鋼條穿刺——巨熱、冰涼。我眼前影像由一個變成兩個，一會兒能對焦，一會兒又變模糊。耳朵嗡嗡地響，我聽不見地鐵的聲音。

我在14街下車。我想見羅絲。如果我就要死去，我希望死在了解我的人懷中。但是我也知道若我們一起去醫院，很可能會面臨另一場恐怖景象。也許我自己去？也許他們不會逼我脫上衣，那他們或許能幫我。

我搖晃地推開聖文生醫院雙層玻璃門時，還沒有人注意到我。然後有好多雙手伸過來引導我。一個護士把表格送到我面前時盯著我的臉看。我捏造了一個有保險、不會被追查到的假名。他們查出我說謊需要多少時間？

有個護士扶我輕輕躺下。一股強風在我眼後吹。醫生與護士彎腰，凝視手術台上的我。不知道他們看見什麼？天花板開始移動。我正被推向某處。我記得張開眼睛時，看到一個醫生正在縫合我的嘴唇。我想掙扎，但我靜靜躺著。我的頭好痛。

當我再張開眼睛時，房裡只剩一個護士，正拿著筆記板寫字。我想坐起來。她走過來扶我。「別緊張，」她輕聲說。她讀出我眼中的恐懼。「你知道你在哪兒嗎？」她問。我點頭。「你昏迷了幾次。你的下巴裂了。接下來的幾個月，你得喝大量的奶昔。我們要將你的頭傷包紮起來。你有腦震盪。醫生還在等X光片，他也許會要求你留院觀察一晚。」我感覺我的臉和頭都膨脹變大。

她的微笑帶著和善。「警察會來幫你填報案資料。」我的眼睛嚇得大睜。「是法律規定的，」她說，「你好好躺著，不要起來。我待會兒就回來。」她一離開，我便趕緊站了起來。整個房間好像在旋轉。我的眼睛對不準焦距。我的頭不聽使喚。

他們很快就會發現我沒有保險。然後警察就會來。我提供的任何資料都將成爲謊言。我仍是一名性別不法之徒——與警方的任何接觸都可能造成我的被捕。我開始發抖。是逃走的時候了。我檢查皮夾。我的錢遠遠夠我搭計程車回家。

急診室人多忙亂，沒人注意到我離開。外頭的冷風吹到我腫脹的臉上時，感覺舒服了點，但卻讓我的頭皮抽痛。我跌跌撞撞地走到14街路口，揮手招車。司機轉過身來。「去哪兒，先生？」我沒有辦法回答。他皺起眉頭。「去哪兒？」我的手挫折地揮動著。「你醉了還是怎樣？」

羅絲。我想見羅絲。我擠著臉讓他看見我的牙床被縫住了。「哇靠，」他說。我比了個寫字的手勢。他給我一疊便條紙，我寫下地址。他開車，從後視鏡看我。「發生什麼事？」我聳肩。「啊，對了，你沒法說話。我忘了。」車在我的公寓前停下。「總共是三元四毛。」他說。我給了一張五元紙鈔，並要他不用找錢。

我所能想到的只有羅絲的臂膀。但待我走到她的門口，我猶豫了。雖然我聽見她在裡頭，但是，我還是沒敲門。我小聲地拿出我的公寓鑰匙。它們全被血塊黏住。我平順自己的呼吸，害怕若我嘔吐可能會被自己的嘔吐物噎死。關上門一會兒後，我聽見敲門聲。我知道一定是羅絲。我靜靜地沒動，直到她走開，關上她的大門。

爲什麼？爲什麼我忽然那麼害怕見到她？因爲我擔心帶給她太大的要求？我是不是要的太多？她會不會拒絕我？如果我失去她，我該怎麼辦？

然而，我心裡是想去找她的。我想屈膝在她面前，請求她將我藏起，讓我安全。我想要她用愛保護我遠離傷害。我最最希望的是，唉，我只想被抱著。但是我好怕開口要求。

我的頭，痛，再痛，更痛。我沒法打開下顎。恐慌像是腐蝕酸液灼燒著我的喉頭。

我忽然有幽閉恐懼症，感覺被困在自己的頭裡面。我的腦殼抽動著，而且整個房子像水晶海灘遊樂場的傾斜屋一樣傾斜。有那麼一刻，放棄尋求所需比被人拒絕要來得更令我害怕。我笨拙地打開房門的鎖，甩上門，跌撞到羅絲門口，用拳頭擊打她的門。要是她再不快些應門，我就要失去勇氣。

羅絲開了門，身上是那件老樣式圍裙。她將她的大紅髮撥開，露出驚嚇的眼神。我的下巴疼痛、顫抖。我掙扎著開口說話。她看見我的牙床被絲線縫住。羅絲伸出手，帶我進廚房，扶我坐下。我不斷試著想說出兩個字，但她沒能聽懂。

羅絲拿給我紙筆。我的右手腫得太厲害，握不住筆。她從碗架上抽出舊的烤盤，打開一罐柯斯可蔬菜油，然後在鋁箔面上抹了厚厚一層油，再將它放到我面前的桌上。用左手食指，我寫下那重複唸著的兩個字：幫我？

羅絲在我面前蹲下，臉埋進我的大腿。她哭得嚴重到我必須試圖安慰她，撫摸她的頭髮、撫平她寬大肩膀上披著的花質巾衫。「這就是一開始我不願讓你進入我生命的原因，」她啜泣著，「因爲我知道我必須看。是我自己的話，我可以不用看。但我關心你，我就必須看。我知道會這樣，所以我不想。」

她的話證實了我最大的恐懼——我要求得太多。我慢慢站起身，搖搖晃晃走到門邊。羅絲將手壓在門上。「潔斯，坐下。你要去哪兒？」她用手背擦抹著滿是淚水的眼睛。我平靜地看著她，掩藏被拒的恐慌。

「甜心，」她撫摸我的臉頰，「我好抱歉，我只是很希望不是你。來，親愛的。拜託，來。」羅絲帶我到臥室。我遮住眼睛，抵擋窗外射進來的陽光。她拉下百葉窗。

羅絲扶我躺到床上。我的臉能感覺到枕頭套的縫織花邊。躺下來讓我的頭更痛。我坐起身，無法解釋原因。羅絲摸了我的後腦。我痛得躲開。她驚嚇地看著她的手。手上全是血。「潔斯，」她輕聲道，「我怕。」

我眉眼皺起，準備再次受拒。羅絲雙手捧起我的手，親吻每個瘀傷指節。躺在她床上，被她握著手，我不怕這樣死去。

她輕輕地將我的頭枕到她身上。有些痛，但我需要她的親近。她的聲音低如呢喃：「我有回在一本很舊的扮裝雜誌上讀到，很久很久以前，像我們這樣的人曾經是被尊敬榮耀的。如果我能有那種力量，潔斯，我要帶你回到那時候，讓你和那些人——跟我一樣關心你的人——在一起。我知道你會安全，會有人愛你。」

我想坐起身。「靠著我，潔斯，你需要休息。」我把頭靠上她胸膛，喘氣呻吟。羅絲以枕頭撐起我。她蜷在我腿間，以她的大手撫摸著我胸脯。「噓，」她輕聲道，「我知道你也害怕，但是會沒事的。每次我頭部被攻擊時最慘，我會擔心自己失去思考能力、失去記憶。我害怕失去自己。你現在是這種感覺嗎？」她抹掉我臉上的淚水。

我閉上眼睛。「試著保持清醒，甜心，」她央求，「拜託，我怕你現在睡著。」我想離開。「我說故事給你聽，」她微笑，「我說我長大的地方給你聽，好不好？」

我眨眨眼睛恢復意識，點頭。羅絲將臉靠在我胸前，緊抱住我。「喔，潔斯。我好想帶你去看葡萄園，真希望你能聞到秋天的葡萄味。」羅絲抬頭，往上看我，帶著微笑。「哪天我要做葡萄派給你吃。除了我祖母安與我媽媽，我做的派可是全山谷最棒的。」葡萄派聽來不是那麼誘人，但此時此刻並不重要。

羅絲的聲音充滿魔力。「我真希望你現在就能看到，山坡隨著季節更替的所有變化。冬天的時候，我的大爾叔單憑每棵樹的輪廓黑影，就能告訴我那是什麼樹。而引導我們去發現春天的是葡萄藤。要不是刨雪鬆土需要大費功夫，也許我們永遠也不會注意到泥土融雪的味道。男人把葡萄藤修剪完後，我們就把它們綁牢在槐木樁上。」

「和所有女人一起在葡萄園工作，是我一生最快樂的時光，潔斯。我沒忘記搬那些葡萄箱有多辛苦，但是我現在只記得和大夥談天歡笑的感覺。所有的故事似乎都從這一句開始：『記得那個時候……』」

羅絲抬眼看看，確定我還醒著。「我大概八、九歲的時候，大爾叔想帶我加入男人修剪葡萄的行列。但是我母親說不行。她和我姑姑、祖母帶我去和她們一起工作。她們已經知道我了。」

我全身僵直，頭裡面疼痛加劇。羅絲按摩我的胸腔，疼痛感才漸漸消退。「我記得大爾叔告訴我媽，我身邊應該要有男人。我爸死的時候，我還好小。大爾常來帶我去打獵。通常我們只是在林子裡散步。他教我要尊敬『禿丘』——那是西尼卡族的發源地。政府開了條路，直接穿過他們的墓園。

「反正啊，大爾叔是愈來愈不滿意我的樣子。我沒有半點男人氣，而且他好像覺得那是他的錯。春天某一日，我們在禿丘上走著。雲朵移動的速度好快，山坡上、湖面上都有雲經過的影子。大爾叔好像已經完全受不了我的樣子，我以爲他不會再帶我去森林散步了。

「到了丘頂，我看到一個男人，他的頭髮好長，而且顏色是深黑巧克力色，像沃土。哪天我帶你去看我們口中的沃土——非常肥沃，非常美麗。他們站在丘頂上說話。然後大爾朝我的方向點頭說：『我想教這孩子當個男人。』他的語氣聽來像他已失敗了。我覺得自己站在那兒好羞恥，這個陌生人和我同時聽到我叔叔話裡的失望。

「但是那個男人將手放在我叔叔肩上說：『讓這孩子順其自然。』過了一會兒，叔叔頭一垂，點一點。之後他看我的眼神不一樣了，好像是第一次看見了我。」

羅絲在我腹部上輕泣。我用手摸著她的頭髮。「我小時候好希望他能夠愛我，那次之後他開始了。我知道他以前也很關心我，但是我想他沒有辦法接受我長大後缺乏男子氣慨。但那天以後，我們就不再假裝是去打獵。我們只是去散步。他比任何人都更愛那些丘陵地。他帶我一起去讓我好得意。」

她抽面紙擤鼻涕。「要聽好笑的部份嗎？」她微笑，「好多年後我和大爾叔提到山丘上那個人，他說根本沒那回事。他說那一定是在山丘上徘徊的西尼卡人的祖靈。我不確定到底有沒有發生過這件事，但是我很確定那天我和大爾叔之間有某種東西變了，我也很清楚要他承認是很困難的事。」

我在枕頭上慢慢地移動，直到找到一個不會讓腦殼疼痛的位置。我眨著眼皮。「潔斯，盡量保持清醒啊。求求你，甜心，醒醒，潔斯。」那是我失去意識前，最後聽到她說的話。

接下來幾天，我在意識清明混沌間游移。一個女人隨羅絲進來房裡。她們的手碰到我身體的感覺令人安心。羅絲將我撐起，讓那個女人清潔我頭上一塊傷的很重的地方。清理完，她把我的頭整個用繃帶包紮。羅絲扶我坐起，勸服我用吸管喝東西。我看到四處都有我的血：床後牆上一團團似海綿的沾漬，羅絲美麗的織花枕頭套則已被血染透。

隨著日子過去，我聽見啜泣聲取代了羅絲規律的縫紉機聲。即便在半清醒的狀態中，我也知道這一次我對羅絲要求太多。她生命裡到處都是我的血，而這種殘漬是刷洗不掉的。

有天早晨，我感覺到她的嘴輕觸我前額，我張開眼睛。一時忘記，我想張嘴說話。但嘴巴張不了，我用手抓住臉。羅絲雙手按住我手。「沒關係的，甜心，你在復原了。看著我。讓我看你的眼睛。」她雙手捧住我的臉，像水晶球般仔細端詳。當我看到她的表情時，我懷疑自己何以認爲能如此要求她的愛。

她垂下眼瞼。「我做了件很糟糕的事，潔斯。我只是想幫忙。我跑進你家，看到餐桌上寫在支票存根上的工作地方的電話。我想如果幫你打電話請假，也許你還能保住工作。我告訴他們說你被人偷襲受重傷，可能一兩個禮拜不能上班。我那時不知道在想什麼……潔斯，我提到你時用『她』。對方聽到了。對不起。我知道這樣害你丟了工作。」

羅絲碰我的臉。「我知道你一定很生我的氣。」我搖頭。那只是個口誤罷了。我想到達非，那個也曾如此的工會領導人，而我之後原諒了他。

我揮手示意想寫字。羅絲拿了紙筆。我的右手僵硬酸痛，不過寫的字還算能讓人懂——老天爺再給了我一次機會表達訊息。羅絲大聲唸出：謝謝妳的愛。我們同聲哭泣。

我親自到平面藝術職介所，用筆溝通找工作。當晚我便開始到新工作地點上班，同時才明白自己已成了條件優秀的排字工人。再過一個半月就是聖誕節，廣告公司發到打字行的工作，連大夜班都快忙不過來。我接下所有的加班機會。我需要一大筆錢，愈快愈好。

晚上，我將自己淹沒在編碼串裡，我的臉讓終端機如鬼火般映照著。一句一句的編碼成了我的詩。鉛塊放入製版的聲響對我唱著歌：旋律代表一切，字義毫無內容。

清晨，我在健身房鍛鍊，只在頭部抽痛到嚇著自己時才稍作休息。我將生存意志往自己體內更推進一層。既然我的憤怒與挫折無法從縫起的下顎宣洩出，我以肌肉做出吶喊。我以爲自己會因憤怒而爆炸。起初，健身房減輕了壓力，但爲時不久，瘋狂健身也成了壓力來源。我是顆定時炸彈，滴，答，隨時就要引爆。

我睡得不多，早上一些，午末再幾個小時。我怕失去意識，怕再也找不到回去的路。

羅絲似乎因我常不在公寓而擔心。每天我回家後會先去敲她門打招呼。從她臉上鬆口氣的表情，我能感覺出來她的憂慮。「你都去哪兒了？」她問，倒給我高蛋白質奶昔。我也知道她並不期望回答。

不安驅使我在冷冷的十二月天清晨來到法洛威爾海灘。沿著海岸走時，我想到恐懼與沉默封住我雙顎的時間，其實比我想的還來得久。不知道沉默是否也殺了駱可？還有那無名氏管家？一點一點地扼殺。箍住我嘴的縫線拆開時，我會要說什麼呢？

大夜班工頭在聖誕假期前兩天，拿給我最後一張支票。天一亮我就到財務室兌換現鈔，亮出公司卡，身上帶著給羅絲買禮物的現金離開。

我沒打下班卡便溜進午餐房，鑽進角落兩台販賣機中間，將頭小心地靠向牆壁；這裡是我最喜歡的隱蔽角落。頭疼已緩和許多，但有時仍劇烈駭人。

我聽見了同是排字工的瑪加與凱倫，笑談著走進午餐房。「有零錢嗎？」瑪加問。我不出聲地坐著，怕被發現。

瑪加的手常常吸引我的注意力。有些人的手沉重地拖過生命；有些人的手會說話。但瑪加的手又不一樣。她的雙手即使在溝通，都似乎獨立於她的口語對話之外，自有其另一組言語。她和其他排字工人說話時，會緊張地大笑、咬著嘴唇。可是她的手平靜安穩。她的話也許又快又狠，但她的手卻會找著同事酸楚的肩頭棲息。我想像著她那美妙雙手撫摸我的頭、按摩我的頸。

「我告訴妳，」瑪加說，「他看我的樣子好可怕。」

「誰？」凱倫問。

瑪加嘆氣。「從不說話那個啊——潔斯。我說真的，他看我的樣子讓我覺得好恐怖。」

凱倫笑了。「也許他在暗戀妳呀。」

「嗯！」瑪加說，「他看我的樣子，好像要把我吃下去一樣。」

「他不會怎樣的。」凱倫輕笑。

「誰知道，」瑪加反駁，「他可能是精神變態也說不定。」

凱倫插口。「他樣子好女性化，一定是同志。」

我聽見她們走開。「我告訴妳，」瑪加結論道，「他是那種得小心提防的人。」我看見瑪加的手輕搭在凱倫後腰上。我閉上眼睛，等到確定她們離開為止。然後我走出打字行，知道自己永遠不會再回來。

回到家後，我將浴室鏡子擺上客廳沙發，然後找到剪刀和鑷子。我用吸管喝了好幾大口威士忌，開始一根一根剪開嘴上的縫線。我很穩地拉出每一段，和以前撕開ＯＫ繃的速度一樣。不快，不慢，就是平穩。在確定自己已抽出最後一條縫線後，我用威士忌漱口，然後喝光瓶裡剩下的酒，這樣我才能好好睡覺，不怕會想起瑪加剝奪我人性的那番話。

起床後，我走上34街，像戰士般在採購人潮中前進。我知道我要找的是什麼。最好的縫紉機，我寫在一張紙上遞給售貨小姐。這時我才想起，我的嘴巴已經可以打開。沉默成了一種習慣。

售貨小姐帶我看展示品。它們看來都差不多——但有一台很特別。雖然我不懂縫紉，但當她手一指時，我立刻知道就是那台。它像摩托車一樣在燈光下閃閃發光。售貨員解釋所有附件以及這台機器的無盡功能。我微笑，一個字也聽不懂。我已經可以看到羅絲伏坐在這完美的機器前，以她的魔力縫織出奇妙布綢。付現鈔買下它時，我感到一陣興奮，一種好久以來不曾有的感覺。

薄薄的雪開始飄下，我拉著機器走向擁擠的街道，揮手叫計程車。

我一到家便展開瘋狂大掃除。整個房子煥然一新時，我發現自己髒兮兮。我洗了個又長又熱的澡，讓熱水軟化我的下巴，這樣在我張嘴時，它才不會發出聲響。我擦乾身子，換上乾淨的白T恤與卡其褲。梳頭髮時，我從廚房鏡子看到自己的樣子。我眼中的哀傷令自己無法對視。我的臉也似乎比記憶中來得蒼老。我捏捏肩膀、前胸、手臂的肌肉。花在健身房裡的那些時間，突然間成了我生存意念的證明。我給了自己一個禮物——對身體、自我的記憶。

我在格蘭街買了漂亮的手工製中國包裝紙。用手指了指我要的東西，還是沒有說話。

第一個聽到我開口說話的人是羅絲。我在聖誕夜敲了她的門。「潔斯，你到哪兒去了？我都快急昏了。來，進來。譚雅和艾絲帕蘭佐都在這兒。」我沒有動。「你還好嗎？」她神色擔心。

我稍稍移動下顎。「羅絲。」聽到我的聲音，她的眼睛湧上淚水。「謝謝妳，」我告訴她，「謝謝妳爲我做的所有事情。」我們前額碰著前額。

「對不起，」我說，「我知道那實在是很大的要求。」

「噓。」她輕聲道。

「羅絲，我愛妳。」

「噓，我知道。」她以雙手捧著我的臉，「我也愛你，甜心。」羅絲拉近我。我們相擁好似再也不願分開。

「嗚，我也要。」譚雅說，「進來嘛，帥哥。」

羅絲微笑，搖頭。「潔斯是B女孩。」她告訴譚雅。我好多年沒聽過這個詞了。B女孩——以前的婆在公共場合提到T，怕人聽到而用的替代性稱呼。羅絲還有許多我所不知道的地方。

「嗚，蜜糖，」譚雅以欣賞的眼光打量我全身。「我能為你搖擺，帥妹。」

羅絲介紹我與艾絲帕蘭佐認識。「很高興認識你[1]，」艾絲帕蘭佐的聲音與我和羅絲一樣不單純。艾絲帕蘭佐在我親吻她手時紅了臉。「我們在裝飾聖誕樹，要不要幫忙？」她遞給我金銀絲線。

我害羞一笑。「我沒有做過。」

艾絲帕蘭佐眉一皺。「你沒有裝飾過聖誕樹？」我搖頭。「你小時候沒過過聖誕節？」我再次搖頭。「太窮了？」

我笑出聲。下巴在回答時發出聲響。「太猶太。」

羅絲請我吃一片她剛做好的餅乾。「還熱熱的所以很軟。薑汁餅。試試，咬一口看看。」我重新發現味覺。「我們在做餅乾給得了愛滋、困在醫院裡的朋友。」

在那一刻之前，我以為這個疾病發生在離我幾百萬里以外的地方。「我可以一起去嗎？」我問。

羅絲重重嘆了一口氣。「嗯。如果你想去的話。」

譚雅遞給我一只馬克杯。「這是譚雅特製的蛋酒。要是這個不能讓你感受到聖誕氣氛，那別的也都沒用了。」

羅絲在圍裙上擦手。「喝那東西小心點。」

譚雅對她做鬼臉。「別聽她的。就算她是戒酒專家比爾W[2]的朋友，也不代表我們其他人都得跟他做朋友。」

「我們晚一點要去扮裝酒吧跳舞。一起來？」艾絲帕蘭佐問。我看看羅絲。她笑笑，聳肩。

「甜心，我會教你如何在舞池裡扭腰擺臀。」譚雅說。

我笑了。「看我露幾招絕活給你們瞧瞧。」

「老天爺發發慈悲，」譚雅用她那大手搧著自己，「現在就殺了我吧。」

艾絲帕蘭佐微笑。「那我來教你一種古老的女奴舞蹈，默朗哥舞。」

我想起了羅絲的禮物。「我馬上回來，」我說。當我將那沉甸、長方形的禮物拖進羅絲客廳時，羅絲重重地坐倒到沙發上，好像受到惡耗的打擊。「給妳的。」我微笑。

「打開呀，女孩。」譚雅鼓吹著。

羅絲咬著下唇。「你不需這麼做的。」

我所有的愛全在我的笑容裡。「哦，噓。」

她嘆氣，小心翼翼地打開包裝紙，折疊好放在旁邊。羅絲掀開縫紉機的蓋子時，驚呼出聲。從她手指撫摸機器的方式，我知道她很開心。「我要幫你做件西裝。」她輕聲說。

我喜出望外。「眞的嗎？」羅絲點頭，咬著指節。她站起身，走向裝飾到一半的樹。「這是給你的。」她拿給我兩個扁平包裝的禮物。

第一個禮物是本叫做《同性戀美國歷史》[3]的書。我的手在翻頁時止不住顫抖。「看，」羅絲從我手中拿過書，翻到目錄。「記得我告訴過你，我在扮裝雜誌上看到我們這樣的人曾經是受推崇的嗎？看這個有關原住民部落的單元。等等，看這邊。」她翻著書頁，「這裡全部都在講像你一樣，以男人外貌生活的女人。」眼淚模糊了我的視線。

艾絲帕蘭佐看了標題，搖頭。「我希望我們不是總被歸類成同性戀。」

「噓，」羅絲搖頭。她拿給我以紅紙巾包裝的禮物。「打開。」裡面是一幅以水彩畫成，一張情緒萬千的臉，仰望星空。一張美麗的臉。一張我從未看過的臉。是我的臉。

「讓我看看，蜜糖。」譚雅接了過去，「嗚，羅絲。畫得眞好。跟他一模一樣。」

「羅絲，」我咬了下唇，「我眞的看起來像這樣嗎？」

她點頭，帶著淚水微笑。「當我以爲你可能會死的時候，我開始素描你的臉。我不希望你只留存在我的記憶裡。你的眼睛是閉著的，但是我閉上眼都能看到你的眼睛在燈光下變化的顏色。」

羅絲靠著我在沙發上坐下。我們用手臂摟著彼此，輕輕搖晃。艾絲帕蘭佐和譚雅坐在我們前面的地板上。

我的下巴疼痛顫抖。「妳們知道嗎，」我告訴她們，「我找妳們找了好長一段時間。真不敢相信我終於找到妳們了。」我緊緊攬住羅絲臂膀，同聲哭泣。

艾絲帕蘭佐將手放上我膝蓋。「你知道我名字的意思嗎？」

我搖頭。「不知道，但聽起來真的好美。」

她微笑，以堅定、不含糊的表情看我。「Esperanza，」她解釋道，「代表希望。」

---

1 原文爲Mucho gusto。

2 Bill W，本名William Griffith Wilson（1895-1971），一九三五年與鮑伯醫師聯合創辦「無名氏酗酒人協會」（Alcoholics Anonymous）。他發展出的「十二步驟」計劃乃至今最有效的戒酒方法。「比爾W的朋友」指曾沈溺酒精至需要參加戒酒計劃的人，在此則有嘲諷對酒精戒慎恐懼之人的意思。

3 *Gay American History*。

CHAPTER 24

那是春天的第一天，住在這城市的人難得同時願意有好心情——這一天，所有的男男女女和小孩，都似乎在與我的不同賣弄風情。我在聯合廣場的農夫市場閒逛，殺時間。太陽沉到島嶼西邊建築物的後面。羅絲要我答應她，傍晚以前不能回家。發現驚喜的時間到了。

我敲了自己家的大門，等羅絲應門。她拿布擦著雙手，帶我到臥室前。「閉上你的眼睛，」她催促，「你說我想做什麼都可以，記得嗎？」我微笑，點頭。「好，張開眼睛。」我環顧四周，然後頭一抬——在那兒呢。

我坐上床，往後倒下看天花板。羅絲畫了天鵝絨般平滑的黑底色，上有用針尖標出的我認識的星群。黑色朝著整面圖的邊緣淡去，隱約看得出天空下樹的輪廓。

羅絲在我身旁躺下。「喜歡嗎？」

「好神奇啊，我無法相信妳給了我天空睡覺。但是我看不出來妳畫的是日出還是日落。」

她對著天花板微笑。「都不是。也都是。這會讓你焦慮嗎？」

我緩慢地點頭。「嗯，很奇怪，會。」

「我有想到這一點，」她說，「那是在我心裡一塊我必須接受的地方。我想也許你也有這樣一個必須克服的地方。」

我嘆氣。「我的確是想不透，妳畫的是天將白還是天將暗。」

羅絲翻身向我，將手置於我胸前。「不會是白天，也不會是夜晚，潔斯，而是連結兩者，有著無窮盡可能性的那一刻。」

羅絲的臉與我極爲接近。我們同時感覺到了彼此勻稱的呼吸。她的手緩緩地自我胸滑至腹部。她垂下眼睛。我咬著嘴唇。「我會怕。」我回答了她還沒有問出口的問題。

「爲什麼？」她問，「因爲我既不是白天也不是夜晚？」我緊緊閉上雙眼。我知道如果我不誠實，我將會失去她；而說實話也可能導致相同結果。

「對，」我告訴她，「部份原因是。記得妳的幾何學理論嗎？不只雙倍痲煩。」

羅絲翻過身去。「我又不是建議我們到大馬路上做。」

我望向我的天空。「妳明白我的意思。但那只是部份原因。如果我眞要很誠實，眞正的原因是我害怕不能和是白天或黑夜的人在一起。在我曾有過的關係中，是婆給了我安全感。那是我曾經有過最接近正常的感覺。」

羅絲蜷進我臂。「你是她的日出還是黑夜？」

我淒然一笑。「剛開始我是她的日出，到了後來，我成了她的薄暮。」我們都嘆了氣。

「還要更多實話嗎，羅絲？我內心裡有個地方是從來沒有人碰觸過的。我害怕妳會碰那兒。但也怕妳不碰。在一起過的婆很了解我，但沒有人跨越過我內心那道屛障。她們試圖要我越過屛障，投進她們懷裡，她們從不跟過來找我。而妳就在那兒了。我沒有地方躲。這讓我害怕。」

羅絲哀傷一笑。「覺不覺得好笑？這正是我想與你做愛的原因。」

我們靜靜躺著。我親了她的頭髮。「唉，羅絲。我已經很久不需要和任何人有性的接觸。我甚至不知道在情人關係中，我該是什麼角色。但是我怕妳會離開我。我們難道不能想出個方法，然後還是朋友？請妳繼續留在我的生命裡。我眞的很需要妳。」

羅絲用手肘支起身子，親吻我的唇。「我也需要你。」我握住她的手，訝異於我的手在她手中竟顯得那般的小。我親吻她的手指關節，她垂下眼睛。

「下巴碎了後，我想了很多有關自己人生的事，」我說，「我有回讀到戰士在上戰場前，心裡想著『今天是死去的好日子。』」

羅絲微笑。「很勇敢的想法，但是我不想死。」

我點頭。「起初我也認爲它代表捨棄生命，但現在，我認爲它的意思是，在面對敵人的那一刻面對自己的生命。也許那才能無懼地戰鬥，才是生存的關鍵。我活到現在，有好多事情有頭無尾、沒有結果。這讓我更害怕死亡，也叫我不能放棄奮鬥。」

羅絲皺眉。「奮鬥什麼呢？」

「我一直希望自己死後，能留下有重要性的東西。記得聖誕節妳送我的那本歷史書嗎？」羅絲點頭。「最近我有空就上圖書館查我們的歷史。人類學那兒有好多記錄。眞的有好多，羅絲。我們不是一直被憎恨的。爲什麼我們從小到大都不知道這些呢？」

羅絲以雙肘撐坐，看著我說話。「這改變了我的想法。我從小到大一直以爲事情就是現在這個樣子，何必浪費力氣想改變世界？但現在我發現了，以前曾經不是這個樣子的。即使那是很久以前的事，都讓我感覺到事情可以再改變。不管我能不能活著看到那一天。」

「在打字行上班時，大家中午休息吃飯，我就找時間，把找到的歷史記錄一點一點地重新排版，想讓它看起來很重要，就像我感覺得那樣。這就是以後我想留下來的，羅絲——我們正在行走著的這道古老軌跡的歷史。我要它能幫助我們拿回尊嚴。」羅絲將我的手按上她唇。

「但是我還想要更多，羅絲。我生命中有好幾件我害怕去面對的事。這些事情也許都算小事，但卻讓我無法坦然面對自己。記得我跟妳提過老T艾爾嗎？我想要知道那時她究竟發生了什麼事。」

「還有一個T，我對她態度很糟糕，因爲那時我不能接受她跟另一個T在一起。我以爲當T的意思就是會被婆吸引，就像我以爲變性者就是同性戀。」

羅絲微笑。「這種誤解很容易產生，畢竟你以前去的都是同性戀酒吧。」

我點點頭。「嗯。我以前總希望我們這些與眾不同的人，都會是一個樣子，但我無法相信那時我竟拒絕了一個T朋友，只因爲她的愛人也是T。我想向法藍基道歉。」

羅絲親吻我臉頰。「還有嗎？」

我點頭。「有。有兩個小孩——小金和史考提。我答應會回去找他們。喔，我還有一件事想做。」

羅絲撫摸我的頭髮。「什麼事？」

我往後躺，凝視天花板上的宇宙。「我想寫一封信給泰瑞莎，一個我還掛在心上的女人。我們分手分得很粗糙。即使她永遠不會看到信，我還是希望能找到字句表達出我想告訴她的話。」

我的眼皮重了。羅絲依偎著我。我打了呵欠。「你會找到那些字句的。」她安慰我。

我嘆氣。「首先我得讓自己的回憶回來。因爲回憶太痛，我把它們擱在某個地方。現在我必須先回想把它們放哪兒去了。」

一股冷風從窗戶吹進。我拉起飾結被子，蓋住我們兩人，身體移靠向羅絲。靠著她的感覺溫暖慰人。「睏了？」她問。

我點頭。「陪我躺一會兒，可以嗎？」她點頭。我將頭埋進她的頸子。

她輕輕撫摸我的頭髮，親了我的額頭。「睡吧，我迷人的扮裝皇帝。」

聽到電話那頭傳來法藍基的聲音時，我幾乎掛上聽筒。「是我，潔斯。記得我嗎，法藍基？」我所想到的話只有這些。

長長的沉默。「潔斯？老天，眞的是你嗎？好久不見了。」

我清清喉嚨。「對，好久了。聽著，法藍基，我眞的很想和妳談談。如果妳不願意，我能了解。但是我應該向妳道歉，而且已經欠很久了。我想當面跟妳道歉，如果妳願意見我的話。我現在住在紐約市，但我可以去水牛城。」

又一段長長的沉默。「你知道嗎，潔斯？我還在生你的氣，但沒有你擔心的那麼氣。我還要告訴你一件事。你打電話來和我說這些，對我其實很重要。我十五號會到曼哈頓的勞工大學。我可以在十一點左右和你在女公爵喝一杯。」

我停了一會兒。「是那家在薛瑞登廣場的女同志吧嗎？」

「對。」

「嗯，我不知道我進不進得去。可以在吧外頭碰面嗎？」

「可以，」法藍基說，「到時見。」

那一晚終於到來時，我在吧外的街燈下踱步，咬著指頭。我看見法藍基從對街走來。我們尷尬地站著。兩人都不知該從何開始。我伸出手；她握了。在她的手掌中，我找到我們共有的過去。

若非看到她站在那兒，我早已忘記我有多麼地愛T——她站姿中防禦性的挑戰氣勢，一隻手插在褲袋裡，頭往一邊傾斜。

我不知道何者較令我震驚：是法藍基變了的模樣，還是她與我記憶中的相似程度。在那青春期雀斑臉上看到皺紋，捲曲紅髮中亮著銀絲，奇怪的感覺。「見到妳眞好，法藍基。」

她的鞋磨蹭著地磚。「我也很高興再見面。」

我試著不讓下唇顫抖。「我的意思不只是見到妳眞好，法藍基。單單看著妳，我過去一整段的人生就都回來了，而那段人生正是我現在需要的。眞的，見到妳眞好。」

我張開雙臂。我們緊緊擁抱，然後擁抱轉成嬉戲的摔角。我將她的頭髮往後抓，她搥打我的肩膀。「潔斯，不管發生過什麼事，我們曾經走過那段舊日時光。你對我還是有重要性。」法藍基說。

那是多麼慷慨的話語。「妳還有見到以前那些人嗎？」我問。

她點頭。「我常見到葛藍特。」

「泰瑞莎呢？」我屏住呼吸。

法藍基搖頭。「你記得老T堅嗎？她和她女友在榆木街開了家花店，叫藍紫羅蘭。我一時想不起來其他人。對了，達非，你記得他嗎，那個工會幹部？」

我微笑。「嗯，達非，我記得。」

法藍基往前傾身。「你不知道搞砸了你那工作，他有多過意不去。他眞的不是故意的，潔斯。」

我點頭。「我知道他不是故意的。如果妳有他的電話，能給我嗎？我也想和他談談。」法藍基點頭。

我們尷尬沉默地站著。「法藍基，對不起。我以前總以爲自己思想很開放。但是當我碰到的是自己的恐懼時，我卻試圖與妳保持距離。那之後，我有了一些成長。我挽回不了，但是我真的很抱歉。」

法藍基用姆指朝女公爵比了比。「你不知道你進不進得去？以前大家還在一起時，我害怕如果讓人知道吸引我的對象是誰，我會被自己人拒絕來往。那是種很不好的感覺。我很遺憾同樣的事現在也發生在你身上。媽的。潔斯，最傷的地方是我那時很尊重你。我希望你也尊重我。」

我抹去眼裡的傷感。「妳應該得到尊重。來，走吧，」我手搭上她的肩膀，「去碼頭走走。」我們沿著克里斯多佛街慢慢走向哈德遜河。「妳知道嗎，法藍基，年輕的時候，我以為自己想得很清楚：我是T，因為我愛婆。這是件美好的事情。從來沒有人尊重我們的愛。那時我被妳嚇到。我覺得妳好像把我那種美好的東西拿走了。」

法藍基搖頭。「我沒有拿走你任何東西。當你告訴我，我跟T睡覺所以我不是眞正的T時，你想我是什麼感覺？你抹煞了我的存在。老天，潔斯，我走在路上時，受到男人多少嘲罵。我根本不用向他們證明我是T。為什麼我得向你證明呢？」

我搖頭。「妳不需要。」我攬著她的肩膀。我們穿過西區公路，走向碼頭底端。滿月照亮了雲層。黑色水面波光粼粼。

法藍基聲音壓低。「潔斯，帶你出道的是哪個老傢伙？」

我對著記憶中的人微笑。「尼加拉瓜瀑布的艾爾。」

「我是葛藍特。」法藍基說。

「葛藍特？」我記憶中的葛藍特是個脾氣暴躁、惹人生氣的酒鬼。

法藍基看著我的臉。「葛藍特對我而言就是整個世界。她教我，我就是我，不需要證明。那對剛出道的小T來說，是個很開明、很自由的觀念。」

我微微一笑。「我從來沒想到葛藍特會開明——不是說我們有誰眞的是。」

法藍基點頭。「葛藍特從沒將自己的智慧當回事。她被自己的恥辱困住了，但她不要我們這些年輕人變得跟她一樣。她只有在很醉的時候才會誘拐小T。不過，我從不覺得我們有讓她快樂過。我覺得她有某種讓她自己嚇壞了的秘密慾望。」

我眉頭一皺。「比如像什麼？」

法藍基聳肩。「我想她內心有個她覺得變態的東西，她很害怕，譬如也許她幻想和強壯的老T在一起，或甚至幻想男人之類的。可憐的老葛。我希望她能對我敞開心胸。我眞的很愛她那個老傢伙。」

我們無聲地坐著，傾聽腳下堤防海浪拍打的聲音。法藍基嘆氣。「你知道嗎，潔斯，我是到和T在一起後，才開始學會愛自己。」

我笑了。「我不知道爲什麼，但是我印象中，妳每週與不同女人睡覺。」

法藍基點頭，沒有笑容。「我以爲我該那麼做。我在腦子裡問著每一個人：妳能愛我嗎？妳愛我嗎？我惹人愛嗎？當然，等她們一旦開始關心我時，我又不信她們的判斷力，於是繼續換到下一個。老天，我眞是個欺負婆的混球。」

法藍基看向遠方水面。「直到我終於對自己承認，只有T的手才是我的身體想要的，一切才全部改觀。我愈了解我是愛T的哪些特質，我愈能接受自己。你知道哪種人會挑起我慾望嗎，潔斯？」我微笑，搖頭。「是那種灰髮、眼神哀傷、卻又有著狂狷笑容的老uncle。你知道那種手臂跟你大腿一樣粗的老uncle？我就是希望被那樣的手臂擁抱。」

我用手摸著腿邊的黑木。「我也很愛她們。但讓我有慾望的是優婆。很奇怪——是男是女都無所謂——但總是優婆才攬得住我的腰，讓我冒汗。」

法藍基將手放上我手臂。「你、我得好好想出一個T的定義來，而且不能把我遺漏在外。我很受不了『T』被拿來代表對性事主動或是有膽量。如果T代表的意思是這些，那麼反過來想，婆的意思變成什麼了？」

我搖頭。「我倒從來沒這麼想過。但我必須承認，當妳告訴我妳和強尼在一起時，我第一個想到的是在床上誰是婆？」

法藍基傾身向前。「我們兩個都不是。你的意思是誰插入誰被插？誰主導做愛？這和身爲T或婆是不一樣的，潔斯。」

法藍基坐近，碰我的肩膀。我身子一緊。「放輕鬆，」她輕聲道，「我不是要對你做什麼，潔斯。」

「對不起，我不太習慣被碰。」

法藍基的手去除了我肩膀的痠疼。「你知道嗎，我得坦承一件事。以前我曾經暗戀過你。」

我緊張地笑出聲。「哎唷。我才剛開始能放鬆呢。」

她拍拍我的背。「你會過去的。」法藍基按揉我的脖子。「你開始矇充男人後，你他媽的搖身成了傳奇人物。到底是什麼感覺，潔斯？」

我聳肩。「我不知道。試著存活讓我撐了過來，但沒什麼時間去想。」

「我與你這麼不同嗎？」她將腦中所想說了出來。

「只能由妳自己決定了。對我來說，我們仍是同宗的。」

一艘遊艇經過；船上人們的笑聲傳過水面。我坐著，面朝紐澤西州，法藍基的手搭在我肩上。「妳和強尼還在一起嗎？」

我感覺到她身子倚著我往下癱。「兩個T在一起很難，潔斯。眞的很難。」

我嘆氣，點頭。「嘿，法藍基。兩個T在一起——我是指情人的在一起——會談心裡感覺嗎？」

「心裡感覺？」法藍基問。「那是什麼？」我們同時笑出，自在溫暖。我們愈笑愈大聲，笑到兩人眼淚滑落臉頰。從她碰我到現在，我第一次放鬆身體，靠上法藍基。我允許自己享受她雙臂擁抱的力量。

「妳知道，法藍基，」我輕聲道，「我碰過一些身爲男—女人會遭遇的事情，我從不和婆談。我從來不知道怎麼形容。」

法藍基點頭。「和我，你不需要形容，潔斯，我明白。」

我搖頭。「我需要語言，法藍基。有時候我覺得快被自己的感覺噎死，我需要說出來，但是我完全不知道該怎麼說。婆們總是會教我怎麼說出感覺，但是婆形容感覺用的是婆的語言。我需要我自己的形容詞——能說出T情感的T的語言。」

法藍基將我拉緊。我的淚水溢滿眼眶。「我覺得自己被這些情感的有毒淤泥困得動彈不得，法藍基。但是我聽不見自己大聲說出那些話。我沒有語言。」

法藍基將雙臂張得更開，再擁緊我。我的臉貼在她臂上。她給我一個庇護所，如同多年前，我在監獄裡抱著老T艾爾那樣。「法藍基，我找不到文字可以表達這些正在撕裂我的感覺。我們的話語聽來會像什麼呢？」我抬頭看天空，「像閃電吧，也許。」

法藍基將唇貼近我髮。「對，像閃電。還像渴望。」

我微笑，親吻她結實的臂肌。「渴望，」我輕輕重複，「這個詞從T嘴中說出眞是美妙。」

CHAPTER 25

「你回你的水牛城，我自己回家。」羅絲堅持。

「但是爲什麼呢？」艾絲帕蘭佐要借車給我們，我無法理解她爲何拒絕。「妳說自從妳祖母去世後，就沒再回家。妳常提該回家看看，我也能看看妳的家鄉啊。我想看妳經常說的大湖、山丘還有葡萄園啊。」

羅絲嘆氣。「對你而言那兒很美。但我是爲了救自己而逃離那兒。對我來說，要回去很不容易。我必須自己來。」

我搖頭。「我只需先放妳下車，再走快速道路就能到水牛城。我們要去的地方只有兩個鐘頭的距離，而且我不能無照駕駛。我們裝成一對幸福的夫妻就不會被找麻煩了。」

羅絲做了個鬼臉。「潔斯，你不了解。你不能開車到人家大門口，把人放下就開走。我得介紹你。他們會請你喝咖啡。」

我開始有些不開心了。「哦，現在我懂了。」

羅絲怒火上升。「不，你不懂。我不會以你爲恥。」她的聲音變微弱，「有時候他們讓我覺得羞恥。」我欲開口反駁，但她舉起手阻止我。「哪一種結果都不好。如果你很喜歡他們，我會氣你不能了解在我成長過程中和他們一起生活的種種困難。如果你不喜歡他們，我會瞧不起你不能明白他們的價値。」

我聳肩。「好，我了解複雜的程度了。我不會再提這件事。但是我還是要去水牛城。我必須去面對一些事，找回我的記憶。」

雖然我沒有繼續談論，但我們兩人都知道這件事還沒有結束。我不斷將行程延後，部份原因是我知道可能很痛苦，但更重要的是我還是希望羅絲能同行。

九月初我向艾絲帕蘭佐借車。羅絲在廚房走來走去，假裝沒有聽到我們的談話。出發前幾天我帶了半加侖加了香料的熱蘋果西達給羅絲。她在我身旁椅子坐下，盯著她的馬克杯。「我被打得很慘時，」她以平靜的口吻開始娓娓道出，「被人看見總是更糟。那表示別人也看得到我被傷害了。那對我是種羞辱。」

我等著她繼續。「我家人不壞，」她說，「離開後我更愛他們了。他們以他們所知道的最好方式愛我。我對他們而言是自己家人。但是，太難了，我不要任何我家族以外的人看到。我想他們會讓你覺得賓至如歸，但我不確定。如果他們對你不好，我會恨他們。他們不是殘酷的人。但這對我而言是個很大的風險，因爲如果他們傷害你，我永遠不會原諒他們。」

我拿肉桂棒攪拌蘋果西達。「我們何時出發，羅絲？」

她看來驚訝。「我沒說我們要走。」

我微笑，點頭。「有的，甜心。我們兩個人都不會爲一件沒準備好面對的事，掙扎這麼久。」

羅絲嘆氣，拍拍我的手背。「星期四。」

大地是我們的洗手間！這是我們這趟上州行的座右銘。我們帶了充分的衛生紙，以防必須上休息站的廁所。我們遠在天亮前，開始了這六小時的車程。太陽上升時，我好開心我們一起克服了這趟困難的旅程。

羅絲準備了明斯特乳酪和乾番茄三明治，新鮮烘焙的麵包上撒滿芝麻菜。我們喝著大罐的冰紅茶。大地是我們的洗手間！我們笑著。

羅絲的臉隨著車子前進而變得溫和。她叫出路旁所有美麗花草的名字。曼哈頓的焦慮消融於我們身後遠方。在這裡與那裡之間，羅絲與我又重新契合在一起。

當我們下了快速道路，往卡南黛瓜湖前進時，羅絲明顯地變得興奮。「看到嗎？」她指向一處公寓建築。「那本來是玫瑰地遊樂公園。停車，換我來開。」羅絲對這兒道路熟悉得如同她手上的筋脈。

我們行經向日葵花田。「那是我較大後才有的新品種。」我認出了羅絲憑記憶畫出的秋麒麟草和紫菀。

她在湖旁，寬度不超過三個車身的空間停下車子。「我一直想不透是這湖反映了我的心情轉變，還是我的情緒映照出湖水的變化。現在湖四周每一寸土地都變成私有地了，除了兩小塊地方，這一塊，還有那小商店後頭的一塊。現在連山坡也都有人要出售了。」

她轉動引擎，倒車。「夏天來這渡假的人害死我爹。」她的聲音平直、不帶感情。「有對夫妻開車開到急轉彎坡路，停下看鹿。我爹爲了要避開他們，方向盤急轉，就從那邊衝下去了。」我們安靜地開過那段路。「我恨死夏天來渡假的人。但問題是，我媽當年也是其中之一。」我沒有說話。羅絲知道自己願意或不願意說什麼。「當然，我媽是來這兒租房子的。她家人不是雅痞。她在夏天結束前愛上了我爸。但是誰要愛上那男人，就知道他是不會離開這山谷的。他和大爾叔對這山谷的感情，就像聽到愛人呼喚一樣。」

羅絲微笑。「說來奇怪。我媽媽是城市姑娘，但我爹過世後，媽媽在這個他心愛的山谷留下。我和我爹一樣。我的心在這山谷裡，但我卻去了城市。」

我們在林子外一間小屋前停車。羅絲熄火，一隻黃金色拉布拉多獵犬不停地吠叫，用爪子抓著紗門。「這是大爾的家。」她遞給我一張紙，「這是到我媽媽家接我的地圖。」

我點頭。我們坐在車裡，直到有人知道我們的到來。「羅比！」我聽見大爾叫羅絲。「羅比，你回家了！」

羅絲嘆氣。我們都下了車。我看著他們擁抱時，知道了他們彼此的手對對方肩膀與背部的熟悉程度。羅絲抽身。「大爾，這是我朋友，潔斯。他也住在曼哈頓。」

獵犬躍身舔我的臉。大爾抓住狗頸圈。「骨兒，別煩他。你的規矩哪兒去了？」大爾握我的手。那結實滿繭的手在我手裡溫暖地輕輕一握。「你們都要咖啡嗎？我才剛煮了一壺。」

我眼睛一亮。羅絲搖頭。「你最好上路了，」她告訴我，「你能找到回去快速道路的路嗎？」

我一笑。「可以。沿著湖走，到向日葵田左轉就是。」

「你確定不要進屋來休息一會兒？」大爾問。我看著羅絲。她臉上完全沒有任何表情。

「謝謝你，大爾。但是我還有好長一段路要開。我要到水牛城。也許等我回來載羅絲時再見面。」我一頓。叫她羅絲，我是否叫錯了？

大爾點頭。「那麼你來時一定得趕上吃晚飯的時間。我要做有名的大爾南瓜給你嚐嚐。羅比會告訴你我做的有多好吃。今年我園子裡的南瓜長得漂亮極了。」

羅絲嘆氣。我將之視爲我該離開的訊號。我回到車上，發動引擎。大爾還抓著骨兒的頸圈，並以另一隻手向我揮手道別。羅絲以哀傷的眼神看我。

水牛城的街道有如我自己的鏡中影像一般熟悉。

我在與泰瑞莎同住的公寓大樓前停車。她的名字已經不在信箱上面。我走到公寓後面，半期待能找著坐在牛奶箱上望著天空、渴望瞥見自己未來的那個年少的我。而此刻我在這兒，回來找她。

突然間，一段回憶攫住了我：那晚我在羅徹斯特被抓時，泰瑞莎眼神中的痛苦。我用手蓋住臉不讓自己看到，但那畫面清楚地浮現在我腦海裡。讓它來吧，我想著。其實一直都在那兒的。讓它上來吧。

我走到街角的付費電話亭打詢問電話。我想實現回來看小金與史考提的諾言。我記得我的出現是如何震撼了小金，徹頭徹尾的；也記得我的離開令她何等傷心。她還記得我嗎？史考提呢？他成爲風了嗎？電話簿裡找不到他們的名字。也許他們還與葛羅莉亞住在一起。電話簿裡有登記她的名字。

葛羅莉亞聽不出來我是誰。「潔斯‧戈柏，」我重複，「我們以前曾在打字行共事。妳讓我住妳家。我回來待一兩天，想見小金和史考提。」

很長，很長的沉默。葛羅莉亞的聲音轉低變沉。「你別來煩我的孩子，聽到了嗎？」舉在手裡的聽筒斷訊了。我盯著聽筒，感到震驚。慢慢地我才回過神來，明白到阻止我與孩子見面的權力還是在葛羅莉亞手上。我又打一次。她再度掛我電話。我另一隻手捶打話亭玻璃門，打到整隻手紅腫起來。然後用腳不斷踢著話亭。一輛警車在路旁停下。「怎麼回事？」一個警察從車裡喊道。

我深吸了一口氣。「抱歉。它吃了我的錢。」

「別那麼衝動嘛，孩子，不過才二十五分錢。」他揮揮手駛離。等他離開視線後，我又繼續踢玻璃門。我告訴自己一定會找到小金與史考提，即使當時我根本還沒想到方法。

接線生給了我老T堅在榆木街花店的地址與電話號碼。我推開花店門時，銅鈴噹噹響起。我能聞到玫瑰與百合的濃郁香味。

「有什麼需要嗎?」一個熟悉面孔抬頭望我。我們同時僵住了。「艾娜。」我唸出她的名字。她的表情凝住。我不懂她怎會在那兒坐在櫃台後工作。然後我才記起她曾是堅的愛人。她們一定是又復合了。

不公平!我能夠了解艾娜離開我，是因爲她無法跟任何人在一起。但是爲何她又能和堅在一起呢?疑問讓我的臉灼熱:她碰觸堅嗎?她不要的其實就只是我?爲什麼每個人都可以從此過著幸福快樂的日子?

看到她站在那兒，我心痛得想奪門而出，上車離開。但是，我用我身體的姿勢以及我招呼聲中的溫柔力量，找回了部分很重要的自尊，「嗨，艾娜。」

她從櫃台後出來，朝我走來。我身子不自覺地僵硬起來。她止步。「潔斯。我常常想到你。」

我感覺怒氣上升，要阻止她的話刺穿我的防備。「我來找堅。她在嗎?」

艾娜咬著下唇。「她在後面的溫室花房。」電話鈴響。我抓住艾娜接電話的機會離開。我靠著門外冰冷的磚牆，以爲痛苦會將我炸裂、濺潑於牆上，但沒有。只是痛，很痛。

堅知道我與艾娜曾是戀人嗎?我很快就會知道。

溫室看來像是個成人的遊戲房——一個自給自足的世界。溼氣讓屋內玻璃起了霧。我打開門，跨過門檻。我的靴子陷入鋪在地上的濕漉稻草裡。我深深吸了一口潮溼土壤的好氣味。

堅蹲在一箱紫蘿蘭前。我認得她強壯的寬肩膀。她的頭髮已成銀白色。她站起來看我，眼鏡頂在額頭上。她將眼鏡拿下放到鼻前。「我是否老到不能相信自己的眼睛了？」她問。「眞的是你嗎，潔斯？」她在毛巾上擦手，張開雙臂歡迎我。堅撫摸我的頭髮，親我的額頭，我哭著。「我好常好常想到你呀。」她輕聲道。

我的雙唇顫抖。「我一直不相信除了自己，我還會活在別人的記憶裡。」

堅輕拍我的臉頰。「我忘不了你。我知道你是那群小T中，會與我一起終老的。你會待多久？現在住哪兒？怎麼找到這裡的？」

「曼哈頓，」我回答，「法藍基告訴我妳的店。我這次回來想弄清楚一些事。我想要查清楚老T艾爾到底發生了什麼事。我要知道她是不是還活著。」

堅揉著臉，深吸了一口氣。「嗯，如果有人能找到她，那應該是艾娜了。你有見到她嗎？」我點頭時看著堅的臉。「艾娜和莉笛雅還有連絡。莉笛雅的T和艾爾一起在車廠工作很多年。」

我語調一揚。「妳想莉笛雅會知道嗎？」

堅聳肩。「有可能。艾娜知道怎麼找她。」

我深吸了一口氣。「妳能幫我問問艾娜嗎？」

堅說話時，我看著她的臉。「當然，樂意之至。」就在這時，我確信堅並不知道我與艾娜曾爲戀人。「啊，對了，」堅微笑，「今晚大家聚聚喝一杯如何？」

這建議聽來是那麼令人痛苦，卻又無法迴避。我點頭。「也許法藍基也想一起來？」堅揮拍了我的肩膀。「好主意。」她寫下酒吧的地址。

堅打開溫室門的時候，外頭的冷空氣讓我吃了一驚。她的小貨車停在店後面的車庫。貨車旁是一輛舊的凱旋牌摩托車。堅隨著我的眼神看到摩托車。「我很久沒騎了，但我常常發動。你想在這兒的時候用嗎？」我微笑，興奮地點頭。騎摩托車已經是好多年前的事了。摩托車噗噗發動時，堅嘴角揚著笑意。她捏捏我的肩膀。「看到你眞的令人開心。能再見面眞好，孩子。」我等她進去花店後，才大聲對自己說，「我已經不再是個孩子了。」

當晚我們在水牛城郊一家藍領階層酒吧見面。我已經好久好久沒有和女同志一起上過酒吧。時間還早，吧裡客人還沒坐滿。前廳裡大概有二、三十個女人。我猜她們很快就會移到後面跳舞。是我的想像還是那些年輕的T中眞有幾個其實是婆？

我走進去時，每個人都轉頭看我，然後彼此互望，但是沒有人阻止我。我瞥望後廳，希望艾娜沒有與堅一起來。但她來了。她們和法藍基與葛藍特同坐一桌。堅看到我，站了起來。「潔斯！」我猜她還不知道。艾娜在我禮貌性地親吻她臉頰時，垂下眼睛。法藍基與我擁抱。葛藍特握我的手。「哇，眞是想不到。看是誰在這兒！」她示意女侍。「大家喝什麼？」葛藍特問。

「我喝薑汁汽水就好。」我說。我想保持神智清晰，特別是艾娜也在座。

「我們配不上你，不能和你喝一杯？」葛藍特挑戰。

「威士忌，」法藍基插嘴，「不加水，純的。」

「我們兩個啤酒，」堅說，「對嗎，親愛的？」艾娜盯著她的大腿，點頭。

我們全都尷尬、沉默地坐著。

堅向我交待她們前面的對話。「我們在講以前那班人現在的情形。」

「我覺得我們有點像蟄伏在地下，」我安靜地說道。我的心在與艾娜對話。「等著安全的時候出來。」

葛藍特苦澀地嘆了口氣。「但是現在有些孩子根本看不出來她們是什麼——滿頭綠髮，臉上還別別針。」全桌人一起嘆氣。

「葛藍特，」我聳肩，「誰在乎呢？」

「就是不對嘛。」葛藍特拍桌面。

我笑了，惹得她更光火。「葛藍特，以前別人就是這樣說我們啊！」

「那不一樣。」葛藍特邊說邊揮手。

我靠向她。「我年輕的時候也有很多事情不能接受，葛藍特，譬如其實T也可以有各種不同的樣子。」我看著她的表情變化。法藍基倒吸一口氣的聲音讓我聽見了。「但是我現在學著接受每個人的樣子。」

堅試圖轉變話題。她傾身向前，摸摸我皮夾克的袖子。「不錯喔。」她說。

艾娜對我投射警示的眼神。我的手指拂著駱可的盔甲，柔軟舒適的舊皮衣。「謝謝。」我結束了話題。艾娜放鬆地吐了口氣。

「眞高興我那時候沒打荷爾蒙。」葛藍特宣佈道。

我用力咬著嘴裡的吸管。「爲什麼呢，葛藍特？」我準備應戰。

「看你現在有點卡在中間，對不對？我是說你不是T也不是男人。你看起來像男人。」

全桌的人都緊張起來，但沒有人開口。我將吸管繞成圓圈。「小心點，葛藍特，」我警告她，「妳在看著自己的倒影。」

葛藍特笑了。「我又不像你。我沒做改變。」

我的憤怒遠超過當下該有的反應。我能嚐得到舌尖上苦苦的味道。我一傾向前。所有人屏住呼吸。我以低沉帶著威脅性的聲音說：「妳願意T到什麼程度，葛藍特？爲了拉開和我的距離，妳要放棄自己多少呢？」

葛藍特的臉背叛了她。她感覺到我的力量，激動起來。我知道她內心激動，我從她眼睛裡看到的。我知道葛藍特的秘密慾望，我要像武器般使用。我要讓T的特質變成一種量，不是質，這樣我才能比她更T。

葛藍特用手指攪動飲料。她的臉紅了。艾娜和堅低著頭。我感覺到法藍基暗地央求著我放過葛藍特。

我再看向葛藍特。看到了一個實已潰敗，只靠酒精撐住的T。我嗅得到她的恥辱。我想起了她在工廠時，曾如何迫使那些男人尊敬她。慢慢地，她自以爲需得到尊敬的念頭消退了。然而突然間，我自己說過的話在我耳邊迴盪：我要放棄自己多少來拉開和她的距離？

「你知道我想到什麼嗎，葛藍特？」所有人抬頭看我。「我想到我們在湖邊碼頭卸冷凍食物那段日子。」我看了艾娜一眼。她嘴角輕輕一笑是我的禮物。

葛藍特點頭。「對呀，那眞是美好的過去，對不對？」

我搖頭。「有些是惡夢。我可不想再重溫酒吧臨檢和醉酒幹架。過去還能是美好的原因是我不需要再重過一次。」

葛藍特傾身向前。「你不想回到從前？」

我笑了。「用槍頂著我也不想。我唯一懷念的是大夥兒彼此相挺，讓彼此感到有家的溫暖。而我們現在在這裡也可以做到這些。」

換話題的時間到了。我看著艾娜。「堅有沒有告訴妳，我要找艾爾的事？」

艾娜抬頭看堅，不是看我。堅垂下眼神。「這也許不是個好主意，孩子。」艾娜看到我眼裡上升的怒氣。

「她還活著嗎？」我問。一片沉默。我深呼吸，對著堅說其實要讓艾娜聽見的話。「妳知道艾爾對我非常重要。如果我早知道可能不會再見到她，有好多事情我那時就該告訴她。我年輕的時候以爲時間多的是，現在，我不這麼覺得了。如果她還活著，我要見她。」

艾娜盯著酒瓶，明顯地不爲所動。我好害怕自己會氣得爆炸，所以就站起來衝進女廁，根本沒去想我已經很久不曾走進過女廁。我用冷水潑臉。

艾娜跟進來令我吃了一驚。「對不起，」她的語氣柔和，「我知道你很生我的氣。」我們兩人都明白她說的不只是關於艾爾的事，但我拒絕承認。「該死！艾娜。我不在乎艾爾現在是死刑犯，還是養兒育女穿高跟鞋。我愛她，我要見她。」我牙關咬緊。「我只是想說再見。這有那麼難了解嗎？」

艾娜搖頭。「不。只是眞的很難。」她舉起手的樣子，好像我是隻會咬人的狗。「求你，潔斯。不要生我的氣。只是有些事情最好不要再提。」

「我有權讓自己學到教訓。」我試圖將語調放輕，「聽著，艾娜。有些東西比痛苦更能耗盡我的能量——譬如恆常感覺很無力。我想找泰瑞莎，但是沒有人能告訴我她的去向。多年前我答應一個小女孩會回來看她，但是她母親就是不肯告訴我她在哪兒。然後現在妳告訴我艾爾還活著，但是我不能見她。」

艾娜在我說話時轉開身去。「我告訴妳這次回來我已經發現到的事情，艾娜。我比自己以爲的更能處理痛苦。但是我不知道如何處理這挫折感。我要找到老T艾爾。」

「不好。」艾娜簡單地說，似乎在表示話題已經結束。

「妳憑什麼這麼說？」我對她發怒，「妳沒有權利不告訴我。」

堅打開廁所門。法藍基和葛藍特跟在她身後進來。堅皺眉。「這裡情況還好嗎？」

艾娜和我正怒目相對。

葛藍特出來處理這棘手的局面。「讓他們自己解決吧。」她拉拉堅的袖子。

堅甩開她。「你們在幹嘛？」她開始有點明白了。

從頭到尾，我的眼睛沒有離開過艾娜。我的聲音譏嘲冰冷。「現在妳想保護我了，艾娜？妳要救我？」

「該死，潔斯，」艾娜低聲道，「該死。艾爾在精神病院。」

我將眼睛張得更開。「在榆木街？她那麼近？」

「你該死。」艾娜重複唸著，衝撞出廁所。

法藍基和葛藍特留下我與堅，面對面。「孩子，我覺得你最好現在離開。」堅緊咬著牙，冒出這些話。

「我已經不是孩子了。」我在推門離開時告訴她。

我急轉進快速道路的彎道時，感覺自己與凱旋摩托車一體相連。一股古老力量流竄過我全身。那興奮感在我於療養院停車場熄掉引擎的那一刻咻地不見。我摘下安全帽，仰望著這棟中世紀建築。每一扇窗戶都裝上鐵欄杆。我不禁背脊一涼。但我想見到艾爾的心強過逃離這兒的感覺。

昨夜，我在艾絲帕蘭佐的車後座上過了一個長長無眠的夜；車停在堅和艾娜花店對街。整個晚上我想著要和艾爾說什麼。但在訪客登記時我開始慌張，因爲我想不起來我要說的話。我不斷想到的，只有兩項最簡單而我從未對她說出口的：謝謝妳和我愛妳。

電梯開門時，我試圖回想警衛告知我的樓層。六樓——它就大大地印在剛才不知何時發給我的訪客證上面。

「你是她的親戚嗎？」我眨眼。一個護士問了我這個問題。我站在護理站前。該集中精神了。

「她的侄子。」我答。她讀著我看不見的表格。「嗯。」她說。

「我很久沒看到我姑姑了，」我緊張地搭訕，「她還好嗎？」護士隔著眼鏡看我。

「我是說……」我停止說話。

「不巧她正在接受治療，」護士結論道，「我不知道誰安排你來會面，但是今天是不可能了。」

所有的顏色漲到我的臉上。「我今天一定得見她。」

護士摘下眼鏡，一支鏡腳搭上嘴唇。「爲什麼呢？」

有一會兒我害怕如果我表現得太激動，他們也許有權把我也留下來。「我特地搭飛機來。我和她的家人……我的家人，約好的。我還得立刻飛回去上班。我很久沒看到姑姑了。我很怕見不到她最後一面。是這樣的，這對我很重要。」護士有些不知所措。她四處張望。

「她治療時我不能在這裡等嗎？那要多久時間？一個鐘頭？五十分鐘？」

「她是在做物理治療，你是……」她看著艾爾的表格，疑惑著我們的關係，這點我非常確定。「請在那邊稍等。」她說，示意旁邊的椅子。

我坐立不安。如果她發現我不是親戚，或打電話給艾爾家人呢？女扮男裝還是會被懲罰的罪行嗎？他們可以用武力強迫我留下嗎？我已經能感受到他們有操縱我的權力。最糟的是，他們有權力不讓我見艾爾。一個小時過去了。我注意到那護士對一名醫生耳語。我想走，但我不要沒見到艾爾就離開。

「先生……」護士站在我前面。我一躍而起。她一句話也沒說，逕自轉向走去。我快步跟上她。走到一間休息室前，她止步，手指一排窗戶。

我朝那方向望去。「喔，妳說物理治療？所以艾爾……姑姑在這裡？」

「她來以後中風。有半邊身子不能動。」

「能走嗎？」

護士將眼鏡推上鼻樑，示意談話已快結束。「她什麼也不做。就坐著瞪大眼睛。我懷疑她能認得出你。」話未說完，她就走開了，留我站在那兒，恐懼萬分。

從鐵欄杆間射進來的陽光照亮了如風暴般的微塵。休息室裡有十來個病患。有幾個正自言自語。

「年輕人，你不該來的，」一名老婦告誡我。她拱起手，指著我鼻頭強調。「不會有好結果的！我以前就告訴過你。說那麼多次都不聽。我說了再說。」她很老了也很美，不因年齡而減損美貌，反更益加美麗。我微笑，輕輕走過她，暗自希望老婦說的不會是正確的，她不會是個先知。

要認出老T艾爾並不難。她坐在窗戶前面。她整個人癱坐在椅子裡面，盯著窗外看，或，看著窗子。我看不出來。她穿著醫院袍子和拖鞋。離我較遠的手臂裹著塑膠套架。我走近時才看到她被床單綁在椅子上。

「她不跟凡人說話，」先知在我身後說，「她只聽得見你聽不到的聲音。她聽不見你。」

我別過肩膀微笑。「沒關係，」我向她確認，「我是鬼魂。」

老婦人繞到我身前，眼睛盯著我的臉。「我的老天爺，」她大叫出聲，手畫十字。「一個眞正的活鬼魂。」她向似乎聽不見的病人宣佈。

我拉了張椅子到艾爾旁邊。就某個角度來說，她變了許多。她的頭髮幾乎全白，而且是我從沒見過的長度。要是在以前，我會糗她看來像漫畫中的威廉王子。但當然，如果是以前她絕對會剪頭髮。

我在她旁邊坐下。艾爾的臉讓我想起乾枯的河床，已經不再行經的水流在上頭留下刻痕。她的臉頰看來是那麼嫩，我得控制自己才不致伸手撫摸。這麼近距離瞅她感覺像侵犯，所以我坐回椅子。從其他角度來說，艾爾幾乎沒變。她所有的一切似乎那麼熟悉，讓人舒服。

我看向窗外。我想看她在看什麼，並給她時間感覺我的存在。窗外風景半被一棟鐵窗建築物擋住，但停車場隱約可見。如果我往前看，就能看到我的摩托車。也許艾爾有看到我停車，然後知道我來了。我想著。但，這當然只是我的幻想。

停車場後方有一塊草地，幾棵樹。海鷗在遠方天際迴旋。我將所有景物盡收眼底，像是已觀看這方風景多年般地，不期待能看到地平線上任何其他景觀。那時我才知道我看到的正是艾爾所見到的。「沒什麼可看的，對不？」我幾乎是大聲地對自己說出。

艾爾看了我一會兒。她的眼神像是患有情緒性白內障般呆滯。然後，她又繼續看著窗戶。

我將腳放上窗台，身體往後仰。「年輕人，請不要那樣。」一個護士輕斥我。我懊惱地坐正。艾爾又看了我一眼，然後轉開頭。我以爲自己好像看到她的笑容，但是，我錯了。

艾爾被關在城堡裡。我不知道該如何爬上城牆。我想起一個童話故事，一個王子必須爬上玻璃山牆拯救他所愛的女子。我想不起來他是怎麼做到的。

我曾在某處讀到昏迷狀態的人能聽見人講話。我知道她不是昏迷，也不覺得跟她說話會有傷害。

我幾乎以爲時間是靜止的。只要我能找到該說的話，我們就能接續四分之一世紀前結束的對話。「艾爾，」我輕輕喊道。我環顧四周，沒有人對我們多加注意，除了那老婦人。「艾爾，是我，潔斯。也許妳不認得我了，但也許妳看看我就會認得。」

艾爾沒有移動，但我假裝她的身軀靠近，假裝她在聽，要聽清楚我說的話。「有些事情我早該跟妳說的，艾爾，但我總以爲會再見到妳。妳知道的，小孩子就是這樣，以爲事情都會繼續下去。」

我以爲艾爾點了頭。也許只是我自己的想像。我將手很輕很輕地放上她的手臂，並很認眞地看著她。幾分鐘後她轉頭看我，然後再別過頭去。那一短暫時刻，我見著她從城牆後面望出來。

「艾爾，」我想說話，但哽咽無法成語。我將頭靠上她手臂，哭泣。我就是沒法再打直身子。我把眼淚壓回去，抹眼睛。手伸進口袋找面紙。一張紙巾出現在我眼前，是那老婦人。我點頭道謝。

她轉身看我。

「艾爾，」我靜靜地說，「如果妳聽得見我，求妳點頭、眨眼，什麼都可以。」

「艾爾。」我笑了。

她的手像爪子一樣掐住我的手臂，她的臉憤怒變形。「不要帶我回去！」她吼道。

「快跑啊，快！」先知警告我。

「不。」我說。我聽見自己聲音中的恐懼。我不會逃開艾爾，我願意面對任何事情。我能與她一起的只有這一刻，而且這將是我最後一次的機會。

「不要帶我回去。」艾爾重複道。她的指甲切進我的肉裡。我試圖平靜下來。

忽然間我聽懂艾爾的話了，我感到羞愧。艾爾是怎麼熬過來的？藉由忘記、睡眠、離開！她潛入地底，和從前的我一樣在躲避隱藏。

我直視她的凝視。她的眼神嚴厲無情，但充滿淚水。我也是。我的手輕輕拂過艾爾的手指。她的手指開始放鬆。

「對不起，」我說，「原諒我，艾爾。我很自私，我現在才突然發覺我來只是爲了自己。我沒有想到妳會是什麼感覺。別人想勸阻我，但是我聽不進去。」我用手遮住臉。

「回到妳安全的地方吧。我不會再打攪妳了。對不起。」

「沒關係，孩子，」一個熟悉老友的聲音說著，「沒事的。」我抬起頭看見老T艾爾對著我微笑。眼淚流下我的臉。她用一隻手擦我的淚。我能感覺到她舉起手臂的困難。

「你看來很不壞，」她說，「別人也看得見你嗎，還是就只有我？」

「我是眞的，但是只有妳看得見我。」

艾爾看看我的頭，然後眼神低下與我相視。「你看來很年輕。」她說。

我微笑。「再過幾年我就四十歲了，如果沒出什麼差錯的話。」

艾爾點頭，轉向窗戶。「我們是從舊時代走過來的。」她眞的記得！

一朵烏雲忽地籠罩上她的臉。她氣憤地轉向我。「別再想那段老日子了。不要帶我回去。我死了。」

我退身向後，再逼自己向前傾身。「妳沒有死，艾爾。妳只是受了很重的傷。妳努力對抗了好久，但他們傷得妳很重。妳做得眞的很棒。」

她把頭轉向我，然後愈垂愈低。她的手抓找我的手臂，「我就是不能，我就是……我……」

我的聲音變輕，如同情人呢喃。「沒事了。現在都沒事了。妳以前那麼辛苦，現在應該休息的。眞的沒關係了，艾爾。」

她將一隻手擱在我的頭上。她手的重量讓我感覺自己又像個孩子。「是賈琪1幫你剪的頭髮？」我先是回不過神來，然後我微笑點頭。

艾爾捏捏我的手臂。「孩子，告訴她我很抱歉。」

我蓋住她的手。「賈琪告訴我她沒有生氣，艾爾。」她搜尋我的臉要確定我說的是實話。「眞的，」我扯謊，「她說別擔心。她愛妳，艾爾。沒有哪一天她不想著妳，我也是。」艾爾微笑，拍我的臉頰。

「艾爾，」我說，但她的注意力已如風將門吹上。「艾爾？」她盯著窗外。她的體溫降了好幾度。

「她走了。」先知說。

「艾爾，」我說，推搖她的手臂，「艾爾，拜託，還不要走。再給我一點時間。」

我眞恨自己那麼做。不久以前我才發誓不打攪她的平靜，現在我又再拉她回到現實。我的嘴唇開始發抖，然後是整個下巴。我下顎發疼。我毀了這一生能再有的一次機會，就像年輕時的我一樣，毀了最後一次告訴她我愛她的機會。我就如孩子般，要她告訴我她也愛我，如此我才肯走。我身子向前，雙臂環繞著她脖頸。「對不起，」我說，「我會走的，艾爾。」眼淚硬是流個不停，「我只是，這麼多年來，我就是想來，來告訴妳我有多愛妳，但是現在卻太遲了。」

「我要謝謝妳。如果不是妳，我永遠不會知道我有權利當我自己。妳教我的足以讓我活過這麼些年。每一天，我都感激妳所給我的一切。妳對我的意義好大，艾爾。我一直就想長大後能讓妳感到驕傲。艾爾，以前和現在我都一樣愛妳。」

我抹了手臂上的眼淚兩次，才知道這些淚水不是出自我的眼睛。

「我告訴過你了，你不該來的。」先知在我肩後耳語。

「不，來這裡對我很重要，」我說。我站起來再抱了艾爾一次。我輕輕地親了她的前額，讓唇停留在她髮間。

「我愛妳，老uncle艾爾。」我輕道。

護士從門口看我。我整裝起身。

先知手畫著十字架。「老天爺。」她說，看著我搖頭。很慢很慢地，我拾起老婦的手，輕輕一吻。她垂下眼睛，臉兒泛紅。

「再見，祖母，」我告訴她，「謝謝妳讓我來。」

我將凱旋停進藍色紫蘿蘭後方的車庫。堅和艾娜在店裡。兩人表情嚴峻。艾娜不願正視我的眼睛；堅壓抑著慍怒。我走出店門到溫室後面，等堅跟上來。她站離我三呎遠。雙手握拳。「你他媽的爲什麼不告訴我？」她質問。

「我沒有立場，」我聳肩。「我不想介入妳們。」

堅靠近些。「就是你想也做不到。」

我自咬緊的牙關吸氣。「其實，我是知道的。我沒辦法留住艾娜，但是，我也要失去妳嗎？我沒有對妳做什麼啊，這不公平。」

「公平？」堅搖頭，「這不需要公平。我有權生氣。」

「不，妳沒有！」我吼道，「得到她的人是妳。妳們擁有彼此。有權覺得受傷的人是我。」

「你背著我搞我的女人！」堅大喊。

「什麼？」我手拍大腿，「妳在開玩笑吧？！妳那時和艾娜有十二年沒在一起了！」

堅顯然沒想到這一點。我微笑。「有什麼好笑的？」她問。

我聳肩。「妳氣我，因爲我在妳和艾娜分手十二年後約會。我氣艾娜，因爲她在我們不見面幾乎十年後回到妳身邊。妳知道我怎麼想嗎？」

堅踢著水泥地。「我才不在乎你怎麼想。」

我聳肩。「但是我還是要告訴妳。我覺得，愛這種東西不夠多，不能讓每個人都擁有。我還有一個想法。我們這些人有著很遠很長的一段過去。我們眞的需要彼此，即使每個人現在都不開心。」我的聲音放輕，「我就說自己。我眞的需要妳，堅。我沒有背叛妳。我一直是妳的朋友。」

堅搖頭。「現在先別談這個。不要告訴我，我沒有權利覺得氣憤。」

我聳肩。「我只是害怕失去妳。如果過段時間，我很勇敢地打電話給妳。妳會和我說話嗎？」

堅嘆氣。「過段時間再說吧。」我丟給她摩托車鑰匙，轉身要走。「見到她了？」堅在我背後喊道。

「嗯。」

「她認得你？」我點頭。「難嗎？」

我自己都能感覺到我微笑裡的哀傷。「怎麼樣都不會不難。想到陌生人碰她、控制她的身體，我都幾乎快受不了。這讓人害怕。我小的時候，在艾爾身上看到自己的未來。今天我看著她，覺得也許我的未來也會是那樣。」

堅聳肩。「我們還不知道將來會有什麼。」

我的聲音變低。「我也想到艾德的自殺。以前我總想，艾德一直都會在，理所當然。然後她開槍自殺了。突然間我想再有一次機會，但是太遲了，她已經走了。所以我一直把她埋在記憶深處，因爲那很痛。也許我也在怕，怕她的自殺會是我的未來。」我抓揉著臉。「我要走了，堅。」她點頭，往裡頭走。

「堅。幫我跟艾娜說再見，好嗎？」

堅沒止步，回過頭來說：「別得寸進尺，小鬼。」

我在羅絲母親房子前的石子路上停住車，然後在車上等人來應門。霧氣覆蓋著山丘。卡南黛瓜湖面映出亮藍。我聽到前門打開。派慈・克萊恩正在唱〈竟瘋狂得以爲我的愛能留住你〉。

羅絲站在門口喊。「進來吧，甜心。」她看來比我最後看到她時輕鬆、開心。

羅絲向她母親羅絲安，和姑姑海若介紹我。她們才剛做好番茄罐頭。三個人全都穿著相同樣式的花卉圍裙。她們在我進屋時正笑得前翻後仰。海若抹著眼淚。「我們正在說以前的事。」

「進來廚房坐，孩子，吃過了嗎？要不要我做什麼給你吃？」羅絲的母親問我。我看了羅絲一眼。她微笑點頭。

「謝謝您，夫人。那眞是太好了。」

「叫我安。大家都用我母親的名字喚我。來一塊大大的接骨木莓派如何？」

「喔，太棒了。謝謝！」安鏟了一大片派到我面前，「來，把它吃光。你是還在發育的大男孩。」

羅絲緊張地看著我。我以眼神告訴她沒關係。「媽媽，潔斯就是我告訴妳那個在紐約的朋友。她以前住在水牛城。」

海若眼睛一轉。「我不知道妳們這些女孩子家怎麼住在那城市，那兒的人……」

「海若姑姑。」話未說完，羅絲的聲音切進來。

「我沒什麼意思，」海若說，「我只是覺得……」

安插話。「海若，吃妳的派。」

我開心地轉著眼睛。「這派是您做的嗎？」

海若微笑。「安的接骨木莓派是全山谷最棒的。任誰都會舉起拇指，大大稱讚一番。你嚐過這麼好吃的派嗎？」

羅絲將眼睛垂下。「這個嘛，」我說，「我吃過羅絲做的。」我不安地看看周圍，不知使用這個我稱慣了的名字是否會給任何人帶來不愉快。羅絲聳肩。「我必須說，夫人，我在您孩子的派中，嚐到了家族傳承的味道。」

「嗯，你還眞會說話。」安微笑，我狼吞虎嚥地吃著派。

海若大笑了起來。「安，還記得妳第一次開槍射鹿嗎？」海若開始講述故事，「她嫁給我哥哥科迪時還是個城市姑娘。在這兒的第一個冬天，她幾乎什麼也不會。我現在說的是五十年前的事。然後有一天吃早飯的時候，我哥哥告訴她說他要去打獵。他說鹿肉能幫他們過冬，她遲早得學會怎麼處理鹿肉。我告訴過她我會教她。但是她有自己的想法。她告訴科迪：『鹿我來打，這個容易。要清理，你去！』我哥哥聽了笑笑，就上樓刮鬍子去了。」

安接過話來，繼續講故事的後半部。「所以我就在洗碗，就在那兒，」她手一指，「心裡想著當初我怎麼會嫁給這個男人。然後啊，我往廚房窗外一望，就看到這隻鹿站在一塊空地上。我連想都沒想，就拿了科迪的槍射殺了那頭鹿。我跑到外面，抓著鹿的角就拖。牠很重，但我實在太生科迪的氣了，我的力氣像頭牛那麼大。沒幾分鐘後，科迪下樓來看見廚房地板上的那頭鹿。我告訴他，『現在換你處理這東西。』」

我知道整個週末笑聲都是像這樣迴盪在這廚房裡。

「呵，我眞希望有相機能拍下科迪的樣子給你看。我到現在都還記得他的臉。」安大聲笑。她的笑容顫抖著。「你能見到他就好了。」她對我說，「我想你會很喜歡他。他眞是一個好人。」她嘆氣，「還要再來點派嗎？」

我急切地點頭。羅絲搖著頭。「回程路上，你會吐得滿車都是紫色。」

安雙手叉腰。「這個大男孩沒吃過我的葡萄派就不能離開這山谷。」

我舉雙手投降。「是的，夫人。」

「這樣才對。」她說，在我面前放了一塊更大的派。

安、海若和羅絲在我嚐第一口時，全都湊了過來。我拍了我的胸脯。「我已經上了天堂。這是我這輩子嚐過最好吃的派。」

安喜形於色。「羅比，帶一些我做的派回去。」

羅絲聳肩。「我會自己做派給她吃，媽媽。我要上樓去打包，然後我們就上路了。」

安在她走上樓時喊道。「甜心，打開我的杉木櫃看看。裡頭有妳祖母的圍裙。也許妳會想一起帶回家。」

海若到外面取木頭。安掙扎地從椅子上起身。「變老了可辛苦囉。」她告訴我。

我在她站起來時也起身。「其實我最近也在想這個。老實跟您說，我從沒想到自己能活這麼久。」

安走近我。「很快就會到了。你還有大半輩子要走，不能光是浪費時間擔心這問題。」她的笑容褪去。「你也是個撿麥穗的，對不對？就和我的羅比一樣。你知道那是什麼嗎？」我搖頭。

「農夫在收成了後，讓撿麥穗的人來撿田裡剩下不要的作物。我不要我的孩子只能撿麥穗。我想你的能力也應受到更多重視。」

我聳肩。「我們儘可能保有尊嚴地在做。而且羅比——羅絲——紐約市的朋友都非常愛她。」

安沒有笑容地點點頭。「這裡也有很多人愛她。他們也許不了解她，也或許不知道該說什麼，但他們知道她是自己人。」

羅絲下樓。「準備好了，潔斯？」海若和安與羅絲依依不捨地擁抱親吻。

安叫我。「潔斯，過來這兒。」她的雙臂環住我。碰觸是我永無法將之視爲理所當然的事。「有空就來玩，聽見嗎？我要再做個葡萄派，讓你吃了說不出話來。」

我臉紅。「謝謝您。」

「好好照顧我的孩子。」她輕聲道。

我擁緊她的肩膀。「是的，夫人。」

羅絲與我沉默地行經葡萄藤遍佈的山丘。我聞得到葡萄香味，羅絲家鄉的味道。

「需要幫忙開車嗎，潔斯？」她睡眼惺忪地問。

我點頭。「大概快了。」

「那我得喝點咖啡。上路前該先灌滿保溫瓶的。」

我緊張地看著她。「妳覺得我們該冒險找家餐廳嗎？」

她坐起，嘆氣。「我們需要咖啡。就在那家餐館停車吧。讓我們來過過危險生活。」

我笑了。「好呀，好像我們沒過過似的。」

餐館裡沒人對我們特別注意。穿著絨布襯衫、頭戴卡車司機帽子的男人各自在他們的座位上分享故事。女侍看來很疲倦。我們站在收銀機前等著付錢，急著在出麻煩前離開。一個男子自廚房出來。他的身高應該還不到三呎。他爬上收銀機前一張凳子，結了我們的帳單。他看了羅絲的臉再看向我。他的表情轉爲柔和。羅絲與我害羞一望，然後對他微笑。他堆滿笑容地說：「旅程如何，女孩兒們？」

羅絲和我驚訝對望，輕笑出聲。我往前靠。「過程充滿驚奇。而我們竟都熬過來了。至少目前是如此。你呢？」

他的笑容是一連串的表情。「跟我當初想的不一樣，不過我還能接受自己現在的生活。」

羅絲搖頭。「你家鄉也在這附近？」

他點頭。「打從娘胎起就沒離開過。我叫卡林。」

羅絲微笑。「我來自葡萄谷。我叫羅絲。潔斯來自水牛城。我們現在要回紐約市。」

他的眼睛一亮。「我想離開這裡。我想去看看從不打烊的大城市。」

羅絲笑著，「那麼曼哈頓正適合你。」

「跟我們走，」我告訴他，「來嘛！咱們上車就出發。」

卡林難過地搖搖頭。「某個部份的我希望自己能夠做到。但是我的人脈都在這兒。要能離得開，恐怕沒這麼快。」

羅絲在餐巾紙上寫下名字與電話號碼。「打電話給我們。來玩。我們會讓你看到爲什麼我們愛紐約。」

我點頭。「還有爲什麼恨它。」

他往前傾身。「妳們說的是眞的嗎？」

我向前靠到幾乎與他額頭相碰。「我們沒有時間虛情假意。」

卡林拍拍我的臉頰。「來塊新鮮水蜜桃派在路上吃，如何？海倫，麻煩妳把派拿來給我。」

卡林和羅絲握手時，我注意到在羅絲那雙大手中，他那纖小的手有多麼美麗。我們倆與卡林道別。

羅絲與我回到車上。我倒了兩杯咖啡。「妳覺得卡林會和我們連絡嗎？」

她點頭。「喔，我打賭會。」羅絲將手搭在我手臂上，「水牛城還好嗎？妳找到妳要找的東西了嗎？」

我嘆氣。「我不知道。每回我想找某樣東西，最後都變成找到別的。我以後再說給妳聽。現在我太累了，想不清楚。妳呢？」

羅絲嘆息。「一張拼拼湊湊的被單。」她靠過來，親了我臉頰一下。我感覺到自己的臉上一陣紅熱。「能記得自己的出身是件好事。但現在我準備好回家了，」她說。羅絲抓著我的手。「走，潔斯。咱們回家吧。」

---

1 賈琪，老T艾爾對賈桂琳的暱稱。

CHAPTER 26

我一踏上克里斯多佛街地鐵站的出口階梯時，就聽到麥克風喇叭傳來的聲音說著「女同性戀者」和「男同性戀者」這兩個詞。當我走上街面時，發現自己正置身於數百名人群中，大家全聚精會神地聽著演講。

我在街上看過同志集會示威。我總是在對街停下來看，對此年輕運動能不被打回衣櫃裡，深感驕傲。但我總是走開，覺得自己是個孤單的局外人。這一回，有個年輕男子的聲音令我停下腳步。他拿著麥克風，聲音鏗鏘有力，情緒激動。他正說著他被一群惡棍脅持，被迫看著男友被球棒毆打至死。「我就那樣看著他在人行道上被活活打死，」他哭泣著，「我卻救不了他。我們必須有所行動，不能讓這種事情再繼續下去。」

他將麥克風交給一位裹著鮮豔非洲頭巾的女人。她鼓勵其他人上台說話。

一個年輕女子從人群中爬上講台。「我住在皇后區。有一群男人，」即使有麥克風，她的聲音仍細微得幾乎聽不見。「他們常常對我和我女友喊罵。有一天晚上，我走在路上，聽到背後傳來他們的聲音。那晚只有我一個人。他們把我拖到五金店後面的停車場強暴。我無法阻止他們。」

眼淚流下我臉頰。站在我身旁的男子將手放在我肩上。他眼裡也滿是淚。

「我從來沒告訴我女朋友，」她的聲音微微自麥克風傳出。「我覺得如果把事情告訴她，那會像是我們兩個人都被強暴。」

當她從台上走下來時我想著：這才叫勇氣。不只是撐過惡夢，而是在事後有所行動；要能勇敢地說給別人聽，要努力組織動員，改變現狀。

忽然間我對自己的沉默覺得噁心，我也需要說出來。並不是有什麼事我急切想說。我也不知道自己到底要說什麼。我只是需要至少打開喉嚨一次，聽見自己的聲音。而且我害怕如果我讓這一刻流逝，也許我永遠沒有勇氣再試一次。

我往講台中心點移動。更加靠近地去尋找自己的聲音。主持集會的女子看著我。「你有話想說嗎？」我點頭，焦慮令我暈眩。「上來吧，弟兄。」她鼓勵我。

我的腿軟弱到幾乎不能讓我爬上台子。我看著數百張盯著我的臉孔。「我不是男同性戀。」我被自己放大的聲音嚇到。「我是T，男－女人。我不知道憎恨我們的人是否還這麼稱呼我這種人。但這個稱號刻劃出了我整個青春期的面貌。」我說話時，全場變得十分安靜；我知道他們在聽；我知道他們聽見我了。我看見一個婆，約莫與我同年，站在人群後面。她在我說話時似乎像認得我那般點著頭。她的眼睛裡充滿回憶的溫暖。

「我知道什麼叫受傷，」我說，「但是我沒有太多談論的經驗。我也知道什麼是反擊，但我大多只知道自己一個人去反擊。這種反擊很不容易，因爲我通常寡不敵眾。我通常打輸。」一個年紀稍大，站在角落的扮裝皇后，慢慢地前後搖晃著她的手，做沉默的證言。

「我在街的對面看集會和遊行。某部份的我覺得與大家相連在一起，但是我不知道自己是不是受歡迎、能加入。像我們這樣的人有很多。我們都在外面，但是我們不希望如此。我們被臨檢、被圍毆。我們在作垂死掙扎。我們需要你們——而你們也需要我們。」

「我不知道要怎麼做，才能眞正的改變這世界。但是，我們不能一起想出方法嗎？那個『我們』不能更擴大解釋嗎？難道沒有方法讓大夥兒幫彼此打仗，而不必總是辛苦地孤軍奮戰？」

我和其他有勇氣上台說話的人一樣，得到如雷的掌聲。對我而言，掌聲代表一個肯定的答案；是的，還是能繼續保有希望。這個集會並不能將夜晚變成白天，但是我看到人們大聲說出心聲，而且相互傾聽。

當我將麥克風遞給女主持人時，她摟著我肩膀。「做得好，姊妹。」她輕聲對我耳語。從來沒有一個人這麼稱呼我。

我下台走進群眾中。許多人伸出手來與我握手或拍我的肩膀。一個在發傳單的年輕男同志對我微笑點頭。「能上台說出那些話，眞的很勇敢。」

我笑了。「其實根本不是那樣。」他遞給我一張抗議政府忽視愛滋病的傳單。

「等等，」有個聲音傳過來。一個年輕的T向我伸出手。她好像我的老友艾德，讓我幾乎以爲艾德回來了，重新給我機會再續友誼。

「我叫柏妮斯。我很喜歡妳說的話。」我與她握手，發現她穩當握手中的力量。「妳出來很久了，嗯？」她問。

我不知道她的意思是我出櫃多久，還是我從外面看同志運動有多久。但兩者的答案皆是「是」。

「每個月第三個禮拜六在社區中心有女同志舞會。我可以介紹妳給我朋友認識。也許我們能談談。」

我聳肩。「說服別人讓我加入女性舞會？我不知道我做不做得來。」

柏妮斯聳肩。「我們可以先在外面碰頭，然後全部一起進去。我朋友是管制門禁的。我們一群人一起，沒有人會找妳麻煩。這正是妳在台上說到的東西，不是嗎？」

我笑了。「我沒預期馬上見到結果。」

柏妮斯躊躇不安。「所以妳覺得呢？來不來？」

「好，」我點頭，「我會怕，但是我眞的想去。」

「帥，」她說，「這是我的號碼。打電話給我。」

我爬上垃圾桶，環視群眾外圍，想找到那位認得我的婆。

她不見了。

我趕回家，兩步併做一步跳上樓梯。「羅絲，」我敲她的門，「開門啊。」

她似乎被嚇了一跳。「潔斯，發生了什麼事嗎？」

「我說話了，羅絲。薛瑞登廣場有個集會讓人上台說話，然後我上去了。我說話了，羅絲。在好幾百個人面前。我好希望妳也在現場。眞希望妳有聽到我說話。」

羅絲雙臂抱住我，嘆氣。「我一直都在聽妳說，甜心，」她輕輕在我耳邊說，「一旦妳打破沉默，這才只是開始。」

「我可以借用電話嗎？」

她聳肩。「當然。」

我很清楚自己想見到誰。我撥了位於17街的工會辦公室電話找達非。我立刻就認出他的聲音。熟悉感立即讓人感覺溫暖。「達非，是我——潔斯。潔斯．戈柏。」

「潔斯？」他急速地說了我的名字，「喔，潔斯。長久以來我一直想跟妳道歉。妳能原諒我那時候在工廠暴露妳的身份嗎？」

我微笑。「喔，我老早就原諒你了。但是我今天好興奮。我想和你說話。我現在就想見你。」

達非笑了。「妳在哪兒？妳怎麼知道到哪裡找我？」

「我住在曼哈頓。法藍基告訴我你工作的地點。」

「妳到這兒來要多久時間？」他問。

我看了手錶。「最多十五分鐘。」

「16街有家餐廳，在聯合廣場的西邊。我們到那兒見面。」

我曾經想過達非和我是不是還能認出對方。當然，我們可以。他一進餐廳就看見了我。我在他走近時站了起來。「潔斯，」他和我握手，眼睛裡立即溢滿淚水。「潔斯，我等了好多年要告訴你我眞的很抱歉。」

「沒關係的，達非。我知道你不是故意的。那只是口誤。」

達非低下頭。「我還能再有一次機會嗎？」

我笑了。「你還沒用光你的機會。」

達非垂下眼神。「在我組織工會這麼多年來，那可能是我犯的最嚴重的一個錯誤。而我所能想到的就是我害妳付出了多大的代價。我願意做任何事來讓妳的生活不那麼辛苦，潔斯。而我卻將事情搞砸了。對不起。」

我微笑。「你知道，達非，有一個我很愛的人，叫羅絲。她和我是一樣的人。有一回我被人打，她幫我打電話到工廠請病假時，也做了相同的事。我知道我當時很生你的氣。但即使是那時候，我都知道你是站在我這邊的。我能依賴、能和我站在一起的人不多，但我一直知道你是其中一個。嘿，我也犯過錯啊，你也沒計較，這又怎麼說呢？」

達非微笑，咬著下唇。「謝了，潔斯。妳讓我這麼輕鬆就過關。」

我笑了。「這個嘛，因爲你一直是個夠義氣的朋友。」他臉一紅。「坐，達非。」

我們很快地大筆揮灑了彼此的生活近況。

「我被那家我們一起待過的裝訂廠扣上赤色分子的帽子，最後被迫離開，」達非解釋道，「我有點心力交瘁，酒愈喝愈多。後來我戒酒，又開始做工會組織的工作，現在我還是在同一家工會。」

我告訴他我不再注射荷爾蒙，搬到紐約市，現在是排字工人。

「沒加入工會？」他問。

我點頭。「對。電腦出現時，老闆們頭一個知道這老式的手工排版會受到什麼樣的衝擊，所以他們把舊的同業工會沒想到要組織的工人全部挖走，結果第六區工會就那麼垮掉了。」

他眼睛直直看著我的樣子，讓我感覺不自在。「妳這一路過得很辛苦，潔斯，是不是？」我聳肩，點頭。

「從妳的臉上看得出來，」他說，「害怕少了，痛苦多了。」奇怪，他這麼地認識我。

我改變話題。「我今天發生了一件不可思議的事情，達非。我在一場集會中，對著麥克風講話。我想告訴他們工廠裡的生活，合約快到期時廠方就規定加班，分散員工。我不知道如果我說罷工要想成功，需要所有人的支持，他們是不是能懂我的意思。」

達非微笑。「嗯，而現在只靠一個工會還打不贏。」

我嘆氣。「我來是想問你，你覺得有可能改變這世界嗎？或是它永遠都只能是某種防衛戰？」

達非很緩慢地點頭。「是的，潔斯。我眞的相信我們可以改變世界。世界一直在變，只是很多時候變得更糟。我不只是個樂觀主義者。我認爲局勢會變到我們一定得抗爭才能造成改變。」

達非在我拳擊桌面時微笑。「我要了解『改變』——我不要只是享受改變帶來的結果。我覺得自己在從內心底層甦醒過來。我要認識歷史。我已經知道了千百年來都有像我這樣的人，但是我對這千百年來的事一無所知。」

達非往前傾身。「這才是我認識的潔斯——求知慾強，蓄勢戰鬥的那個潔斯。」我笑了。「所以，妳何不考慮和我一起工作，搞工會組織。」

「什麼？」我驚呼出聲。

達非兩隻手像盾牌一樣舉起。「妳先想想。其實妳一直是個搞工會的人。我知道會很複雜，但妳的生活一向也不輕鬆簡單。我知道如果妳以女性身分公開組織工會，可能會碰到困難，但是也許妳能做得到。我會支持妳到底。工會裡還有幾個人我覺得也會全力支持。如果這太難了，妳可以告訴我妳想怎麼做，而且我保證不會搞砸。」

達非的手敲著桌面。「妳身上具有一種力量，而妳幾乎沒用到過。但是妳無法獨立完成。我眞的認爲現在就有人願意和妳站在同一陣線。我想我們可以讓他們明白。」

我慢慢地吐氣。「我不知道，達非。這種去實踐希望的事情對我來說有些陌生。我有點怕自己一下子期望太高。」

達非搖頭。「我沒有說我們能活著看到什麼天堂。但是單單爭取改變就能讓妳比較強壯。而不抱持任何希望肯定會毀了妳。冒險一次嘛，潔斯。妳已經在想這世界是否能改變。試著想像一個值得過活的世界，然後再問問妳自己，那樣的世界值不值得爭取。妳已經走了這麼遠，不該放棄希望，潔斯。」

「哇，」我只能發出這樣一個聲音。「我得好好想想這一切。」

他微笑。「慢慢來。考慮一下。我得回去上班了，」他說，「如果妳明晚有空，我請妳吃晚飯。我們再多聊些。」

「讓我看看我的時間。」我緊緊閉上雙眼。「好，」我打開眼睛。「我有空。就這麼說定了。」

達非遞給我一本書，書名是《勞工秘辛》。我打開封面。他在裡面寫著：給潔斯，期待妳有一番作爲。「我一直想給妳這本書，」他解釋道，「還好妳打電話過來時，它正好在抽屜裡。」

我想到多年前他送我的《瓊斯媽媽自傳》，裡頭也題了相同的話。「這表示我還有另一次機會？」我問。

他溫暖地微笑。「妳還沒用光妳的機會，潔斯。」

我們同時起身，握手道別。他轉身準備離去。「嘿，達非。我問過你一個問題，但你從沒回答我。你是共產黨員嗎？」

達非慢慢地轉過身來。「我不知道這個詞對妳的意義是什麼，所以我不知道『是的』會代表什麼意思。我們坐下吃飯時，我再告訴妳我怎麼看這個世界，還有我自己的位置，妳覺得如何？」

我點頭。「行。」

當晚天氣很熱，熱到讓人幾乎無法入眠。沉悶的氣壓加上溼氣，連呼吸都有困難。遠處隱約傳來閃電聲響。我想著自己生命的改變，小的，大的。

然後我想到泰瑞莎。我一直沒寫那封她要我寫的信。我有辦法在不遠的將來寫出來嗎？我會說什麼？又能寄到哪兒？

雨滴拍擊著窗戶。當我想著那封信，沉沉入睡時，雷電劃擊天空。夜裡我做了這個夢：

我走在廣闊的田野中。女人、男人和孩童站在田野四周看著我，微笑、點頭。我走向林邊一座圓形的小木屋。我有種彷彿似曾相識的感覺。

木屋裡有和我一樣不同的人。我們能從坐成圓圈的人的臉上，看到我們自己的倒影。我四下環顧。很難說出誰是女人，誰是男人。她（他）們的面容煥發出一種美麗光采，不同於我從小到大在電視、雜誌上所看到被讚頌的形象。那不是與生俱來的美麗，而是必須做出犧牲，努力爭取建造的美。

與他們同坐，我感到光榮。我驕傲自己是他們其中的一員。

聚會中央燃著火堆。圓圈中有一位長者與我視線相對。我不知道她出生時的性別是男是女。她舉起一個物體。我了解到我應該接受這物體的眞實性。我仔細一看。是戴南族婦女在我嬰兒時給我的戒指。

我感到一股躍起的欲望，想央求她把戒指歸還給我。但我忍住衝動。

她指著戒指投影在地上的圈圈。我點頭，同意接受影子與戒指一樣眞實。她微笑，並在戒指及其影子中的空間揮手。這個距離不也是眞實的嗎？她示意我們圍坐的圈圈。我看著周圍的臉孔。我跟隨她的手投射在木屋牆上的影子，然後才第一次看到了圍繞著我們的影子。

她把我喚回現在。我的神智飄回過去，又進入未來。這些不是相連的嗎？她無語地問。

我感覺自己整個生命繞了一大圈又回到原點。與別人樣貌不同地成長，以T的身份出道，矇充男人過活，然後又回到形塑我人生那相同的問題：女人還是男人？

街上出於挫折的爭執聲，將我自睡夢中驚醒。我不想回到這個世界。我掙扎，企圖回到夢裡，可是我已睡意全失。天快亮了。我打開臥室窗戶，爬到防火梯上。冷風感覺好舒服。我閉上眼睛。

我想起與泰瑞莎分手的那一晚，我盯著夜空，想看到自己未來的情景。假使我能託人帶口信回到從前，給那個坐在牛奶箱上的小T，我要告訴她：我的鄰居，羅絲，最近問我如果能重來一次，我是否還會做相同的決定？「是的，」我毫不懷疑地回答，「是的。」

我很難過整個過程必須如此困難。但若我沒走這條路，我又將會是誰？此時我感覺在自己生命的中心，那個夢仍如香甜綠草般纏繞在我的記憶裡。

我記起達非的挑戰。想像一個值得生活的世界，一個值得爭取奮戰的世界。我閉上眼睛，允許自己的希望升揚翱翔。

我聽見翅膀拍擊的聲音。我睜開眼睛。附近屋頂上有個年輕人放出他的鴿子，像夢一般，飛進日出。

跨性別之歌

何春蕤

Stone Butch Blues 這本小說的中譯名《藍調石牆T》包含了一個「T」字，這個選擇恰巧同時表達了兩重意義：一重是女同性戀中的T，就是某種陽剛形象的女同志，另一重則是跨性別（Transgender），也就是在性和性別上大步跨越疆界的人。這兩重身分正是本書作者費雷思常常用來描述自己的方式：「我是一個陽剛的、女同志的、女著男裝的、跨性別者。」

或許在此刻的台灣看來，這好像沒什麼稀奇。大家不都愈來愈中性化了嗎？電視上不是充斥著各種各樣的性別面貌嗎？從綜藝節目中的反串變裝歌舞表演和辨識性身分的猜謎遊戲，到電視蒐奇及新聞節目中有關變性人、陰陽人、第三性的聳動報導，我們周圍好像一下子多了許多早已跨越性別疆界的人。這麼說來，像作者費雷思這樣一個從小就很男性化的「女人」，在日復一日的生活中活得像男人，又有什麼大不了的呢？

不過，費雷思的眞實人生卻戳破了這個所謂中性化、多元化社會的僞善。有一天，爲了申請售貨小姐的工作，費雷思不得不穿上洋裝去接受面試，結果在公車上所有的男男女女竟然都指指點點，怒目相視，認爲費是個假扮女人的男人。費雷思無計可施，於是向另一位以男性面貌生活的T借了男用髮鬢，配上平日的男性裝扮，到附近一間畫廊去走走，順便實驗一下效果；結果完全沒有引人注意，而且在閒聊時畫廊的警衛還熱心的告訴他，現在有警衛的缺，勸他趕快申請，一小時後費雷思已經通過了面試，獲得了工作。這些經驗都堅定了費雷思以男性面貌行走人生的信念，他並且和許多跨性別者一樣，進一步以荷爾蒙或外科手術的方式來部份改變自己的身體形象，留過一嘴絡腮鬍，也接受過平胸手術。然而，費雷思同時卻也非常有意識的拒絕順從法令的要求「完全」改變自己的身體以配合外在的性別表現——他不要做變性人，他要做跨性人。

正是因爲具體擁有這種「跨」性別的曖昧肉身狀態，才使得費雷思更深切的體認到，「男女有別、性別二分」之所以看來天經地義，乃是透過各種專斷和暴力來建立的。性別二分的法律就常常迫使跨性別者違法造假，以維護自身眞確的性別曖昧狀態。例如在申請駕照和護照時，費雷思就必須考慮再三，如果圈選「女」，日後被攔下臨檢時就得面對交警的質疑：看來分明是個男人，爲什麼有張女性的駕照？接下來必定是充滿羞辱、侵犯隱私的搜身鑑定。因此費雷思決定圈選「男」，至少日後交警會集中注意力在交通事件上，而不會專注於他的性別身分。當然，如果不幸被揭穿，這個小小的勾選動作就意味著違法僞造身分而可能導致罰鍰或監禁。

跨性別者所面對的還不止於這種強制型的壓力。有一次費雷思因心臟疾病在大風雪中送急診，體溫和血壓都高得危險，醫生也迅速爲他做檢查，但是當醫生發現費雷思有著女人的身體時就立刻變了臉色，換上惡毒的嘲笑，並且停止檢查，故意和一旁的護士打情罵俏，顯然有意炫耀正常的異性戀互動方式，接著就要費雷思起身著衣離開醫院，而且永遠不要再來。費雷思掙扎著病體拒絕離開，堅持要醫生解釋爲何自己會發高燒，醫生冷冷的說：「你發高燒是因爲你心理有毛病！」在這樣一個人命關天的時刻，醫生所能想到的竟然只有歧視和仇恨，這個經驗使得費雷思更爲堅定的投入跨性別運動，以抗拒歧視再在跨性別的生命中造成血淚代價。其他不少跨性別者則在身分曝光後被辱罵、毆打、輪姦、殺害（最轟動的就是電影《男孩別哭》描述的一九九二年跨性別者Brandon Teena的謀殺案），或者送精神病院，被惱羞成怒的朋友同事斷絕來往，被所愛的人放逐——這些風險都使得跨性別者很難自在的表現自己的性別曖昧狀態。

費雷思非常清楚這個「身體與身分」、「外觀與情慾」並不搭配的狀態會令一般人困惑不安，因爲，我們甚至無法說到一個人而不包含其性別。（我用「他」來指稱費雷思的時候，你會想到他有女人的身體嗎？）費雷思在公開演講中說明，他既不認同男人也不認同女人，而是個跨性別者。不過，由於連最基本的語言都已經預設了男女二分，費雷思在性稱謂上於是選擇策略性的界定自己：在跨性別的場域中，他選擇男性的代名詞「他」，以尊重自己的性別表現；但是在非跨性別的一般場域中，他也接受被稱爲「她」，以此挑戰大家對女人的刻板印象。這種代名詞的變換使用，至少部份指涉了他的性別曖昧狀態。

費雷思曾經很清楚的說：「任何具體挑戰性與性別疆界的人都是跨性別的人。」列舉的例子包括了變性者、陰陽人、反串者、假男人、易裝癖、變裝皇后、變裝國王、T—婆、娘娘腔、男人婆、第三性公關，以及其他持續浮現多樣面貌的性別異類。這些人的性別表現和存在狀態根本無法被狹隘的性別刻板印象所侷限，因此在人類歷史進程的不同階段遭受到不同的迫害，常常被辱罵為「神經病」、「作怪」、「變態」，並遭受各種具體的傷害，然而這些性別異類卻仍然堅持各自的性別表現，堅持用自己的方式來定義自己的性別身分，因而留下了跨性別戰士們可歌可泣的事蹟。費雷思在一九九六年出版的《跨性別戰士》（*Transgender Warriors*）這本歷史溯源書中就記載了從十五世紀因為著男裝而被宗教迫害的聖女貞德，到此刻芝加哥公牛隊綽號「小蟲」的變裝球員羅德曼等跨性別戰士的故事。他更在一九九八年出版的《跨性別解放》（*Trans liberation*）一書中明白的說，女性主義所努力的性別解放運動絕對有賴於跨性別者的解放運動——的確，想要打破性別規範的女性主義者，怎能無視於已經用自己的肉身和人生攪亂性別疆界的跨性別者呢？

從歷史的角度來說，作為性／別解放運動最近最新的形貌，跨性別運動把酷兒運動的高亢姿態更推進了一步。幾乎每一本跨性別的相關書籍都包含了大量跨性別主體現身（甚至裸體）的照片，以最擾人的視覺效應和最衝撞性別常識的身體狀態來挑戰傳統的性別想像。而且，跨性別主體常常和愛侶攜手現身（例如費雷思和親密愛人也是作家的樸蜜妮 Minnie Bruce Pratt。可參考費雷思充滿濃情蜜意的雙人網站 http://www.transgenderwarrior.org/），不但帶給其他跨性別主體「吾道不孤」的希望和鼓勵，也具體表達愛侶的主體性以及分擔污名並肩抗暴的決心。更值得深思的是，費雷思和其他的性別運動份子不同，他的勞動階級出身和具體生活經驗促使他為跨性別運動帶來左派激進的複雜眼界，把階級、種族等面向帶入對性和性別的考量，架起各種進步社會運動與跨性別運動之間的結盟合作。

由於跨性別主體的高亢現身，性/別解放運動也跨入了另一個抗爭的高峰。《藍調石牆T》在台灣的翻譯出版正是這樣的宣告：

每個人都應該有權利來定義自己，有權利決定自己要以什麼樣的面貌活著，並且保留隨時隨意改變那個面貌的權利。

（本文作者爲中央大學英美語文學系教授）

石頭T的溫柔，我們看見

王蘋

我們必須充滿感情的閱讀這本書，因爲費雷思的文字眞誠，直接而感人，有力量的聲音，不斷從紙面湧出。我們必須承認，很難不掉淚的。

費雷思筆下的潔斯，也就是她自己，充滿了T特有的溫柔與體貼，對婆的強烈愛意，但難以言喻。即使是費雷思自己，也都是在寫此書時，才能藉由潔斯寫給過去女友的單向信件表達那種令人心痛的、對婆的濃郁愛意。

引介這樣一本書，當然有其重要性。除了自身的感動之外，也想介紹給社群內和社群外，讓被遺忘的女同性戀、陽剛的女人、跨性別的女人重新被看見。

在台灣，性別論述才剛起步，過去僵固於男女二元的兩性論述，在酷兒理論和諸多同志運動的衝激下，顯然已不再能夠不假思索的將所有性別問題化約於男女而已。

性別這個身分在台灣幾乎是僅次於族群身分，在某些時刻，甚至是首要的身分認同。人們自出生開始，被關心的第一個問題，幾乎都是「是男孩還是女孩？」作爲「男」或「女」，是不可懷疑的一個辨識指標、註記。沒有了性別註記，幾乎就沒有了身分。

想要介紹這本書也起源於此，性別的專制從來不亞於性傾向的專制，Adrienne Rich（著名美國女同志女性主義理論家）曾發表一篇非常重要的文章討論「強迫性異性戀機制」，但她只提到性傾向的專制，對於異性戀社會強加在同性戀、跨性別者身上的性別專制卻隻字未提。費雷斯這本小說正是處理了這一個愈形重要的跨性別現象和事實。

費雷斯以自傳體的方式書寫的《藍調石牆T》，可以說讓我們見證了女人身體、非女人形象的跨性別主體的生命歷程，而這一個辛苦又寂寞的歷程也清楚點出，女人身體、同性情欲、跨性別生命所受到社會上的各種排擠、打壓與迫害，在石牆那個年代，不容置疑的，一切相較於今日又是更加辛苦。

書中主角，潔斯，一個陽剛味十足的小女孩，雖然她沒生個女人樣，但是她的女人身體，卻讓她無法避免被男人強暴，反諷的是，強暴她的起因卻是因爲她沒生個女人樣。在潔斯讀中學的時候，有一天她被六個班上男同學圍在空無一人的操場，強暴她的人喊叫著她的罪狀：「變態、猶太婊子！」潔斯奮力反擊，但寡不敵眾，她的身體只能不甘的屈服，在那些惡霸奮力要證明自己的男性暴力權威時，潔斯腦中對這些暴行的「機械性動作」，覺得很可笑，她想到一切關於男女做愛的言語，原來就是這樣，這根本是做「恨」。潔斯的笑，激怒了強暴她的人，他們重摑她的臉，禁止她繼續笑。潔斯遭遇的是社會對於女人的一種懲罰，而她所受的懲罰，來自於她不像女人。

潔斯十四歲時，離開了毫無眷戀、對她的問題性別充滿仇恨的家，潔斯對自己立下重誓，她發誓再也不穿裙子，也再也不要被強暴。她獨自走上尋找自我性別的道路。

因著朋友的介紹，潔斯踏進了生命中第一家同志酒吧，她強裝出自信的大人樣，卻在走入門後，見到酒吧裡的景象——扮裝皇后、穿西裝、打領帶的雄偉女人、依在她們身旁穿緊身裙、高跟鞋的溫柔女人，潔斯忍住多年的眼淚不禁奪眶而出。她見到自己，她見到自己一生的渴望。

潔斯生命中從不間斷的自我問題是「是女？是男？」她長時間辛苦地爭取成為女人中的一員，但總因自己的不同被排除在外。她選擇使用男性荷爾蒙，切除乳房，改變外表，隱藏住自己，同時也希望得到機會去表達出自己不那麼女人的部份。潔斯不被允許作一個陽剛、豪邁的女人，為了生存，她於是過渡成「男人」。潔斯讓我們認識到社會的性別監控，讓我們見證社會性別控制的強大，對於跨越男女性別的人們——扮裝皇后、扮裝王子、T婆等、變性人——的迫害。

潔斯過渡為男人的過程是辛苦寂寞的，她成為沒有身分的人，她每天面對無數的質疑，面對高聳如山的評斷。有一次潔斯坐火車，在車上認識了一個帶著孩子的婦人，孩子突然問媽媽：那是男生還是女生？媽媽看著潔斯帶著歉意的回應：那是潔斯。沒有性別，是否真的沒有身分？許多時候，潔斯遇上的情況粗魯許多，人們乾脆揶揄她為「它」，物稱而非人稱。

回看台灣，我們也曾聽到女性主義性別正確論在女同志文化中的影響，有人說T是學男人，T是沙豬，T婆是在複製異性戀，這些說法讓人感到心痛，為什麼人們總是看不見別人的奮鬥，輕易的以自己的價值觀評斷他人的生命。T吧中的T婆生命正是活生生的台灣女同志生活，沒有人應該排除誰，也沒有人有權評斷誰。

譯介《藍調石牆T》這部小說，其中一個目的就是希望提供台灣的讀者對於性別更多思考的方向，也讓生活中的跨性別主體能得到較多的理解和生活空間。

（本文作者為台灣性別人權協會秘書長）

釋放被囚禁的靈魂

高旭寬

二〇〇〇年，我二十四歲，第一次閱讀《藍調石牆T》，記得那時候我心疼主角潔斯被痛毆的身軀和被嚴重羞辱、受傷的心靈，雖然同樣身爲跨性人是可以感受到那股強烈又難以名狀的性別壓力，但是我因爲生長在優渥的環境裡，對於書中描寫的社會底層生活倒沒有產生太多共鳴。

二〇〇六年，我依然是個跨性人，重讀了一次《藍調石牆T》。這回，我的眼睛很自然地被書上一幕幕看似微不足道的情節吸引，我的情緒和淚水隨著故事翻湧擺盪，感受那一字一句與我生命融合的共鳴。朋友問我，是什麼關鍵讓我的心境轉變？我想，除了多認識了一些弱勢的邊緣人之外，我也交了一些胸襟寬大的朋友，她們包容我遭到壓抑扭曲的慾望和情緒，而我那得到撫慰的心終於得以卸下堅硬防禦的盔甲，聆聽別人深刻又複雜的人生。

處在性別曖昧的狀態，我隨時需要繃緊神經面對人們的質疑：質疑我是個竊賊騙子，不但企圖隱藏乳房和陰道，把不屬於我的性別表現佔爲己用，闖入不屬於我的性別地盤，想分一杯男性優勢的羹湯，甚至還戴起鮮紅的雞冠和鮮艷的羽毛，在女人面前主動積極地要帥、挑逗，跳著雄性動物專屬的求偶舞。對不起，我也不明白爲什麼自己就是跟別人不一樣。對不起，我不是故意要惹惱大家的。對！一定是我的腦袋生病了。

看到人們用鄙視嘲笑的語言批評電視媒體上跟我一樣不男不女的人，用異樣眼光和刻意疏離的態度對待週遭像我一樣又男又女的人，我害怕極了。我盡力在眾人面前低調安靜，刻意減少肢體動作的幅度和活動範圍來自我贖罪，另一方面也避免喚來更多皺眉和訕笑。縱然是善意的關心，我知道那只是溫柔地提醒我看清楚自己兩腿中間長的是什麼樣子。

變性手術消除了我大部分的性別壓力，卻減少不了我深深的羞恥感。二〇〇三年費雷思受邀到臺灣演講，ＴＧ蝶園在Ｔ吧舉辦「霞光晚會」來歡迎這位跨性別戰士，晚會中有一位同時來台參加研討會的日本Ｔ表演了一段「扮裝國王秀」，我在後台看著他剪下一小撮頭髮，將手上的頭髮細細剪成如鬍渣般的長度，用膠水將鬍渣一點一點在臉上黏貼成性感的絡腮鬍，我驚訝這位扮裝國王竟能自在地「欺騙大家」。我以前只敢躲在廁所做這件事，看著他在舞臺中央隨著音樂的節拍扭動身體，舞蹈動作豪邁單純，在熱鬧喧躁的時刻，我只聽到自己急促的呼吸心跳聲，他哪來的勇氣在眾人面前展演一個穿著束胸、襯衫領帶的Ｔ的形象？我看不出來他跳的是男生的舞蹈還是女生的，我才發覺自己的身體已經在恐懼和羞恥包覆下僵硬了二十年。

我深深的爲扮裝國王著迷，仔細打量著他全身上下何以讓我熱血沸騰。我鼓起勇氣向信賴的朋友訴說我以前就像扮裝國王一樣，躲在廁所用墨汁和碎頭髮在臉上沾著各式各樣我喜歡的鬍子，躲在房間畫著男人的髮型、服裝、結實的身體線條以及那天生自然堅挺的性徵，在紙上寫下一個又一個可以代表我自己的名字，想著跟暗戀的女生親熱交往。我時常抽離現實，幻想自己就是完美的男子，過著自由自在、無限可能的生活。朋友用溫柔的語氣說：「眞好！」我在MSN的另一端淚流滿面。

我從來沒想過生命裡那些陰暗污穢的部分能夠被理解！如同獲得赦免一樣，不再這麼擔心被人發現我是個「假男人」，做惡夢的次數也減少了許多。（我從小到大，只要在睡夢中想上廁所，一定會夢到自己再怎麼樣都無法找到一個安全隱蔽的空間如廁，不是門壞掉，就是在我正要脫下褲子的時候突然有人出現，掀開我遮蔽身體的屏障）。

現在，因爲被愛，所以開始學會愛人。逐漸解開身上屈辱的同時，我慢慢能夠看到潔斯的無助和需要，理解他爲何在經濟困窘的時候還常到T吧喝酒鬼混。從潔斯溫柔的眼睛看到我身旁的朋友如何被早年的生活陰影困住，匱乏而充滿敵意的生活環境如何讓他們在心裡築成一道搖搖欲墜卻又堅硬無比的堡壘。忽然間，我眼前出現一幕去年跟母親的合唱團去宜蘭監獄表演的場景，台下看表演的女受刑人當中有好多T的面孔，這些神情愉悅的面孔背後究竟隱藏了多少說不出口的傷痛？我知道，眞正安慰她們的不是台上優美的歌聲，而是她們彼此緊握的、溫暖的雙手。

不是我閱讀費雷思的故事，而是他書寫了我的故事。我好想跟心愛的人牽手在海邊散步，在星空下擁吻傾訴，在完全屬於我們兩個人的空間彼此撫慰身體的渴望。也許未來會跟愛人共組家庭、扶養兒女，也說不定會獨居山林、浪跡天涯，但是我明白，在內心深處永遠會有一個聲音呼喚我站出來，和跨性別戰士一起並肩找回遠古時代那個沒有歧視的世界。

做自己 Be Myself——一封女同志的存在證明

江嘉雯

K：

《男孩別哭》的BRANDON TEENA是一個故事、《藍調石牆T》的LESLIE FEINBERG也是一個故事，他們都是離我不遠的故事。一直以為可以輕描淡寫來訴說，卻發現不願提及的過往如錯綜的鑿痕在眼前翻覆，燒灼著自己疲憊的雙眼，越過腦海的是層層堆疊的重影，是無數自己認為早已應該忘記的事、忘記的身分、忘記的屈辱、忘記的記憶。

K，妳知道嗎，我多希望現在能聽我說話的人是妳，能聽我說那一大片被我自己留置的空白，我知道我再也回不到那個最最原始的起點，去面對自己膽怯的放棄，或再一次聽到別人訕笑的耳語，向自己不夠堅韌的生命挑釁。日前，從A的手中拿到十年前的照片，端看了數十分鐘，照片中的我穿著成套的西裝、燙得挺直的襯衫配著我拿手的溫莎結，然後，無以名狀地抿嘴一笑，沒有聲音，A看到了，她只是輕輕搖了搖頭，說：「欸！那個『你』已經結束了，現在的『妳』容易多了。」我知道她指的「容易」是什麼——「生存」。K，那就是妳從來都沒知道過的「我」。那個「我」曾經用男人的身分度過的歲月，低沉的語調、修剪工整的鬢角、徹頭徹尾的西裝革履和一個瞞過英籍家教老師所得的、男人的英文名字，這些都是我獨自享有的戰利品，除了皮夾裡的身分證之外，沒有任何跡象顯示著我有一個「女」的身分，但是，只有「身分證」是我唯一的天敵，除了螢眼的粉紅色系、一個從出生就成爲標記的女性命名之外，居然在字號上也埋下了我無法選擇的伏筆——英文字後的第一個數字「1」是表示男性、「2」是女性，在一次警察臨檢之後所知道的，這就是對我最底線的擊潰，想起旁人質疑的眼光所顯現的屈辱，襯著我一身筆挺合身的西裝則成了我孤芳自賞的勳章，到此，知道自己永遠逃不過這個社會機器的多重檢視，選擇放棄，只能放棄——因爲不知如何面對「沒有身分」。要回的這張照片卻成爲唯一的證據，沒有毀滅徹底的越界殘骸。

「生存」二字，之於我從來沒有簡單過，選擇適當的身分、適當的外貌、適當的語言、適當的身段……太多、太多的「適當」、「不適當」逼得我不得不放棄，不得不向這個社會的「正確」靠近。曾經天眞的以爲，只要不去愛上任何一個我所慾望的人，就不會被識破、不會被拆穿、不會痛苦、不會讓不好的事發生，我只要逃離我所有的所愛，一切就會很好。我的祖母——一個獨自承擔我這一切的老婦，擔著她對我溺愛所受的批判，記得她爲我買的第一件西裝，記得當菜市場裡的婦人們稱讚著一向伴著她採買的孫子——我，問及有無女友、什麼時候當兵……，她總是微笑，然後，我們交換眼神，知道這是我們的秘密。直到十年前曾祖母去世，靈堂竟成了我的性別身份戰場，在龐大家族的質疑裡我不知該往孝男、還是孝女的位置站去，性別焦慮在煞時之間升高到引爆點，所有的不容變成連串的叫囂和謾罵，每一個字都是擲地有聲的冰冷碎塊砸向我，祖母卻擋在我的身前，用她年近七十的老邁護著這個被全世界拋棄的我——一個對於家族而言等同於失敗與錯誤的人。K，記不記得我曾告訴妳，我好愛、好愛我的祖母，愛到無法再見她，因爲我知道她將離去，而我擔負不起終將失去她的事實及苦痛，只能用早已失去哭嚎能力的嘶啞，愧疚著這一段無法陪伴她的路程——在我此生。

修正，企圖跟別人相處、相同，用一個大多數人覺得「適當」的樣貌出現在人群裡，毀棄的照片裡有我身著武士盔甲的驕傲神情，進入女廁時不再引起旁人的慌亂和尖叫——也是一種義務。提筆時碎、散的記憶把我帶到一個很遠的地方，一個能讓我溺著、不會駁斥我的世界，在電影、小說、音樂組成的世界裡，它們不曾將我排拒在外，我以眞誠與它們互存，不同於這殘酷的眞實世界。至於朋友，只跟他／她們分享極少部分的自己，用一個不致扼殺友誼的身分和他／她們共處。想著費雷思的堅毅、篤定、被背棄與執著，再點一支煙，一笑，抿去過往。當我選擇用安全作爲屏障，我再也不配用武士之名。榮耀是屬於不停奮戰的鬥士！「生存」是怯懦如我所能堅持的唯一。想起F曾問我的：「你喜歡太陽，還是月亮？」我說：「我只喜歡在月亮西沉，太陽未升起時，一整片泛著深沉藍色的天空。」

K，現在我想到〈IMAGINE〉這首歌，的確，天堂並不存在，但這世上卻有著這麼多場的戰役，讓我必須一役接著一役，再征途上永無停止，飄揚的彩虹旗幟並不是我最後的信念，而是做一個我想做的「自己」。

K，還有好多的故事，信會一封封接續我活著的證明！

生命中一場又一場關於生存的戰役——從《鱷魚手記》到《藍調石牆T》

陳俞容

時光倒回十年前，大三某天閒來無事，翻閱報紙時突然看見邱妙津《鱷魚手記》的書介，這是我此生第一次有機會從報紙這樣公眾的管道，知道有關女同性戀的訊息；驚恐之餘，還是決定踏出面對自己的一小步，便到書局買來躲在房間角落一字一句閱讀著。有別於過去沒有人知、也不必提起，只要偷偷埋藏好這個自己的祕密，《鱷魚手記》就像一個暴露狂加自虐狂，把關於T一切只能暗暗自療、唯恐人知的創傷和痛處，全部自己挖刨，把破爛撕碎的心毫不遮掩地公然展現在眾人面前。小說當然有一些陌生的場景，但是感觸竟是如此熟悉，不想欺騙又恐懼身分暴露、付出又怕耽誤她的幸福地愛著終將離去的女人，種種反覆無解的感情，相似到讓我以爲這根本就是我的故事，也讓我沈溺在無望的情緒中……這無疑將是我的一生。

直到後來，關於性別的討論越來越風行，使我更容易取得愈來愈多關於世界上其他地方的同志消息，才知道原來有個同性戀的美麗天堂，同性戀有可能快樂坦蕩地生活著，就像舊金山的卡斯楚街。「石牆」，在我心目中則成爲告別同志晦暗歷史的輝煌戰役，是同志驕傲昂揚的代名詞。於是生錯地方的懊惱便不斷牽引著我，也恨台灣是個如此無知落後的地方，對同志有那麼多不公平、不理智的誤解，使台灣的同志似乎只能躲在晦暗的衣櫃終老。有朝一日移民美國則成爲我的夢想。

倒是有另外一種說法，說台灣同志雖然常得被迫接受家人對自己生命的安排，至少不會斷絕血緣關係，或被送入精神病院接受慘無人道的電擊和藥物治療；台灣同志雖然不敢高舉自己的同志生活與身分，但也不至於有人大言不慚地高舉宗教聖名，像3K黨振振有詞說出歧視與威脅同志的主張、公然以暴力與爆破武器恐怖攻擊同志。對於進步的西方和殘酷的西方，我雖然不明白爲什麼可以並存這樣巨大落差且極端矛盾的現實，但「一邊慶幸有個偷偷摸摸的老鼠洞安全無虞地藏匿著，一邊做著繽紛的六色彩紅夢」，是台灣像我這類同志的普遍狀態。

讀費雷思的《藍調石牆T》時，我再度從這個與我身在不同地域、不同文化、不同時代的T身上，找到與閱讀《鱷魚手記》帶給我震撼的相同心情，然而，「不被理解」不是鱷魚厚皮下的無奈，赤裸裸的暴力更造成眞實的痛楚。我也理解到，如果「石牆」帶給同志任何一點驕傲與榮耀，那正是建立在一群承受最大暴力卻不願躲藏、最污名的石頭T、變性人、易裝皇后、和沒有家庭依靠也要堅定愛著T的婆，這些同志們勇敢的反擊之上！我豔羨垂涎這疤痕製成的光榮勳章的同時，又自問爲了自己生命中不太血腥的戰役奮鬥了什麼？台灣的同志身處一個連同性戀都不願正面談論的「前石牆時代」，也許正因爲這種無法施力的不確定，女同志雖然被鱷魚皮包裹到無法呼吸，卻也害怕脫掉這層已經變成枷鎖的保護皮，《藍調石牆T》中的藍領石頭T，爲我這個包在鱷魚皮枷鎖中又白又嫩的T，提示一個改變的方向。

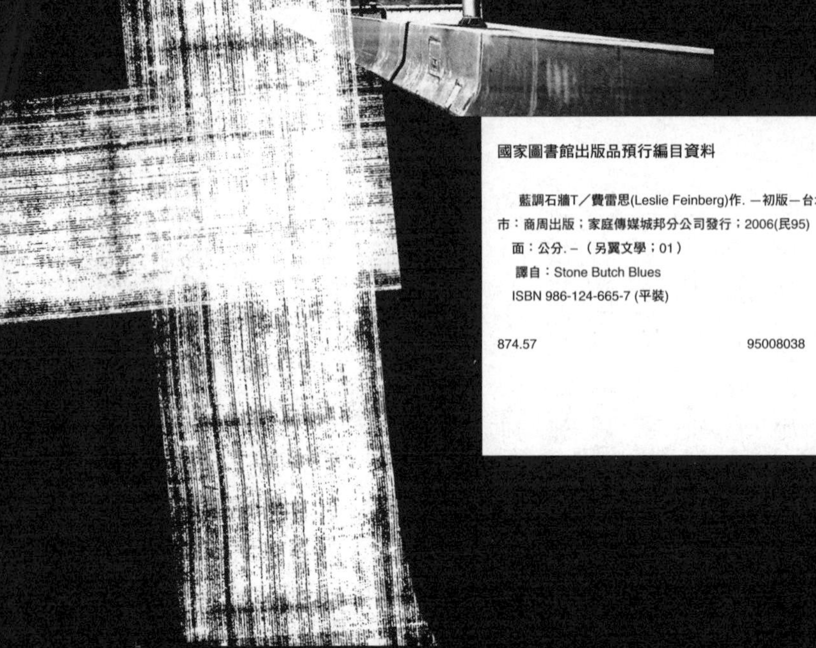

國家圖書館出版品預行編目資料

藍調石牆T／費雷思(Leslie Feinberg)作. —初版—台北市：商周出版；家庭傳媒城邦分公司發行；2006(民95)
面：公分. –（另翼文學；01）
譯自：Stone Butch Blues
ISBN 986-124-665-7 (平裝)

874.57 95008038

另翼文學 01

藍調 石牆 T

原著書名 / STONE BUTCH BLUES
原　著　者/ Leslie Feinberg
國際中文版權代理/ 台灣性別人權協會
譯　　者 / 陳婷
譯　　校 / CLEA
副總編輯 / 何若文
責任編輯 / 辜雅穗
美術設計 / 游筆文 bill0618@so-net.net.tw
內文排版 / 極翔企業公司

發　行　人 / 何飛鵬
法律顧問 / 中天國際法律事務所
出版／商周出版　城邦文化事業股份有限公司
臺北市中山區民生東路二段141號9樓
電話：(02) 2500-7008 傳真：(02) 2500-7759
E-mail：bwp.service@cite.com.tw
發行／英屬蓋曼群島商家庭傳媒股份有限公司　城邦分公司
臺北市中山區民生東路二段141號2樓
讀者服務專線：0800-020-299
24小時傳真服務：02-2517-0999
讀者服務信箱E-mail：cs@cite.com.tw
劃撥帳號：19833503
戶名：英屬蓋曼群島商家庭傳媒股份有限公司城邦分公司

訂購服務／書虫股份有限公司客服專線：(02)2500-7718；2500-7719
服務時間：週一至週五上午09:30-12:00；下午13:30-17:00
24小時傳真專線：(02)2500-1990；2500-1991
劃撥帳號：19863813 戶名：書虫股份有限公司
E-mail：service@readingclub.com.tw
香港發行所/ 城邦(香港)出版集團有限公司
香港 灣仔 軒尼詩道235號 3樓
電話：(852) 2508 6231或 2508 6217　　傳真：(852) 2578 9337
馬新發行所/ 城邦(馬新)出版集團 Cité (M) Sdn. Bhd. (45837ZU)
11, Jalan 30D/146, Desa Tasik, Sungai Besi, 57000 Kuala Lumpur, Malaysia.
E-mail: citekl@cite.com.tw
印　　刷 / 卡樂彩色製版印刷有限公司
總　經　銷 / 農學社
電話：(02)29178022　傳真：(02)29156275
行政院新聞局北市業字第913號
2006年6月 初版　Printed in Taiwan
2015年7月8日 初版5刷
定價350元

Stone Butch Blues

ISBN 986-124-665-7